민원처리 사례로 보는
정부의 자세(하)

저자 **서맹종**

1952년 경남 통영(충무) 출생
1970년 통영 중·고등학교 졸업
1978년 부산세관 근무
1978년 7급 공채 합격
1979년 동마산, 마산, 남부산, 영도세무서 근무
1986년 도봉세무서, 서울지방국세청 근무
1992년 개포, 시흥세무서 근무
1994년 국세청 간세국, 수원세무서 근무
1997년 대통령상 수상
1998년 양재, 서초세무서, 서울지방국세청 근무
2002년 통영, 안산세무서, 중부지방국세청 근무
2006년 평택세무서 근무
2007년 뇌출혈로 수술
2008년 한국방송통신대 대학원 졸업(행정학석사)
2008년 국세청(서기관) 퇴직
2008년 세무사
2009년 근정포장 수상
2010년 민원처리 사례로 보는 정부의 자세(상) 저자

민원처리 사례로 보는 **정부의 자세(하)**

초판 1쇄 인쇄 2011년 11월 1일
초판 1쇄 발행 2011년 11월 7일

지은이 | 서맹종
펴낸이 | 손형국
펴낸곳 | (주)에세이퍼블리싱
출판등록 | 2004. 12. 1(제2011-77호)
주소 | 서울시 금천구 가산동 371-28 우림라이온스밸리 C동 101호
홈페이지 | www.book.co.kr
전화번호 | 1661-5777
팩스 | (02)2026-5747

ISBN 978-89-6023-692-9 04810
ISBN 978-89-6023-691-2 (세트)

민원처리 사례로 보는

정부의 자세(하)

서맹종 지음

ESSAY

| 추천사 |

　저자가 국세청에 근무하고 있을 때 당시 제가 SBS 국세청 출입기자라는 인연으로 만나 계속 연락하며 지내다가 뇌출혈로 국세청을 퇴직하였다는 소식에 안타까움을 금할 수 없었습니다.

　그러던 저자가 이런 유익한 책을 출간하게 됨에 찬사를 보냅니다. 뇌출혈을 극복하기 위해 모진 고난을 극복한 저자이기에 더욱 희열을 느끼며, 그동안의 고생을 거름으로 앞으로 더욱 좋은 일로 빛날 것이라고 생각하며, 이 책 출간의 기쁨을 함께 나누고 싶습니다.

　이 책은 사례를 들어 일반인의 이해도를 제고시키면서 현재의 관습에 따른 행정을 타파하여, 고품격의 글로벌 대한민국을 만드는 데 앞장서자는 제 생각과 일치합니다.

　이 책에 아낌없는 성원을 바랍니다. 감사합니다.

SBS CNBC 대표　김기성

　우리 기업들의 경쟁력, 신제품이라던가 새로운 기술력 같은 그런 소식들을 매일 5~6차례, 그리고 주간 단위로는 심층물을 통해서, 또 월간 단위로는 매거진 물을 제작해서 CNBC 네트워크를 통해 글로벌로 방송할 예정으로 있습니다.

　경제채널 SBS CNBC가 개국식을 가졌으며, 김기성 대표는 고품격 경제채널에 대한 수요에 부응하고, '바이 코리아' 붐을 조성하는 데도 앞장서겠다고 밝혔습니다.

안녕하십니까!

이 책의 주된 내용은, 정부가 잘못을 국민에게 떠넘기며 책임지지 않으면서 말만 '공정' '공평'하다는 것은 잘못이니 정부가 헌법에 따라 공정·공평한 행정을 실천키 바라는 내용입니다.

저번 발간된 「민원처리 사례로 본 정부의 자세(상)」이 행정시행에 대한 사례를 중심으로 편집된 것이라면 본권은 행정판단에 대한 사례를 중심으로 편집된 것으로, 현 실정을 파악하기에 좋은 책이 될 것입니다.

이 책은 어느 개인이나 조직을 비방하기 위한 목적이 아니고, 사례를 거울삼아 잘못이 개선되기 바라는 목적에서 작성된 글임을 이해하여 주기 바랍니다.

저는 공무원으로 재직시 국가발전에 이바지한 공으로 대통령상을 수상하였을 뿐 아니라 모범공무원으로 표창되기도 하였지만, 뇌출혈로 2008년 11월 공무원(서기관)을 퇴직하였으며, 민원 미해결 등으로 세무사업도 개업하지 못하고 있습니다.

행정부(대통령)는 민원에 동문서답하고 입법부(국회, 정당)는 국민의 기본권을 보호할 대책이 없이 말만으로 민원을 처리하고 사법부(법원)도 기본권을 보호하지 않는 판결일지라도 기판결로 처리하고, 3부가 대책없이 시간만 흘러 보내며 예산만 낭비하고 있는 현실이 안타깝습니다.

사법부는 행정부와 입법부가 국민의 기본권을 보호하지 못할 때 이를 보호하기 위해 존

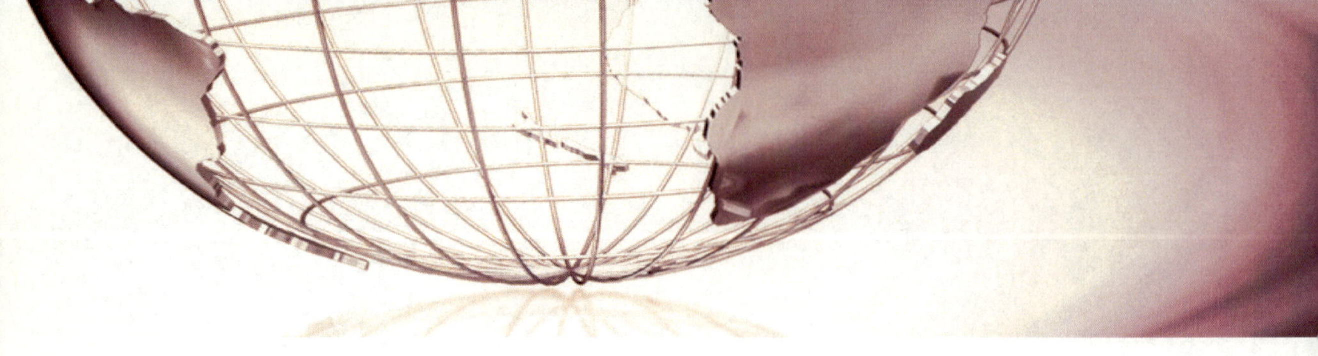

재함에도, 국민의 기본권도 보호하지 못하고 행정부와 입법부도 견제치 못하는 사법부가
존재하는 이유가 무엇인지 궁금합니다.

제 민원은 고충이 아니고 법에 따라 원칙을 실천하기 바라는 민원이라고 수차례 호소했
지만, 정부는 고충이라면서 2년간 고충하나도 해결치 못하고 원칙도 실천치 못합니다.

사례에서 보듯이 대통령의 취임선서가 대통령령에 의해 무시되며 국민의 기본권이 보호
되지 못하고 있습니다. 대통령령보다 못한 헌법의 역할이 무엇인지 궁금합니다.
정부는 예산만 낭비하며 말로 기본권을 보호하는 척하지 말고, 실질적으로 기본권을 보
호하는 방안을 실천해야 합니다.

천안함이 어뢰에 두조각 되어 침몰한 조각을 군함이 아닌 개인 어선이 찾아서가 아니지
만, 정부가 개인보다 못하니 어처구니없습니다. 개인이었으면 민원을 오랫동안 방치하지 않
고 해결하였을 것을 정부는 오랫동안 민원을 해결치 못하니 안타까운 일입니다.

제 책은, 정부가 헌법이나 법에 의해 인권을 보호하지 않고 대통령령(시행령) 등으로 인권
을 제한하고 국민을 위해야 할 대통령은 국민을 위하는 척 거짓말로 민원처리를 방관하고
국무총리실 등 해당 부처는 민원을 처리할 수 없어 민원도 아닌 다른 내용으로 민원을 처리
하는 등, 정부가 법을 위반하며 민원을 처리하는 사례입니다.

정부가 열린 마음으로 법과 원칙에 따라 민원을 처리하여 그 결과를 친절하게 통지하여
국민으로부터 신뢰받는 반듯한 정부이기 바랐지만, 정부는 법과 원칙을 무시하며 잘못을
힘으로 밀어붙입니다.

　국회나 정당에 호소해도, 국회나 정당은 마치 '염불에는 마음이 없고 잿밥에만 신경 쓴다.'는 속담처럼, 국민의 기본권 보호에는 무관심하면서 편 갈라 논쟁하며 잇속만 챙기고 있는 것 같습니다.

　혁신은 기본을 실천하는 것이지, 말로 혁신이라고 외치는 것이 아닙니다. 제가 경험한바 헌법 정신이 외면당해도 누구도 바르게 고치지 못하는 실정입니다. 미사여구로 국민을 기만하는 말만하지 말고 실천하는 정치이기 바랍니다.

　제 개인의 이익을 위한다면 책을 출판할 이유없이 여생을 편히 보내는 것이 좋을지 모르나 살아가고 있는 이 세상 누군가는 잘못을 고쳐가며 행복을 누리며 살게 해야 될 것이라고 생각하며, 그래서 제 생각을 책으로 밝힌 것입니다.

　제가 민원처리 사례를 중심으로 본 책을 편집하다보니 사례수집에 장기간이 소요되었음을 이해하여 주기 바라며, 제 민원처리 사례를 중심으로 본 책이 편집되었음을 이해하여 주기 바랍니다.
　책의 민원내용은 현재의 사례일 뿐 제 개인의 민원해결 목적이 아닙니다. 제 사례를 통해 현 실정을 바로알고 이와 같은 일이 반복되지 않기 바라는 목적으로, 2년간의 제 사례를 중심으로 원고를 쓴 것입니다.

　제 메일(seojoung0914@hanmail.net)을 통해 조언과 격려 및 관심을 부탁합니다.
　감사합니다.

서 맹 종 올림

| 차 례 |

경 기 도

진 정 서

경기도지사님 귀하

진정자 : 서 맹 종

　저는 경기도 평택시에 거주하며 뇌출혈로 화성시 팔탄면 월문리에 소재하는 ㅇㅇㅇㅇ병원 305호실에서 입원치료 하였는데, 갑자기 병원에서 2010.7.28일 강제퇴원되었다며, 치료를 거부하여 7.30 퇴원하였는데, 강제퇴원 사유가 거짓이라 진정합니다.

　저는 2010.7.19일 화성시청(보건소)에 ㅇㅇㅇㅇ병원같이, "병원으로 표방하면서, 일부는 환자를 치료하는 병원이지만, 일부(병실 등)이 환자치료 목적이 아닐 경우에 감독기관(화성시)에서 제재할 방법이 없는지?"에 대한 진정(문의)을 하였으며, 동 진정은 지금도 진행중 입니다.

　그런데 ㅇㅇㅇㅇ병원이 여러 가지 거짓으로, 증거 인멸을 시도하여 진정합니다.

1. 당초 진정은 해결치 않고 증거 인멸을 위해 진정이 계속 중인데도 진정 당사자를 거짓 이유로 강제로 퇴원조치 하는 것이 정당한 행위인지 알고 싶습니다. 저는 병원이 문제점을 개선하는지 확인하고 싶지만, 강제퇴원으로 병원의 실지 내용(개선내용 등)을 더 이상 확인할 수 없게 되었습니다.

2. 당초(2010.7.28 오전 10시경) 병원 관계자(원무과장)는 구두로 본인이 완쾌되어 병원에 입원치료할 이유가 없기 때문에 퇴원조치 하였음을 알렸으며, 병원장(ㅇㅇㅇ)이 2010.7.30 문서로 확인한 내용은 주치의의 전문적인 판단에 의한 퇴원요청(규칙)을 따르지 않아 2010.7.28일자로 강제 퇴원 조치하였음을 알렸습니다. 여기서 먼저 병원 관계자의 퇴원사유(병의 완쾌)와 병원장의 퇴원사유(규정 위반)가 달라, 본인을 퇴원시키기 위한 명분이었다는 의혹이 있습니다. 저는 병이 완쾌되지도 않았고, 규정을 위반하여 병원으로부터 경고 등의 조치도 받은 바 없습니다.

또 병원장이 "퇴원요청"을 아예 하지도 않았고 따라서 규정위반에 대한 퇴원요구가 없었음에도, 주치의 요청(?)을 따르지 않아 퇴원조치 하였다는 것은 거짓입니다. 왜냐하면 병원장이 본인(환자)에게 병원규정을 위반하였다며 퇴원을 요청한 적이 없으며 위반한 사실도 없음에도, 규정위반으로 퇴원을 요청하였다는 거짓사유로 7.28 퇴원조치결정은 부당합니다.

또 2010.7.30일 복사한 "의사기록지"에는 7.28일 퇴원조치하여 29일 및 30일에 의무에 대한 기록이 없고, "투약기록지"에는 7.29일 아침까지 투약한 기록이 있고, 또 진료비는 7.30일까지 징수하여, 병원장이나 병원 관계자 말(증빙 등)이 사실이라면 진료비 과다청구 의혹이 있으며, 사실이 아니라면 의사기록지와 투약기록지 등은 거짓으로 작성된 것입니다. 사실 여부가 확인되어 병원장은 책임져야할 사항입니다.

병원장이나 병원 관계자 및 서류 등이 사실과 달라 진실을 알 수 없지만, 제가 직접 경험한 사실(진실)은 7.30일까지 계산된 진료비 청구내역은 사실입니다. 즉 저는 28일 오전 10시경 병원관계자(원무과장)로부터 병이 완쾌하였으니 퇴원하라는 말을 들었고, 병원으로부터 병원규정 위반여부에 대해서 들은 바 없는데도 7.28일 병원은 아무 사유없이 퇴원결정하였습니다. 7.30일 까지 기록된 투약기록에는 약을 제공한 적이 없는데도 의료비로 약값을 청구하고 있으며, 7.29일 투약기록에는 의사지시도 없이 약을 제공한 것처럼 허위를 기록하고 있습니다. 사실은 7.30일 아침까지 약을 제공하였고, 의사 지시없이 약을 임의로 제공한 것은 의료법을 위반한 것입니다.

또 "간호기록지"를 보면, 7.27 확인되지 않은 사항을 "무단외출"로 허위 기재하고 있고, 또 7.28에는 보호자 퇴원취소로 기재하였다가 보호자가 퇴원취소 요구한 적이 없음을 주장하니 두 줄로 에러라고 삭제하는 등 신빙성 없게 간호기록지가 작성되고 있습니다. 또 7.28 퇴원명령이 난 사실을 "간호기록지"에서 기재하고 있으며 의사지시기록지도 7.28 퇴원 지시한 것이 확인되어, 퇴원 결정일 이후에는 처방이 없어 투약할 수 없는데도 "투약기록지"를 보면 7.28이후(실지는 7.30까지) 약이 지급되었다는 것은 병원이 의료법을 위반한 것이 아닌지 의심되는 부분입니다.

다른 여러 가지 허위기록이 확인되는 증빙은 있으나 서면이라 이만 줄입니다. 우선 제가 제기한 의혹부터 실지 내용을 밝혀, 거짓통보 및 허위기록 등 위반사실에 대하여는 적법한 처리를 바랍니다.

다음에 본 진정 대상인 ○○○○병원(병원장 : ○○○)은 지역유지로 사실 은폐를 주도하고 있습니다. 위에서 보듯이 입원 환자를 거짓사유로 강제 퇴원시키면서 사실은폐를 시도하고 있습니다. 지역유지로 사실을 은폐토록 한(의혹이지만) 또 한 가지 예를 들면, 제가 진정(건강보호 소홀)한데 대해 화성시(보건소)에서 답한 것을 보면, "ㅇㅇㅇㅇ병원이 의료법에 명시된 사항을 위반하였다고 보기는 어려울 것으로 사료되나,"로 표현하며 위반사실을 진정 및 출장 등으로 확인하고도, 지역유지인 ㅇㅇㅇㅇ병원을 법대로 처리하지 않고 오히려 옹호하는 답을 하고 있습니다. 또 제가 7.28일 오후 1시경 031-369-3566의 화성시 보건소로 전화하여 병원이 진정과 관련하여 보건소와 담합한 것처럼 진정중인 환자를 강제퇴원시키려 한다고 제보하니, 보건소는 이에 대해 아무런 조치도 취하지 않습니다. ㅇㅇㅇㅇ병원은 의료법 제1조(국민 건강을 보호하고 증진할 목적) 등 병원(의사)이 기본적으로 지켜야할 규칙을 위반하는데도, 당초 진정에 대해 이의 없으면서 법에 따라 처리하지 않고 이러한 옹호성 답을 한다는 것은 지역유지에게나 가능할 수 있는 답으로 추정됩니다.

다음에 제가 화성시에 진정한 것은 ㅇㅇㅇㅇ병원 같이 "일부는 환자를 치료하는 병원이지만, 일부(병실 등)이 환자치료 목적이 아닐 경우"에 어떤 처리를 하는지 인데, 마땅한 답을 않아, 도청에 진정하오니 도청에서 ㅇㅇㅇㅇ병원을 법에 따라 제재(허가취소 등)하여 국민 건강을 보살펴 주시기 바랍니다. 감사합니다. (7.31)

경기도지사님 귀하

경기도에 8.2일 등기(번호 14030-0126-8430)으로 진정하였는데, 화성시 보건소장이 2010. 8. 16일 발송한 것을 2010. 8. 17일 받아 보았습니다만, 진정과 다른 사항을 말하여 다시 민원을 제기합니다.

제가 ○○○○병원(병원장 : ○○○)은 지역유지로 사실 은폐를 주도하고 있다고 하였음에도, 해당 지역(보건소)에서 확인 하니 문제가 다시 발생될 수밖에 없습니다.

○○○○병원 같이 "일부는 환자를 치료하는 병원이지만, 일부(병실 등)이 환자치료 목적이 아닐 경우"에 어떤 처리를 하는지 문의 하였는데, 마땅한 답은 않고 ○○○○병원이 그런 사실이 없다는 식으로 문의에 대한 답을 회피하고 있습니다. ○○○○병원에 대한 물음이기보다는, 병원으로 표방하면서 병원일부가 환자치료목적이 아닐 경우 어떤 조치를 취하는지에 대한 물음이니 알려 주시기 바랍니다.

저번 진정에도 말했지만, ○○○○병원은 입원 환자를 거짓사유로 강제 퇴원시키면서 사실 은폐를 시도하고 있습니다.

화성시(보건소)에서 기왕 답한 것을 보면, "○○○○병원이 의료법에 명시된 사항을 위반하였다고 보기는 어려울 것으로 사료되나,"로 표현하며 위반사실을 진정 및 출장 등으로 확인하고도, ○○○○병원을 법대로 처리하지 않고 오히려 옹호하는 답을 하고 있습니다. 또 제가 7.28일 오후 1시경 031-369-3566의 화성시 보건소로 전화하여 병원이 진정과 관련하여 진정중인 환자를 강제퇴원시키려 한다고 제보하니, 마찬가지로 보건소는 이에 대해 아무런 조치도 취하지 않았으며, 이에 대해서도 아무런 답이 없습니다.

또 "3. 의사가 의학적 판단에 의거 퇴원을 지시한 경우에는 의료법상 강제퇴원 즉, 진료거부에 해당하지 않습니다."로 답하였는데, 병원장(의사)가 제게 확인한 강제퇴원 사유는 "퇴원요청(규칙)을 따르지 않아 2010.7.28일자로 강제 퇴원 조치하였음을 알렸습니다." 두 가지 말이 다른데 대한, 답이 필요합니다.

제가 보건소에 병원에 대해 진정한 것 외에는 병원에 누를 끼친 적이 없는데, 강제퇴원조치는 부당합니다.

저는 병이 다 낫지도 않았고 다 나았다고 의사로부터 통보 받은 적도 없으며, 병원 규칙을 어겨 지적이나 퇴원요청을 받은 적도 없습니다.

진정이 계속 중인데도 진정 당사자를 아무 적정한 이유 없이 강제 퇴원조치 하는 것이 정당한 행위인지 알고 싶습니다.

또 2010.7.30일 복사한 "의사기록지"에는 7.28일 퇴원조치하여 29일 및 30일에 의무에 대한 기록이 없고, "투약기록지"에는 7.29일 아침까지 투약한 기록이 있고, 또 진료비는 7.30일까지 징수하여, 병원은 진료비를 과다청구(보건소 답대로라면, 약값은 별도로 청구하지 않으므로 진료비 과다 청구 아님) 하였습니다. 그런데 진료비(약값)은 본인에게는 직접 청구하지 않아도 "보험처리" 함은 당연한데, 진료비 과다청구가 아니라는 답을 보건소에서 할 수 있는지 의심됩니다.

"5. 의사가 의사기록지를 수기로 당일 작성하지 않았다고 하더라도 의사처방없이 임의로 약을 제공하였다고 볼 수 없으며, 따라서 의료법상 무면허 의료행위에 해당되지 않습니다." 고 답하였는데, 외부에 민원서류를 교부하면서 당일 내용을 보완한 후 교부하는 것이 정당하지만, 제가 의사기록지(사본)를 교부받은 7.30에는 기재되어야 하는데 기재되지 않았으며, 8월경 출장하여 확인한 출장자도 의사 처방에 의해 약이 지급된 것임이 의사기록지에 표시된 것을 확인하였는지 궁금합니다.

민원인에게 사본을 교부하면서 허위 사본을 교부하는 것은 불가한 일이며, 또 의사 처방없이 임의로 약을 제공하였으니 무면허 의료행위에 해당된다는 것입니다.

청구서(진료비 내역서)와 같이, 사실은 7.30일 아침까지 약을 제공하였고, 따라서 의사 지시없이 약을 임의로 제공한 것은 의료법을 위반한 것입니다.

또 "무단외출"과 관련하여, 간호기록지는 3층(제 같은 경우) 간호사실에서 작성하였으며, 병원(3층 간호사실)에서 확인 없이 "무단외출"이라고 간호기록지에 기재하여, 진료기록부 등을 거짓으로 작성하였습니다. 또 보호자가 퇴원취소 요구한 적이 없음을 주장하니 두 줄로 에러라고 삭제하는 등 신빙성 없게 간호기록지가 작성되고 있습니다.

　다른 여러 가지 허위기록이 확인되는 증빙은 있으나 서면이라 이만 줄입니다. 우선 제가 제기한 의혹(거짓통보 및 허위기록, 의료법 위반 등)부터 밝혀, 사실에 대한 적법한 처리를 바랍니다.

　도청에서 ○○○○병원을 법에 따라 제재(허가취소 등)하여 국민 건강을 보살펴 주시기 바랍니다. 감사합니다. (8.19)

진 정 서

경기도지사님 귀하

진정자 : 서 맹 종

저는 경기도 평택시에 거주하며 뇌출혈로 화성시 팔탄면 월문리에 소재하는 ○○○○병원 305호실에서 입원치료 하였는데, 갑자기 병원에서 2010.7.28일 강제퇴원되었다 하여 7.30 퇴원하였는데, 강제퇴원 사유를 모르는 등 의문이 많아 진정하였으며, 경기도에 8.2일 등기(번호 14030-0126-8430)로 진정하여 화성시 보건소장으로부터 2010. 8.17일 및 9.1일 편지를 받아 보았습니다만, 내용이 진정과 다른 사항이라 다시 민원을 제기합니다.

제가 ○○○○병원의 업무형태를 열거한 것은, 경기도의 보건행정이 잘못 운영되고 있음에도 현 실정모른 채 병원의 이러한 행위를 감독하지 않고 있어, 결국 경기도민의 건강에 무책임하다는, 하나의 실례로 말씀드린 것입니다.

제가 "일부는 환자를 치료하는 병원이지만, 일부(병실 등)이 환자치료 목적이 아닐 경우"에 어떤 처리를 하는지 문의 하였는데, 이에 대한 답은 않고 ○○○○병원이 그런 사실이 없다는 식으로 화성시는 문의에 대한 답을 회피하고 있습니다.
○○○○병원을 두둔하는데 시간을 할애하지 말고, 제 물음에 대한 답을 바랍니다.

저번 진정에도 말했지만, ○○○○병원은 입원 환자를 거짓사유로 강제 퇴원시키면서 사실 은폐를 시도하고 있는데, 화성시(보건소)에서 답한 것을 보면, "○○○○병원이 의료법에 명시된 사항을 위반하였다고 보기는 어려울 것으로 사료되나,"로 표현하며 위반사실을 확인하고도, 병원을 법대로 처리하지 않고 증거없이 오히려 옹호하는 답을 하고 있습니다.
또 제가 7.28일 오후 1시경 031-369-3566의 화성시 보건소로 전화하여 병원이 진정과 관련하여 진정중인 환자를 강제퇴원시키려 한다하니, 마찬가지로 보건소는 이에 대해 아무런 조치도 취하지 않았으며, 아무런 답도 없습니다.

또 "의사가 의학적 판단에 의거 퇴원을 지시한 경우에는 의료법상 강제퇴원 즉, 진료거부에 해당하지 않습니다."로 화성시 보건소는 답하였는데, 병원장(의사)가 제게 확인한 강제퇴원 사유는 "퇴원요청(규칙)을 따르지 않아 2010.7.28일자로 강제 퇴원 조치하였음을 알렸습니다." "의사의 의학적 판단"과 "규칙을 따르지 않아"가 뭔지 모르지만, 저는 규칙을 위반하여 병원으로부터 퇴원요청을 받은바 없는데, 화성시 보건소에서는 "기회신한 답변으로 갈음"한다며, 정작 제 물음에는 답하지 않습니다.

또 2010.7.30일 복사한 "의사기록지"에는 7.28일 퇴원조치하여 29일 및 30일에 의무에 대한 기록이 없고, "투약기록지"에는 7.29일 아침까지 투약한 기록이 있고, 또 진료비는 7.30일까지 징수하여, 의사 처방없이 약을 환자에게 음용하게 하였는데도 화성시는 그럴 리 없다며 병원을 비호하기에 급급하며, 또 진료하지 않고 진료비를 과다청구하였다 하니 증빙없이 진료비 과다청구가 아니라는 답을, 보건소에서 할 수 있는지 의심됩니다.

"의사가 의사기록지를 수기로 당일 작성하지 않았다고 하더라도 의사처방없이 임의로 약을 제공하였다고 볼 수 없으며, 따라서 의료법상 무면허 의료행위에 해당되지 않습니다."고 보건소는 답하였는데, 당일이 지난 한참 후인 8월 초경 출장하여 확인한 보건소 출장자도 의사 처방에 의해 약이 지급된 것임이 의사기록지에 표시된 것을 확인하고 답한 것인지 의심됩니다.

시민 보건을 위해 병원을 감독해야할 보건소가 감독대상기관을 감독하기는커녕 잘못이 없다며 잘못을 두둔하고 비호하면서, 어떻게 시민 보건을 책임질 수 있는지 의심됩니다. 생선가게를 고양이에게 맡긴 격입니다.

다른 여러 가지 허위기록이 확인되는 증빙은 있으나 서면이라 이만 줄입니다. 우선 제가 제기한 의혹(거짓통보 및 허위기록, 의료법 위반 등)부터 밝혀, 사실에 따라 적법한 처리를 바랍니다.

도에서 도민의 건강을 보살피는 적법한 조치를 취해 주시기 바랍니다. 감사합니다. (9. 1)

경기도 귀중

11.25일 제 민원은,

2010.10.11 화성시장에게 제출한 진정서의 1~7까지 이며, 예를 들면 동 진정서 5에 "제가 7.28일 오후 1시경 화성시 보건소로 전화하여 병원이 진정과 관련하여 진정중인 환자를 강제퇴원시키려 한다고 제보하니, 보건소는 이에 대해 아무런 조치도 취하지 않았으며, 이에 대해서도 아무런 답도 없습니다."에 대해 답한 적 없음에도 보건행정과4108호로 답해 종결 처리 하였다는 이해되지 않는 답을 하니 어처구니 없는 일입니다. 보건소는 제보를 어떻게 처리하는지 알려야 될 것입니다.

그리고 11.3. 11.11 경기도에 동 건이 "경기도에서 기 회신한 내용(민원사무처리에관한법률 제4조 및 경기도 지방공무원 징계의 양정에 관한 규칙 제2조 제1항에 의거 처벌)에 해당되는지 알려 주시기 바랍니다."라는 민원인데, 12.1일 화성시에서 '민원회신'이라는 제목의 우편물을 받았지만, 그 내용은 '기 회신한 사항이며 처벌대상에 해당되지 않는 사항'이라는 내용입니다. 저는 회신되지 않은 사항을 예를 들어 말했는데, 화성시에서는 회신했다는 되풀이 주장만 하니. 어처구니 없습니다.

또 예를 들면, 시 보건소에 전화로 진정중인 환자를 강제퇴원시키려 한다고 제보한 것에 대해 시가 어떤 회신을 하였는지 도에서 직접 확인해 주시기 바랍니다. 회신하지 않고 회신하였다고 거짓을 주장하는 공무원은 처벌됨이 마땅합니다. (12.10)

답 변 내 용 (경기도 12.16)

1. 평소 경기도정 발전에 대한 관심과 조언에 감사드립니다.

2. 귀하께서 경기도에 제출하신 『민원회신 철저』 민원을 검토한 결과, 동 민원은 화성시에서 검토하여 처리하는 것이 타당하다고 판단되어 화성시 조사부서로 하여금 이를 처리 한 후 그 결과를 귀하께 통보하고 아울러 우리도에 이를 회신 하도록 하였음을 알려드립니다.

3. 귀하의 가정에 건강과 행운이 늘 함께 하시기를 기원드립니다. 끝.

경기도 귀중

　민원도 처리하지 않아 경기도 관내에 민원만 계속 발생되게 하고 있습니다.

　열린 도지사실(함께하는 도지사실)의 「도지사에게 바란다」 코너에 민원 제출 6일이 경과하여 경기도가 처리상황에 "답변완료"로 처리하고 답한 회신을 보니, 경기도가 민원을 처리하여 민원이 발생되지 않게 하지 않고서 민원을 경기도 관내 소관 부서로 전달하는 데 인력을 소모하고 있습니다.

　경기도 민원처리 부서가 민원을 전달하는 데 계속하여 인력을 투입하고 소모한다면, 예산낭비를 막기 위해 열린 도지사실을 없애 민원인이 직접 소관 부서로 민원을 제출케 하고 동 부서는 폐지하는 게 어떨까 하는 생각입니다.

　경기도는 동 제안을 어떻게 생각합니까? (12.22)

경기도 귀중

2010.12.22 제출한 민원(예산낭비를 막기 위해 열린 도지사실을 없애자는 생각에 대한 경기도의 의견)에 답이 없어 다시 민원을 제출합니다.

2010.12.22 민원을 미처리하여 '민원사무처리에관한법률'을 위반한 관련 공무원은 국민에게 책임지게 하여 주시기 바랍니다. (1.5)

답 변 내 용 (경기도 1.12)

1. 평소 경기도정 발전에 깊은 관심과 조언에 감사드립니다.

2. 귀하께서 경기도에 바란다에 신청하신 『의견 및 법률위반 공무원에 대한 책임』 민원을 검토한 결과, 동민원에 대하여 아래와 같이 회신합니다.

   가. 경기도에서는 불특정 다수의 도민이 도 및 시·군의 행정행위에 대하여 애로·위법·부당 등에 관련된 민원신청을 쉽게 하기 위하여 「도지사에게 바란다」 를 비롯한 각종 민원신청 제도를 운영하고 있으며, 신청된 민원은 처리권자와 내용에 따라 경기도에서 직접처리 하거나 해당 시·군으로 이송·처리 하고 있습니다.

   나. 귀하께서 지금까지 6회 민원을 신청하면서 이용하신 도지사에게 바란다 코너는 도민과 원활한 소통의 장으로 정상 운영 되고 있어서 신청하신 민원은 위와 같은 절차와 관계법령에 따라 화성시로 이송하였음을 2010.12.24일 알려드린 것입니다.

   다. 또한 신청된 민원에 대하여 정상적으로 처리하고 있으므로 귀하가 주장하는 것처럼 민원사무처리에 관한 법률을 위반하였다고 볼 수 없음을 알려드립니다.

3. 귀하의 가정에 건강과 행운이 늘 함께 하시기를 기원드립니다.

끝.(031-8008-2945)

▌경기도에 바란다

교통 · 과속방지턱 · 관광불편신고, 불량식품 · 예산낭비 · 환경신문고 · 부실공사신고는 민원신고 게시판 을 이용하여 주시기 바랍니다.

경기도에 바란다　북부청사에 바란다

◎ **경기도에 바란다**- 민원상세조회.

[목록]

작성자	서맹종	이메일	seojoung0914@hanmail.net
작성일	2011-01-23	처리기한	2011-01-31
첨부파일		통보방법선택	선택안함
제목	민원회신 철저		

경기도의 2011. 1. 21. 답은 잘 보았습니다. 요약하느라 수고하셨습니다.

그런데 2011. 1.15 제 민원은 2010.12.22 제출한 민원을 처리하지 않아 '민원사무처리에관한법률'을 위반한 관련 공무원은 국민에게 책임지게 하여 주기 바라는 것이며, 민원을 처리하지 않는 것이 정상적 처리인지 의심되어 민원을 제출한 것입니다.
2010.12.22 제출한 민원을 처리하지 않은 것 등이 민원사무처리에 관한 법률을 위반하지 않았음을 설명해야 합니다. 제가 보기에는 법률을 위반한 것입니다.

그리고 아래에서 민원회신 내용에 대해 일부 말하겠습니다.

1차 민원은 동 병원에 제가 입원하여 본 사실을 진정한 것으로, 회신내용 중 ① 권고․퇴원․행정지도 등은 사실과 맞지 않음. 왜냐하면 당시 입원하여 거주하면서 본 사실을 진정한 것으로, 권고한 사실여부도 모르고 퇴원한 환자만 부당한 행위를 한 것이 아니라 어떤 환자가 퇴원하였는지도 관심없어 모르며 행정지도 여부도 모르지만, 오히려 당시 병원 분위기가 더 악화됨. 민원은 처리후 처리결과를 회신하는 것이지 거짓으로 답만 하여 종결되는 것이 아님. ②③④⑤도 ①과 같이 거짓 답임.

2차 민원도 동 병원에 제가 입원하여 본 사실을 진정한 것으로, 회신내용 중에도 말하고 있지만 1차 민원 회신시 말한 어떤 환자가 퇴원하였음에도 세탁물 등으로 입원환자에게 다소 불편이 야기됨을 확인함. 즉 앞의 1차 민원에 대한 회신은 거짓 회신이었음을 자인함. 그리고 2차 민원은, 이럴 경우 화성시에서 제재할 방법에 대한 민원이었는데, 정작 민원에 대하여는 말없음.

3차 민원은 ① 거짓으로 강제퇴원 ② 의사 지시없이 약을 제공하고 약값 청구 ③ 간호기록지 허위기재 ④ 보건소에 강제퇴원 제보 등임. 그런데 답은 ① 의료법상 강제퇴원 가능 ② 의사가 전산시스템을 이용해 약을 처방 ③ 간호과에서 무단 외출로 기재한 것으로 진료기록부를 허위로 기재한 것이 아니라고 답함. 내 민원은 이유인데 이유에 대한 것은 없음. 즉 민원은, '거짓으로 강제퇴원'인데 '거짓 여부'에 대하여는 말없이 민원도 아닌 '강제퇴원 가능'에 대해 답하고, '의사 지시없이 약을 제공'에 대하여는 '의사가 전산시스템을 이용해 약을 처방'이라 답하고, '간호기록지 허위기재'에 대하여는 '간호과에서 무단 외출로 기재한 것'이라며 '허위기재'에 대하여는 말없음. 그리고 '강제퇴원 제보'에 대한 민원에 대하여는 언급치 않아 9차 민원 등이 발생되게 함. 그리고 '의사가 전산시스템을 이용해 약을 처방' 하였다면 병원이 수동으로 작성하여 사본으로 교부한 「의시지시기록지」와 「투약기록지」 및 「간호기록지」는 허위 서류를 교부한 것인지 말없음.

4차 민원은 '일부는 환자를 치료하는 병원이고 일부는 환자 치료 목적이 아닐 경우 어떤 조치를 취하는지에 대한 문의'인데, 문의에 대한 답은 없고 '기 답변'하였다는 답임. 문의에 대해 언제 무슨 답을 하였는지 문의에 대해 답하지도 않고 거짓으로 답함.

내용	5,6차 민원은 이상 1,2,3,4차 민원에 대한 답이 진실성 없는 거짓 회신이므로 5,6차 민원에 대해 논할 필요도 없음. 7,8차 민원은 처벌에 해당되는지에 대한 문의에 처벌에 해당되지 않는다는 답임. 그러면서 해당되지 않는 사유도 없음. 민원에 객관적 답을 하지 않는 것은 처벌 대상인데 이유없이 해당되지 않는다고 답하니 의혹만 증폭됨. 9차 민원은, 그동안 민원에 답하지 않은 사례를 들어 '강제퇴원 제보'에 대해 말하니 '처벌 대상에 해당되지 않는다'는 답임. 즉 제보를 처리하지 않은 것이 적정하다고 답하는 것이라 의혹만 계속되고 따라서 민원도 계속될 수 밖에 없음. 계속 민원도 아닌 것을 답하지 말고 민원에 대해 진실된 답을 하기 바람. 민원에 진실된 답을 하려면 먼저 민원을 처리하고 다음에 처리결과를 답해야지, 처리없이 답으로 처리 하려니 진실성 없는 답이 됨. 10차 민원도 9차민원 등에 대한 답이 없어, 민원에 답하지 않은 사례를 들어 '강제퇴원 제보'에 대해 말하니 '해당 부서에서 회신완료 했다'는 답임. 위 내용에서도 알 수 있듯이 '강제퇴원 제보'에 회신 없고는 기 처리한 것으로 거짓 답을 함. 11차에는 '예산낭비를 막기 위해 열린 도지사실을 폐지하자'는 민원에 대해 민원(예산낭비 억제 등)에 대하여는 답 없이 화성시에서 적법하게 처리할 것이라고 통보함. 예산 문제를 화성시에서 적법하게 처리한다니 이상하며, 민원에 대한 답이 없으니 의혹만 증폭됨. 그리고 위에 말했듯이 그동안 거짓으로 답한 화성시에 도가 무엇을 기대하고 예산문제를 화성시에 떠넘기는지 이해되지 않으며, 도가 뭐하는 곳인지 이해되지 않음. 그리고 11차 민원에 대해 2번 답하였는데, 첫 번째 답이 틀려 두 번째 답을 하게 됨. 그런데 첫 번째 답이 틀렸으면 틀리게 답한 관련자가 책임지지 않는 것은 이상함. '사실관계 확인이 어렵다'는 두 번째 답도 틀린 답임. 왜냐하면 그동안 답을 보면 잘못이 없으니 책임질 일도 없는데 마치 잘못이 있는 것처럼 수화자 등이 확인되지 않는다고 답하니 이상함. 그러면 민원인이 전화도 하지 않고 전화했다고 거짓으로 민원을 제기한 것이라고 판단하는지 궁금함. 도는 그동안 화성시의 민원에 대한 답이 적정한 답이었는지 검토해 보기 바라며, 도도 마찬가지이지만 화성시는 제기된 민원에 대한 민원인의 의혹을 해소하게, 답만 하지 말고 민원을 처리한 후 그 처리 결과를 통보하기 바람. 12차 민원은 '책임'문제임에도 답변 내용은 '책임'에 대하여는 말 없고, 신청한 민원을 정상적으로 처리하고 있다고 답함. 그동안 위와 같이 전부 거짓으로 답하는 것이 정상적인 처리로 판단하여 왔는지 궁금함. 위에 나열된 의혹 등을 해소한 후 정상적인 처리를 하였다고 답하기 바람. 13차 민원에 대한 답을 작성하는데 수고 하였지만, 13차 민원은 그동안 민원에 대한 요약이 아님. 내부적으로 요약이 필요하여 작성한 것인지 모르지만, 제 민원이 아니라 수고만 하였음. 다른 민원도 마찬가지이지만, 13차 민원은 2010.12.22 제출한 민원을 처리하지 않는 것이 정상적 처리인지 의심되어 제출한 민원임으로, 동 처리가 민원사무처리에 관한 법률을 위반하지 않았음을 근거로써 설명해야 함. 이상 회신한 내용대로면 거짓의 주관적 답은 민원사무처리에관한법률을 위반한 것임. 서로 상반된 주장이라면 소송을 통해 객관적인 판단을 구할 필요가 있음.
답변내용	1. 평소 경기도정 발전에 깊은 관심과 조언에 감사드립니다. 2. 귀하께서 2011.1.23 경기도에 제출한 민원은 민원사무처리에 관한 법률 시행령 제21조(반목 및 중복민원의 처리)규정에 의거 종결처리 하였음을 알려드립니다. 끝.(031-8008-2945)
답변일	2011-01-28
답변 첨부파일	
주관부서	경기도 감사관 조사담당관
담당자	전화번호:031-8008-2945
진행상황	접수-> **부서지정 -> 답변처리중 -> 답변완료**

접수 처리된 민원에 대해서는 더이상 수정/삭제 하실 수 없습니다.　　　　　　목록

경기도 귀중

　경기도는 제가 2011. 1.23. 제출한 민원에 대해 1.28.과 2.11. 동 민원을 민원사무처리에관한법률 시행령 제21조 규정에 의거 종결처리하여 다시 민원을 제출합니다.
　민원사무처리에관한법률 제15조 규정에 의해 동 민원(2011. 1.23. 제출한 민원)을 처리하고 그 결과를 통지해 주기 바랍니다. (2.12)

답 변 내 용 (경기도 2.18)

반복민원으로 종결처리 된 민원입니다.(031-8008-2945)

경기도 귀중

2011. 1.23. 주관적 답은 민원사무처리에관한법률 제15조를 위반한 것임으로, 서로 상반된 주장이라면 소송을 통해 객관적인 판단을 구할 필요가 있다고 하였으나, 아직 상반되고 공정한 행정이 실천되지 않아, 부득이 별첨 내용으로 소송을 제기코자 하오니, 잘못된 부분이나 문제점이 있으면 서면으로 알려 주기 바랍니다. (2.23)

소 장

원 고	서맹종		
	경기 평택시 세교동		
		소 가	원
피 고	경기도	첩부할 인지액	원
			(소가×0.005)
부작위	확인	송달료	원 (3,020원×10회×당사자수)

청 구 취 지

1. 원고가 2011. 1.23.에 제기한 민원에 대한 피고의 2011. 1.28. 주관적 답은 민원에 부작위한 것임으로, 이는 위법함을 확인한다.
2. 소송비용은 피고의 부담으로 한다. 라는 판결을 구합니다.

청 구 원 인

피고가 민원에 부작위(민원사무처리에관한법률 제15조 위반 및 동 법 제18조 제3항, 행정절차법 제23조 및 제21조 제22조를 위반)하는 것은 행정소송법 제1조 및 제2조에 해당되어 소를 제기합니다.

피고에게 2011. 1.23. 민원을 보냈으나, 민원에 대한 답은 않고 다른 말을 하는 등, 첨부 내용과 같이 민원에 대해 진실된 답은 않고 계속 객관성 없는 말로 주관적으로 답하는 것은 민원인이 신청한 민원에 대해 처리결과를 서면으로 통지하도록 규정한 「민원사무처리 에관한법률」 제15조를 위반한 것입니다.

피고가 법률을 준수함에 따라 획득하게 되는 이익(알 권리)을, 피고가 법률을 위반함에 따라 실현치 못하였습니다.

입 증 방 법

훈글로 변환한 경기도 민원(경기도에 바란다) 화면

첨 부 서 류

갑1호증 : 훈글로 변환한 경기도 민원(경기도에 바란다) 화면 (2011. 1.23. 민원 및 답변)

갑2호증 : 경기도 관련 진정서 및 답변서

갑3호증 : 장애인 증명서 사본

갑4호증 : 세무사자격증 사본

갑5호증 : 세목별 과세 증명서

갑6호증 : 송달료 납부서

2011.   .   .

위 원고 서 맹 종

○○법원 귀중

1. 평소 경기도정 발전에 깊은 관심과 조언에 감사드립니다.

2. 귀하께서 경기도에 바란다에 신청하신 『소(안) 검토』 민원을 검토한 결과, 동민원에 대하여 아래와 같이 회신합니다.

   가. 귀하가 제기한 민원에 대하여 민원사무처리에 관한 법률 제15조(처리결과의 통지) 규정에 의거 경기도 및 화성시(감사담당관실 및 보건소)에서 회신한 사항이 있음으로 동법 및 동 규정을 위반하였다고 볼 수 없음을 알려드리며,

   나. 동일한 내용으로 여러차례 제기한 반복민원에 대하여는 민원사무처리에 관한 법률 시행령 제21조(반복 및 중복민원의 처리) 규정에 의거 종결처리 하였음을 알려드립니다.

3. 귀하의 가정에 건강과 행운이 늘 함께 하시기를 기원드립니다. 끝.

경기도 귀중

제가 2011. 2.23. 제출한 민원에 대하여는 처리하지도 않고 2011. 1.23. 제출한 민원에 대하여는 1.28.과 2.11. 동 민원을 민원사무처리에관한법률 시행령 제21조 규정에 의거 종결처리하여 다시 민원을 제출합니다.

민원사무처리에관한법률 시행령 제21조가 아닌 민원사무처리에관한법률 제15조 규정에 의해 민원을 처리하고 그 결과를 통지해 주기 바랍니다.

참고로 민원사무처리에관한법률 제15조에는 민원인이 신청한 민원에 대해 처리한 결과를 회신토록 규정하고 있으며, 경기도와 같이 신청한 민원도 아닌 것에 대하여는 처리할 필요도 회신할 필요도 없음을 알려드립니다. (3. 3)

답 변 내 용 (경기도 3. 9)

반복민원으로 종결처리된 민원입니다.

경기도지사 귀하

경기도는 2010. 7.31. 2010. 8.16. 2010. 8.19. 2010. 8.31. 2010. 9. 1. 2010. 9. 3. 2010.11.25. 2010.12.10. 2011. 1. 5. 2011. 1.15. 2011. 1.23. 2011. 2. 1. 2011. 2.12. 에 제출된 제 민원을 처리치 않고, 화성시에서 처리토록 통지하는가 하면 제 민원을 '민원사무처리에 관한 법률 제15조(처리결과의 통지)'에 의해 처리치 않고 동 법 시행령 제21조(반복 및 중복 민원의 처리)에 의거 '종결처리' 하였습니다.

제 민원과 관련하여 경기도(화성시 제외)가 직접 처리한 일이 무엇인지 알려 주기 바랍니다. 경기도가 존재함으로 인해 업무가 더 번잡해 지는 것 같아 문의합니다.

바르고 깨끗하며 국민과 함께하는 경기도이기 바랍니다. (6.13)

홈페이지의 열린 도지사실(함께하는 도지사실) '도지사에게 바란다' 화면에서 임의로 삭제됨.

 민원처리 사례로 보는 **정부의 자세(하)**

경기도지사 귀하

　2011. 6.13. 문의한 내용에 답없이 문의한 내용에 대한 것이라는 우편물을 수령하고 또 동 문의 등 제 민원을 홈페이지 화면에서 임의로 삭제하고 답이 없어 다시 민원을 제출합니다,

　제 6.13. 민원을 첨부하였으니, 문의한 내용에 대한 답을 '도지사에게 바란다' 화면으로 하여 주기 바랍니다.

　제 문의는 2010. 7.31.부터 2011. 2.12.까지 제출된 민원 각각에 대한 문의이지, 우편으로 답한 '○○○○병원'에 대한 문의가 아니며 또 '이송의 부당성'에 대한 문의도 아닙니다. 6.13. 민원을 첨부하여 알겠지만 경기도에서 직접 처리한 일이 없어 문의한 것입니다.

　그리고 이송하여 해당부서가 처리케 하는 것은 맞지만, 경기도에 접수된 민원을 경기도에서 관리치 않고 이송하여 민원을 처리완료하고 있어 문의한 것입니다. (6.17)

　첨부 : 6.13. 민원

답변내용 (경기도 6.22)

1. 평소 경기도정 발전에 깊은 관심과 조언에 감사드립니다.
2. 귀하께서 2011. 6.17 도지사에 바란다에 신청하신 『문의』 민원을 검토한 결과, 동 민원에 대하여 아래와 같이 회신합니다.
　　가. 귀하가 2011.6.13. 경기도에 바란다에 제기하신 민원은 현재 홈페이지에 있는 민원으로 삭제하지 않았음을 삭제할 수도 없음을 알려드립니다.
　　나. 2010. 7.31부터 2011. 2.12까지 귀하가 제기한 민원의 내용은 ○○○○병원과 관련된 민원임을 알려드리며, 민원은 처리권자와 내용에 따라 경기도에서 직접처리 하거나 해당 시·군으로 이송·처리하고 있습니다.
　　다. 귀하께서 제기한 민원에 대해서는 화성시에서 처리할 사항은 화성시 감사담당관실로 이송하였고, 경기도에서 처리할 사항은 기 회신한 사항과 같이 답변처리 하였음을 알려드립니다.
3. 귀하의 가정에 건강과 행운이 늘 함께 하시기를 기원드립니다.

경기도지사 귀하

경기도가 존재함으로 인해 도정업무를 더 번잡하게 하면서 국고를 왜 낭비하는지 몰라 문의합니다.

2010년 년간 경기도 유지에 소요된 예산이 얼마인지 알고 싶습니다. 제 문의는 경기도가 직접 지출(소비)한 예산으로, 관내 시나 동 등에서 지출된 예산과 사업비 등의 예산은 포함되지 않습니다. (7. 7)

1. 귀하의 도정 및 예산낭비에 대한 관심에 깊은 감사를 표합니다.

2. 경기도가 2010년간 지출한 예산은 13조8,549억8,076만4천601원입니다.
    o 일반회계 : 11조1,799억4,761만3천030원
    o 특별회계 : 2조6,750억3,315만1천571원

3. 궁금한 점이 계시면, 아래로 문의하시면 성심껏 답변드리겠습니다.
    Tel. 031-8008-2121

경기도지사 귀하

2011. 6.22. 경기도가 2010. 7.31.부터 2011. 2.12.까지 제기한 민원의 내용은 ○○○○병원과 관련된 민원임을 알려 다시 민원을 제출합니다.

민원제출자가 2010. 7.31.부터 2011. 2.12.까지 제기한 민원 내용 중 일부분은 ○○○○병원에 관한 민원이 아님에도 경기도가 ○○○○병원과 관련된 민원이라고 판단한 근거가 무엇인지 궁금합니다. ○○○○병원과 관련된 민원이라고 판단한 근거를 알려 주기 바랍니다. 예를 들면, 민원사무처리에관한법률 제15조 규정에 의해 민원을 처리하고 그 결과를 통지해 주기 바라는 것도 '○○○○병원' 민원으로 판단하여 회신치 않은 법적 근거를 알려 주기 바랍니다.

민원제출자는 본인임에도 민원제출자가 경기도인 것처럼 민원내용을 민원제출자의 의도와 다르게 임의로 판단하여 민원을 처리하지 않기 바랍니다. (7.16)

1. 귀하께서 우리도에 제기한 민원(제2011-27027호)을 검토한 결과, "2010년 7월부터 2011년 2월까지 귀하께서 제기한 민원 내용을 보건정책과에서 판단을 잘못하여 처리하여 그 판단 근거 등이 궁금하다" 는 내용으로서,

2. 귀하께서 과거 제기한 민원서·진정서를 다시 한번 확인한 바, 내용 중 ○○○○병원에 대한 불만사항이 기재되어 있는 것을 확인하였으며, 그것이 경기도가 판단한 근거임을 알려드립니다.

3. 그리고 민원사무처리에 관한 법률 제15조 규정에 의거 우리도는 민원처리 경과·결과 등을 귀하께 알려드리며, 해당 의료기관을 직접 관리·감독하는 화성시에 민원이첩하여 해당 민원처리를 지시하면서도 그 처리결과를 귀하께 직접 알려드리도록 지시하였습니다.

4. 또한 "민원제출자가 경기도인 것처럼 민원내용을 민원제출자의 의도와 다르게 임의로 판단하여 민원을 처리하지 않길 바란다" 라는 귀하의 의견에 대해서는 향후 민원업무를 처리함에 있어, 민원인의 의도를 정확히 확인하여 민원인이 만족할 수 있는 민원 처리를 위해 최선을 다하도록 하겠습니다.

5. 상기 답변과 관련하여 더 궁금하신 사항이 있으시면 도 담당자(○○○ ☎031-8008-4353)에게 문의하여 주시기 바랍니다. 끝.

　경기도는 민원을 처리하지 않는지 민원을 처리하지 않은 관련자는 어떻게 처리하는지 문의하니, 화성시에 처리토록 통보하였음을 알리며 공무원이 민원사항을 적기에 처리하지 않을 시에는 민원사무처리에 관한 법률 제4조 및 경기도 지방공무원 징계의 양정에 관한 규칙 제2조에 의거 처벌될 수 있음을 알렸습니다.

　경기도는 화성시에 통보하였을 뿐 직접 처리한 것은 없습니다.

　경기도와 화성시로부터 답장은 받았으나, 제 민원(2010.10.11 화성시장에게 제출한 진정서)에 대한 것이 아니라 다시 민원을 제출하였더니, 2011. 3. 11. 민원에 동문서답합니다.

　동문서답하며 신청한 민원을 미처리하여도 경기도는 '민원사무처리에관한법률'을 위반한 관련 공무원을 국민에게 책임지게 하지 못합니다.

　경기도가 민원사무처리에관한법률 제15조에 의하여 민원을 처리해야 하는지 아니면 동 법 시행령에 의하여 민원을 처리해야 하는지도 모르고, 민원을 법이 아닌 시행령에 의해 처리합니다.

　홈페이지의 열린 도지사실(함께하는 도지사실) '도지사에게 바란다' 화면을 2011년 1월 이후부터 제기된 민원 전부를 삭제하여, 2011. 1.23. 제기된 민원 ('경기도에 바란다' 화면)이 삭제되고 없음에도, 삭제할 수 없다고 알립니다. 민원을 삭제하고 거짓말로 답한 것 외에 경기도가 직접 처리한 일이 없습니다.

경기도지방경찰청

화성서부경찰서 귀중

답은 보았습니다. 답대로라면 현장 등에서 잘못을 인정하면 사실과 관계없이 잘못으로 결정한다는 것인데 화성서부경찰서는 여태껏 그렇게 업무를 처리하여 왔는지 궁금합니다. 여태껏 그렇게 업무를 처리하여 왔다면 제반 결정을 사실에 맞게 업무를 처리하도록 하여야 하며, 사실도 아닌 내용으로 업무를 처리하여 피해를 끼친 것은 정정하여 주기 바랍니다.

사고 당시 현장에 설치된 카메라로 촬영되어 현장상항이 사실대로 파악되는 사진을 보내주기 바랍니다. 또 현장 사진이 없으면, 그 이유와 제가 신호위반이 아닌데도 사실 확인없이 신호위반으로 결정하여 보험료가 인상되게 하였으니 인상된 보험료가 취소되도록 조치해주기 바랍니다. (3.22)

서맹종 선생님 안녕하십니까?

화성서부경찰서 경비교통과 교통조사계에 근무하는 ○○○ 경사 입니다.

먼저 저희 경찰행정에 많은 관심을 가져 주신데 대하여 감사드립니다.

서맹종님께서 추가적으로 궁금하신 질문에 대해 성심 성의껏 답변해 드리겠습니다.

서맹종님이 작년 경찰서에서 진술을 했던 교통사고는 신호위반 교통사고로, 교통사고 당사자 2명 중 1명은 신호위반 과실이 인정되는 것입니다.

즉 가지 말아야 할 신호에 주행한 것으로, 서맹종님 께서는 현장에서 잘못을 인정한 사실과 보험회사 직원에게 과실을 인정한 사실을 질문 중에 스스로 인정하고 계십니다.

또한 경찰서에 출석하셔서 신호위반 과실을 인정하신 사실이 있으며, 경찰서에서는 이러한 서맹종님의 진술을 토대로 사실대로 업무를 처리하였음을 알려드립니다. 당시 교통사고 현장에는 CCTV는 존재하지 않았고, 사건과 관련된 서류는 검찰청에 송치되어, 현재는 경찰서에는 보관 하지 않고 있음을 알려 드립니다.

보험료 인상 부분은 서맹종님의 신호위반 과실로 인해 보험회사에서 결정한 사안으로 해당 기관에 문의하시길 바랍니다. 끝으로 항상 행복이 가득하시길 바라겠습니다. 감사합니다.

경기도지방경찰청 귀중

　화성서부경찰서에 제 교통사고 당시 현장사진 제출을 요구하며, 현장사진이 없으면 그 이유와 제가 신호위반이 아닌데도 사실 확인없이 신호위반으로 결정하여 보험료가 인상되게 하였으니 인상된 보험료가 취소되도록 조치해 주기 바란다고 민원을 제출하니, 화성서부경찰서에서 현장 보험회사 직원에게 과실을 인정한 사실이 있고 경찰서 질문에 스스로 신호위반 과실을 인정하였다는 답과 현장에는 CCTV가 존재하지 않았고 관련서류는 검찰청에 송치되어 경찰서에는 보관하지 않고 있다고 답하여, 귀 경찰청으로 다시 제출하니 민원을 처리해 주시기 바랍니다.

　저는 사고 당시 상대편 운전자가 충돌사고로 병원에 입원하는 상황이었고 또 사고현장에 카메라도 설치되어 있어 사후에라도 현장상황 확인이 가능하다고 판단하여 잘못을 보험사 직원에게 인정하여 사고를 빨리 수습하였습니다.

　이에 대해 화성서부경찰서는 현장에서 잘못을 인정하여 신호위반으로 결정한 것이라며, 신호위반을 확인할 수 있는 현장사진은 보관하지 않고 있다며 현장사진을 제출하지 않고 있습니다.

　경찰은 질문에 스스로 신호위반 과실을 인정하였다고 주장하는데, 청색 신호에 교차로에 진입하여도 화성서부경찰서는 스스로 신호위반 과실을 인정한 것으로 여태까지 판단하여 왔는지 궁금하며, 또 화성서부경찰서는 현장에 대한 사실 확인없이 보험사 직원의 처리결과에 따라 업무를 처리하여 왔는지 궁금하며, 그렇다면 경찰서가 왜 존재하는지 궁금합니다. 궁금증을 해소해 주시기 바랍니다.

　그리고 현장에 CCTV가 존재하지 않았다고 주장하여 말하는데, 경찰이 검찰청에 송치한 관련서류중 사진에 찍힌 현장 카메라는 무엇인지 의심됩니다.

　제반 결정을 사실에 맞게 처리되도록 하여 주기 바라며, 사실도 아닌 내용으로 업무를 처리하여 피해를 끼친 것은 정정되도록 하여 주기 바랍니다.

　참고로 2010. 9. 30. 검찰의 벌금부과와 관련하여 법원에 제출한 화성서부경찰서 경비교통과 교통조사계 ○○○ 경사에 대한 유감을 보냅니다. (3.28)

　첨부 : 화성서부경찰서 경비교통과 교통조사계 ○○○ 경사에 대한 유감

서맹종 선생님 안녕하십니까?

화성서부경찰서 경비교통과 교통조사계에 근무하는 ○○○ 경사 입니다.

서맹종님께서 추가적으로 궁금하신 질문에 대해 성심 성의껏 답변해 드리겠습니다.

먼저 신호위반 사고의 처리과정에 대해 다시 한 번 설명 드리겠습니다.

신호위반한 당사자의 과실로 인해 상대차량 운전자가 다쳤을 경우, 11개 중과실 항목에 적용되어 종합보험에 가입되어 있어도 형사적인 처벌을 받게 됩니다.

즉 서맹종님께서 자주 언급하시는 벌금이 부과되는 문제는 신호위반한 운전자에게 부과되는 형벌에 해당하며, 이와 같은 절차는 제가 임의적으로 검찰에 서류를 넘기면서 발생하는 문제가 아닌, 신호위반 사고의 처리 과정임을 알려 드립니다.

즉 신호위반 한 당사자 중 1명에게는 벌금이 부과되는 동시에, 면허 벌점과 더불어 보험료가 인상되는 부분(해당보험회사에 문의하시길 바라며) 은 필연적으로 연관되는 부분입니다.

화성서부경찰서에서는 위와 같은 신호위반 교통사고를 처리함에 있어, 타 기관에서 조사한 내용이 아닌 경찰서에서 사실에 부합되는 대로 조사가 되었음을 알려드리며, 사건과 관련된 서류는 검찰청에 송치되어, 법원에서 판결이 확정된 것으로 현재 경찰서에는 보관하지 않고 있음을 알려 드립니다.

끝으로 항상 행복이 가득하시길 바라겠습니다. 감사합니다.

경기도지방경찰청 귀중

경기지방경찰청에 보낸 민원에 대해 2011. 4. 5. 화성서부경찰서에서 답하였으나, 민원에 대한 답이 아니라 다시 경찰청에 민원을 제출합니다.

경기지방경찰청으로서 관내 경찰서를 적법하게 통제할 수 있게 되기 바라며 민원을 관내 경찰서에 떠 넘겨 할 일 없는 경기지방경찰청으로 평가되지 않기 바랍니다.

교통사고 현장 확인이 가능한 사진을 제출해 현장상황을 확인하기 바라는 제 민원에 대해 화성서부경찰서는 2011. 3.28. 교통사고 현장에는 CCTV가 존재하지 않았다고 답하여, 2011. 3.28. 사진에 찍힌 현장 카메라는 무엇인지 문의하니 카메라에 대해 아무런 답도 없습니다.

화성서부경찰서가 교통사고 현장 확인이 가능한 사진을 제출해 제가 신호를 위반하였음을 현장사진으로 확인케 하여 주기 바랍니다. (4. 5)

답 변 내 용 (경기지방경찰청 4.12)

안녕하십니까?

경기지방경찰청 교통과 교통조사계에서 근무하고 있는 ○○○ 경사입니다.

귀하의 사고에 대하여 확인한 결과 사고당시 현장출동경찰관, 사고 관련 상대방, 보험사에 귀하께서 신호위반 사실을 인정하고 화성서부경찰서에서도 피의자 신문조서 작성당시 신호위반을 인정하였다는 담당자의 의견입니다.

따라서 사건 송치 후 법원의 판결이 있었을 것입니다.

판결에 이의가 있는 경우에 정식재판을 청구하는 등 법적 절차에 따르셔야 하며, 사고사진은 이미 모든 서류가 검찰에 보관되어 있으므로 수원지방검찰청에 열람을 청구하시기 바랍니다.

감사합니다.

경찰청 귀중

제가 교통사고 현장사진 제출을 요구하니, 경기지방경찰청에서 교통사고 현장사고사진 등 모든 서류가 검찰에 보관되어 있어 제출할 수 없고, 또 제 교통사고에 대하여 확인한 결과 사고당시 현장출동경찰관, 사고 관련 상대방, 보험사에서 제가 신호위반 사실을 인정하고 화성서부경찰서에서도 피의자 신문조서 작성당시 신호위반을 인정하였다는 담당자의 의견이라는 답을 하여 다시 민원을 제출합니다.

경기지방경찰청이 본 사건을 잘못 알고 답하여 잘못 답한 부분에 대해 아래 사항을 문의합니다. 경기지방경찰청이 답한 사고 당시 상황이 거짓이니, 사실대로 답하여 억울한 처분이 되지 않도록 조치해 주기 바랍니다.

사고사진은 이미 모든 서류가 검찰에 보관되어 있으므로 수원지방검찰청에 열람을 청구하라고 답하여 말하지만, 저는 정식재판 과정에서 화성서부경찰서가 검찰에 제출한 서류를 기 열람하였습니다. 따라서 수원지방검찰청에 추가로 열람을 더 청구할 필요도 없습니다.

제가 수원지방법원에 정식재판을 청구하여 재판 중 화성서부경찰서가 검찰에 제출한 서류일체(현장사진과 피의자 신문조서 등)를 열람한 바, 현장사진은 교통사고현장에 카메라가 설치되어 있었음이 확인되는 사진과 사고 차량이 아닌 타 차량으로 촬영되어 신호위반을 조작한 사진이었습니다. 그리고 피의자 신문조서에는 서맹종 자필로 누가 신호를 위반한 것인지 밝히지 않았지만 서맹종이 청색신호에서 진입선을 진입한 사실과 신호위반으로 사고가 발생된 것임을 진술하였습니다.

신문조서상에 누가 교통신호를 위반하였는지 기재되어 있지는 않지만 신호위반 사실을 확인한 서맹종이 신호를 위반한 것으로 경찰이 추측하여 서맹종을 피의자로 처리함은 부당하며 서맹종에게 할증된 보험료를 부담케 하는 것도 부당합니다.

2011. 3.28.에도 말했지만 저는 사고 당시 상대편 운전자가 충돌사고로 병원에 입원하는 상황이었고 또 현장에 카메라도 설치되어 있어 사후에라도 현장상황 확인이 가능하다고 판단하여 제가 잘못하였다고 허위를 보험사 직원에게 인정하여 사고를 빨리 수습한 것이지 제가 신호를 위반하였다는 사실을 인정한 것이 아닙니다.

사고당시 현장출동경찰관, 사고 관련 상대방, 보험사에게 신호위반 사실을 인정하고 화성서부경찰서에서도 피의자 신문조서 작성당시 신호위반을 인정하였다는 담당자의 의견이라는 답은 사실과 다른 답입니다. 사고당시 현장출동경찰관이 있었는지 무엇을 했는지 의심되며, [화성서부경찰서 경비교통과 교통조사계 ○○○ 경사에 대한 유감]에서 보듯이 사고 관련 상대방은 차량운전시 무엇을 보고 운전했는지 의심되고, 또 보험사는 제가 신호를 위반하였다는 사실을 어떻게 인정하였는지 의심되며, 교통사고 쌍방 중 누가 신호를 위반했다고 서맹종이 진술했는지도 의심됩니다.

사실이 무엇인지(사고 쌍방중 누가 신호를 위반한 것인지) 확인하기 위해 경찰에게 사고당시 카메라 사진 제출을 요구하는 것임을 이해하여 주기 바라며, 의심되는 부분을 거짓없이 사실대로 확인하여 알려 주기 바랍니다.

제 민원은 화성서부경찰서가 거짓사유로 교통사고 현장사진을 미제출하지 말고, 사고 현장확인이 가능한 사진을 제출해 제가 신호를 위반하였음을 사고사진으로 확인케 하여 주기 바라는 것입니다.

화성서부경찰서가 교통사고 현장에 카메라가 설치되어 있었음에도 현장에 CCTV가 존재하지 않았다고 거짓으로 답한 이유가, 현장사진 미제출로 서맹종에게 피의자로 불리한 처분을 감수케 하려는 의도인지 의심됩니다.

실지 잘못없이 경찰 추측으로 제(서맹종)가 부당한 처분을 감수케 하는 것은 부당하므로, 제 할증된 보험료를 경찰이 부담케 하여 주고 경찰의 잘못 판단으로 피의자로 처리한 책임과 이에 대한 심적 물적 손해를 보상해 주기 바랍니다.

경기지방경찰청이 관내 화성서부경찰서가 사실도 아닌 내용으로 업무를 처리하여 국민에게 피해를 끼쳐도 정정토록 하지 못함은 유감입니다. 경찰청은 지방경찰청이 민원을 적법하게 처리하는 능력있는 기관이 되게 조치해 주기 바랍니다. (4.13)

서맹종 선생님 안녕하십니까?

화성서부경찰서 경비교통과 교통조사계에 근무하는 ○○○ 경사입니다.

서맹종님께서 문의하신 내용에 대해 친절히 답변해 드리겠습니다.

현장에는 신호위반을 판단할 수 있는 카메라가 존재하지 않으며, 검찰청에서 서맹종님께서 열람하신 피의자신문조서는 화성서부경찰서에서 작성하신 것으로, 해당 내용에는 서맹종님이 신호위반을 인정한 내용, 즉 신호위반한 사실이 기재되어 있음을 알려드립니다.

또한 사건을 처리함에 있어 사진을 조작한다는 것은 있을 수 없으며, 사실대로 처리하였음을 알려드립니다.

사건처리과정에 대해 서맹종님의 이해를 돕고자 답변내용에 대해 전화로 친절히 설명드리려고자 하였지만, 전화연결을 원치 않아 지면으로만 설명드리는 것을 안타깝게 생각하며, 신호위반사고에 수반되는 보험료 할증부분에 대해서는 해당기관에 문의 하시길 바라겠습니다.

경기도지방경찰청 귀중

4.15. 민원은, 교통사고 현장 확인이 가능한 사진 제출을 요구하며 경기지방경찰청은 한 일도 없고 주관없이 관내 경찰서 담당자의 의견을 민원인에게 전달하고 있으니, 경기지방경찰청이 주관적 의사를 갖고 업무를 적극적으로 처리하기 바라는 것입니다. 그런데 경기지방경찰청의 4.22. 답을 보니 기 답한 내용을 알리고 있습니다.

민원에 기 답한 내용이 틀려 다시 민원을 제출한 것인데 똑 같은 내용을 경기지방경찰청이 한일도 없이 7일만에 답하니 한심한 일입니다. 민원이 종결되게 하기 바랍니다.

기 답(안내)한 것이 틀려 다시 민원을 제출하니, 성심성의껏 자세하게 민원에 설명해 주기 바랍니다. (4.22)

서맹종님. 안녕하십니까.

경기지방경찰청 교통과 교통계에서 근무하는 ○○○ 경장입니다.

귀하께서 국민신문고를 통하여, 경기지방경찰청 방문을 환영합니다.

먼저, 귀하의 교통사고에 대하여 화성서부경찰서 교통조사계 등에 사실 확인을 하였습니다.

귀하의 교통사고 건은 화성서부경찰서 교통조사계 ○○○ 경사가 교통사고 일체를 조사 후, 2010. 4. 5자에 수원지방검찰청으로 사건을 송치하여, 수원지방법원에서 판결이 확정되었고, 관련서류 일체는 수원지방법원에 보관되어 있는 것으로 알고 있습니다.

또한, 귀하께서 교통사고 현장 확인이 가능한 사진 제출을 요구하는 바, 수원지방법원에 정보공개 열람 등 일련의 절차를 밟아 정보공개 신청을 하시기 바랍니다. 아울러, 경찰에서는 법원에서 확정판결을 받는 사건에 대하여 일체의 관여를 하지 못하는 실정입니다.

더 궁금한 사항이 있으시면, 경기지방경찰청 교통과 교통계로 연락주시면, 성심성의껏 자세하게 안내하여 드리겠습니다.

귀 댁에 항상 건강과 행운이 깃드시길 기원드립니다.

감사합니다.

경찰청 귀중

제가 수차례 민원을 제출하여 알겠지만, 교통사고 현장 확인이 가능한 사진 제출을 요구하니 현장에 카메라가 없었기 때문에 사진을 제출하지 못한다고 답하여 다시 민원을 제출합니다.

교통사고 당시 현장에 카메라가 있어 차후에라도 교통신호위반 여부가 확인 가능하다고 판단하여 현장에서 제 잘못으로 인정하고 사후 수습을 빨리 진행하였는데, 교통사고 현장에 카메라가 없었다고 답하니, 황당한 일입니다.

교통사고 현장 카메라가 국민 협박용 거짓 카메라 인지 현장에 카메라가 없다고 답한 것이 거짓인지 밝혀, 거짓에 대해 국민에게 책임지게 하고, 책임진 내역을 알려 주기 바랍니다. (4.23)

답 변 내 용 (화성서부경찰서 5. 2)

서맹종 선생님 안녕하십니까?

화성서부경찰서 교통조사계 근무하는 ○○○ 경사 입니다.

사고 당시 현장에는 신호위반을 판단할 수 있는 카메라가 존재하지 않았습니다.

본 사건은 기 설명드린 답변과 같이 사실대로 처리되었음을 알려 드립니다. 끝으로 항상 행복이 가득하시길 바라겠습니다. 감사합니다.

경기도지방경찰청 귀중

4.29. 경기지방경찰청의 답을 보고 다시 민원을 제출합니다. 성심성의껏 자세하게 안내한다고 답만 하지 말고, 진심으로 친절하게 민원을 해결하여, 다시 민원인이 민원을 제출하지 않도록 하기 바랍니다.

제 민원은, 교통사고에 대한 설명이 아니고 교통사고 현장 사진 제출 요구이며 귀 경찰청이 주관적 의사를 갖고 업무를 적극적으로 처리하기 바라는 민원입니다.

이 민원에 대한 귀 경찰청의 답은, 관련서류 일체가 법원에 보관되어 있어 관여할 수 없다는 답입니다. 즉 현장사진을 법원에서 보관하고 있어 사진 제출이 불가하다는 말로 해석됩니다. 그러면 현장에 사진기가 없었다는 ○○○ 경사의 답은 거짓임이 명백합니다. 4.23. 경찰청에 기 제출한 사항이지만, ○○○ 경사의 거짓 답에 대해 국민에게 책임지게 하고, 책임진 내역을 알려 주기 바랍니다.

그리고 대통령도 말한 것이지만, 타인에게 핑게대는 것은 나쁜 일입니다. 지금 귀 청은 법원에게 핑게대며 현장사진을 제출치 않고 있습니다. 저번에도 말했지만, 저는 법원에서 보관하고 있는 제 교통사고와 관련된 서류 일체를 열람하였습니다.

어리석은 관서가 되지 않기 바라며, 원칙에 맞는 성실한 처리를 바랍니다.

그리고 추가 답변을 계속하여 말하는데, 추가 답을 하지 않도록 당초 답에 신중을 기하기 바라며, 당초 답의 오류를 자인하는 추가 답은 하지 않기 바랍니다. (4.29)

서맹종 님. 안녕하십니까.

경기지방경찰청 교통과 교통계에서 근무하는 ㅇㅇㅇ 경장입니다.

국민신문고를 통하여 경기지방경찰청 방문을 환영합니다.

귀하의 민원은 국민신문고 신청번호 1AA-1104-012800, 접수번호 2AA-1104-037038로 접수되어, 기 경기지방경찰청 교통과 교통조사계 재조사반 안석훈 경사가 답변을 드린바 있고, 아울러 국민신문고 신청번호 1AA-1104-071859, 접수번호 2AA-1104-162177로 접수되어, 정보공개 신청하여 열람하실 수 있는 방법 등을 알려 드렸습니다.

또한, 귀하의 교통사고 건은 화성서부경찰서 교통조사계 ㅇㅇㅇ 경사가 교통사고 일체를 조사 후, 2010. 4. 5자에 수원지방검찰청으로 귀하의 사건을 송치하여, 수원지방법원에서 판결이 확정되었습니다.

더 궁금한 사항이 있으시면, 경기지방경찰청 교통과 교통계로 연락주시면, 성심성의껏 자세하게 안내하여 드리겠습니다.

귀 댁에 항상 행복과 행운이 함께 하기를 기원드립니다. 감사합니다.

경찰청 귀중

경찰이 가짜 카메라가 교통사고 현장에 설치된 것을 이용하여 신호위반도 아닌 정상적인 운전자를 교통운전사고범으로 허위 진술케 하여 허위인지 사실인지도 구분하지 않고 교통사고범으로 처리하여 놓고, 사실대로 처리하였다고 밀어붙이며 보험료도 할증되게 하고, 벌금도 부과되게 하여 정식재판을 청구케 하고 있습니다. 경찰의 잘못이 사실에 따라 시정되기 바라며, 신뢰받는 경찰이 되기 바랍니다. (5.12)

답변내용 (화성서부경찰서 5.17)

서맹종 선생님 안녕하십니까?

화성서부경찰서 경비교통과 교통조사계에 근무하는 ○○○ 경사 입니다.

본 사건은 이미 답변을 드린 내용대로 사실대로 처리가 되었습니다. 화성서부경찰서 교통조사계로 문의하시면 다시 한번 자세하고 친절하게 설명을 약속드립니다.

끝으로 항상 행복이 가득하시길 바라겠습니다. 감사합니다.

경찰청장 귀하

정상적인 운전자가 허위 진술케 한 카메라가, 가짜 카메라임이 화성서부경찰서 답을 통해 확인됩니다.

5.12. 경찰청에 제출한 민원도 마찬가지이지만, 제 민원은 가짜 카메라를 설치하여 국민을 허위 진술케 하고 예산을 낭비한데 대한 책임이므로, 화성서부경찰서가 동 민원을 처리(답)할 것이 아니고 경찰청(본청)에서 동 민원을 처리할 사항입니다. 즉 가짜 카메라로 국민을 협박한데 대한 경찰(청)의 책임이며, 이는 화성서부경찰서의 책임도 아니며 일선 경찰서의 책임도 아닙니다.

경찰청의 친절한 처리(답 등)를 바라며, 국가와 국민을 위한 경찰이 되기 바랍니다. (5.16)

답변내용 (화성서부경찰서 5.30)

서맹종님 안녕하십니까?

국민신문고를 통하여 저희 화성서부경찰서를 찾아주신데 대해 감사드리며 질의하신 내용에 대하여 다음과 같이 답변 드리겠습니다.

서맹종님께서 민원을 제기하신 지점은 화성시 남양동 소재 수작이교차로이며 322번지방도 편도 2차로 구간내 신호운영중인 사거리 교차 지점으로 가짜카메라가 설치되어 있다는 민원이나, 수작이교차로에 설치된 카메라는 2003. 12. 13.일자로 수원에서 서신방면에 설치된 다기능(신호+과속)무인단속카메라이며, 저희 화성서부경찰서 관내에는 가짜 카메라가 없음을 알려드립니다.

교통시설에 대한 민원사항이 있으시면 언제든지 화성서부경찰서 교통관리계 경사 ○○○에게 문의하시면 자세하게 답변드리겠습니다. 끝으로 서맹종님의 가정에 건강과 행복이 가득하시길 바랍니다. 감사합니다.

◉ 나의 민원

국민신문고에서 신청하신 모든 민원에 대한 처리과정 및 결과를 확인하실 수 있습니다.
보안형 민원은 조회하기 위해 민원신청번호가 필요합니다.

▌처리현황

▌민원인 입력사항

[목록] [인쇄]

• 신청번호	1AA-1105-083796		
• 신청인구분	개인		
• 신청인 이름	서맹종	• 주민(외국인)번호	520313 - *******
• 연락처		• 휴대전화	
• 주소	450-740 경기 평택시 세교동 부영1차아파트		
• 민원발생지역	시도: 경기도 시군구: 평택시		
• 나의민원 확인방식	간편형 [보안형으로전환]	(간편형) 로그인 만으로 확인 (보안형) 로그인(1단계) ⇒ 신청번호(2단계) 입력 후 확인	
• 이메일	seojoung0914@hanmail.net	• 진행상황 통보방식	서신 + 이메일 + SMS(문자)
• 신청일	2011.05.25. 12:22:29	• 직업	무직

▌피 민원인 정보

• 피민원인 이름	경기지방경찰청장	• 연락처	
• 주소			

▌민원신청내용

• 민원제목	손해배상 청구

• 민원내용 보기

경기지방경찰청장 귀하

거리에 가짜 카메라를 설치하여 정상적인 운전자를 교통운전사고범으로 허위 진술케 하여 교통사고범으로
처리하고, 가짜 카메라 설치에 소비된 예산낭비에 대해서도 책임지지 않는 현 상황이 애석합니다.

아직 민원(가짜 카메라 설치에 대한 책임)을 해결치 않아 그동안 발생된 저에 대한 피해로 20,000,000원을 헌법 제29조 1항에 의거 배상해 줄 것을 요구합니다.

화성서부경찰서의 허위결정으로 저는 수원지방법원으로부터 선고유예 판결을 받았으며 자동차 보험료도 할증된 금액으로 납부하게 되었습니다.
그리고 또 저는 장애인이며 세무사임에도 화성서부경찰서의 허위결정으로 심적.물적 피해가 계속 발생되고 있습니다.

민원사무처리에관한법률 제15조(처리결과의 통지)를 위반하지 않기 바라며, 민원(피해배상 청구)처리(실천) 후 그 결과를 친절하게 통지해 주기 바랍니다.

- **첨부파일**　　　　첨부파일 없음

▌민원공유여부

- **민원공유여부**　　공유　비공유로전환

※ 공유에 동의하시면 민원내용과 답변내용이 민원업무 처리나 정부정책에 반영하기 위해 다른 행정기관에 제공 될 수 있으며, 필요 시 행정기관 등의 홈페이지를 통해 일반국민들에게 민원사례로 제공 될 수 있습니다.

▌처리기관 정보

처리기관	경찰청 경기도지방경찰청 화성서부경찰서 경비교통과

담당자 (연락처)	(031-379-9352)	**민원인 신청번호**	1AA-1105-083796
접수일	2011.05.26. 09:17:12	**처리기관 접수번호**	2AA-1105-187748
처리 예정일	2011.06.02. 23:59:59		

※ 민원처리기간은 최종 민원 처리 기관의 접수일로부터 보통 7일 또는 14일임
　(해당 민원을 처리하는 소관 법령에 따라 달라질 수 있음)

처리결과(답변내용)	처리결과(추가답변)

- **답변일**　　　　2011.06.02. 10:14:41

- **처리결과(답변내용)**

서 맹 종 님 안녕하십니까?

국민신문고를 통하여 저희 화성서부경찰서를 찾아주신데 대해 감사드리며 질의하신 내용에 대하여 다음과 같이 답변 드리겠습니다.

서맹종님께서 민원을 제기하신 지점은 화성시 남양동 소재 수작이 교차로이며 322번 지방도 편도 2차로 구간내 신호운영중인 사거리 교차로 지점으로 가짜카메라가 설치되어 있다는 민원이나 수작이 교차로에 설치된 카메라는 2003. 12. 13일자로 수원에서 서신방면에 설치된 다기능(신호+과속)무인단속카메라이며,

무인신호위반단속은 정지선에서 교차로 약 3/4 통과시까지 8장의 영상이 찍혀야 신호위반으로 컴퓨터에 저장되어 운전자에게 통보되는 것이고, 만약 교차로 내에서 신호위반하고 교통사고가 발생하여 8장의 사진 영상이 찍히지 않으면 컴퓨터에 저장되지 않아 신호위반으로 통보가 되지 않고 있으며 또한 수작이 교차로는 편도 2차로중 1차로에서만 과속 및 신호위반이 단속되

고 있음을 알려드립니다.
교차로내 신호위반 교통사고는 무인단속 되지 않는 사례가 많으며 따라서 우리 화성서부경찰서
에서는 서맹종님의 진술에 의한 정당한 교통사고 처리였음을 재차 알려 드립니다.

교통시설에 대한 민원사항이 있으시면 언제든지 화성서부경찰서 교통관리계 경사   9031-
379-9350)에게 문의 하시면 자세하게 답변 드리겠습니다.

끝으로 서맹종님의 가정에 건강과 행복이 가득하시길 바랍니다. 감사합니다.

- **첨부파일**   첨부파일 없음

민원처리과정 만족도조사

민원 만족도조사 등록일 : 2011.06.02.

민원 만족도조사에 응하시면 추첨을 통해 분기별로 문화상품권을 제공합니다.

민원처리과정에 대해 만족하십니까? (매우불만)

민원처리과정에 대해 불만이 있으신 경우, 사유를 선택해 주시기 바랍니다. (공정성 결여)

만족 또는 불만족하신 사유 등 의견이 있으시면 작성해 주시기 바랍니다.
국민신문고를 통하여 경기지방경찰청장에게 제출한 민원이지 화성서부경찰서에 제출한 민원도 아니
고 방문하지도 않았으니, 감사할 이유도 없음.
본 민원은 허위진술을 근거로 정상운전자를 증빙없이 피의자로 처리한데 대한 책임요구임에도, 민원
도 아닌 엉터리 답으로 책임을 회피함.

귀하가 신청하신 민원은 해결되었습니까? (미해결)

목록   인쇄

경찰청장 귀하

경찰은 증빙없이 허위진술을 근거로 피의자 처리를 하고 있습니다. 반드시 허위진술여부를 증빙으로 확인한 후 피의자로 처리해야 합니다.

제 허위진술을 근거로 화성서부경찰서는 피의자로 처리 하였으나, 증빙이 없어 증빙을 제출치 못하고 있습니다. 증빙없이 죄없는 국민을 피의자로 처리한 것은 부당하니, 이에 대해 책임지기 바랍니다. (6. 1)

답 변 내 용 (화성서부경찰서 6. 9)

서맹종님, 안녕하세요.

화성서부경찰서 경비교통과 교통조사계에 근무하는 경사 ○○○입니다.

먼저 저희 경찰행정에 많은 관심을 가져 주신데 대하여 감사드립니다.

서맹종님께서 올려주신 내용을 잘 읽어보았습니다.

현재 서맹종씨 관련된 교통사고는 사고 당시에 현장 출동경찰관에게 본인 과실부분을 인정하셨고 경찰서에 출석하여 피의자신문조서를 작성하는 과정에서도 본인의 과실을 인정하셨습니다.

이 위반행위는 11개항목에 적용되어 종합보험 가입과 상관없이 불구속 기소의견으로 검찰청에 서류를 송치한 것입니다.

그러나, 선생님께서 올려주신 글에는 본인께서 허위진술을 하셨다고 하는데 허위진술한 부분에 대하여는 선생님께서도 책임이 있는 부분입니다.

교통사고 재조사를 원하시면 언제든지 신청이 가능하니 이점 참고하시길 바랍니다.

환절기 건강유의하시고 궁금하신 사항은 화성서부경찰서로 연락주시면 더 자세한 답변을 드리겠습니다.

화성서부경찰서장 귀하

수작위 교차로 무인신호위반단속은 정지선에서 교차로 약 3/4 통과시까지 8장의 영상이 찍혀야 신호위반으로 운전자에게 통보되는 것이고, 만약 교차로 내에서 신호위반하고 교통사고가 발생하여 8장의 사진 영상이 찍히지 않으면 신호위반으로 통보가 되지 않으며 또한 수작이 교차로는 편도 2차로중 1차로에서만 과속 및 신호위반이 단속된 다는 답을 보고 문의합니다.

수작위 교차로에서 2009년. 2010년. 2011년 동안 각 년도별로 신호위반으로 통보된 건수와, 제 경우처럼 사진없이 신호위반으로 처리한 건수를 각 년도별로 알려 주기 바랍니다. (6.12)

답 변 내 용 (화성서부경찰서 6.20)

서맹종 님 안녕하십니까?

국민신문고를 통하여 저희 화성서부경찰서를 찾아주신데 대해 감사드리며 질의하신 내용에 대하여 다음과 같이 답변 드리겠습니다.

서맹종님께서 민원을 제기하신 지점은 화성시 남양동 소재 수작이교차로 이며 322번 지방도 편도2차로 구간내 신호운영중인 사거리 교차로 지점으로, 2003. 12. 13일자로 수원 =〉 서신방면에 설치된 다기능(신호+과속)무인단속 카메라이며, 무인신호위반 단속은 정지선에서 교차로 약3/4통과시까지 8장의 영상이 찍혀야 신호위반으로 컴퓨터에 저장되어 운전자에게 통보되는 것이고 만약 교차로 내에서 신호위반하고 교통사고가 발생할시 8장의 영상이 찍히지 않으면 컴퓨터에 저장되지 않기에 자료가 없음을 알려 드립니다.

그리고 수작이교차로 무인단속카메라의 2009년도~2011년도 신호위반 통보건수는 정식적으로 정보공개(인터넷주소:http://www.open.go.kr/)청구 하시기 바랍니다.

교통관련 민원사항이 있으시면 언제든지 화성서부경찰서 교통관리계 순경 ○○○에게 문의하시면 자세하게 답변 드리겠습니다.

끝으로 서맹종님의 가정에 건강과 행복이 가득하시기 바랍니다.

경기도지방경찰청장 귀하

경기지방경찰청은 2011. 3.28. 2011. 4. 5. 2011. 4.22. 2011. 4.29. 2011. 5.25. 에 제출된 제 민원을 처리치 않고, 화성서부경찰서에서 처리토록 통지하는가 하면 화성서부경찰서의 주장을 그대로 되풀이하며 안내하였습니다.

그동안 경찰청의 민원처리에 대한 제 의견은 다음과 같습니다.

경찰청장은 화성서부경찰서 업무가 아니라 화성서부경찰서에서 처리할 수 없는 업무를 화성서부경찰서에 떠넘기고, 화성서부경찰서는 처리할 수 없는 민원을 경찰청으로부터 접수하고, 경기지방경찰청은 민원(고충)을 직접 해결치 못하면서 행복을 기원한다고 답하며, 민원을 화성서부경찰서에 떠넘기고,

화성서부경찰서는 교통사고 현장에 카메라가 설치되어 있음에도 사진도 제출치 않고, 현장사고 사진(증빙)없이 운전자가 보험사 직원에게 허위 진술한 것을 근거로 선량한 국민을 피의자로 처리하여, 수작위 교차로에서 2009년. 2010년. 2011년 동안 각 년도별로 신호위반한 건수와 사진없이 신호위반으로 처리한 건수를 원칙대로 처리치 않고 임의로 처리하여 공개치 못하는 실정입니다.

경기지방경찰청이 왜 존재하며 국고를 낭비하게 하는지 모르지만, 화성서부경찰서가 증빙없이 무고한 운전자를 교통운전사고범이 되게 하여도 경기지방경찰청은 방관하고 있으니, 안타까운 일입니다.

참고로 당초 민원은, 교통사고 현장 사진 제출 요구인데 이를 제출치 않기 위해 거짓말과 협박 등으로 원칙을 실천치 않음에 따라, 민원이 계속되게 된 것입니다.

제 민원과 관련하여 경기지방경찰청(화성서부경찰서 제외)가 직접 처리한 일이 없지만 직접 처리한 일이 있으면 무엇인지 알려 주기 바랍니다. 지방경찰청이 존재함으로 인해 경찰업무가 더 번잡해 지는 것 같아 문의합니다.

바르고 깨끗하며 국민과 함께하는 경기지방경찰청이기 바랍니다. (6.21)

서맹종 님. 안녕하십니까.

경기지방경찰청 교통과 교통계 국민신문고 담당 경사 ○○○ 입니다.

국민신문고를 통하여 경기지방경찰청 방문을 환영합니다.

귀하의 글은 잘 읽어보았습니다.

귀하의 민원은 국민신문고 신청번호 1AA-1104-012800, 접수번호 2AA-1104-037038로 접수되어, 기 경기지방경찰청 교통과 교통조사계 재조사반 ○○○ 경사가 답변을 드린 바 있고, 아울러 국민신문고 신청번호 1AA-1104-071859, 접수번호 2AA-1104-162177로 접수되어 정보공개를 신청하여 귀하께서 확인하고자 하는 자료를 열람 할 수 있는 방법 등을 안내하여 드렸습니다.

또한, 귀하의 교통사고 건은 화성서부경찰서 교통조사계 소속 경사 ○○○이 조사 후 검사지휘를 받아 2010. 4. 5자에 수원지방검찰청으로 귀하의 교통사고에 대한 수사서류 일체 송치하였고 수원지방법원에서 판결이 확정되었습니다.

저는 국민신문고 담당으로서 맡은 바 임무를 성실히 수행하고 있고 앞으로도 최선을 다하여 근무하고자 합니다.

더 궁금한 사항이 있으시면, 경기지방경찰청 교통과 교통계로 연락주시면, 성심성의껏 자세하게 안내하여 드리겠습니다.

경찰청장 귀하

지방경찰청이 존재함으로 인해 경찰업무를 더 번잡하게 하면서 국고를 왜 낭비하게 하는지 모르지만, 화성서부경찰서가 증빙없이 무고한 운전자를 교통·운전사고범이 되게 하여도 경찰청은 방관하고 있으니, 안타까운 일입니다.

2010년 년간 신호위반확인용 감시카메라 설치 및 유지에 소요된 예산이 얼마인지, 그리고 2010년 경기지방경찰청(소속 경찰서 제외)에 지급된 인건비(급여 및 수당 등) 가 얼마인지 알고 싶습니다.

제 문의는 위 항목에 대한 예산 지출액입니다. (7. 7)

답 변 내 용 (경기지방경찰청 7.13)

안녕하십니까.

경기지방경찰청 교통과 교통계에서 근무하는 국민신문고 담당입니다.

귀하께서 국민신문고를 통하여, 경기지방경찰청 방문을 환영합니다.

이번, 귀하께서 요청하신 무인단속카메라 관련 예산 및 경기지방경찰청 인건비에 대한 요청을 하셨는데, 공공기관의개인정보보호에관한법률에 의거, 공개가 불가함을 알려드립니다.

더 궁금한 사항이 있으시면, 경기지방경찰청 교통과 교통계로 연락주시면, 성심성의껏 자세하게 안내하여 드리겠습니다. 감사합니다.

경기도지방경찰청장 귀하

　　교통사고현장을 추측하지 않고 사실을 토대로 교통사고를 처리한 증거를 제출하여 주기 바랍니다.

　　교통사고현장을 추측하는 등 교통사고현장사실 확인이 불가한 증거나 허위진술 등의 증거는 제출할 필요 없음을 참고하기 바라며, 사실증거를 제출치 않으면 사실과 다르게 '고의'로 저를 교통사고 피의자로 처리한 것으로 판단하겠습니다. (8.15)

답변내용 (경기도지방경찰청 8.22)

서맹종 님. 안녕하십니까.

경기지방경찰청 교통과 교통계 국민신문고 담당 입니다.

국민신문고를 통하여 경기지방경찰청 방문을 환영합니다.

귀하의 글은 잘 읽어보았습니다.

귀하의 민원은 국민신문고 신청번호 1AA-1104-012800, 접수번호 2AA-1104-037038로 접수되어, 기히 경기지방경찰청 교통과 교통조사계 재조사반 ㅇㅇㅇ 경사가 답변을 드린 바 있고, 아울러 국민신문고 신청번호 1AA-1104-071859, 접수번호 2AA-1104-162177로 접수되어 정보공개를 신청하여 귀하께서 확인하고자 하는 자료를 열람 할 수 있는 방법 등을 안내하여 드렸습니다.

또한, 귀하의 교통사고 건은 화성서부경찰서 교통조사계 소속 경사 ㅇㅇㅇ이 조사 후, 검사지휘를 받아, 2010. 4. 5자에 수원지방검찰청으로 귀하의 교통사고에 대한 수사서류 일체 송치하였고, 수원지방법원에서 판결이 확정되었습니다.

더 궁금한 사항이 있으시면, 경기지방경찰청 교통과 교통계로 연락주시면, 성심성의껏 자세하게 안내하여 드리겠습니다. 감사합니다.

 나의 민원

국민신문고에서 신청하신 모든 민원에 대한 처리과정 및 결과를 확인하실 수 있습니다.
보안형 민원은 조회하기 위해 민원신청번호가 필요합니다.

▌처리현황

▌민원인 입력사항

[목록] [인쇄]

• 신청번호	1AA-1109-055386		
• 신청인구분	개인		
• 신청인 이름	서맹종	• 주민(외국인)번호	520313 - *******
• 연락처		• 휴대전화	
• 주소	446-516 경기 용인시 기흥구 상하동 그대가아파트		
• 민원발생지역	시도: 경기도 시군구: 용인시 기흥구		
• 나의민원 확인방식	간편형 [보안형으로전환]	(간편형) 로그인 만으로 확인 (보안형) 로그인(1단계) ⇒ 신청번호(2단계) 입력 후 확인	
• 이메일	seojoung0914@hanmail.net	• 진행상황 통보방식	이메일
• 신청일	2011.09.20. 04:03:09	• 직업	기타

▌피 민원인 정보

• 피민원인 이름	경기도지방경찰청장	• 연락처	
• 주소			

▌민원신청내용

• 민원제목	경찰업무방조에 대한 책임

• 민원내용 보기

제 수작위교차로 교통사고와 관련하여, 귀 경찰청에서 사고시 상대편 운전자는 2주정도의 경상으로 병원에 입원할 정도의 상황이 아님을 알면서 상대편 운전자가 병원비 등 명목으로 보험금을 수령케 하였습니다. 병원에 입원할 정도의 상황이 아님을 알면서 병원비 명목으로 보험금을 수령케 방조한 책임을 지고, 국민에게 책임진 내역을 통보해 주기 바랍니다.

• **첨부파일**   첨부파일 없음

- **민원공유여부**　　　공유　비공유로전환

※ 공유에 동의하시면 민원내용과 답변내용이 민원업무 처리나 정부정책에 반영하기 위해 다른 행정기관에
　 제공 될 수 있으며, 필요 시 행정기관 등의 홈페이지를 통해 일반국민들에게 민원사례로 제공 될 수 있습
　 니다.

▌처리기관 정보

• **처리기관**	경찰청 경기도지방경찰청 제1차장 제1부 교통과		
• **담당자 (연락처)**		• **민원인 신청번호**	1AA-1109-055386
• **접수일**	2011.09.20. 11:18:50	• **처리기관 접수번호**	2AA-1109-123156
• **처리 예정일**	2011.09.27. 23:59:59		

※ 민원처리기간은 최종 민원 처리 기관의 접수일로부터 보통 7일 또는 14일임
　 (해당 민원을 처리하는 소관 법령에 따라 달라질 수 있음)

처리결과(답변내용)

- **답변일**　　　2011.09.23. 19:45:32

- **처리결과(답변내용)**

서맹종 님. 안녕하십니까.
경기지방경찰청 교통과 교통계 국민신문고 담당 입니다.
국민신문고를 통하여 경기지방경찰청 방문을 환영합니다.
귀하의 글은 잘 읽어보았습니다.

귀하의 민원은 국민신문고 신청번호 1AA-1104-012800, 접수번호 2AA-1104-037038로 접수되어,
기히 경기지방경찰청 교통과 교통조사계 재조사반　　　　경사가 답변을 드린 바 있고,
아울러, 국민신문고 신청번호 1AA-1104-071859, 접수번호 2AA-1104-162177로 접수되어,
정보공개를 신청하여 귀하께서 확인하고자 하는 자료를 열람 할 수 있는 방법 등을 안내하여 드
렸습니다.

또한, 귀하의 교통사고 건은 화성서부경찰서 교통조사계 소속 경사　　　　이 조사 후, 검사지휘
를 받아,
2010. 4. 5자에 수원지방검찰청으로 귀하의 교통사고에 대한 수사서류 일체 송치하였고,
수원지방법원에서 판결이 확정되었습니다.

더 궁금한 사항이 있으시면, 경기지방경찰청 교통과 교통계(031-888-2651)로 연락주시면, 성심성
의껏 자세하게 안내하여 드리겠습니다.

귀 댁에 건강과 행운이 깃드시길 기원드립니다.
감사합니다.

- **첨부파일**　　　첨부파일 없음

💬 민원처리과정에 대해 만족하십니까? (매우불만)

💬 민원처리과정에 대해 불만이 있으신 경우, 사유를 선택해 주시기 바랍니다. (공정성 결여)

💬 만족 또는 불만족하신 사유 등 의견이 있으시면 작성해 주시기 바랍니다.

경찰은 상대편 운전자가 병원에 입원할 정도가 아님에도 병원비 명목으로 상대편 운전자가 보험금을 수령해도 이를 방조함. 또 본 사건에 대해 정보공개를 신청한 적 없음에도 자료열람방법 등을 안내하였다고 답하는가 하면, 화성서부경찰서의 초등수사 잘못으로 선량한 국민을 피의자로 처리하여 수원지방법원에서 판결하게 되었음에도 법원에서 판결하였다고 답하며, 초등수사 잘못(원인)에 대해 국민에게 책임지지 않음.
상대편 운전자의 보험금수령을 방조하고 초등수사를 잘못하여 선량한 국민을 피의자로 처리한 경찰은 국민에게 책임져야 함.

💬 귀하가 신청하신 민원은 해결되었습니까? (미해결)

🏠 목록   🖨 인쇄

◉ 나의 민원

국민신문고에서 신청하신 모든 민원에 대한 처리과정 및 결과를 확인하실 수 있습니다.
보안형 민원은 조회하기 위해 민원신청번호가 필요합니다.

▌처리현황

▌민원인 입력사항

🏠 목록   🖨 인쇄

• 신청번호	1AA-1110-002422		
• 신청인구분	개인		
• 신청인 이름	서맹종	• 주민(외국인)번호	520313 - *******
• 연락처		• 휴대전화	
• 주소	450-740 경기 평택시 세교동 부영1차아파트		

· 민원발생지역	시도: 경기도 시군구: 평택시		

· 나의민원 　확인방식	간편형 보안형으로전환	(간편형) 로그인 만으로 확인 (보안형) 로그인(1단계) ⇒ 신청번호(2단계) 입력 후 확인
· 이메일	seojoung0914@hanmail.net	· 진행상황 　통보방식	서신 + 이메일 + SMS(문자)
· 신청일	2011.10.03. 10:17:56	· 직업	기타

▌민원신청내용

· 민원제목	예산낭비를 방지하기 위한 조치

· 민원내용 보기

경찰이 신호위반확인용 카메라가 설치되어 있어 신호위반여부를 현장사진으로 확인할 수 있음에도 화성서부경찰서의 경우 신호위반확인용 카메라 사진을 확인치 않고 피의자가 신호를 위반하였을 것이라는 가정(추측)으로 선량한 국민을 피의자로 처리하고 있습니다.
따라서 신호위반확인용 카메라를 전국에 설치하여 그 설치 및 유지에 예산이 지급되지 않도록 조치하여 예산낭비를 방지하기 바라며, 신호위반확인용 카메라 철거시 예상되는 신호위반 미확인 사항은 현재 경찰의 처리방법과 같이 경찰 가정(추측)으로 처리토록 조치하기 바랍니다.

· 첨부파일　　첨부파일 없음

▌민원공유여부

· 민원공유여부　　공유 비공유로전환

※ 공유에 동의하시면 민원내용과 답변내용이 민원업무 처리나 정부정책에 반영하기 위해 다른 행정기관에 제공 될 수 있으며, 필요 시 행정기관 등의 홈페이지를 통해 일반국민들에게 민원사례로 제공 될 수 있습니다.

▌처리기관 정보

· 처리기관	경찰청 경기도지방경찰청 화성서부경찰서 경비교통과		
· 담당자 (연락처)		· 민원인 신청번호	1AA-1110-002422
· 접수일	2011.10.04. 10:52:56	· 처리기관 접수번호	2AA-1110-007007
· 처리 예정일	2011.10.19. 23:59:59 (1회연장) 🔍연장이력보기		

※ 민원처리기간은 최종 민원 처리 기관의 접수일로부터 보통 7일 또는 14일임
　(해당 민원을 처리하는 소관 법령에 따라 달라질 수 있음)

처리결과(답변내용)

· 답변일	2011.10.18. 20:31:17

· 처리결과(답변내용)

서맹종 님. 안녕하십니까.
화성서부경찰서 경비교통과 교통관리계 국민신문고 담당 입니다.
국민신문고를 통하여 화성서부경찰서 방문을 환영합니다.
귀하의 글은 잘 읽어보았습니다.

현재 전국에 설치된 무인단속카메라는 교통사고 예방을 위해
교통사고 다발지역 및 교통사고 우려 지역에 무인교통단속카메라를 설치한 것으로, 설치 결과 교
통사고 및 사망사고 모두 크게 감소하는 효과가 매년 입증되고 있습니다.

이에 따라 향후에도 교통무인단속 장비를 지속적으로 확충해 나갈 계획이라는 정부의 방침이 있
습니다. 이는 다수의 의견 수렴 결과로서 공익을 위한 점임을 알려드립니다.

답변내용이 다소 만족스럽지 못하더라도 관련 법령에 의거 부득이한 좀이 있음을 이해해주시
기 바랍니다.

더 궁금한 사항이 있으시면, 화성서부경찰서 경비교통과 교통관리계 연락주시면,
성심성의껏 자세하게 안내하여 드리겠습니다.

귀 댁에 건강과 행운이 깃드시길 기원드립니다.
감사합니다.

- **첨부파일**　　　　첨부파일 없음

민원처리과정 만족도조사

민원 만족도조사 등록일 : 2011.10.19.

민원 만족도조사에 응하시면 추첨을 통해 분기별로 문화상품권을 제공합니다.

Q 민원처리과정에 대해 만족하십니까? (매우불만)

Q 민원처리과정에 대해 불만이 있으신 경우, 사유를 선택해 주시기 바랍니다. (공정성 결여)

Q 만족 또는 불만족하신 사유 등 의견이 있으시면 작성해 주시기 바랍니다.

신호위반확인용 카메라 사진을 확인치 않고 신호를 위반하였을 것이라는 가정으로 선량한 국민을 피
의자로 처리하여 카메라 설치 및 유지에 예산이 지급되지 않도록 조치하기 바라는 민원에 대해, 카메
라 설치의 당위성을 설명함.
공익(카메라 설치의 당위성)을 위해서는 현재와 같이 교통사고를 경찰이 추측하여 처리하는 일이 없
도록 해야 함.

Q 귀하가 신청하신 민원은 해결되었습니까? (미해결)

　　행복을 기원하는 것이 진심이면 민원을 해결하여야 함에도, 민원도 해결치 않으면서 행복을 기원하는 것처럼 말하며, 경기지방경찰청이 왜 존재하며 국고를 낭비하는지 모르지만 경찰서가 증빙없이 무고한 운전자를 피의자로 처리하여도 경기지방경찰청은 방관합니다.

　　교통사고 현장사진 제출 요구가 민원이므로 궁금한 사항도 있을 수 없으며, 성심성의껏 자세하게 안내한다고 말하면서 사고현장사진을 제출치 않는 것이 성심성의껏 답하는 자세인지 의심됩니다. 경찰은 사실에 따라 업무를 처리하는 신뢰받는 경찰이 되어야 합니다.

　　진짜 카메라이면 교통위반임이 확인되는 사진을 제출해야 함에도, 가짜 카메라가 없다고 답하면서 교통사고 사진을 제출치 않고, 선량한 국민이 보험사에 허위진술한 것을 근거로 증거없이 피의자로 처리합니다.

　　가짜 카메라 설치 책임은 경찰서에서 처리할 수 없는 일임에도, 가짜 카메라 설치 책임에 대해 경찰청장은 이견없이 경찰서에 떠넘기고 경찰서는 담당업무도 아닌 것을 경찰청으로부터 접수하여 동문서답으로 민원을 처리합니다.

　　2011. 6. 9. 민원은 2011. 6. 1. 경찰청장에게 제출된 민원으로, 화성서부경찰서가 처리하지도 못하면서 화성서부경찰서는 허위진술에 대한 책임을 논하며 협박하여 보험사 직원에게 허위진술하게 된 경위를 설명한 것입니다. 화성서부경찰서가 협박으로 업무를 처리할 게 아니라 원칙에 따른 처리를 바랍니다.

　　피의자신문조서에는 신호위반하지 않았다고 진술하고 있음에도 화성서부경찰서는 제 과실을 인정하였다고 주장하는데, 누가 신호를 위반했는지 밝히지 않고 제가 신호를 위반한 것으로 화성서부경찰서는 추측하여 피의자로 처리한 것은 이해되지 않으며, 사실도 아닌 허위로 피의자로 처리하고 협박하면서 사실대로 수정치 않는 것이 이해되지 않습니다.

　무인단속카메라 설치 및 유지에 지출된 예산과 경기지방경찰청 인건비에 대해 문의하니 공공기관의개인정보보호에관한법률에 의거 공개가 불가하다며, 지출된 예산을 알리지 않습니다.

　예산에 대한 문의를 개인정보에 대한 문의로 파악하여 답하는 경찰이 어떻게 인권을 보호하였는지 상상되며, 경찰은 협박 등으로 원칙을 무시하면서 무고한 국민의 인권을 유린하지 말아야 합니다.

　경찰은 상대편 운전자가 병원에 입원할 정도가 아님에도 병원비 명목으로 상대편 운전자가 보험금을 수령해도 이를 방조하고, 또 초등수사 잘못으로 선량한 국민을 피의자로 처리하여 법원에서 판결받게 하면서, 보험금수령 방조와 초등수사 잘못(원인)에 대해 책임지지 않습니다.

감 사 원

감사원장 귀하

제 블로그(http://blog.daum.net/seojoung)에 사실이 아닌 부분이 있으면 알려 주기 바랍니다.

유·불리와 관계없이 사실과 틀린 것을 말하니, 틀린 것을 합당하게 지적하면 수정하겠습니다. 지금 민원사무처리에 관한 법률 위반으로 소송 중인 것은 알겠지만, 블로그에 이견없다가 소송에 이견이 있으면 곤란하여 미리 유·불리와 관계없이 사실과 다른 부분 여부를 문의합니다.

그리고 제 소송은 최근 "부작위"에 대한 것으로 과거 몇 개월 전(결정 등)에 대한 소송이 아님을 알려 드립니다.

그리고 또 지금 제 소송은 '민원사무처리에관한법률 제15조 위반'에 대한 것이지, 다른 조항에 대한 것이 아닙니다. 민원사무처리에관한법률 제15조는 민원인이 신청한 민원에 대해 처리결과를 통보하게 규정하고 있는데, 왜 민원인이 신청하지도 않은 것을 통보(동문서답)하여, 결국 민원에는 미회신 하느냐?입니다.

그리고 국가보훈처가 서울행정법원에 제출한 답변서에서, 감사원의 요구에 따라 재심사하고 보훈수혜 환수를 진행하고 있다는 답입니다. 이 답이 사실이면, 감사원이 확인없이 보도한데 대해 책임져야 하는데 감사원은 책임지지 않고 있습니다.

민원사무처리에관한법률 제15조 등을 위반하지 말고 민원인이 신청한 민원에 대해 처리결과를 통보해 주기 바랍니다.

제가 신청한 이번 민원은, 1. 제 블로그에 사실이 아닌 부분이 있으면 알려 주기 바라는 것이고, 2. 보훈수혜 환수에 대한 보훈처의 답이 사실이면, 거짓 보도로 국민을 기만한 당시 감사원장을 비롯해 감사원 모든 관련자는 국민에게 책임지고 그 결과를 통보해 주기 바라는 것입니다.

신청한 민원이 아닌 것에는 알아서 하겠지만, 제게는 필요없으니 답할 필요가 없음을 알려 드립니다. (12.26)

답변내용 (감사원 12.29)

종결처리

감사원 귀중

감사원이 2011.1.5. 답한 것을 보고, 그리고 진행 중인 '부작위'소송과 관련하여 아래 민원을 추가로 제출하니 처리하기 바랍니다.

감사원이 민원을 계속 처리하지 않고 민원과 다른 내용으로 주관적인 답("undefined")을 하는 것은 '공정한 행정'이 아니며, 이렇게 답변이 민원과 다르다고 수 차례 진정하였음에도 계속 위와 같이 동문서답하는 것은 '공정한 행정'이 아닙니다.

감사원은 2009. 6.27일 민원은 처리하지 않고서, 2009. 7. 2 및 같은 해 7.24. 처리한 것처럼 2009. 8.11 답한 것을 밝혀야 합니다.

그리고 감사원은 '동일·유사한 민원은 회신없이 종결한다.'는 법률 근거를 밝히고, 이전 제출한 민원과 '동일·유사한 민원'으로 판단하여 회신없이 종결한 판단근거를 밝혀야 합니다.

그리고 피고가 객관성없이 주관적으로 답한 것은 민원인이 신청한 민원사항에 대한 처리 결과를 민원인에게 문서로 통지하게 규정하고 있는 민원사무처리에관한법률 제15조를 위반한 것입니다. (1.12)

답 변 내 용 (감사원 1.14)

종결처리

감사원 귀중

제 민원에 대한 처리를 보면 감사원은 장기간을 소요한 후 민원을 처리(제 블로그 중 감사원 참고)하고 있어 문의합니다.

민원사무처리에관한법률 제20조 및 제21조에서는 '민원사무처리기준표'에 따라 민원을 처리하게 규정하고 있는데, 왜 감사원은 '민원사무처리에관한법률'에 따라 민원을 처리하지 않는지 궁금합니다. 그 법률근거를 알려 주기 바랍니다. (2.10)

답 변 내 용 (감사원 2.17)

종결처리

감사원장 귀하

제 블로그(http://blog.daum.net/seojoung)에 사실이 아닌 부분이 있으면 알려 주기 바란다 하니, 귀 원에서 '종결처리'라고 답하여 다시 민원을 제출합니다.

행정기관이 위법 부당한 처분 또 헌법과 배치되는 시행령으로 행정하는 사례는 제 블로그를 참고하기 바라며, 헌법과 법률이 준수되도록 하기 바랍니다.

이번 민원은 행정기관이 헌법과 법률을 준수하도록 감사원이 업무를 지도하고 책임지게 하도록 하라는 것입니다.

제 블로그에 표시된 민원 등을 처리하지 않는 것은, 감사원이 〈헌법〉과 민원처리 후 그 결과를 민원인에게 회신하게 규정하고 있는 〈민원사무처리에관한법률 제15조〉를 위반하는 것으로 판단하겠습니다. (3.30)

답 변 내 용 (감사원 4.27)

종결처리

감사원장 귀하

예산을 올바로 사용하여 헌법이 정한 국민의 행복과 권익이 보호될 수 있게 해 주기 바랍니다.

예산이 낭비되고 있는 사례를 기 말했지만, 감사원이 국가보훈처의 업무집행 잘못을 지적하고도 그동안 낭비된 예산을 여태 환수하지 않고 있습니다.

예산 환수를 위한 조치를 취해, 국민의 행복과 권익을 보호하기 바랍니다. (4.20)

답 변 내 용 (감사원 4.27)

종결처리

감사원장 귀하

2009. 8.10. 제가 제출한 민원에 대해 「향후 이와 동일 또는 유사한 민원을 제기하는 경우 회신없이 종결」할 것임을 안내하고는, 2009. 8.31. 민원에는 회신치 않았습니다.

어떤 근거로 회신없이 종결할 것을 안내하고, 어떤 근거로 민원에 회신치 않았는지, 민원처리근거를 친절하게 알려 주기 바랍니다.

그리고 종결처리라고 밀어붙여 말하지만, 민원사무처리에관한법률은 기 종결여부와 관련 없이 신청한 민원처리 내용을 문서로 회신하게 규정한 법률인데, 감사원이 법도 제대로 적용하지 못하면서 타 부처를 힘으로 밀어붙이는 것이 아닌지 의심됩니다. 밀어붙이지 않는 친절한 답을 바랍니다. (4.30)

답변내용 (감사원5. 4)

종결처리

감사원장 귀하

　어떤 근거로 회신없이 종결할 것을 안내하고, 어떤 근거로 민원에 회신치 않았는지, 민원처리근거를 친절하게 알려 주기 바라니, 종결처리라고 답하여 다시 민원을 제출합니다.

　종결처리라고 밀어붙여 말하지만, 민원사무처리에관한법률은 기 종결여부와 관련없이 신청한 민원처리 내용을 문서로 회신하게 규정한 법률입니다.

　지금 같이 중복민원임으로 처리 종결식의 동문서답은 민원을 해결하지 않고도 가능한 답이지만, 법(민원사무처리에관한법률 제15조)을 준수하기 위해서는 민원내용에 맞는 회신을 해야 합니다.

　2009. 6월이나 2009. 8월 및 2009. 9월과 같이 회신하지 않을 것을 국민신문고 시스템상 민원을 완결키 위해 할 수 없이 하는 회신이라면, 지금의 답(종결처리)도 업무에 지장될 것으로 보이므로 '가'등으로 답하여 민원을 완결처리하는 것이 더 편리할 것으로 보입니다.

　신청한 민원처리 내용을 문서로 회신해 민원이 계속되지 않게 하여 주기 바랍니다.

　그리고 민원사무처리에관한법률에서 규정한 '민원사무처리기준표'에 따르면, 다른 법률(감사원법 등)에 특별한 규정(민원처리 기한)이 없는 한 진정은 7일 이내에 처리해야 하지만, 귀 원은 민원을 임의(1개월 경과 등)에 따라 불친절하게 처리하고 있으며, 이는 민원사무처리관한법률 제20조 및 제21조에 위반됩니다.

　민원사무처리에관한법률 제15조를 위반하는 귀 원이, 민원사무처리관한법률 제20조 및 제21조를 위반하는 것을 당연한 것으로 판단할 수 있겠지만, 감사원이 법을 위반하는 것은 부당합니다. 법을 위반하지 않는 감사원이 되기 바랍니다. (5. 7)

종결처리

감사원장 귀하

감사원이 민원에 동문서답하면서 법을 위반하여 다시 민원을 제출합니다.

감사원법에는 제46조 3항에 심사청구를 접수한 날부터 3개월 이내에 결정한다는 규정은 있으나, 이는 민원처리에 대한 내용이 아닙니다. 그래서 감사원이 어떤 근거로 회신없이 종결할 것을 안내하고, 어떤 근거로 민원에 회신치 않았는지, 민원처리근거를 친절하게 알려주기 바랍니다.

다만, 처리근거 없이 감사원 임의로 민원을 처리한 것이라면, 처리근거를 알리지 않고도 이전과 같이 답하여 민원을 처리할 수 있으므로, 처리근거가 없어 처리근거를 알리지 못하는 것으로 이해하겠습니다. (5. 9)

답 변 내 용 (감사원 5.13)

종결처리

감사원장 귀하

감사원이 민원에 아예 회신않는가 하면, 잘못된 행정시정을 요구해도 시정치 못하고 기처리 완료한 것처럼 거짓으로 답하며, 거짓으로 답하는 데도 48일을 소요하는 등, 행정을 낭비하고 있습니다.

그리고 타부처가 안내한 것을 감사원이 회신한 것처럼 하는가 하면, 본연의 업무도 모른 채 타 부처 업무에 간섭하는 것은 시정되어야 할 것입니다. 감사원이 각 부처 업무를 직접 처리하는 게 아니고, 각 부처가 적법하게 업무를 처리하는지 감독하고 지휘하는 것이 본연의 업무입니다. (또 각 부처를 대신하여 변명하는 것이 아니며, 국민의 이익을 대변하는 것이 감사원 업무임) 감사원은 월권하지 말고, 본연의 업무가 무엇인지 알고 본연의 업무에 충실해야 합니다.

감사원은 제 블로그 내용에 대해 이의 없으면서 부작위 등으로 복지부동하는 정부의 대표적 부처입니다. 선거결과를 겸허히 수용하여 국민에게 진심으로 친절하고 거짓없는 감사원이 되어야 함에도, 그러지 못하고 공정한 행정을 실천케 하지 못하니 여당이 선거에서 패배하게 되는 결과를 낳게 하고 있습니다. 감사원이 거짓이나 알리고 민원을 불성실하게 처리하면서, 어떻게 타기관을 감사할 수 있는지 의심되지만, 여당의 선거패배는 당연한 결과입니다.

감사원은 국가보훈처의 허위결정으로 낭비된 국세를 환수하기 바라며 이를 묵인한 관련자도 국민에게 책임지게 하기 바랍니다. 내 민원은 감사원장이나 담당자 개인에 대한 것이 아니며, 감사원 조직 전체에 대한 것임을 알고 답하기 바랍니다.

감사원이 공정한 행정을 실천치 않고 장애인을 차별하면서 계속하여 민원을 처리한 것으로 밀어 붙이고 있습니다. 엄격하게 업무를 처리해야 할 감사원이 온정적으로 업무를 처리하면서, 타 부처의 업무처리를 지적할 자격이 있는지 의심됩니다.

민원을 임의로 처리하여 '종결처리'라며 법률상 근거를 밝히지 못하고, 거짓 답만 하며 법을 위반하는 감사원의 존재이유가 뭔지 알 수 없지만, 감사원의 헌법상 근거를 없애 감사원이 헌법상 근거로 인해 예산이 낭비하지 않게 조치해야 할 것이며, 감사원이 타부처의 모범이 되어 국민을 위한 공정한 행정을 실천해야 할 것이나 공정한 행정을 펼칠 능력이 없으면 국민을 위해 자진해산하기 바랍니다.

상기 민원에 이의 없다면, 신청한 민원을 처리한 후 그 결과를 통보하게 규정한 민원사무
처리에관한법률 제15조에 위반되는 기 답과 같이 '종결처리'등으로 불친절하게 답하여 민원
을 종결한 것처럼 처리하기 바라며, 이렇게 답할 수밖에 없는 것으로 알겠습니다. (5.15)

답 변 내 용 (감사원 9. 1)

종결처리

감사원장 귀하

감사원장이 공직기강해이에 대해 감사를 강화한다는 5.17. KBS뉴스를 보고 제보합니다.
공직기강이 해이되지 않도록 엄격한 감사를 바랍니다.

공직기강이 해이한 사례는, 제가 지은 서적과 제 블로그(http://blog.daum.net/seojoung)
로 알 수 있습니다. 공직기강해이를 방지하기 위한 것이 진정이라면, 제가 지은 서적과 제
블로그 내용을 검토하여 적법한 처리를 바랍니다.

또 경찰은 가짜 카메라로 선량한 국민이 허위 진술케 하여 교통사고범으로 처리하고 있
는 실정입니다.

이러한 실상이므로 감사원이 공직기강 해이를 계속 방치하지 말고 말아닌 행동으로 실천
하여 주기 바랍니다. (5.17)

 나의 민원

국민신문고에서 신청하신 모든 민원에 대한 처리과정 및 결과를 확인하실 수 있습니다.
보안형 민원은 조회하기 위해 민원신청번호가 필요합니다.

▌처리현황

▌민원인 입력사항

[목록] [인쇄]

• 신청번호	1AA-1106-024502		
• 신청인구분	개인		
• 신청인 이름	서맹종	• 주민(외국인)번호	520313 - *******
• 연락처		• 휴대전화	
• 주소	450-740 경기 평택시 세교동 부영1차아파트		
• 민원발생지역	시도: 경기도 시군구: 평택시		
• 나의민원 확인방식	간편형 [보안형으로전환] (간편형) 로그인 만으로 확인 (보안형) 로그인(1단계) ⇒ 신청번호(2단계) 입력 후 확인		
• 이메일	seojoung0914@hanmail.net	• 진행상황 통보방식	서신 + 이메일 + SMS(문자)
• 신청일	2011.06.09. 06:12:48	• 직업	기타

▌민원신청내용

• 민원제목	문의

• 민원내용 보기

감사원장 귀하

감사원은 2011. 5. 9. 제 민원에 2011. 5.13. '종결처리'라고 답하였습니다.
'종결처리'라고 답한 법적 근거가 없어 문의합니다. '종결처리'라고 답한 법적 근거를 알려 주기 바랍니다.
바르고 깨끗하며 국민과 함께하는 감사원이 되기 바랍니다.

• 첨부파일	첨부파일 없음

▌민원공유여부

• 민원공유여부	공유 [비공유로전환]

※ 공유에 동의하시면 민원내용과 답변내용이 민원업무 처리나 정부정책에 반영하기 위해 다른 행정기관에
   제공 될 수 있으며, 필요 시 행정기관 등의 홈페이지를 통해 일반국민들에게 민원사례로 제공 될 수 있습
   니다.

• 처리기관	감사원 감사원 감사청구조사국 총괄과

• 담당자 (연락처)		• 민원인 신청번호	1AA-1106-024502
• 접수일	2011.06.12. 13:25:32	• 처리기관 접수번호	2AA-1106-075709
• 처리 예정일	2011.07.16. 23:59:59		

※ 민원처리기간은 최종 민원 처리 기관의 접수일로부터 보통 7일 또는 14일임
　(해당 민원을 처리하는 소관 법령에 따라 달라질 수 있음)

처리결과(답변내용)

• 답변일	2011.09.01. 17:00:45

• 처리결과(답변내용)

종결처리

• 첨부파일	첨부파일 없음

민원처리과정 만족도조사

🌲 민원 만족도조사 등록일 : 2011.09.02.

🌲 민원 만족도조사에 응하시면 추첨을 통해 분기별로 문화상품권을 제공합니다.

Ｑ 민원처리과정에 대해 만족하십니까? (매우불만)

Ｑ 민원처리과정에 대해 불만이 있으신 경우, 사유를 선택해 주시기 바랍니다. (공정성 결여)

Ｑ 만족 또는 불만족하신 사유 등 의견이 있으시면 작성해 주시기 바랍니다.

처리를 7.16. 까지 약속하고 처리결과를 9. 1. 회신함.
법적 근거없이 '종결처리'라고 답하며, 국민과 함께하는 감사원이 되지 못함.

Ｑ 귀하가 신청하신 민원은 해결되었습니까? (미해결)

진 정 서

감사원장 귀하

진정인 : 서맹종

　헌법 제97조 및 감사원법 제20조(임무)에서, 감사원은 국가의 세입·세출의 결산검사를 하고 회계를 상시 검사·감독하며, 행정기관 및 공무원의 직무를 감찰하여 행정 운영의 개선과 향상을 기하는 것이 감사원의 임무인데, 제 경우를 보면 감사원이 국가의 세입·세출이 바르게 집행되게 하지 못하고 공무원의 직무를 감찰하여 행정 운영의 개선과 향상을 기하지 못하여 문의합니다.

　감사원의 실지 임무(법을 위반하는 감사원이 타 기관을 감사할 자격이 없으므로 타 기관 감사업무 제외)가 무엇인지, 감사원이 왜 존재하는지에 대해 감사원의 의견을 알려 주기 바랍니다.

　민원사무처리에관한법률 제20조(민원사무처리기준표의고시등)와 제21조(민원사무처리기준표의조정등)에는 민원처리소요일이 규정되어있고 감사원법 제52조(감사원규칙) 등에는 민원처리소요일이 규정되지 않음에도, 감사원은 민원사무처리에관한법률 제20조 및 제21조를 위반하여, 법적 근거없이 민원을 통상 1개월 소요하여 처리하고 있고, 또 민원사무처리에관한법률 제15조도 위반하고 있습니다.

　감사원 스스로 헌법과 법을 위반하는 기관이면서 타 기관을 감사할 자격이 없다고 보는데, 이견이 있으면 감사원의 이견(의견)을 알려 주기 바랍니다.

　감사원이 법을 위반하지 않는 기관이 되기 바라며, 열린 마음으로 법과 원칙에 따른 공정한 행정을 실천하는 기관이 되기 바라고, 바르고 깨끗하며 국민과 함께하는 감사원이 되기 바랍니다.

감사원 같이 반복적으로 법과 헌법을 위반하는 기관이 국민을 위한다는 거짓 명분으로, 존재할 이유가 없다는 게 제 의견입니다.

다시 말하지만, 1. 헌법과 법을 위반하는 감사원이 왜 존재하는지? 2. 반복적으로 헌법과 법을 위반하는 감사원이 국민을 위한다는 명분으로 타 기관을 감사할 자격이 있는지? 에 대한 제 의문이 해소될 수 있는 답을 바라며, 또 제 수차례 민원(http://blog.daum.net/seojoung 참고)으로 제 의견을 말했지만 제 의견에 이견이 있으면 우편이나 메일로 알려 주기 바랍니다. 감사합니다.

2011. 6.20.

서 맹 종

진 정 서

감사원장 귀하

진정인 : 서맹종

저는 현 실상을 서적(민원처리 사례로 보는 정부의 자세(상))과 제 블로그(http://blog.daum.net/seojoung)로 호소해도 이를 바르게 시정치 못하는 현실이 이해되지 않아 문의합니다.

감사원은 현 실상을 어떻게 생각하는지 이에 대한 감사원의 대책이 무엇인지 궁금합니다. 감사원의 대책을 밝혀 주기 바랍니다. 물론 대책이 없다면 밝힐 필요도 없습니다. (6.27)

◉ 나의 민원

국민신문고에서 신청하신 모든 민원에 대한 처리과정 및 결과를 확인하실 수 있습니다.
보안형 민원은 조회하기 위해 민원신청번호가 필요합니다.

▌처리현황

▌민원인 입력사항

[목록] [인쇄]

• 신청번호	1AA-1107-056093
• 신청인구분	개인
• 신청인 이름	서맹종
• 연락처	

• 주민(외국인)번호	520313 - *******
• 휴대전화	

• 주소	450-740 경기 평택시 세교동 부영1차아파트
• 민원발생지역	시도: 경기도 시군구: 평택시
• 나의민원 확인방식	간편형 [보안형으로전환] (간편형) 로그인 만으로 확인 (보안형) 로그인(1단계) ⇒ 신청번호(2단계) 입력 후 확인
• 이메일	seojoung0914@hanmail.net
• 진행상황 통보방식	서신 + 이메일 + SMS(문자)
• 신청일	2011.07.17. 09:16:45
• 직업	기타

▌민원신청내용

• 민원제목	사이트 운영에 대한 건의

• 민원내용 보기

인터넷 사이트에 대해 건의합니다.

'국민신문고'가 당초 답변시에는 답변내용이나 친절도 평가결과가 보이다가, 추가 답변하면 당초 답변내용 등이 삭제되고 추가답변내용만 나타납니다. 당초 답변내용과 당초 친절도 평가결과 및 추가답변내용이 전부 표시되게 하여 주기 바랍니다.
그리고 감사원의 인터넷 사이트가 수개월간 제대로 표시되지 않고 방치하여 이용에 불편합니다. 지금도 '알림마당(공지사항)' 등 제목은 표시되나 내용은 없습니다. 감사원 사이트를 폐지하던지 내용을 올바로 표시하여 운영하던지 조치하여, 사이트 이용에 불편이 없도록 해야 합니다.

• 첨부파일   첨부파일 없음

민원공유여부

· 민원공유여부　　공유　비공유로전환

※ 공유에 동의하시면 민원내용과 답변내용이 민원업무 처리나 정부정책에 반영하기 위해 다른 행정기관에
　제공 될 수 있으며, 필요 시 행정기관 등의 홈페이지를 통해 일반국민들에게 민원사례로 제공 될 수 있습
　니다.

처리기관 정보

· 처리기관　　감사원 감사원 감사청구조사국 총괄과

· 담당자 (연락처)　　　　　　　　　　　　**· 민원인 신청번호**　　1AA-1107-056093

· 접수일　　2011.07.17. 09:37:07　　　　**· 처리기관 접수번호**　　2AA-1107-117243

· 처리 예정일　　2011.08.22. 23:59:59

※ 민원처리기간은 최종 민원 처리 기관의 접수일로부터 보통 7일 또는 14일임
　(해당 민원을 처리하는 소관 법령에 따라 달라질 수 있음)

처리결과(답변내용)

· 답변일　　2011.09.01. 17:00:15

· 처리결과(답변내용)

종결처리

· 첨부파일　　첨부파일 없음

민원처리과정 만족도조사

🔺 민원 만족도조사 등록일 : 2011.09.02.

🔺 민원 만족도조사에 응하시면 추첨을 통해 분기별로 문화상품권을 제공합니다.

Ⓠ 민원처리과정에 대해 만족하십니까? (매우불만)

Ⓠ 민원처리과정에 대해 불만이 있으신 경우, 사유를 선택해 주시기 바랍니다. (공정성 결여)

Ⓠ 만족 또는 불만족하신 사유 등 의견이 있으시면 작성해 주시기 바랍니다.
　처리를 8.22. 까지 약속하고 9. 1. 회신함.
　종결했다며 신청한 민원에 회신치 않고, 감사원 홈페이지 이용이 불편함.

Ⓠ 귀하가 신청하신 민원은 해결되었습니까? (미해결)

감사원장 귀하

　감사원이 민원에 답하지 않고 또 일부 민원에 대하여는 '종결처리'라고 답하여 법적 근거를 문의하였으나, 처리근거가 없어 처리근거를 알리지 못하는 것으로 이해하게 하여 다시 민원을 제출합니다.

　민원에 답하지 않은 법적 근거가 무엇인지, 또 '종결처리'라고 답한 근거가 무엇인지, 알려주기 바랍니다. 그리고 법적 근거없이 임의로 민원을 처리한 관련공무원은 국민에게 책임지게 하여 감사원이 책임행정을 실시하고 있음을 알리기 바랍니다.

　참고로 민원사무처리에관한법률 시행령 제21조에 의해 '동일 반복 민원'으로 판단하여 처리한 것이라면, 이는 민원인과 협의하여 판단한 것이 아닌 행정편의를 위해 감사원이 일방적으로 판단한 것이므로 헌법취지(국민의 인권보호)에 벗어난 판단임을 알립니다. (10.10)

2010.10. 6. "공정한 행정 실천"과 관련없는 답은 민원에 대해 미회신(동문서답)한 것이라며 민원에 대해 답한 것처럼 착각하지 말기 바란다는 민원에 대해, 2010.10.12. 또 종결처리라고 동문서답하였습니다.

『민원사무처리에관한법』도 제대로 해석치 못하고 실천치 못하면서 감사원이 타 기관을 감사한다는 것이 이해되지 않습니다.

감사원은 민원사무처리에관한법률 제15조를 준수치 않고, 신청한 민원(블로그에 기재된 민원)에 대하여 이견없으며, 거짓 보도로 국민을 기만한데 대하여도 이견없으면서, 잘못을 시정치 않습니다.

블로그에 표시된 민원 등을 처리하지 않는 것으로 보아, 감사원이 헌법과 민원사무처리에관한법률 제15조를 위반하는 것으로 판단됩니다.

감사원은 법률근거나 판단근거없이 유사한 민원으로 분류하며 민원을 처리하면서, 민원사무처리에관한법률 제15조를 위반하고 국가보훈처 등 행정부가 잘못하여 지급된 예산환수를 통해 국민의 행복과 권익을 보호하지 않습니다.

민원사무처리에관한법률 제20조 및 제21조에서 규정하는 '민원사무처리기준표'에 따라 민원을 처리하지 않는 법률근거 문의에 대해, 처음 문의라 답하지 않은 민원임에도 '종결처리'라고 답하였습니다. 민원도 아닌 것을 주관적으로 답합니다.

2009. 6.26. 민원에 문서로 회신치 않고서 2009. 8.11. 답했다며 거짓으로 답한 것을 감사원에서는 민원을 처리한 것으로 판단하고 있으며. 감사원이 거짓 답일지라도 답한 것으로 인정하고 있음을 감사대상기관도 알아야 합니다.

헌법과 법을 위반하는 감사원에게 거짓으로 답한 감사원 관련자를 책임지게 하기 어려우며, 엄격하게 업무를 처리해야 할 감사원이 감사원 업무는 온정적으로 처리하면서 타 부처의 온정적 업무처리를 지적할 자격이 있는지 의심됩니다.

　헌법과 법을 위반하는 감사원이 타 부처를 힘으로 밀어붙여 원칙없는 감사를 하고 있는 것이 아닌지 의심됩니다.

　민원처리근거를 친절하게 알려 주기 바라는데도 알리지 않고 종결처리라며 밀어붙이고, 법률 근거없이 민원을 임의로 처리하면서, 처리근거가 없어 동문서답하며 처리근거를 밝히지 못합니다.

　감사원은 종결이라며 민원에 동문서답하면서 민원(민원사무처리에관한법률 위반 시정 요구)을 해결한 것처럼 거짓으로 처리합니다.
　거짓 답이나 하며 법을 위반하는 감사원의 존재이유가 뭔지 알 수 없지만, 예산낭비를 축소키 위해서는 감사원의 헌법상 근거를 없애야 할 것입니다.

　민원 처리결과를 회신치 않고, 국민과 함께하는 감사원이 되지 못하고 헌법과 법을 위반하는 감사원이 감사원부터 공직기강해이를 감사해야 함에도 타 부처의 공직기강해이를 감사한다는 감사원장의 말은 거짓일 수밖에 없습니다. 헌법상 근거로 인해 감사원이 예산만 낭비하고 있습니다.

　민원처리결과를 회신치 않고 반복적으로 헌법과 법을 위반하는 감사원이 국민을 위한다는 명분으로 타 기관을 감사할 자격이 있는지 또 왜 감사원이 예산을 소비하게 하는지 의문이지만, 감사원은 현 실상(문제)에 대한 대책도 없고 열린 마음으로 법과 원칙에 따른 공정한 행정을 실천하지 못하며 바르고 깨끗하며 국민과 함께하는 감사원이 되지 못합니다.

　민원처리 사례로 보는 **정부의 자세(하)**

대통령실

대통령 귀하

감사원장 후보자의 자진 사퇴 등을 보고 다시 글을 올립니다.

먼저 저번(2010. 8.30.)에도 총리 후보자의 후보사퇴를 보고 말씀드렸지만, 이번에는 감사원장 후보자의 자진 사퇴를 보고 또 말씀드립니다.

경력과 학력도 중요하지만, 공직자가 되기 위한 조건 관리를 잘해 왔는지 검증해야 됩니다. 고위 공직자가 되기 위한 관리·절제도 없이 무엇이든 다 하다가, 갑자기 공직자가 되려하니 문제가 발생되게 됩니다. 고위 공직자는 "청렴"과 "도덕"을 겸비한 인사라야 합니다. 이제는 경력과 학력을 타파한 인사를 하여 주시기 바랍니다.

다음에 '직권시정'에 대한 정부의 입장입니다. '직권시정'은 정부가 잘못한 일을 민원인이 불만하지 않도록 자진하여 바르게 시정하는 것인데, 잘못의 원인이 정부에 있음에도 정부는 국민(민원인)에 대한 '아량'으로 판단하여, 잘못이 없는 국민의 요청에 의해 정부가 아량(?)을 베푸는 것으로 착각하고 있습니다. 정부는 잘못을 발견한 경우 즉시 '직권시정'하여 정부의 잘못을 국민에게 떠 넘기지 말아야 합니다. '직권시정'은 정부의 '아량'이 아니고 당연한 '의무'입니다.

위와 같은 예를 보면, 원 제 이름을 한자로 표기 하면 '徐孟鐘'입니다. 그런데 동에서 발급된 이름이 '徐孟鐘'으로 잘못 표기되어, 당시 동에 항의하니 한국어로 사용하면 '서맹종'으로 이상없고 법원 판결 등에 위해 수정될 수 있다고 답하여, 굳이 고칠 필요도 없어 지금도 그대로 사용하고 있습니다. 여기서 민원인의 잘못이 아닌데도 민원인이 법원 판결 등을 통해 수정토록 하는 것은 부당합니다. 잘못된 원인이 동(정부)에 있음으로 정부가 당연히 수정토록 하여야 합니다.

제 민원처리 사례를 보면, 지금도 정부는 정부의 잘못을 국민에게 떠넘기고 있으니 안타까운 일입니다. 즉 국가보훈처와 국민건강보험공단 등 각 기관이 국민이 어떻게 해주기를 바라며 안내 등을 하고 있습니다. 정부의 잘못을 시정하는 것은 정부의 아량이 아닌 의무임으로, 의무적으로 '직권시정'하여 민원인이 불만하지 않도록 해야 합니다.

위와 같이 정부가 민원을 시정치 않아 결국 저는 소송 등을 통해 호소하게 되었습니다. 소송이 진행 중인데도 일부 답변서를 보면, 개인적 불만으로 소송을 제기한 것처럼 한심하게 대응하여 말씀드립니다. 개인적 불만이 아니라고 수 차례 말했고 표시했지만, 개인적 불만을 소송까지 제기케 하는 것이 당연한 일인지 의심되며, 개인적 불만이라면 2년 가까이 불만을 방치한 기관을 국가기관이라 할 수 있는지 의심됩니다. 정부의 적극적인 자세가 요구됩니다. 감사합니다. (1.21)

첨부 : 민원처리 사례로 보는 정부의 자세(상)

건 의 서

대통령 귀하

건의자 : 서맹종

개헌 논의와 관련하여 건의드립니다.

대통령은 취임시에 헌법 제 69조에 규정한 선서를 하였습니다.

즉 "나는 헌법을 준수하고 국가를 보위하며 조국의 평화적 통일과 국민의 자유와 복리의 증진 및 민족문화의 창달에 노력하여 대통령으로서의 직책을 성실히 수행할 것을 국민 앞에 엄숙히 선서합니다."입니다.

여기서 대통령이 대통령령(시행령)으로 헌법을 준수하지 않아 말씀드립니다.

저는 제가 겪은 일중 일부를, 행정 각 해당부에 15건을 제안하였습니다.

그 중 법률은 4건 등이며, 나머지 11건은 시행령 등 입니다.

즉 시행령 등 11건은 잘못이 있으면 대통령(행정부)이 개선할 수 있는데, 잘못을 개선치 않고 방치하고 있습니다. 헌법을 준수케 해야 합니다.

구체적인 예를 들어 보면, 민원사무처리에 관한 법률 시행령 제21조는 민원사무처리에 관한 법률에 규정되지 않았는데도 행정편의를 위해 헌법을 위반하며 시행되고 있으며, 국민건강보험법 시행령 제40조의2도 헌법을 위반하며 시행되고 있습니다.

즉 헌법과 관련없이 대통령령(시행령)으로 국민의 알권리나 재산권 등을 제한하고 있는 실정입니다. 물론 국민에게 이익되는 사항을 시행하기 위해 대통령령으로 규정하여 시행함은 당연하나, 국민의 기본권을 시행령으로 제한함은 부당합니다.

이러한 현실이라면, 굳이 헌법을 개정할 이유도 없습니다. 왜냐하면, 헌법에 위반될지라도 대통령령(시행령)으로 국민의 기본권을 제한할 수 있기 때문입니다.

행정부가 헌법(법률)을 준수한 후에, 헌법 개정이 논의되어야 합니다. 다시 말씀드리지만, 현재는 대통령령으로도 시행이 가능하므로 헌법 개정은 뜻없는 일입니다.

감사합니다. (2. 7)

답 변 내 용 (국민권익위원회 3.14)

1. 안녕하세요. 국민권익위원회입니다.

2. 귀하께서 제기하신 민원은 행정기관과의 구체적인 연관관계를 알수가 없고, 개인적인 의견를 제시한 것으로 이해되므로 위원회가 고충민원으로 조사할 수 없기에 "국민권익위원회 고충민원처리 지침" 제15조에 따라 종결하였으니 양해하여 주시기 바랍니다.

3. 귀하의 앞날에 건강과 행운이 늘 함께하기를 기원합니다.

건 의 서

대통령 귀하

건의자 : 서맹종

　2011. 2. 28. 진정으로 말한 것이지만, 예산을 올바로 사용하여 예산낭비 등으로 인해 예산이 부족하지 않게 조치해 주시기 바랍니다.

　예산이 낭비되고 있는 실정은 기 말했지만, 추가로 더 말씀드리면, 국민을 위해 예산이 집행(소비)되어야 함에도 국민을 위해 예산이 집행되지 않고 있습니다. 한가지 예를 들면, 정부에 '국민을 위한다'는 명칭을 사용하는 기관이 무수히 많습니다. 감사원 국무총리실 국민권익위원회 국가인권위원회 고충처리위원회 기타 중앙 및 지방 각 과 등에 '헌법 수호'를 위해 편성된 기관이 존재 함에도, 존재함으로 인해 예산만 낭비될 뿐 국민 인권을 보호하는 등 헌법을 수호하지 못하고 있습니다.

　마치 편성된 예산을 소비하기 위해 도로를 파서 도로를 만든 후 다시 도로를 파서 도로를 만들어 가면서 예산을 소비하는 것처럼, 예산 소비를 위해 실지는 국민을 위하지 못하면서 중복 업무를 처리하는 기관을 운영하고 있습니다.
　물론 중복성이 없다 할지 모르지만, 감사원 업무와 총리실 업무의 중복성 여부에 대해 논해 보겠습니다.

　감사원의 주 업무는 업무감독과 예산감시라 할 것이고 총리실의 주 업무는 업무감독과 통제라 할 것입니다. 여기서 감사원의 예산감시 업무를 제외하고는 두 기관이 중복된 업무를 처리하고 있으며, 두기관이 존재함으로 인해 헌법 정신이 더 수호되는 것도 아니며 오히려 존재함으로 인해 예산만 소비되고 있습니다.

예산 낭비를 억제하기 위해서는 두 기관이 한 기관으로 통합되어야 합니다. 이왕 감사원과 총리실을 예로 말했으니 통합한다면 감사원의 예산감시 기능을 총리실이 담당하게 하는 것도 가능합니다.

담당할 부서가 없다면서 예산이 낭비되게 하는 것은 부당하며, 위에서 보듯이 담당할 부서가 없는 것도 아닙니다.

헌법도 수호하지 못하면서 동일한 업무를 여러 기관에 맡겨 업무를 분산시키므로 인해 부서간 이견을 노출시키면서 예산만 낭비되게 하지 마시고, 동일 업무를 한 기관에 맡겨 업무의 효율을 제고하고 업무에 대한 책임을 강화시킴과 동시에 지출(소비)을 억제하여 주시기 바랍니다. 감사합니다. (3.29)

종결처리

진 정 서

대통령 귀하

진정인 : 서맹종

　수차례 진정 등을 통해 말했지만 진정내용이 실천되지 않아 다시 진정합니다.

　말은 쉬워도 실천하기 어렵다고 국민에게 말하였듯이, 대통령이 말한 것을 실천하여 국민 모두가 대통령이 국익을 위해 실천하며 약속을 지키는 대통령으로 신뢰케 하여 주시기 바랍니다.

　대통령은 취임 때 헌법을 준수하는 대통령이 될 것을 국민에게 선서하였는데, 헌법이 준수되지 않고 있습니다. 헌법이 준수되지 않는 사례는 제가 지은 서적(민원처리 사례로 보는 정부의 자세(상)) 및 제 블로그(http://blog.daum.net/seojoung) 에서 확인됩니다. 행정의 기본(기초)인 정당한 절차를 시행한 후 결정이 정당한지 검토케 해야 함에도 2년간 절차는 시정(검토)치 않고 내용이 맞다고 밀어붙이니, 선거에 패배함은 당연한 결과입니다. 그리고 국무총리실과 감사원은, 이에 대한 책임 뿐 만아니라, 국가보훈처 직원의 사의약속불이행과, 국민건강보험공단 관련자가 법에 위반되는 답을 하여도, 국민에게 책임지게 하지 못하니, 선거에서의 패배는 예견된 것입니다. 이런 실상이니 작년에 천안함이 어뢰에 두조각으로 침몰되고 침몰한 조각도 군함이 아닌 어선이 찾아 발표케 되는 어처구니없는 일이 발생하게 되며, 정부는 속수무책일 수밖에 없게 됩니다. 미사여구(美辭麗句)가 아닌 진심으로 국익을 위하며 국민(서민)을 위하는 대통령(행정부)이 되어 주시기 바랍니다.

　예산은 국민을 위해 집행(소비)되어야 함에도 예산이 올바로 집행되지 않고 있습니다. 저번에도 말했지만 정부 예산이 올바로 사용되지 않고 낭비되는 사례를 보면, 국가보훈처는 축구나 샤워를 하다가 다치면 국가유공자로 인정하여 예산을 지급한 후에도 이를 환수하여 예산에 충당하지 않고, 국민건강보험공단은 가짜 환자를 만들어 예산을 지급한 후 예산이 고갈됐다며 보험료 인상을 검토하고, 국무총리실이나 감사원은 이러한 예산 낭비를 바르게 시정치 못하고 있습니다. 또 국민을 위하는 명칭을 사용하는 기관이 많은데 국민을 위하지도 못하면서 존재함으로 인해 예산만 낭비하고 있습니다. 마치 편성된 예산을 소비하기 위해 정부가 노력하는 것 같습니다.

국민을 위하고 국익을 위하는 대통령이 되어 주시기 바라며, 제 민원(정부의 잘못 시정)을 친절하게 실천해 주시기 바랍니다. 감사합니다. (5. 2)

안녕하십니까? 나라발전을 위하여 의견을 주신 것에 감사 드립니다
귀하가 주신 의견은 타당성을 검토하여 정책에 참고 하겠습니다
귀하의 가정에 건강과 행운이 함께 하시기를 기원합니다
감사합니다.

진 정 서

대통령 귀하

진정인: 서맹종

수차례 진정 등을 통해 말했지만 진정내용이 실천되지 않아 다시 진정합니다.

헌법이 준수되지 않고 있습니다. 헌법이 준수되지 않는 사례는 제가 지은 서적 및 제 블로그에서 확인되지만, 보훈처와 건강보험공단은 행정의 기본인 정당한 절차를 이행치 않고 기본적인 사항의 민원 하나 처리하지 못하면서 2년간 밀어붙이고, 헌법이 준수되도록 해야 할 국무총리실과 감사원은 방관하면서 민원도 해결치 않고, 국민을 위해 해당부처(행정안전부, 기획재정부, 보건복지부, 국가보훈처, 국민권익위원회)에 제안하니 현 잘못을 개선치 않고, 경찰은 가짜 카메라를 설치하여 운전자가 신호위반을 허위로 진술케 하여 교통사고범으로 처리하여 수정치 않고 있습니다.

이런 실상이니 선거에서의 패배는 예견된 것이며 당연한 일입니다. 미사여구가 아닌 진심으로 국익을 위하며 국민을 위하는 대통령(행정부)이 되어야 하며, "민심이 제대로 반영되지 않고 결국은 정부의 독주로 끝나고 한나라당은 다음 선거에서 또 힘들어 집니다."고 말한 안상수 전 대표의 말이 사실이 되지 않도록 지금부터라도 진심으로 국민을 위한 대책을 마련하여 '실천'해야 합니다.

제가 2년 동안 민원(원칙에 맞는 처리)을 제출해도 권익도 보호하지 못하고 동문서답한 것을 답했다고 밀어붙이는 현 상황을 보며, 정부가 왜 존재하는지 왜 해마다 세금이 증가되며 부담만 가중하게 되는지에 대한 의구심만 늘어가며, 헌법도 준수되지 않는 현 상황에서 제가 굳이 야경국가 개념을 찬성하지 않을 이유도 없다는 생각도 듭니다. 정부가 국민을 행복하게 하는 것이 아니고, 국민이 세금을 부담하며 정부(공무원 등)를 살리고 행복하게 하는 것 같다는, 제 생각이 의심됩니다.

진심으로 국민을 위해 일하는 한나라당이나 정부가 되기 위해서는, 먼저 현재의 잘못을 바르게 고쳐야 하며, 다음에 잘못을 몰라서 바르게 고치지 못하는 것이 아니므로 잘못을 바르게 고칠 수 있는 환경(행정, 정치)으로 바꾸어야 합니다. 그렇다고 국민 권익도 보호하지 못하는 현 조직을 확장하거나 조직을 신설하여 예산을 낭비할 것을 권하는 것이 아니며, 현 조직(기능)으로 각 부처가 국민 권익을 보호하려는 진심어린 행정을 시행토록 하여 신뢰있는 대통령(행정부)가 되도록 해야 합니다.

각 행정부처가 진심없이 행정하는 사례를 한 가지 예로 들면, '진심으로 감사합니다.'로 어디에서나 사용하는 어휘입니다. 어휘의 사용이 부당하다는 것이 아니고 진심없이 형식적으로 사용한다는 것입니다. 제가 민원을 2년간 제출하였는데, 지금도 어떤 부서는 '진심으로 행복하기 바랍니다.' 라고 표현하고 있습니다. 진심으로 행복을 바란다면 민원을 해결해야 될 것인데, 2년이나 소요된 민원은 해결치 않고 진심이라 말하니, 진심이라는 표현이 거짓일 수 밖에 없으며 오히려 진심이라는 말에 반감을 유발합니다. 정부의 진실성이 요구됩니다. 감사합니다. (5.13)

답 변 내 용 (국민권익위원회 6. 3)

귀하의 민원은 취지가 불분명하여 민원을 처리할 수 없어 종결하오니 양해하여 주시기 바라며, 향후 민원을 제기하시는 경우 민원취지를 육하원칙에 따라 구체적이고 객관적으로 작성하여 관련 기관에 제출하시기 바랍니다.

진 정 서

대통령 귀하

진정인 : 서 맹 종

　2009. 6.16. 국민건강보험공단 이사장에게 진정하였으나, 아직 해결치 않아 2009. 6.16. 이후 진정내용 중 일부를 다시 진정합니다.

　공단이 조사하여 결정한 결과를 통지하였음에도 결정하게 된 내용인 조사서류를 행정절차법 제23조에 따라 알려 주지 않는 것이 이해되지 않습니다.

　공공기관의정보공개에관한법률에 대한 것이 아니고, 행정절차법에 대한 것입니다.
　공단이 지금도 공공기관의정보공개에관한법률에 따른다고 답하는데, 그러면 여태까지 공단은 결정내역을 알리지 않고 결정하여 왔는지 의심되며, 행정절차법은 왜 존재하는지 법인지 의심됩니다.
　결정서 교부시에는 결정내역을 알려, 민원인이 결정내역을 알고 결정내역에 불복할 때에는 불복청구 등으로, 민원인이 본인 인권을 보호할 방법을 강구케 해야 합니다.

　공단이 2009. 6. 1. 결정하게 된 내용인 조사서류를 행정절차법 제23조에 따라 교부토록 해 주시기 바랍니다.

2011. 5.25.

서 맹 종 올림

서맹종 고객님, 안녕하십니까?

 "공단이 조사하여 결정하게 된 내용"은 그동안 답변 드린 노인장기요양 등급판정기준 및 절차, 고객님의 장기요양인정점수 산정내역, 인정조사 항목 등에 대한 내용으로 이미 충분한 설명이 되었을 것으로 생각되며, 「행정절차법」 제23조에 의거 조사서류(인정조사표)를 교부할 것을 요청하셨으나, 알고 계신 바와 같이 「공공기관의 정보공개에 관한 법률」 제9조제5항에 의거 정보주체에게도 비공개대상으로 제공될 수 없음을 다시 한번 알려드립니다.

또한, 공단은 노인장기요양 등급판정의 심의 결과 장기요양인정신청자가 수급자로 결정되었을 경우, 「노인장기요양보험법」 제17조에 의거 장기요양등급, 장기요양급여의 종류 및 내용, 장기요양인정 유효기간을 명시한 장기요양인정서와 표준장기요양이용계획서 등으로 그 결과를 통지하고 있음을 알려드리며, 고객님께서 말씀하신 「행정절차법」 규정에 따른 장기요양 등급판정결과 통지에 관한 사항은 좀 더 자세하고 명확한 답변으로 고객님의 이해를 돕고자, 현재 진행 중인 관련사항에 대한 법률검토의 결과가 확인되면 다시 안내드리도록 하겠습니다.

고객님의 건강과 평안을 기원하며, 더 궁금하신 사항은 ○○○(☎02-3270-6734)으로 연락주시면 성심껏 답변드리겠습니다. 감사합니다.

◎ 나의 민원

국민신문고에서 신청하신 모든 민원에 대한 처리과정 및 결과를 확인하실 수 있습니다.
보안형 민원은 조회하기 위해 민원신청번호가 필요합니다.

▌처리현황

| 01 접수 » 02 실과분배 » 03 담당자배정 » 04 완료 |

▌민원인 입력사항

[목록] [인쇄]

• 신청번호	1BA-1107-015739		
• 신청인구분	개인		
• 신청인 이름	서맹종	• 주민(외국인)번호	520313 - *******
• 연락처		• 휴대전화	
• 주소	446-516 경기 용인시 기흥구 상하동393 그대가아		
• 나의민원 확인방식	보안형 [간편형으로전환]	(간편형) 로그인 만으로 확인 (보안형) 로그인(1단계) ⇒ 신청번호(2단계) 입력 후 확인	
• 이메일		• 진행상황 통보방식	서신
• 신청일	2011.07.06. 11:01:22	• 직업	기타

▌민원신청내용

• 민원제목	민원처리 불만(건강보험료 관련)
• 민원내용 보기	스캔참조
• 첨부파일	💾 서맹종.tif

▌민원공유여부

• 민원공유여부	비공유

※ 공유에 동의하시면 민원내용과 답변내용이 민원업무 처리나 정부정책에 반영하기 위해 다른 행정기관에 제공 될 수 있으며, 필요 시 행정기관 등의 홈페이지를 통해 일반국민들에게 민원사례로 제공 될 수 있습니다.

▌처리기관 정보

• 처리기관	국민권익위원회 복지노동민원과		
• 담당자 (연락처)		• 민원인 신청번호	1BA-1107-015739
• 접수일	2011.07.06. 11:21:39	• 처리기관 접수번호	2BA-1107-037279
• 처리 예정일	2011.09.16. 23:59:59		

처리결과(답변내용)

• 처리결과(답변내용)	안내회신	• 처리일	2011.09.14.

• 안내 회신문

제 목 민원처리결과 알림(2BA-1107-037279)

1. 우리 위원회를 이용해 주신 귀하에게 감사드리며, 귀하께서 신청하신 고충민원(2BA-1107-037279, 공정한 행정 미실천 및 이행촉구 민원처리 내용 등 이의)에 대한 처리결과를 다음과 같이 알려드립니다.

2. 귀하께서 우리 위원회에 제출하신 고충민원은, 귀하께서 2년 이상 계속적으로 청와대, 국무총리실, 감사원, 국가보훈처, 국민건강보험공단 등 정부 각 부처 등 공공기관이 법에 따른 공정한 행정을 실천키 바라는 민원을 제출하셨으나 동문서답하며 원칙에 따른 공정한 행정을 실천치 않고 있는 바, 「행정절차법」 제23조에 따라 허위 공문서 교부를 시정하고 결정내역을 알리고 「민원사무처리에 관한 법률」 제15조를 준수하는 등 법과 원칙을 실천하여 달라는 취지의 진정을 내신 것으로 이해됩니다.

3. 귀하께서는 그 동안 수 차례 우리 위원회에 본 건 민원내용과 유사한 내용의 민원을 신청하셨으며, 민원내용 관련 부처를 담당하는 부서 조사관들로부터 귀하의 민원에 대한 답변을 받으셨으나, 귀하께서는 답변 내용에 만족하시지 못하시고 계속적으로 민원을 제기하고 계신 것으로 보여집니다.

ㅇ 귀하께서는 2011. 8. 18.에도 우리 위원회를 직접 방문하시어, 본 건 민원 관련 여러 가지 사항을 반복적으로 말씀하셨는 바,

- 조사관이 구체적 주장 내용이나 사실에 대하여 적시하여 민원을 신청하시고, 설명하셔야 그에 따른 정확한 사실관계에 대한 조사 및 답변이 가능함을 수 차례 설명드렸으나

- 귀하께서는 구체적 사안이나 사실관계 등에 대한 설명 없이 귀하의 블로그를 언급하시며, 'A를 질의 했는데 Z에 대하여 답하였다', '원칙에 따라 처리해야 한다', '헌법 개정을 왜 하느냐, 시행령가지고 하면 되지, 헌법과 시행령이 따로 논다', '행정절차법 대로 해라', '민원처리 규정대로 해라' 등의 말씀만 장시간 반복적으로 언급하신 바 있습니다.

4. 귀하께서 제언하신 법과 원칙을 존중하고 공정한 행정을 실천해야 한다는 취지의 말씀에 대하여는 모든 공직자나 공공기관 종사자가 업무를 수행함에 있어 항상 염두에 두고 실천해야 하는 사항이라고 생각하며 귀하의 의견에 동감합니다.

- 다만, 귀하께서 우리 위원회 방문 당일, 조사관이 귀하에게 말씀드린 바와 같이, 우리 위원회에서는 구체적 사안에 대한 행정기관 등의 위법·부당한 처분 등이 아닌 막연히 정치적, 행정적 원칙준수 요구나 요구·주장 내용이 불명확한 사안 등에 대한 내용은 조사하기에 부적절한 사안으로

　　－ 우리 위원회에서 귀하의 민원내용에 대하여 구체적인 답변을 드리기 위하여는 귀하께서 민원내용을 구체적으로 적시하여 주셔야 선생님께서 원하시는 사항에 대하여 구체적 사실관계 등을 정확히 확인 조사하고 상세히 안내해 드릴 수 있는 사항임을 다시한번 설명드리니 이 점 널리 혜량하여 주시기 바랍니다.

　　5. 아무쪼록 귀하께서 당면하신 어려움이 잘 해결되고, 소망하시는 바 모든 일이 형통하며 귀하와 가정에 항상 건강과 행복이 충만하기를 진심으로 기원드립니다. 감사합니다. 끝.

· 첨부파일　　　　첨부파일 없음

민원처리과정 만족도조사

민원 만족도조사 등록일 : 2011.09.16.

민원 만족도조사에 응하시면 추첨을 통해 분기별로 문화상품권을 제공합니다.

민원처리과정에 대해 만족하십니까? (매우불만)

민원처리과정에 대해 불만이 있으신 경우, 사유를 선택해 주시기 바랍니다. (공정성 결여)

만족 또는 불만족하신 사유 등 의견이 있으시면 작성해 주시기 바랍니다.

대통령에게 제출된 민원을 국민권익위원회에서 85일만에 답하면서 공정한 행정을 실천해야 한다는 내용에는 동감하나 요구내용이 불명확하여 구체적 답을 못한다는 답임.
민원은 '공정한 행정 실천'이므로 동감하는 공정을 각 행정기관이 실천하는지 파악하여 답하면 되지 구체적 사실관계를 확인하여 상세 안내할 필요없음. 각 행정기관이 공정한 행정을 실천하는지 사실을 확인하여 공정을 실천치 않은 기관에 대하여 공정을 실천토록 조치하기 바람.
대통령은 국정을 총괄하며 구체적인 사실을 파악하여 민원을 처리치 않고 열린 마음으로 원칙(법)과 공정한 행정을 각 기관이 실천토록 해야 함에도, 말만할 뿐 공정을 실천할 의지도 능력도 없음. 대통령의 행정에 대한 책임이 무엇인지 의심됨.

귀하가 신청하신 민원은 해결되었습니까? (미해결)

[목록] [인쇄]

[첨부파일]

진 정 서

대통령 귀하

진정인 : 서맹종

민원 제출 17일만에 청와대가 정책에 참고하겠다며 법에 따른 공정한 행정을 실천키 바라는 민원은 처리치 않고 공정과 관련없는 답을 하여 다시 민원을 제출합니다. 공정을 실천키 바라는 민원이 2년이상 계속되어도 정책에 참고 하겠다며 청와대가 법과 공정을 실천치 않는 이유도 궁금하지만, 2년된 민원을 대통령이 언제까지 정책에 참고할 것인지도 궁금합니다.

제가 서적이나 블로그로도 정부가 원칙을 지킬 것을 호소하고 수차례 민원을 통해 법과 원칙을 실천할 것을 호소했지만 정부는 민원에 2년이상 동문서답하며 원칙을 지키지 않고, 경찰은 죄없는 국민(서민)을 증거없이 범인으로 처리해도 아무도 이를 시정치 못하는 현 상황이, 마치 천안함 사건에 정부가 속수무책으로 대응할 수밖에 없었던 상황과 같아 안타까우며, 정부(대통령)의 적절한 대책이 요구됩니다.

아시겠지만 제 민원은 민원을 매개로 정부가 원칙과 공정을 실천치 않는 사례 수집입니다. 국무총리실 국민권익위원회 감사원 국가보훈처 국민건강보험공단은 법에 따른 공정한 행정을 실천키 바라는 민원을, 공정은 실천치 않고 결정에 대한 불만으로 민원을 제기하는 줄 알고, 민원을 처리한 것으로 답하고 있습니다.

국가보훈처에는 허위공문서를 교부한데 대한 불만이며 국민건강보험공단에는 아예 결정내역을 알리지 않은데 대한 불만이고 이를 감독하는 기관 등에 대하여는 민원사무처리에 관한법률 제15조 위반에 대한 불만으로, 즉 원칙에 따른 공정한 행정을 실천치 않는데 대한 불만입니다.

행정절차법 제23조에 따라 허위공문서교부를 시정하고 결정내역을 알리고 민원사무처리에관한법률 제15조를 준수하여, 법과 원칙을 실천해야 합니다.

어느 부처는 소에 답하면서 '공정'이 구체성 없는 추상적 요구이기 때문에 '공정'을 지킬 필요 없다는 주장을 하기도 합니다. 공정하게 제반 업무를 처리하라는 대통령의 뜻도 모르는 형편이니, 한심한 일입니다.

'공정'이란 제반 업무를 원칙대로 처리 하라는 것이지 행정편의를 위해 법을 위반하여 처리할 것을 요구하는 것이 아닙니다. 따라서 적법하게 업무를 처리하였음을 주장하면 될 것인데, 왜 추상적이라 '공정'을 지킬 필요 없다고 주장하는지 의심됩니다. 헌법이나 법을 위반하여 업무를 처리하는 것은 공정한 행정이 아닙니다.

국가보훈처는 허위공문서를 교부하며 성추행자를 국가유공자로 판정하고, 국민건강보험공단은 건강보험료를 법에 따라 산정치 않아 적게 산정된 금액을 더 고지해 줄 것을 요구해도 법에 따라 산정하여 적법한 금액을 고지하지 않고 또 가짜 환자를 만들어 가짜 환자에게 지급된 예산을 공단직원이 횡령케 하고, 경찰은 증거없이 죄없는 국민이 보험사 직원에게 허위 진술케 하여 인권을 침해하고, 공직기강 해이를 바르게 고쳐야할 감사원은 문제점 방치(부작위)에 대한 대가를 받고, 국무총리도 이러한 잘못을 바르게 고치지 않고 방치하고 있는 실정입니다.

은 감사위원이나 저축은행의 비리발생과 같이 법도 지키지 않고 잘못을 바르게 고치지 못하는 자신에게 관대한 감사원이 타 부처(감사대상처)를 감사할 자격이 있는지 의심되며, 김황식 총리가 원칙에 맞게 과학벨트지를 선정했다고 대 국민 담화를 발표하였는데 민원도 해결 못하고 원칙(법)도 지키지 않는 총리가 원칙에 맞게 선정했다고 말할 자격이 있는지 의심되고, 장관 후보자는 국민의 모범이 될 자격이 있는지 자성하여 도덕성이 없는 후보자는 후보직을 자진 사퇴해야 함에도 국회에서 의혹을 부인하며 장관으로 임명되고, 이를 용인하는 현실이 안타깝습니다.

제가 2년간 민원을 제기하며 체험한 바, 정부는 찾아가서 국민의 가려운 곳을 긁어 주는 행정을 실천치 못하고, 협박 등 권위적이고 고압적인 자세로 국민이 찾아오게 하고 있습니다. 형식이 아닌 진심어린 마음으로 국민에게 다가가는 행정을 실천해야 합니다.

대통령께도 2009. 5. 8. 진정한 것이지만, 국가보훈처는 접수에서 결정까지 전 업무를 개선치 않고 과거 방식만 답습하여 엉터리로 업무를 처리하고, 다른 부처도 마찬가지이지만 업무를 원칙대로 처리하여 국민이 정부를 신뢰케 해야 합니다.

정책에 참고하겠다는 청와대의 5.19. 답은 기본이며 당연한 일임에도, 그렇게 답하는 것을 보면 그동안 청와대가 정책에 참고하지 않은 민원도 있었는지 의심되지만, 민원 해결(실천)과 동시에 정책에 참고하는, 법과 원칙이 바로선 반듯한 정부가 되기 바랍니다. 위에서도 말했지만, 원칙에 맞는 법 집행 요구의 본 민원은 정책에 참고하기 바라는 목적으로 민원을 제출하는 것이 아니므로, 정책에 참고함과 동시에 민원을 해결하기 바랍니다.

저번 재·보선 때와 지금 상황이 나아진 게 있는지 판단해 보면, 제가 보기에는 정부가 변한 게 없다고 판단되며, 따라서 이렇게 세월만 흘러가면 내년 총선과 대선도 어렵게 될 것 같다는 생각입니다.
선거 결과가 나온 뒤 국민의 뜻을 겸허히 수렴하겠다는 등의 상투적이고 형식적인 말로 국민을 현혹하지 말고 진심으로 국민을 위한 대책을 실천해야 합니다.

제가 나아진 게 없다고 판단하는 이유는, 먼저 원칙을 실천하기 바라는 민원도 해결하지 못하는 정부를 정부라고 생각해야 되는지 의심되기 때문이며, 다음에 같이 일할 사람이 없어 장관 후보자 선정이 힘들다는 것은 많은 국민을 무시하는 것이기 때문입니다. 물론 대통령의 기준?에 알맞은 인재를 선정하기에는 선택의 폭이 좁아 선정키 힘들 것으로 이해되지만, 대한민국 수많은 인재가 대통령의 기준에 꼭 맞는 사람이어야 되는지 의심됩니다. 대통령의 개방된 사고가 필요합니다.

그리고 장관 후보자로 선정할 정도라면, 도덕성 등 모든 면에서 절대적으로 우수한 자이어야 하며, 지금같이 다른 인사와 비교할 때 상대적으로 우수하다고 장관 후보자를 선정하여 국회 인사청문회에서 여러 의혹을 검증받게 하는 것은 부당합니다. 상대적이 아닌 절대적으로 우수한 인사를, 장관 후보자 등으로 선정하여 추천하시기 바랍니다.

공무원 등은 바르게 듣고 실천해야 합니다. 제 사례를 보면, 열린 마음으로 바르게 듣지 못하여 요구사항을 모르니 답하기 쉬운 말을 선택하여 요구사항도 아닌 내용으로 동문서답 하는 형편이며, 이러니 민원을 해결하지도 실천할 수도 없습니다.

다시 말하지만 본 민원은, 열린 마음으로 법과 원칙에 따른 업무처리로 신뢰받는 정부이기 바라는 것이며, 국민을 생각하며 국민을 위해 법과 원칙을 존중하고 공정한 행정을 실천하는 대통령이 되기 바라는 것입니다.

법과 원칙이 실천되지 않는 사례는, 제가 지은 서적(민원처리사례로 보는 정부의 자세(상))과 제 블로그(http://blog.daum.net/seojoung)에 열거되어 있습니다.

감사합니다.

2011. 6.21.

서 맹 종 올림

참고로 2년이상 계속된 제 사례를 바탕으로 정부의 민원처리 실태를 표로 요약하면, 아래와 같습니다.

민원발생	법을 위반한 잘못된 처리(현행)		법에 의한 올바른 처리 (민원사무처리에관한법률 제15조)	
1차 민원	민원과 관련없는 내용으로 답	동문서답이므로 민원은 미해결	처리결과 통지	민원 해결(종결)
			민원 해결로 민원 미발생	
2차 민원	기 답	1차 민원 미해결	기 답(종결)한 민원일지라도 민원사무처리에관한법률 제15조에 따르면, 민원발생시마다 민원내용에 대해 민원처리결과를 통지해야 함	
·	기 답	1차 민원 미해결		
·				
민원(계속)	기 답	1차 민원 미해결		

※ 초기대응 부실 (거짓을 은폐하기 위해 거짓이 계속됨).

제 경우에 정부는 두가지 잘못을 행하고 있습니다. 한가지는 정부(민원을 담당하는 해당 부서)가 행정절차법 제23조를 위반하여 1차 민원이 발생되게 하였다는 것이며, 또 한가지는 정부(제 경우에는 국무총리실 국민권익위원회 감사원 국가보훈처 국민건강보험공단 경찰청 등)가 민원사무처리에관한법률 제15조를 위반하여 신청한 민원을 처리하여 그 결과를 알려주지 않고 알릴 필요도 없는 과정 등만 안내하며 민원이 계속되게 한 것입니다.

초기 제 민원은 원칙대로 처리하지 않은데 대한 시정요구로 아주 간단한 내용이었습니다. 이에 대해 정부는 민원은 해결치 않고 말로 밀어붙이기였습니다. 즉 민원인은 원칙(법)에 따른 처리가 되지 않았다고 주장하는데, 국가보훈처는 교부한 당초 허위 결정서를 바르게 시정하여 교부치 않고 당초 결정은 정당하였다고 밀어 붙이고 국민건강보험공단도 마찬가지이지만 잘못된 절차(결정내역을 조사서로 알리지 않음)는 시정치 않고 결정내역을 알리지 않는 것이 법상 정당하다며 이해되지 않는 말로 밀어붙이고 있습니다.

제 민원은 결정이 잘못됐다는 것이 아니고 결정이유가 엉터리라는 주장이므로 본 주장에 대하여는 말하지 않고, 국가보훈처는 성추행범도 국가유공자로 인정하고 국민건강보험공단은 결정이유도 알리지 않고 가짜 환자를 만들어 예산을 낭비하고 경찰은 죄없는 국민이 허위 진술케 하여 동 허위 진술을 근거로 증거없이 선량한 국민을 피의자로 처리하고, 이렇게 기본권이 억압되는 세상임에도 누구(행정부, 입법부, 사법부 등)도 이를 시정치 못하니 한심한 일입니다.

 나의 민원

국민신문고에서 신청하신 모든 민원에 대한 처리과정 및 결과를 확인하실 수 있습니다.
보안형 민원은 조회하기 위해 민원신청번호가 필요합니다.

처리현황

민원인 입력사항

[목록] [인쇄]

• 신청번호	1BA-1107-069291
• 신청인구분	개인
• 신청인 이름	서맹종
• 주민(외국인)번호	520313 - *******
• 연락처	
• 휴대전화	
• 주소	446-516 경기 용인시 기흥구 상하동 393 그대가@
• 나의민원 확인방식	보안형 [간편형으로전환] (간편형) 로그인 만으로 확인 (보안형) 로그인(1단계) ⇒ 신청번호(2단계) 입력 후 확인
• 이메일	
• 진행상황 통보방식	서신
• 신청일	2011.07.20. 13:51:00
• 직업	기타

민원신청내용

• 민원제목	기타(국정운영)
• 민원내용 보기	스캔참조
• 첨부파일	📄 서맹종.tif

민원공유여부

• 민원공유여부	비공유

※ 공유에 동의하시면 민원내용과 답변내용이 민원업무 처리나 정부정책에 반영하기 위해 다른 행정기관에 제공 될 수 있으며, 필요 시 행정기관 등의 홈페이지를 통해 일반국민들에게 민원사례로 제공 될 수 있습니다.

▌처리기관 정보

• 처리기관	국민권익위원회 행정문화교육민원과
• 담당자 (연락처)	• 민원인 신청번호 1BA-1107-069291
• 접수일	2011.07.20. 14:42:25 • 처리기관 접수번호 2BA-1107-147588
• 처리 예정일	2011.09.30. 23:59:59

처리결과(답변내용)

• 처리결과(답변내용) 종결	• 처리일 2011.07.26.

• 안내 회신문

  제 목   민원처리 안내

    1. 안녕하세요. 국민권익위원회입니다.

    2. 귀하께서 제기하신 민원은 행정기관과의 구체적인 연관관계를 알수가 없고, 개인적인 의견를 제시한 것으로 이해되므로 위원회가 고충민원으로 조사할 수 없기에 "국민권익위원회 고충민원처리 지침" 제15조에 따라 종결하였으니 양해하여 주시기 바랍니다.

    3. 귀하의 앞날에 건강과 행운이 늘 함께하기를 기원합니다.

• 첨부파일   첨부파일 없음

민원처리과정 만족도조사

🔺 민원 만족도조사 등록일 : 2011.07.27.

🔺 민원 만족도조사에 응하시면 추첨을 통해 분기별로 문화상품권을 제공합니다.

Q 민원처리과정에 대해 만족하십니까? (매우불만)

Q 민원처리과정에 대해 불만이 있으신 경우, 사유를 선택해 주시기 바랍니다. (공정성 결여)

Q 만족 또는 불만족하신 사유 등 의견이 있으시면 작성해 주시기 바랍니다.

    국민을 생각하며 국민을 위해, 원칙을 존중하고 겉과 속이 같은 언행일치의 공정한 행정을 실천치 않음. 발로 뛰지 않고 탁상행정만 함
    잘못을 원칙대로 바르게 고치려는 대책도 의지도 없이, 앉아서 국민이 해 주기 바람.

Q 귀하가 신청하신 민원은 해결되었습니까? (미해결)

🗂 목록   🖨 인쇄

진 정 서

대통령 귀하

진정인 : 서맹종

    정부는 민원에 2년이상 동문서답하며 원칙을 지키지 않고, 헌법이나 법을 위반하여 업무를 처리하고 있습니다.

    겉으로는 법을 지키는 척하면서, 한걸음 다가가서 속을 들여다보면 과거 관례에 따라 처리하여, 원칙(법)에 상관없는 처리를 당연한 처리로 판단하고 있습니다. 제가 민원을 매개로 한걸음 다가가서 정부의 민원처리사례를 살펴 본 결과 정부는 겉과 속이 다른 행정을 하여 국민으로부터 신뢰받지 못하고 있습니다.

    이렇게 세월만 흘러가면 내년 총선과 대선도 어렵게 될 것 같다는 생각입니다. 겉과 속이 같은 정부(대통령)의 대책이 요구되며, 진심으로 국민을 위한 대책을 실천해야 합니다.

    본 민원은 국민을 생각하며 국민을 위해, 원칙을 존중하고 겉과 속이 같은 언행일치의 공정한 행정실천으로 신뢰받는 대통령이 되기 바라는 것입니다.

    감사합니다.

2011. 7.11.

서 맹 종 올림

건 의 서

대통령 귀하

건의자 : 서맹종

　정부가 실효성없는 '아르바이트 고용' 정책을 시행하여 예산을 낭비하고, 국민 인권을 보호하지 못하는 여러 기관이 존재함으로 인해, 예산만 낭비하고 있는 실정입니다.

　국가보훈처는 국가유공자여부처리를 법상 일수를 초과 처리하여 초과 처리한 건수를 뜻뜻이 공개치 못하고 또 허위로 국가유공자를 만들어 예산을 지급하고, 가짜환자를 만들어 혈세를 지급하고 건강보험료도 법에 따라 산정치 않고 엉터리로 산정된 금액을 징수하여도 4대 사회보험료 통합징수기관이 된 국민건강보험공단은 2010년 예산중 환자평가와 관련하여 소비된 예산이 얼마인지 알리지도 못하고, 국세청은 징수권이 소멸되게 하여 매년 6조원 정도의 국세채권이 일실되게 하고, 여당과 정부는 이렇게 임자없는 돈 물쓰듯 하며 국민을 위하지도 못하는 일부 기관이 존재케 하여 수조원의 예산이 낭비되게 하고 있습니다.

　마치 편성된 예산을 소비하기 위해 도로를 파서 금방 메우는 것처럼 편성된 예산을 소비하기 위해 정부가 노력하고 있음에도, 정치권은 말만 '민생경제 우선'일 뿐 국민을 위하지 못하면서 개선방안에 대해서는 관심도 없습니다.

　경찰청은 지방경찰청이 존재함으로 인해 경찰업무를 더 번잡하게 하면서 인건비 등으로 국고를 낭비하고 또 정상 작동이 불가한 신호위반확인용 감시카메라 설치 및 유지에도 국고를 낭비하여 소비된 예산을 정당하게 알리지 못하고, 경기도는 존재함으로 인해 도정업무를 더 번잡하게 하면서 국고 13조원을 낭비하고 국무총리가 감사원과 헌법재판소에 지급되는 예산을 몰라 헌법재판소에서 2010년 소요된 예산은 약 259억원임을 알리고, 이런 실정임에도 대책없는 현실이 안타깝습니다.

공무원의 직무도 올바로 감찰하지 못하며 법을 위반하는 감사원이 예산만 낭비하며 존재해도, 국민을 보호하지 못하는 헌법재판소가 법원과 분리되어 헌법재판소 유지에 2010년 259억원을 소비하며 존재해도, 국민을 위하지 못하고 원칙을 실천치 못하는 국무총리는 이에 대해 무대책이니 한심한 일입니다.

정부 각 기관은 '헌법 수호'를 위해 존재 함에도, 존재함으로 인해 예산만 낭비될 뿐 국민 보호에 소홀합니다.

정부가 국민을 행복하게 하는 것이 아니고, 국민이 세금을 부담하며 정부(공무원 등)를 살리고 행복하게 하는 것 같습니다. 주객전도입니다.

그동안 제 건의나 민원은 '정부의 원칙 실천'이지, 제 개인의 민원해결 목적이 아닙니다. 따라서 제 어려움은 관련기관에서 알아서 할 것임으로 대통령이 개인 어려움해결에 세세한 노력을 하지 말고 국민 전체의 어려움을 보살피고 챙기는 데 노력하기 바랍니다.

제 민원은 정부가 원칙을 실천치 못하는 사례이며, 원칙을 실천치 못하는 대통령에 대한 불만입니다.

그리고 이렇게 원칙을 실천치 못하고 예산을 낭비하고 대통령령으로 헌법정신을 제한하는 현실에서, 대통령령으로 제한할 수 없는 권력구조 외에는 대통령령(시행령)으로 국민의 권익제한이 가능하므로 굳이 헌법을 개정할 이유도 없게 됩니다.

사례를 참고로 국정을 원칙(법)에 맞게 처리하기 바라며, 동 건도 정부의 원칙 실천과 쓸데없는 곳에 예산이 낭비되지 않게 조치하라는 건의이지 제 개인의 민원해결 목적이 아닙니다.

정부가 원칙을 실천하고 예산낭비 요인을 과감하게 제거하는 등 대통령의 적극적인 조치로, 모든 국민의 어려움을 보살피고 언행일치의 공정을 실천하여 국민으로부터 신뢰받는 대통령이 되기 바랍니다.

추가로 감사원과 관련하여 건의합니다.

각 부 장관은 대통령이 선정하여 국회 인사청문회를 거쳐 엄격하게 임명됩니다.

그런데 감사원에서 감사하면 대통령이나 국회 인사청문회가 잘못된 것처럼 지적받고 있습니다. 이는 대통령과 국회의 위상을 하락시키게 됩니다.

엄격히 선정하여 임명된 장관의 책임이 소홀했다는 감사원의 지적이 없게 하기 위해서는 장관이 소신껏 책임지고 업무를 처리케 하고, 잘못 처리된 업무에 대해서는 감사원이 아닌 국민에게 직접 책임지게 해야 합니다.

대통령과 국회의 엄격한 절차를 거쳐 임명된 장관이 국민에게 책임지고 소신껏 일하게 하여 주시기 바랍니다. 제가 계속 주장하지만 감사원이 존재함으로 인해 장관은 감사원의 지적을 기다리게 되므로 책임이 희박해 질 수밖에 없게 됩니다.

감사합니다. (8. 1)

건 의 서

대통령 귀하

건의자 : 서맹종

국가재정의 건전성 확보를 위한 조치로 정부 구조조정을 실천하여 국민이 공생케 하여 주시기 바랍니다.

수차례 말했지만, 국가보훈처는 허위로 국가유공자를 만들어 예산을 지급하고, 국민건강보험공단은 가짜환자를 만들어 예산을 지급하고, 경찰은 지방경찰청이 존재함으로 인해 경찰업무를 더 번잡하게 하면서 인건비 등으로 예산을 지급하고, 존재함으로 인해 업무를 더 번잡하게 하는 지방자치단체(경기도)도 예산만 소비되게 하고,

헌법도 제대로 수호하지 못하는 헌법재판소가 법원과 분리되어 존재하면서 2010년도에 259억원의 예산을 소비하는지, 마찬가지로 헌법도 제대로 수호하지 못하고 법을 위반하며 얼마의 예산이 소비되는지 밝히지 못하는 감사원이 왜 예산을 소비하는지, 마찬가지로 헌법도 수호치 못하는 국가인권위원회가 왜 2010년 201억원의 예산을 소비케 하는지 궁금합니다.

감사원 국무총리실 국민권익위원회 국가인권위원회 고충처리위원회 기타 중앙 및 지방에 '국민을 위한다'는 명칭을 사용하는 기관이 무수히 많이 존재 함에도, 존재함으로 인해 예산만 소비될 뿐 헌법을 수호하지 못하는 실정입니다.

국민을 위하지도 못하는 정치권은 말만 '민생경제'일 뿐 정부 각 기관이 존재케 하여 수조원의 예산만 소비되게 하고, 정부 각 기관은 헌법을 수호하지 않고 오히려 존재함으로 인해 예산만 소비하고 있습니다.

정부가 왜 존재하는지 왜 해마다 세금이 증가되며 국민 부담만 가중하게 되는지에 대한 의구심만 늘어가며, 헌법도 준수되지 않는 현 실정에서 재정의 건전성 확보를 위해 정부기관의 구조조정이 필요한 이유입니다.

정부가 원칙(헌법과 법)을 실천하고, 정부의 구조조정으로 예산낭비 요인을 과감하게 제거하여, 재정을 건전하게 할 것을 건의합니다. (8.25)

　어느 식장에서 대통령이 ‘말하기는 쉬워도 행동으로 옮기기는 어렵다’ 며, 말보다는 실천할 것을 강조하였습니다. 대통령이 국민에게 말한 것인지 국민이 대통령에게 요구한 것인지 알 수 없습니다.

　대통령뿐만 아니라 국민을 위해 일해야 하는 모든 사람은 말만하지 말고 실천해야 하며, 본인은 실천하지 않으면서 국민(타인)이 실천하기 바라는 말은 하지 말아야 합니다.

　자신은 참지도 배려하지도 이해하지도 못하면서 타인이 참고 배려하고 이해하기 원하는 것은 자신의 솔선을 외면하는 것이며, 자신에게는 관대하고 타인에게 엄격한 것은 부당합니다. 자신부터 참고 배려하고 이해하여야 타인에게 참고 배려하고 이해하기를 권할 자격이 있습니다.

　국민을 위해 ‘원칙을 존중하고 겉과 속이 같은 언행일치의 공정한 행정’ 을 실천치 못하고, 발로 뛰는 행정이 아닌 탁상행정을 하면서, 잘못을 원칙대로 바르게 고치려는 대책과 의지도 없이, 국민이 양해해 주기만 바랍니다.

　2년간 민원을 해결치 않은 것을 국민이 양해할리도 없지만, 잘못이 없다면 양해를 바랄 것도 아닙니다.

　대통령은 첨부한 책 내용과, 정부가 잘못한 일을 민원인이 불만하지 않도록 자진하여 바르게 ‘직권시정’ 토록 하지 않고 정부의 적극적인 자세 요구 등에 대하여는 말 없습니다. 즉 민원에 대하여는 말도 없고, 직권으로 시정치도 않으며, 민원도 아닌 것에 대해 말합니다. 정부가 정부의 잘못을 시정치 않고 국민이 시정토록 밀어 붙이는 것이 국민을 위하는 공정이며 공평인지 의심되며, 이런 실정이니 국민이 대통령이나 여당의 어떠한 말도 거짓임을 알고 신뢰치 않습니다.

감사원은 예산낭비를 바르게 시정치 않고, 국가보훈처는 예산낭비를 방지할 대책없이 '기 답한 바와 같다' 며 밀어붙이고, 국민건강보험공단은 가짜 환자를 만들어 예산을 지급하고, 대통령은 대책없이 예산낭비만 지속되게 하고 있습니다.

대통령은 민원이 2년이상 계속되고 있음에도 민원이 계속되지 않게 하지 않고 정책에 참고할 것이라며 실천없는 말로 민원을 처리합니다.

자신의 민원도 처리치 못하는 권익위에 청와대가 민원을 처리할 것을 기대하는 것은 넌센스(nonsense)이며, 대통령이 국민 권익을 보호하려는 진심어린 행정을 실천치 못하니 여당의 선거패배는 당연한 결과입니다.

여당이 잘못을 몰라서 바르게 고치지 못하는 것이 아니므로 잘못을 바르게 고칠 수 있는 환경으로 바꾸어야 합니다.

민원처리사례를 살펴 본 결과, 정부가 언행일치의 국민을 생각하며 발로 뛰는 공정·공평한 행정을 실천치 않아, 국민으로부터 신뢰받지 못합니다.

대통령은 국민을 생각하며 국민을 위해 잘못을 원칙대로 바르게 고치려는 의지로 법과 원칙을 실천하는 공정·공평한 행정을 실천해야 하며, 국민이 잘못을 양해해 줄 것을 기대하며 잘못을 저지르지 말아야 합니다.

대통령에게 제출된 민원을 국민권익위원회에서 답하면서, 공정한 행정을 실천해야 한다는 민원에 동감하면서 각 행정기관이 공정·공평을 실천하는지 파악하여 조치하지 않습니다.

대통령은 국정을 총괄하며 열린 마음으로 원칙(법)과 공정·공평한 행정을 각 기관이 실천토록 해야 함에도, 말만할 뿐 공정·공평을 실천할 의지도 능력도 없는 대통령이 행정에 대해 무엇을 책임지는지 궁금합니다.

국무총리실

저는 기본적인 사항도 이행하지 않아 이에 대한 민원을 18개월 동안 제출하였으나 아직 해결치 못하여 다시 민원을 제출합니다.

민원내용을 아시겠지만, 민원발생 부처에 대한 민원 내용을 첨부하였으니 참고하시기 바랍니다. 아마 각 부처에서 파악한 민원내용과 제가 별첨한 민원내용이 각각 다를 것으로 보입니다. 왜냐하면 18개월간 해당 부처에서 제게 답한 것을 보면 민원도 아닌 사항을 민원인 것처럼 답하고 있기 때문입니다.

민원은 행정의 기본인 행정절차에 대한 것으로, 행정절차가 정당하지 못하다는 것입니다. 물론 결정내역을 알려 주지 않아 내용의 적정여부는 모르며, 민원도 내용에 대한 것이 아닙니다.

국가보훈처는 결정내용을 허위로 알리고, 국민건강보험공단은 결정내용을 아예 알리지 않고, 정부의 투명성과 공정성이 의심되는 일입니다.

우선 초기대응 부실로 민원을 유발한 관련자는 책임지게 하기 바랍니다. 그리고 잘못은 바르게 정정하여 국민의 신뢰를 받는 정부가 되게 하기 바랍니다. (11.21)

첨부 : 각 부처의 민원내용 및 첨부자료

2009. 5. 8 대통령께

뇌출혈로 공무원연금관리공단으로로부터 공상공무원으로 인정받아 공무원 생활도 명예퇴직하였는데 퇴직후 공상과 관련하여 아무런 보상도 없는데, 국가를 신뢰하고 퇴직한 것이 잘못인지?

공무원연금관리공단에서는 공상공무원으로 인정하여 퇴직하였는데 보훈처에서는 공상이 아니라는 이유로 국가유공자요건비해당 결정하였는데, 동일한 사건에 대해 국가기관에서 상반된 결정을 함에 따라 국민을 혼란(저 같은 경우는 공무원을 퇴직)케 하였는데 이러한 처분이 적정 하다고 생각하는지? 등에 대해 진정하니

이에 대해 국가보훈처가 2009. 5.28 답한 것은
"뇌출혈의 공상인정을 희망"하는 내용으로 알고 그에 대해 안내하였습니다.

즉 대통령은 진정에 대해 답하지 않고, 국가보훈처는 "공무원으로 재직중 발생한 뇌출혈의 공상인정을 희망"하는 진정이 아닌데, 이에 대해 답한 것입니다. 이는 진정내용과 전혀 다른 내용입니다.

제 진정은 2009. 5.28 진정서를 보면 알겠지만, 보훈처 관련업무로는 보훈처가 서류접수시 본인도 모르게 접수하여 재심의하고 있다는 것과 결정시 보훈심사위원회가 허위내용을 심의케 하여 결국 허위결정하고 있으니 사실에 따른 심의를 하여 사실대로 결정하라는 것이고 법상 처리기간을 초과하여 지연처리하고 있으니 지연처리하지 않는 방안을 강구하라는 것이었습니다.

만약 당시

국가를 신뢰하고 퇴직한 것은 정당하며, 법에 따라 국가가 책임질 것입니다. 그리고 국가보훈처 관련 업무는, 공무원연금관리공단과 같이 공상여부를 사실에 따라 재검토하여 잘못 결정이 확인되면 사실을 심의케 하여 정당한 결정이 되도록 하겠으며, 심사결정을 지연한 관련자는 책임지도록 하겠고, 첫 신청을 두 번째 신청이라 속여 재심의케 한 것에 대해

서도 확인하여 잘못한 관련자는 책임지게 하겠습니다.고 당초 국가보훈처가 성실히 답했다면, 이렇게 18개월간 민원이 계속되지 않았을 것인데, 초기대응 부실로 초기 결정이나 답변을 유지하려 하다 보니 똑 같은 답으로 민원이 18개월간 계속되며 더 큰 문제를 발생시키고 있는 상황입니다.

민원을 원천적으로 해결하지 않고 답만 하는 것은 무의미 합니다. 민원의 원천을 해결해야 합니다.

[국민건강보험공단 관련]

2009. 6.16 국민건강보험공단 이사장에게

용인지사(당초 조사처)에서 본인에 대한 조사관련 서류사본제출을 요구하는데도 거부하는 이유?와 불복할 기회를 박탈하는 이유?를 진정하니

이에 대해 국민건강보험공단이 2009. 6.19 답한 것은

조사관련 서류사본 제출은 정보공개에 관한 법률 규정에 따라 〈정보공개청구서〉를 공단에 제출하여야 가능하며, 동 제도에 대해 기 설명하였으나 오해가 있었던 것으로 확인되어 재차 안내였습니다.

즉 이는 진정내용과 전혀 다른 내용입니다.

제 진정은 2009. 6.16 진정서를 보면 알겠지만, 3등급을 결정하게 된 근거(점수산정내역)임에도 〈정보공개청구서〉를 공단에 제출하여야 정보공개가 가능하다는 답이며, 또 제도에 대한 설명이 아닌데도 동 제도에 대해 기 설명하였다는 답입니다.

그러나 제가 말하는 것은 제 개인 이익을 위한 정보공개 요구도 아니며 불복청구나 고충도 아닙니다.

제가 요구하는 것은 헌법 제10조와 제34조에 의해 국민이 행복추구하는데 있어 바르게 알아야 할 권리가 실천되지 않아, 결정내역을 바르고 투명하게 알려 달라는 요구입니다.

따라서 정보공개 요구라는 등에 대한 정부의 답은 민원에 대한 답이 아닙니다.

제 민원은 결정만 알리고 결정내역을 알리지 않은 것은 '행정절차법' 등을 위반한 것으로 정당한 행정이 성립되지 않은 절차상 하자를 범하는 것이니, 이를 정정하라는 민원입니다.

만약 당시

조사관련 서류사본을 별첨으로 보내니 참고하라고 답했다면, 이렇게 18개월간 민원이 계속되지 않았을 것인데, 초기대응 부실로 초기 결정이나 답변을 유지하려 하다 보니 똑 같은 답으로 민원이 18개월간 계속되며 더 큰 문제를 발생시키고 있는 상황입니다.

민원을 원천적으로 해결하지 않고 답만 하는 것은 무의미 합니다. 민원의 원천을 해결해야 합니다.

답변내용 (국가보훈처 12. 8)

1. 귀하의 건승을 기원합니다.
2. 귀하께서 국무총리실에 제출하시어 우리 처 소관사항으로 이첩된 민원은 '국가유공자 등록 신청관련 업무개선을 요망' 하는 내용으로 판단되어 다음과 같이 답변 드립니다.
3. 문의하신 내용에 대하여 기 답변 드린 바와 같이, 국가유공자 등록 절차는 본인 또는 유족(본 인이 사망한 경우 선순위 유족)이 관할 보훈(지)청에 신청 하도록 규정되어 있으며, 공무수행 중 상이에 대한 국가유공자 요건인정 여부는 소속기관에서 통보된 관련자료 등을 근거로 법령 에서 정한 기준에 따라 보훈심사위원회의 심의·의결을 거쳐 관할 보훈(지)청에서 최종 결정하 게 됩니다.
4. 또한, 귀하께서 최초 등록신청에 따른 보훈심사결과에 대하여 추가 자료를 제출하며 이의를 제 기함에 따라 관할 보훈지청에서 재심의 의뢰한 것으로, 재등록 신청 처리가 된 것은 아니며, 국 가유공자 등록처리 기간은 20일로 정해져 있지만 동 기간에는 소속기관에 요건의뢰일로부터 보훈심사까지 처리기간은 포함되지 않음을 다시한번 알려드리오니 이 점 이해하여 주시기 바 랍니다.
5. 이와 관련된 기타 궁금한 사항은 우리 처 보상정책과에 문의하여 주시기 바랍니다. 끝.

귀하의 가정에 행복과 건강을 기원합니다.

귀하의 진정서(2009.6.16)에 대하여 용인지사에서 방문하여 설명을 드렸으며, 본부에서는 서면 (2009.6.19)으로 회신한 바 있습니다. 그외 수차례 국민신문고 민원제기에 대하여 충분히 답변을 하였습니다. 행정절차법에 의하여 용인지사에서 실시한 귀하의 장기요양인정조사 관련 서류사 본 제출을 요구한데 대하여, 그 내용을 살펴보면 장기요양인정조사표, 등급판정위원회 회의록이 이에 해당합니다. 이와 관련하여 국민권익위원회의 중앙행정심판위원회에서 비공개로 결정(10-11974 정보공개 이의신청 기각결정 취소청구) 되었습니다. 이 부분과 관련하여 법원의 판례에서 도 비공개 결정을 유지하고 있습니다. 따라서 장기요양인정조사표 및 등급판정위원회 회의록이 공개될 경우 조사업무의 공정한 수행에 현저한 지장을 초래하여 「공공기관의 정보공개에 관한 법 률」 제9조제1항제5호의 비공개대상정보에 해당하여 장기요양인정조사 관련 서류사본은 제공할 수가 없음을 알려드립니다.

귀하의 가정에 행운이 함께하시기 바랍니다.

궁금한 사항은 전화주시면 정성껏 도와 드리겠습니다.

국무총리실

저는 공무원 30년을 하다가, 뇌출혈을 공무원연금관리공단에서 업무상 재해로 인정하고 또 장기 병가로 업무를 추진하기는 어렵다는 판단에 후배들을 위해 퇴직하였습니다. 그런데 퇴직 후 국가보훈처에서는 사실과 틀린 내용으로 보훈심사위원회를 기만하여 업무상 재해가 아니라는 결정을 하였습니다. 당초부터 업무상 재해에 해당되지 않는다고 국가(공무원연금관리공단)에서 결정하였으면 퇴직하지도 않았고 따라서 보훈처의 엉터리 결정에 대해 논하지도 않았을 것입니다.

보훈처는 당초 보훈심사위원회의 결정이 지금도 정당하다고 판단하는지 모르지만, 지금도 당초 결정을 정정하지 않는 것을 보면 보훈처(심사위원회)의 결정이 적정한 결정을 한 것으로 판단하는 것 같습니다. 근무시간 중 뇌출혈 사실이 지금도 증빙으로 확인되는데도 사실을 부정한 당초 결정을 옳다고 판단하는 것은 부당합니다.

그래서 근시간무중 뇌출혈을 지금도 보훈처는 근무시간외 뇌출혈로 판단하는지 궁금하니, 그 근거를 알려 주시기 바랍니다.

그리고 보훈처의 사실 확인없는 엉터리 결정대로라면, 뇌출혈이 업무상 재해도 아님으로 퇴직할 이유도 없었는데, 재직시 국가(공무원연금관리공단)의 잘못된 판단(업무상 재해)으로 퇴직케 하였으니, 퇴직에 따른 보상을 바랍니다.

감사합니다. (12.13)

1. 귀하의 건승을 기원합니다.

2. 귀하께서 국무총리실과 우리 처에 제출하신 민원 내용 중 우리 처 소관 민원은 '국가유공자 요건 심사 내용의 수정을 요망' 하는 내용으로 판단되어 다음과 같이 답변 드립니다.

3. 문의하신 내용에 대하여 기 답변 드린 바와 같이, 공무수행 중 상이에 대한 국가유공자 요건인 정 여부는 소속기관에서 통보된 관련자료 등을 근거로 법령에서 정한 기준에 따라 보훈심사위 원회의 심의·의결을 거쳐 관할 보훈(지)청에서 최종 결정하게 되며, 국가유공자 요건 인정은 소 속기관(공무원연금공단 등)의 공상 인정 여부와 관계없이 우리 처에서 국가유공자 등 예우 및 지원에 관한 법률에 따라 심사하여 결정하는 사항임을 이해하여 주시기 바랍니다.

4. 또한, 귀하의 국가유공자 등록신청과 관련한 국가유공자 요건 비해당 결정에 대해서는 관할 보 훈지청인 수원보훈지청에서 귀하에게 처분한 바 있고, 동 결정과 관련하여 국민신문고 등에 귀 하께서 제출한 민원에 대한 답변은 동 결정사항의 단순한 안내이므로, 귀하의 상이가 공무수 행과 관련하여 발생 또는 악화되었음을 확인할 수 있는 구체적이고 객관적인 입증서류가 있으 실 경우에는 관할 보훈지청에 등록신청을 다시 하시어 재심사를 받으시기 바랍니다.

5. 이와 관련된 기타 궁금한 사항은 관할 보훈지청인 수원보훈지청 보상과(☎ 031-259-1758) 또 는 우리 처 보상정책과(홍상범, ☎ 02-2020-5225)에 문의하여 주시기 바랍니다. 끝.

귀하께서 제기하신 민원 중 공무원연금공단과 관련된 부분에 대해서는 담당업무 소관 기관인 공무원연금공단에서 처리하여할 사항이므로 「민원사무처리에 관한 법률 시행령 제11조(민원서류의 이송)」에 따라 동 기관으로 이첩(12.23)하였습니다.

따라서 공무원연금공단에서 해당 민원에 대해 답변드릴 예정임을 알려드립니다. (답변기한은 12.30.임을 알려드리오니 참고하시기 바랍니다.)

감사합니다.

안녕하십니까? 행정안전부입니다.

귀하께서 제기하신 민원 중 공무원연금공단과 관련된 부분은 없는 것으로 확인되어 추가로 답변드립니다.

귀하의 급여처리는 공무원연금공단에 공무상요양을 신청하여 2008.3.12. 가결판정을 받았으며, 장애연금도 2009.1.7. 가결판정을 받아 장애연금을 수령하고 있는 것으로 확인되었습니다.

따라서 귀하의 재해보상급여는 신청에 따라 공무원연금공단에서 지급하고 있는 상황이라 이번에 제기하신 민원에 대해서는 답변드릴 내용이 없음을 말씀드립니다.

귀하께서 제기하신 민원에 대해서는 국가보훈처에서 답변드릴 예정이니 이점 널리 양해하여 주시기 바랍니다. 감사합니다.

올해의 사자성어 '민귀군경'(民貴君輕)의 뜻은?

<세계닷컴>입력 2011.01.02)

2011년 희망의 사자성어는 '민귀군경'(民貴君輕)이 낙점됐다. 민귀군경은 '백성이 귀하고 임금은 가볍다'는 뜻으로, 현재 우리나라 정부를 빗댄 메시지로 해석되고 있다.

교수신문은 지난달 8~16일 전국 대학교수 212명을 대상으로 설문 조사한 결과, 39%가 새해 희망의 사자성어로 '민귀군경'을 택했다고 2일 밝혔다. 민귀군경은 '맹자' 진심 편에 '백성이 존귀하고 사직은 그 다음이며 임금은 가볍다'라고 말한 데서 유래한 성어다.

고려대 철학과 이승환 교수는 "새 정부 들어 관권이 인권위에, 부자가 빈자 위에 군림하고, 힘센 자가 힘없는 자들을 핍박하는 불행한 사태가 심화하고 있다"며 "새해에는 나라의 근본인 국민을 존중하는 정치, 국민과 소통하는 정치, 국민을 위한 정치가 이뤄지기를 바란다"고 말했다.

서울대 철학과 강진호 교수도 "이전 대통령이 그랬듯 이명박 대통령도 임기 후반기로 갈수록 주요 정책을 실현하려고 조급해할 가능성이 높다"며 "그럴수록 민귀군경의 뜻을 되새겨 국민이 피해를 보는 일이 없도록 노력했으면 한다"고 당부했다.

국무총리

　대통령께 말하였지만, '직권시정'은 정부가 잘못한 일을 민원인이 불만하지 않도록 자진하여 바르게 시정하는 것인데, 잘못의 원인이 정부에 있음에도 정부는 국민(민원인)에 대한 '아량'으로 판단하여, 잘못이 없는 국민의 요청에 의해 정부가 아량(?)을 베푸는 것으로 착각하고 있습니다. 정부는 잘못을 발견한 경우 즉시 '직권시정'하여 정부의 잘못을 국민에게 떠 넘기지 말아야 합니다. '직권시정'은 정부의 '아량'이 아니고 당연한 '의무'입니다.

　제 민원처리 사례를 보면, 지금도 국가보훈처와 국민건강보험공단 등 각 기관이 국민이 어떻게 해주기를 바라며 안내 등을 하고 있습니다. 먼저 정부가 잘못을 시정한 후 국민에게 안내 등을 하여야 합니다. 정부의 잘못은 시정치 않은 채 국민이 정부의 잘못까지 시정케 하는 것은 부당합니다. 정부의 잘못을 시정하는 것은 정부의 아량이 아닌 의무임으로, 의무적으로 '직권시정'하여 민원인이 불만하지 않도록 해야 합니다.

　다음에 붙임과 같이 제안과 관련하여 해당부처에 건의 하였더니, 해당부처는 과거에 시정키 위해 노력하였다는 답 미래(앞으로) 제안을 업무에 참고하겠다는 답 또 개선키 어렵다는 답 등으로, 결국 제안을 채택하지 못한다는 답입니다. 제안이라는 것은 현재 나타난 문제를 개선하자는 취지이므로 과거나 미래에 대한 답은 틀린 답입니다. 그리고 이유 없이 개선키 어렵다는 답도 틀린 답입니다. 결국 정부는 현재 발생되는 문제를 방치하고 있습니다.

　이번 민원은, '직권시정'과 '제안에 대한 대안'이며, 이의 '실천'입니다.

　제안은 현 문제를 근본적으로 해결하기 위해 제시된 것이므로, 제안을 채택하지 못하면 '대안'을 마련하여 실천해야 합니다. 문제를 근본적으로 해결할 '대안' 없이 반대를 위해 반대하는 것은 부당합니다.

　현 문제를 방치하지 말고 근본적으로 개선하여 문제가 발생되지 않도록 하여 주시기 바라며, 행정부를 총괄하는 총리가 현 문제를 개선치 못하면서 행정부를 총괄하는 것은 부당하므로 총리직에 연연하지 않는 총리가 되기 바랍니다.

　참고로 제안 중 국민권익위원회에 대한 것으로 '국민권익위원회 명칭 적정여부'에 대해 제안하니, 국민권익위원회 명칭 변경은 어렵다는 국민권익위원회의 답입니다. 제 제안은 국민권익위원회가 국민권익을 보호하지 못하여 명칭 변경을 제안한 것인데, 국민권익위원회가 국민권익을 보호하지 못할 것을 전재로 명칭 변경이 어렵다고 답하는 것은 부당합니다. 국민권익위원회가 국민권익을 보호하는 기관이 되어 '국민권익위원회 명칭 적정여부'로 논의 대상이 되지 않게 해야 할 것입니다.

감사합니다. (2. 5)

붙임 : 제안

안녕하십니까? 온라인 국민참여포털 국민신문고입니다.

국민제안은 국민이 정부시책 또는 행정제도·운영의 개선을 목적으로 행정기관의 장 - 중앙행정기관의 장, 지방자치단체의 장 또는 특별시·광역시·도·특별자치도 교육감 - 에게 제출하는 창의적인 의견 또는 고안으로서,

1. 일반적으로 공지되었거나 이미 이용되고 있는 것
2. 타인이 취득한 특허권·실용신안권·디자인권·저작권에 속하는 것이거나 「공무원 직무발명의 처분·관리 및 보상 등에 관한 규정」에 의하여 보상이 확정된 것
3. 이미 채택된 제안이거나 그 기본구상이 이와 유사한 것
4. 일반 통념상 그 적용이 불가능하다고 판단되는 것
5. 단순한 주의 환기·진정·비판·건의 또는 불만의 표시인 것
6. 국가나 지방자치단체의 사무에 관한 사항이 아닌 것은 해당되지 않습니다.

이에 귀하의 의견을 제안심사대상외로 처리하되 여론을 파악하는 자료로 활용하겠사오니 널리 양해바라며, 앞으로도 많은 관심과 참여 부탁드리겠습니다. 감사합니다.

국무총리실

2011. 1.21. 제가 '민원처리 사례로 보는 정부의 자세(상)'의 책을 정부의 원인제공으로 인해 이를 국민에게 호소하기 위해 책을 출판하게 되었으니, 책 출판과 관련된 비용을 보상해 줄 것을 총리실에 요구하니, 총리실은 귀하의 의지로 출판한 책에 대해 총리실에서 보상해야 한다는 귀하의 주장은 도움주기 어렵다는 답입니다.

위 사례와 같이 정부는 원인이 결과의 원천임에도 원인을 등한시하여 업무를 처리하고 있습니다. 원인(이유)없는 결과가 없다는 사실을 알고 업무를 처리해야 하며, 원인이 발생되지 않게 해야 합니다.

'민원처리 사례로 보는 정부의 자세(하)' 책이 편집중이라 한번에 책 출판 비용 전액을 청구하기 위해 지금 청구하지 않고 있는 것이지, 총리실의 지난번 답을 수긍하여 책 출판 비용을 청구하지 않는 것이 아닙니다. 정부는 원인을 제공하지 않기 바라며, 원인만 정당하면 자동적으로 정당한 결과가 도출되게 됩니다. (3.28)

답변내용 (국무총리실 4. 4)

귀하께서 국무총리실로 제기하신 민원은 민원처리에 대한 사례집 관련 책자 출간에 대한 보상 요청으로 사료되나 동 관련 책자에 대해 국무총리실에 어떠한 요청 등의 조치를 한 적이 없습니다. 때문에 귀하의 의지로 출간한 책자에 대해 국무총리실에서 보상해야 한다는 주장은 도움을 드리기 어려울 것으로 생각됩니다. 감사합니다.

국무총리실

국가보훈처 직원의 '사의에 대한 약속이행'을 총리실에 요망하니, 총리실은 국가보훈처를 통해 사의와 관련없는 답을 하여, 다시 민원을 제출합니다.

사의약속을 이행케 해 주기 바라며, 2009. 5.28. 민원을 "공무원으로 재직중 발생한 뇌출혈의 공상인정을 희망"하는 내용으로 한 안내가 잘못되어 추가로 회신한 관련자는 국민에게 책임지게 하기 바랍니다.

기 말했지만 '국민에게 책임'이란, 행정벌이 아닌 국민으로부터 징수되어 지급되는 급여 등도 지출되지 않게 조치하고 또 국민과 관련된 공적인 업무를 취급치 않게 하는 조치하는 것을 말하며, 2010. 2. 28. 제출한 '거짓 및 미회신' 명세를 참고하기 바랍니다. 그리고 또 '시효'에 대해 말하면, 총리실에서 행정명령은 언제든지 발할 수 있는 것이므로 시효경과 등에 대하여는 논할 필요도 없으며, 따라서 '국민에게 책임'지게 하기 위해서는 시효경과 등의 사유로 행정이 구속될 수 없습니다. (3.31)

답 변 내 용 (국무총리실 4. 4)

안녕하십니까.

국무총리실을 방문해 주셔서 감사합니다.

귀하께서 제기하신 민원은 이미 검토를 거친 건입니다. 때문에 동일 반복 민원으로 분류 처리토록 하였으니 양해해 주시기 바랍니다.

 민원처리 사례로 보는 **정부의 자세(하)**

국무총리 귀하

수차례 민원을 통해 말했지만 민원이 실천되지 않아 다시 민원을 제출합니다.

말은 쉬워도 실천하기 어렵다고 대통령이 국민에게 말하였듯이, 국무총리가 국익을 위해 실천하며 약속을 지키는 총리로 국민이 신뢰케 하여, 선거에 패배하지 않는 정부가 되게 하여 주기 바랍니다.

알다시피, 국가보훈처는 사실이 아닌 허위공문서를 민원인에게 교부하고 국민건강보험공단은 결정내용을 알리지 않습니다. 두 기관의 공통점은 열린 자세로 행정을 실천치 않아 민원내용도 알지 못하고 민원도 아닌 것을 민원으로 처리하는 것입니다. (민원은 정당한 절차 요구인데 답은 결정이 정당한 것으로 밀어붙임) 행정의 기본(기초)인 정당한 절차를 시행한 후 결정이 정당한지 검토케 해야 함에도 절차는 검토치 않고 2년간 밀어붙이니, 선거에 패배함은 당연한 결과입니다. 헌법을 엄격히 준수하고 진심으로 국익을 위하며 국민(서민)을 위하는 정부가 되어 주기 바랍니다.

저번에도 말했지만 정부 예산이 올바로 사용되지 않고 낭비되는 사례를 보면, 국가보훈처는 축구나 샤워를 하다가 다치면 국가유공자로 인정하여 예산을 지급한 후에도 이를 환수하여 예산에 충당하지 않고, 국민건강보험공단은 가짜 환자를 만들어 예산을 지급한 후 예산이 고갈됐다며 보험료 인상을 검토합니다. 또 국민을 위하는 명칭을 사용하는 기관이 많은데 국민을 위하지도 못하면서 존재함으로 인해 예산만 낭비하고 있습니다. 예산이 올바로 사용되는 정부가 되어 주기 바랍니다.

진심으로 국민을 위하고 국익을 위하는 총리가 되기 바라며, 제 민원(잘못 시정)을 실천한 것이 있으면 친절하게 알려 주기 바랍니다. 감사합니다. (5. 2)

1. 귀하의 건승을 기원합니다.

2. 귀하께서 국무총리실과 우리 처에 제출하신 민원에 대하여 다음과 같이 답변 드립니다.

3. 국가유공자 요건 심사는 「국가유공자 등 예우 및 지원에 관한 법률」에 따라 등록신청을 하시면 소속기관에서 통보된 관련자료 등을 근거로 보훈심사위원회의 심의 의결을 거쳐 관할 보훈(지)청에서 최종 결정하게 되며, 귀하께서 신청하신 상이는 동 절차를 거쳐 관할 보훈지청에서 국가유공자 요건에 해당하지 않는 것으로 최종 결정되어 관할 보훈지청인 수원보훈지청에서 그 결과를 통보하여 드렸음을 알려드립니다.

4. 다만, 귀하의 상이가 공무원으로 재직 중 공무수행과 관련하여 발생하였음을 확인할 수 있는 새로운 객관적인 입증자료가 있으시다면 관할 보훈지청에 등록 신청을 다시 하시어 국가유공자 요건 인정 여부 심사를 받아 보시기 바라며, 기타 궁금한 사항은 우리 처 보상정책과 또는 관할 보훈지청인 수원보훈지청 보상과에 문의하여 주시기 바랍니다. 끝.

1. 귀 가정에 건강과 행운이 가득하시길 기원합니다.

2. 귀하께서 국민신문고로 2차례에 답변을 요청하신 건에 대하여 다음과 같이 답변 드립니다.
   - 먼저 '11.4.11일 답변 드린바와 같이 환자에 대한 진료가 의학적으로 타당한가에 대한 부분은, 저희 공단에서 담당하고 있는 업무가 아님을 재차 안내 드립니다.
   - 또한 "환자 평가를 의사진단서에 의존하고 있다." 라는 표현 등이 어떤 의미인지 확인하기 위하여 수차 전화 하였으나, 통화가 되지 않고 있습니다. 혹여 민원내용이 장기요양보험의 등급판정과 관련되어 있는지, 알려주시면 추가 답변을 드리도록 하겠습니다.

3. 자세한 사항은 국민건강보험공단 급여관리실(02-3270-9228)로 문의해 주시기 바랍니다. 끝.

국무총리 귀하

공무원연금관리공단에서는 공무상요양을 승인결정하고 똑같은 서류로 심사한 국가보훈처에서는 허위사유로 공상 비해당 결정하고, 국무총리도 허위사유의 공상 비해당 결정이 맞다는 취지의 답을 하여 다시 문의합니다.

국무총리는 1. 행정부의 양분된 의사결정으로 국민이 잘못 판단케 하여 결국 국민이 피해를 감수케 함이 정당하다고 생각하는지, 2. 허위 사유의 공문서 교부가 정당하다고 생각하는지, 궁금합니다.

위 1. 2에 대한 국무총리의 주관적 입장(소신, 의견)을 밝혀 주기 바랍니다. 물론 국무총리의 주관적 입장(소신)이 없다면 밝힐 필요도 없습니다. (6.25)

답 변 내 용 (국무총리실 7. 5)

안녕하십니까.

국무총리실을 방문해 주셔서 감사합니다.

귀하께서 제기하신 각 기관에서의 판정 결과 등에 대한 불만건은 국무총리실의 소관업무가 아닌 해당 기관으로 질의 하여야 할 사항으로 사료됩니다.

또한 동 민원과 관련하여 주관적 견해 및 의견이 참고될 수 있는 사안이 아니며 해당기관의 기준 근거에 의한 결과를 받아야 할 것으로 보입니다.

때문에 동 민원과 관련하여 추가 문의사항이 있을시 해당기관으로 직접 문의하여 주시기 바랍니다.

○ 나의 민원

국민신문고에서 신청하신 모든 민원에 대한 처리과정 및 결과를 확인하실 수 있습니다.
보안형 민원은 조회하기 위해 민원신청번호가 필요합니다.

▌민원인 입력사항

[목록] [인쇄]

• 신청번호	1AA-1107-015378		
• 신청인구분	개인		
• 신청인 이름	서맹종	• 주민(외국인)번호	520313 - *******
• 연락처		• 휴대전화	
• 주소	450-740 경기 평택시 세교동 부영1차아파트		
• 민원발생지역	시도: 경기도 시군구: 평택시		
• 나의민원 확인방식	간편형 [보안형으로전환]	(간편형) 로그인 만으로 확인 (보안형) 로그인(1단계) ⇒ 신청번호(2단계) 입력 후 확인	
• 이메일	seojoung0914@hanmail.net	• 진행상황 통보방식	이메일
• 신청일	2011.07.06. 10:04:17	• 직업	무직

▌피 민원인 정보

• 피민원인 이름	국무총리	• 연락처	
• 주소			

▌민원신청내용

• 민원제목	문의

• 민원내용 보기

감사원은 민원에 아예 회신않는가 하면, 잘못된 행정도 시정치 못하고 민원에 기처리 완료한 것처럼 거짓으로 불성실하게 답하며, 국가의 세입·세출 업무를 감사하고 공무원의 직무도 올바로 감찰하지 못하며, 헌법과 법(민원사무처리에관한법률 제15조 등)을 위반하는 감사원이 대책없이 예산만 낭비하며 왜 존재하는지, 감사원 유지에 소요된 2010년 예산이 얼마인지 궁금하니 이를 억원단위로 알려 주기 바랍니다.

다음에 감사원과 같이 헌법재판소는, 국민을 보호키 위해 헌법에서 규정하고 있음에도, 국민이 행정부에 의해 기본권이 침해되어도 헌법재판소법에 의한다며 국민을 보호하지 못하는 실정입니다. 국민을 보호하지 못하는 헌법재판소가 왜 법원과 분리되어 존재하는지, 헌법재판소 유지에 소요된 2010년 예산이 얼마인지 궁금하니 이를 억원단위로 알려 주기 바랍니다.

본 민원은 감사원과 헌법재판소 유지에 소요된 2010년 총 예산이 얼마인지에 대한 문의입니다.

• 첨부파일   첨부파일 없음

민원공유여부

· 민원공유여부	공유 비공유로전환

※ 공유에 동의하시면 민원내용과 답변내용이 민원업무 처리나 정부정책에 반영하기 위해 다른 행정기관에
　　제공 될 수 있으며, 필요 시 행정기관 등의 홈페이지를 통해 일반국민들에게 민원사례로 제공 될 수 있습
　　니다.

처리기관 정보

· 처리기관	헌법재판소 사무처 심판사무국 심판행정과		
· 담당자 (연락처)		· 민원인 신청번호	1AA-1107-015378
· 접수일	2011.07.12. 08:16:25	· 처리기관 접수번호	2AA-1107-077316
· 처리 예정일	2011.07.19. 23:59:59		

※ 민원처리기간은 최종 민원 처리 기관의 접수일로부터 보통 7일 또는 14일임
　　(해당 민원을 처리하는 소관 법령에 따라 달라질 수 있음)

처리결과(답변내용)　　　**처리결과(추가답변)**

· 답변일	2011.07.14. 18:13:24

· 처리결과(답변내용)

1. 귀하께서 국무총리실에 제출하신 민원이 국민권익위원회(국민신문고 1AA-1107-015378)를 통
하여 2011. 7. 12. 헌법재판소로 이첩되어 왔기에 회신합니다.
2. 민원의 내용은 헌법재판소의 2010년도 예산에 대해서 문의하시는 것으로 보입니다.
3. 헌법재판소의 2010년도 예산은 약 259억원임을 알려드립니다.

헌법재산소 사무에 관심을 가져주셔서 감사합니다.

· 첨부파일	첨부파일 없음

민원처리과정 만족도조사

🌲 민원 만족도조사 등록일 : 2011.07.16.

🌲 민원 만족도조사에 응하시면 추첨을 통해 분기별로 문화상품권을 제공합니다.

Ⓠ 민원처리과정에 대해 만족하십니까? (매우불만)

Ⓠ 민원처리과정에 대해 불만이 있으신 경우, 사유를 선택해 주시기 바랍니다. (공정성 결여)

Ⓠ 만족 또는 불만족하신 사유 등 의견이 있으시면 작성해 주시기 바랍니다.

국무총리가 감사원과 헌법재판소에 지급되는 예산을 몰라 헌법재판소에 이첩하여 헌법재판소가 2010
년 소요한 예산은 약 259억원임을 알림. 국무총리는 2010년 감사원에 지급된 예산은 알리지 않음.
공무원의 직무도 올바로 감찰하지 못하며 법을 위반하는 감사원이 예산만 낭비하며 존재하여도 국무
총리는 무대책이고, 국민을 보호하지 못하는 헌법재판소가 법원과 분리되어 헌법재판소 유지에 2010
년 259억원을 소비하며 이유없이 존재해도 국무총리는 무대책이라, 안타까움. 국민을 위하지 못하고
원칙을 실천치 못하는 국무총리가 대통령 대타용으로 존재하는 것인지 궁금함.

Ⓠ 귀하가 신청하신 민원은 해결되었습니까? (부분해결)

• 처리기관	감사원 감사원 감사청구조사국 총괄과		
• 담당자 (연락처)		• 민원인 신청번호	1AA-1107-015378
• 접수일	2011.07.11. 09:58:41	• 처리기관 접수번호	2AA-1107-065460
• 처리 예정일	2011.08.13. 23:59:59		

※ 민원처리기간은 최종 민원 처리 기관의 접수일로부터 보통 7일 또는 14일임
  (해당 민원을 처리하는 소관 법령에 따라 달라질 수 있음)

처리결과(답변내용)

• 답변일	2011.09.01. 17:00:24
• 처리결과(답변내용)	

종결처리

• 첨부파일	첨부파일 없음

민원처리과정 만족도조사

🔔 민원 만족도조사 등록일 : 2011.09.02.

🔔 민원 만족도조사에 응하시면 추첨을 통해 분기별로 문화상품권을 제공합니다.

Q 민원처리과정에 대해 만족하십니까? (매우불만)

Q 민원처리과정에 대해 불만이 있으신 경우, 사유를 선택해 주시기 바랍니다. (공정성 결여)

Q 만족 또는 불만족하신 사유 등 의견이 있으시면 작성해 주시기 바랍니다.
  종결했다며 감사원 유지에 소요된 2010년 예산이 얼마인지 알려 주지 않음.

Q 귀하가 신청하신 민원은 해결되었습니까? (미해결)

[📋 목록] [🖨 인쇄]

국무총리 귀하

국가인권위원회는 법(행정절차법)에 따른 행정이 성립되지 못했음에도 행정이 성립된 것으로 간주하며, 국민에게 불리한 결정을 하고 있습니다.

국가인권위원회 유지에 소요된 2010년 예산이 얼마인지 궁금하니 이를 억원단위로 알려주기 바랍니다. (7.18)

답변내용 (국가인권위원회 8. 1)

국가인권위원회 유지에 소요된 2010년 예산은 201억원입니다.

 나의 민원

국민신문고에서 신청하신 모든 민원에 대한 처리과정 및 결과를 확인하실 수 있습니다.
보안형 민원은 조회하기 위해 민원신청번호가 필요합니다.

▍처리현황

▍민원인 입력사항

[목록] [인쇄]

• 신청번호	1AA-1108-100561
• 신청인구분	개인
• 신청인 이름	서맹종
• 주민(외국인)번호	520313 - *******
• 연락처	
• 휴대전화	
• 주소	446-516 경기 용인시 기흥구 상하동 그대가아파트
• 민원발생지역	시도: 경기도 시군구: 용인시 기흥구
• 나의민원 확인방식	간편형 [보안형으로전환] (간편형) 로그인 만으로 확인 (보안형) 로그인(1단계) ⇒ 신청번호(2단계) 입력 후 확인
• 이메일	seojoung0914@hanmail.net
• 진행상황 통보방식	이메일
• 신청일	2011.08.30. 06:04:09
• 직업	기타

▍피 민원인 정보

• 피민원인 이름	국무총리
• 연락처	
• 주소	

▍민원신청내용

• 민원제목	공생 실천

• 민원내용 보기

국가보훈처와 국민건강보험공단이 잘못을 바르게 실천하라는 민원에 대해, 두 기관이 바르게 실천하지 않고 총리실도 기 검토했다며 잘못을 바르게 실천치 않아 다시 민원을 제출합니다.
천 번의 말보다는 한 번의 실천으로 다함께 '공생'하는 총리이기 바랍니다.

• 첨부파일	첨부파일 없음

▍민원공유여부

제공 될 수 있으며, 필요 시 행정기관 등의 홈페이지를 통해 일반국민들에게 민원사례로 제공 될 수 있습니다.

▌ 처리기관 정보

· 처리기관	국무총리실 사무차장 정무실 민정민원비서관		
· 담당자 (연락처)		**· 민원인 신청번호**	1AA-1108-100561
· 접수일	2011.09.08. 04:52:28	**· 처리기관 접수번호**	2AA-1109-050513
· 처리 예정일	2011.09.17. 23:59:59		

※ 민원처리기간은 최종 민원 처리 기관의 접수일로부터 보통 7일 또는 14일임
　(해당 민원을 처리하는 소관 법령에 따라 달라질 수 있음)

처리결과(답변내용)

· 답변일 　2011.09.08. 04:52:29

· 처리결과(답변내용)

안녕하십니까
국무총리실을 방문해 주셔서 감사합니다.
귀하께서 제기하신 각 기관에서의 판정 결과 등에 대한 불만건은
국무총리실의 소관업무가 아닌 해당 기관으로 질의 하여야 할 사항으로
판정 결과는 국무총리실의 조정 등을 통해 협의될수 있는 사안이 아닙니다.
또한 동 민원과 관련하여 주관적 견해 및 의견이 판정 결과가 될수 없으며
해당기관의 기준 근거에 의한 결과를 받아야 할 것으로 보입니다.
동 민원과 관련하여 추가 문의사항이 있을시
해당기관으로 직접 문의하여 주시기 바랍니다.
감사합니다.

· 첨부파일 　첨부파일 없음

민원처리과정 만족도조사

🌲 민원 만족도조사 등록일 : 2011.09.09.

🌲 민원 만족도조사에 응하시면 추첨을 통해 분기별로 문화상품권을 제공합니다.

Q 민원처리과정에 대해 만족하십니까? **(매우불만)**

Q 민원처리과정에 대해 불만이 있으신 경우, 사유를 선택해 주시기 바랍니다. **(공정성 결여)**

Q 만족 또는 불만족하신 사유 등 의견이 있으시면 작성해 주시기 바랍니다.

　수차례 말했지만, 제 민원은 판정결과에 대한 불만이 아니고 공정을 실천치 못하면서 공정한 척하는 거짓이 불만이며 또 '공생'을 실천치 못하면서 공생을 실천하는 척 거짓말하는 것이 불만임. 해당기관에 질의할 사항이 아님에도 총리는 소관업무가 아니라며 해당기관에 떠넘김. 총리의 소관업무는 무엇인지 궁금함. 국무총리실의 조정을 바라는 민원이 아니므로 조정하지 말고 원칙에 따른 행정실천으로 국민이 공생토록 하기 바람.

Q 귀하가 신청하신 민원은 해결되었습니까? **(미해결)**

국무총리 귀하

정부가 예산이 없다며 등록금이나 복지 등에는 예산을 집행치 않고 쓸데없는 국가기관 여러 곳에는 예산을 집행하여 불만입니다. 쓸데없는 기관 사례는 제 블로그에 있으니 참고하기 바랍니다. 복지나 서민생활 안정에 지출할 예산을 확보하고 건전한 재정으로 국민의 공생을 위해, 정부는 구조조정하기 바랍니다. (9. 9)

답 변 내 용 (국무총리실 9.19)

안녕하십니까? 온라인 국민참여포털 국민신문고입니다.

귀하께서 국무총리실에 제출하신 민원사항은 향후 필요시 당실의 업무에 참고토록 함을 알려드립니다.

귀하의 건승과 행복을 기원합니다. 감사합니다.

 나의 민원

국민신문고에서 신청하신 모든 민원에 대한 처리과정 및 결과를 확인하실 수 있습니다.
보안형 민원은 조회하기 위해 민원신청번호가 필요합니다.

▌처리현황

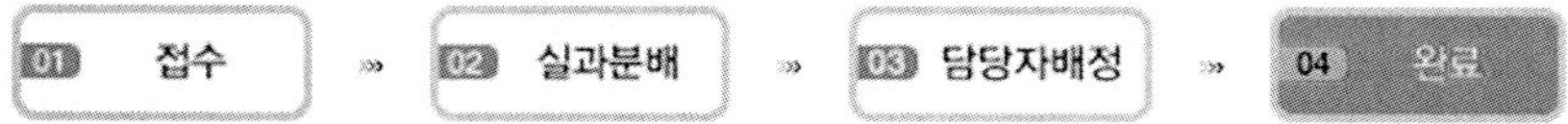

▌민원인 입력사항

[목록] [인쇄]

• 신청번호	1AA-1109-042740		
• 신청인구분	개인		
• 신청인 이름	서맹종	• 주민(외국인)번호	520313 - *******
• 연락처		• 휴대전화	
• 주소	446-515 경기 용인시 기흥구 상하동 그대가아파트		
• 민원발생지역	시도: 경기도 시군구: 용인시 기흥구		
• 나의민원 확인방식	간편형 [보안형으로전환]　(간편형) 로그인 만으로 확인 (보안형) 로그인(1단계) ⇒ 신청번호(2단계) 입력 후 확인		
• 이메일	seojoung0914@hanmail.net	• 진행상황 통보방식	이메일
• 신청일	2011.09.16. 08:12:47	• 직업	무직

▌피 민원인 정보

• 피민원인 이름	국무총리	• 연락처	
• 주소			

▌민원신청내용

• 민원제목	원칙 실천

• 민원내용 보기

제 사례를 통해 본 바, 정부가 겉으로는 법을 지키는 척하면서 속을 보면 원칙(법)에 상관없는 처리를 하고 있습니다. 제 사례는 사례일 뿐 목적이 아니므로 제 사례를 참고하여 행정기관이 원칙을 실천치 않는 사항을 확인하여 조치하는 등 원칙을 실천(목적)하기 바랍니다.

• 첨부파일	첨부파일 없음

▌민원공유여부

- **민원공유여부**   공유 비공유로전환

※ 공유에 동의하시면 민원내용과 답변내용이 민원업무 처리나 정부정책에 반영하기 위해 다른 행정기관에 제공 될 수 있으며, 필요 시 행정기관 등의 홈페이지를 통해 일반국민들에게 민원사례로 제공 될 수 있습니다.

▌처리기관 정보

· 처리기관	국무총리실 사무차장 정무실 민정민원비서관		
· 담당자 (연락처)		**· 민원인 신청번호**	1AA-1109-042740
· 접수일	2011.09.23. 17:48:40	**· 처리기관 접수번호**	2AA-1109-156214
· 처리 예정일	2011.09.30. 23:59:59		

※ 민원처리기간은 최종 민원 처리 기관의 접수일로부터 보통 7일 또는 14일임
 (해당 민원을 처리하는 소관 법령에 따라 달라질 수 있음)

처리결과(답변내용)

· 답변일   2011.09.23. 17:48:41

· 처리결과(답변내용)

안녕하십니까?
온라인 국민참여포털 국민신문고입니다.

제시하신 의견은 관련 업무에 참고하도록 하겠으며 앞으로도 지속적인 관심과 참여 부탁드립니다.
열린 자세로 여러분의 말씀을 소중하게 생각하는 국민신문고가 되겠습니다.

귀하의 건승과 행복을 기원합니다.
감사합니다.

· 첨부파일   첨부파일 없음

민원처리과정 만족도조사

🌲 민원 만족도조사 등록일 : 2011.09.27.

🌲 민원 만족도조사에 응하시면 추첨을 통해 분기별로 문화상품권을 제공합니다.

Q 민원처리과정에 대해 만족하십니까? **(매우불만)**

Q 민원처리과정에 대해 불만이 있으신 경우, 사유를 선택해 주시기 바랍니다. **(공정성 결여)**

Q 만족 또는 불만족하신 사유 등 의견이 있으시면 작성해 주시기 바랍니다.

총리는 각 기관이 원칙을 실천치 않는 사항을 확인하여 조치하지 않고 업무에 참고할 것이라며 안이하게 답함.
업무에 참고한 결과를 차후 확인하여 총리의 상투적 답이 아닌지 판단해 볼 필요가 있음.

Q 귀하가 신청하신 민원은 해결되었습니까? **(미해결)**

◉ 나의 민원

국민신문고에서 신청하신 모든 민원에 대한 처리과정 및 결과를 확인하실 수 있습니다.
보안형 민원은 조회하기 위해 민원신청번호가 필요합니다.

▌처리현황

▌민원인 입력사항

[목록] [인쇄]

• 신청번호	1AA-1110-003682		
• 신청인구분	개인		
• 신청인 이름	서맹종	• 주민(외국인)번호	520313 - *******
• 연락처		• 휴대전화	
• 주소	446-515 경기 용인시 기흥구 상하동 그대가아파트		
• 민원발생지역	시도: 경기도 시군구: 용인시 기흥구		
• 나의민원 확인방식	간편형 [보안형으로전환]	(간편형) 로그인 만으로 확인 (보안형) 로그인(1단계) ⇒ 신청번호(2단계) 입력 후 확인	
• 이메일	seojoung0914@hanmail.net	• 진행상황 통보방식	이메일
• 신청일	2011.10.04. 06:09:21	• 직업	무직

▌피 민원인 정보

• 피민원인 이름	국무총리	• 연락처	
• 주소			

▌민원신청내용

• 민원제목	불만으로 판단하는 법률근거 처리 방법 등 문의

• 민원내용 보기

2011. 7. 5. 판정결과 등에 대한 불만 건은 해당기관으로 문의하라는 답과 관련하여 다시 민원을 제출합니다.

제 민원은 판정결과에 대한 불만이 아님에도 총리가 아직 '판정결과에 대한 불만'으로 파악하여 동문서답하고 있으니, 한심한 일입니다. 제 민원은 행정기관이 원칙(법)대로 처리치 않는데 대한 불만이며, 판정결과에 대한 불만이 아닙니다.
그리고 총리실 업무가 아니라며 해당 기관에 떠넘기지 말고 국민의 어려움을 세세히 챙겨 잘못을 개선하는 적극적인 총리이기 바랍니다.

2011. 7. 5. '불만'으로 답하여 말하는데, 총리 임의로 불만으로 판단하지 않았기 바라지만 총리가 어떤 법률근거로 불만으로 판단한 것인지 알려주기 바라며, 총리 답대로 행정기관에 제기된 각종 '불만'에 대해서는 해당기관이 민원인의 의사를 수용치 않아야 함에도 불만으로 발생된 불복신청 등을 왜 '인용'하였는지 모순된 답이 이해되지 않으니 불만임에도 불만을 수용케 한 이유를 알려 주기 바랍니다.

- **첨부파일**　　　　첨부파일 없음

▌민원공유여부

- **민원공유여부**　　　공유　비공유로전환

※ 공유에 동의하시면 민원내용과 답변내용이 민원업무 처리나 정부정책에 반영하기 위해 다른 행정기관에 제공 될 수 있으며, 필요 시 행정기관 등의 홈페이지를 통해 일반국민들에게 민원사례로 제공 될 수 있습니다.

▌처리기관 정보

처리기관	국무총리실 사무차장 정무실 민정민원비서관		
담당자 (연락처)		**민원인 신청번호**	1AA-1110-003682
접수일	2011.10.16. 12:53:04	**처리기관 접수번호**	2AA-1110-094904
처리 예정일	2011.10.24. 23:59:59		

※ 민원처리기간은 최종 민원 처리 기관의 접수일로부터 보통 7일 또는 14일임
　(해당 민원을 처리하는 소관 법령에 따라 달라질 수 있음)

처리결과(답변내용)

- **답변일**　　　2011.10.16. 12:53:05

- **처리결과(답변내용)**

안녕하십니까
국무총리실을 방문해 주셔서 감사합니다.
귀하께서 주장하시는 '원리원칙 준수' 등은 해당기관에서 준수하여 판정한 결과에 대한 이의제기나 다름없는 것으로
기관의 처리 결과 통보가 귀하께서 주장하시는 내용과 상이하다고 하여 원리 원칙을 준수하지 않은것으로 보기는 어렵습니다.
또한 귀하께서는 해당기관의 판정 결과에 대해 추가적인 내용 없이 재검토만을 요청하고 있습니다.
따라서 관련 내용에 대하여 해당기관으로 직접 문의하여 상담하여 주시기 바랍니다.
감사합니다.

- **첨부파일**　　　　첨부파일 없음

🌲 민원 만족도조사 등록일 : 2011.10.16.

🌲 민원 만족도조사에 응하시면 추첨을 통해 분기별로 문화상품권을 제공합니다.

Q 민원처리과정에 대해 만족하십니까? (매우불만)

Q 민원처리과정에 대해 불만이 있으신 경우, 사유를 선택해 주시기 바랍니다. (공정성 결여)

Q 만족 또는 불만족하신 사유 등 의견이 있으시면 작성해 주시기 바랍니다.

해당기관이 '원리원칙'을 준수치 않아 민원이 계속됨에도, 총리는 해당기관이 법을 지키는지 확인치 않음. 여러번 말했지만 민원은 판정결과에 대한 불만이 아니므로 판정과 관련해서 해당기관에 추가할 내용이나 상담할 사항없으며, 민원은 해당기관의 법에 따른 절차 미이행이므로, 총리는 절차가 법에 따라 정당하게 시행된 것인지 재검토해야 함. 총리는 해당기관에 떠넘기며 국민의 어려움을 세세히 챙기지 않음.
2011. 7. 5. 민원을 '불만'으로 답하여 놓고 어떤 법률근거로 '불만'으로 판단한 것인지 알려주지 않음. 총리가 근거없이 음해성 답만 하니, 월가시위가 국내로 확산되는 등 국가 전체가 혼란스러움. 총리는 국가혼란을 책임져야 함

Q 귀하가 신청하신 민원은 해결되었습니까? (미해결)

📋 목록　🖨 인쇄

　　총리실이 2010.10.21. "제시하신 의견은 관련 업무에 참고하도록 하겠으며, 열린 자세로 여러분의 말씀을 소중하게 생각하는 국민신문고가 되겠다." 고 답하였으나, 2010.11.19. 현재도 총리실 답이 실천되지 않고 있으니 10.21. 거짓으로 답한 관련자는 공정한 행정 실천을 위해 국민에게 책임지도록 하기 바란다고 진정하니, 2010.11.23. 향후 필요시 당실의 업무에 참고하겠다는 답하였습니다.

　　책임행정도 실천치 못하고 책임의 필요성을 갖지 않는 총리가 민원(공정을 실천치 않은 관련자 책임)도 아닌 것에 상투적이고 안이한 답(향후 필요시 참고)이나 하며 공정과 책임을 회피하니 답답한 일입니다.

　　총리는 현재도 공정을 실천치 못하면서 원칙을 지키고 공평한 총리인 척 합니다. 국민을 위하고 법을 지키는 것이 원칙임을 총리는 알아야 합니다.

　　민원을 제출하니, 국가보훈처와 국민건강보험공단은 민원도 아닌 내용으로 답하고 국민권익위원회도 민원을 처리하지 않는 부서인 것처럼 답하고, 감사원도 민원에 대하여는 답없이 '종결처리' 라고 답합니다. 각 기관의 공통점은 민원인이 제출한 민원이 아닌 것을 답하는 것이며, 다른 점은 각 부처마다 처리방법이 각기 다르다는 것입니다.

　　즉 민원사무처리에관한법률 제15조를 위반하면서 민원에 동문서답하는 부처가 있는가 하면, 민원을 처리하지 않는다든 부처가 타부처 민원까지 처리하는 부처가 있고, 또 민원(블로그 내용)의 사실여부 문의에 '종결처리' 라고 답하기도 합니다. 각 부처마다 원칙 없이 임의로 민원을 처리하니 민원에 대한 처리가 각 부처마다 각기 다를 수밖에 없습니다. 이는 공직기강 해이에서 비롯된 것임에도 국무총리는 대책없이 구경만 합니다.

　　해당부처가 투명하고 공정하게 결정하지 않고 밀실결정을 하면서 행정절차법 등을 위반하여도 국무총리는 이를 바르게 정정하지 못하면서, 말만 "공정" "공평" 을 강조합니다.

　　국가보훈처는 ‘허위공문서’ 수정교부 민원을 ‘결정결과’ 정정요구 민원으로 파악하여 답하고, 국민건강보험공단에 결정내역 없이 교부한 결정서는 부당하며 ‘결정내역’ 을 교부하라니 당초에 ‘정보공개청구법’ 또 ‘심사의 공정성’ 등 이상한 이유로 ‘결정내역’ 을 교부하지 못한다더니 이제는 이유없이 교부하지 않음에도, 국무총리는 무대책이니 한심한 일입니다.

　　정부는 법에 따라 원칙대로 업무를 처리해야 하며, 이유없이 힘으로 밀어붙이지 말아야 합니다.

　　민원에 대한 국가보훈처의 답을 보면, 결정결과 통보시 절차상 하자(허위공문서 교부)에 대한 답은 않고 내용의 정당성에 대한 답으로 결국 민원에 예전같이 동문서답하고 있으며, 국무총리실도 국가보훈처가 보훈심사위원회를 기만하여 허위공문서를 작성 교부하여도 바르게 시정치 못함이 애석하며, 그런 정부가 국민과 서민을 위하는 공정·공평한 행정을 한다니 이해되지 않습니다.

　　공무원연금관리공단에서는 업무상 재해(공상)로 인정하여 장애인 연금을 지급하는데 국가보훈처는 업무상 재해가 아니라는 당초 엉터리 결정이 증빙으로 확인됨에도 이를 바르게 정정하여 교부치 않습니다. 국무총리는 상반된 결정을 객관적으로 조정하지 못하고, 주관적으로 결정한 국가보훈처에 떠넘기고, 국가보훈처는 일방적 의견으로 잘못을 밀어붙이고 있습니다. 정부의 객관성이 필요합니다.

　　보훈처는 ‘국가유공자 요건 심사 내용의 수정을 요망’ 하는 내용의 엉터리 판단으로 동문서답만 계속할게 아니라 민원에 충실하게 답하여 민원사무처리에관한법률 제15조를 준수해야 합니다.

　　국무총리가 국가보훈처의 불법적인 행태를 묵인하며 바르게 시정치 못하면서 ‘공정’ 아이디어를 공모하니 한심하지만, 국무총리는 언행일치하기 바라며 정부의 잘못으로 공무원을 죄없이 퇴직케 하는 것은 부당합니다.

정부가 법을 행정편의적으로 적용하면서 불법을 자행하고 있어 불만이며, 이로 인해 발생되는 '불미스러운 사고' 에 대해 국무총리가 책임지라니, 국무총리는 행정부의 처분여부를 떠나 행정편의적 시행령을 파악할 수 있음에도 헌법정신에 배치되는 행정편의적 시행령은 파악치 않고, 행정부가 어떤 처분을 하고 있는지 모른다며 책임을 회피합니다. 국무총리는 국정을 통제하며 문제를 개선할 수 있는 능력을 소지해야 합니다.

국가보훈처는 잘못을 스스로 시정치 않고 이유없이 밀실결정을 밀어붙이며 문의할 사항도 없는 국민이 해당 부처에 문의하기 바라고, 국무총리실은 소속 부처가 불법(민원사무처리에관한법률 제15조 위반) 등을 자행하고 있음에도 시정치 못하고 현 정부를 빗대 표현한 '민귀군경' 에 대해서도 말 없습니다.

국무총리는 현 문제를 방치하지 말고 근본적으로 개선하여 문제가 발생되지 않도록 하기 바라니, 문제를 개선치 못하고 '자료로 활용' 한다면서 현 문제를 개선치 않습니다. 국무총리는 문제를 근본적으로 해결할 '대안' 없이 반대를 위해 반대하면서 총리직에 연연합니다.

국무총리에게 문의한 내용은 '국가보훈처 진정서 처리 담당자의 사의약속 이행' 여부인데, 국무총리는 사의약속 이행여부에 대해서는 답하지 않고 기답한 바와 같다며 잘못을 밀어붙입니다.
정부가 불법적인 원인을 제공하지 말고 적법하게 업무를 처리하라는 것이니, 국무총리는 적법한 행정이 실천되도록 하지 못합니다.

문의한 내용(제 블로그의 사실여부와 헌법전문이나 민원사무처리에관한법률 제15조에 따른 민원처리)도 모르면서 국무총리는 20일을 소요하고 답하였습니다. 민원을 처리하지 못하는 것으로 보아, 총리실과 국민권익위원회가 헌법과 민원사무처리에관한법률 제15조를 위반하며 민원을 처리할 의지도 능력도 없습니다.

민원을 검토하지 않아 민원과 다른 내용을 정부가 처리하고 있음에도, 국무총리는 기 검토한 민원이라며 국민에게 책임지게 하지 않는 등, 국민 권익을 보호하지 못합니다.

헌법을 수호하지 못하고 법률근거도 없는 민원사무처리에 관한 법률 시행령 제21조에 의해 행정기관이 민원을 처리하지 않도록 조치해야 함에도, 총리실은 책임지게 하지 못합니다.

국무총리가 열린 자세로 행정을 실천치 않고 밀어붙이는 답으로 민원을 방치하니, 여당이 선거에 패배하는 것은 당연합니다. 국무총리는 진심으로 국민을 위해야 합니다.

보훈처가 허위공문서를 교부하고 공단은 결정내용을 알리지 않는다는 민원에 대해 총리실은 이견없이 공단과 보훈처에 떠넘겼으며, 공단과 보훈처는 담당업무도 아닌 것을 총리실로부터 접수하여 민원에는 답하지 않고 왜 동문서답만 하는지 궁금합니다.

총리실은 19일 만에 민원내용('일자별 민원발생 명세' 에 있는 민원처리 후 그 결과를 알려, 민원이 계속되지 않게 하기 바라는 것)에 답한다고 하면서 동문서답합니다.

「민원사무처리에관한법률」 은 민원인이 신청한 민원에 답하도록 규정한 것이지 신청하지 않은 민원에 답하도록 규정한 것이 아님에도 신청한 민원에는 답하지 않습니다.

법률 근거없이 민원(민원처리 및 거짓 답한 관련자의 책임)을 동일 반복 민원이라며 시행령에 의해 민원을 처리합니다.

신청한 민원은 고충이 아니고 법과 원칙을 실천키 바라는 민원임에도, 어떤 근거에 의해 고충으로 판단한 것인지 또 고충민원은 총리가 원칙대로 처리하지 않았는지, 이해되지 않는 이상한 답을 합니다.

원칙대로 처리치 않는다는 불만에 대한 것은 총리실 업무가 아니라며 해당 기관에 떠넘기고, 정부의 양분된 의사결정으로 국민이 피해를 감수케 하면서 이를 방치하고, 허위 공문서를 교부해도 국무총리는 이를 바르게 고치려는 의지도 없습니다.

공무원의 직무도 올바로 감찰하지 못하며 법을 위반하는 감사원이 예산을 소비해도 국민을 보호하지 못하는 헌법재판소가 법원과 분리되어 헌법재판소 유지에 2010년 259억원을 소비해도, 국무총리는 무대책입니다.

국민을 위해 건전한 재정운영이나 공생 또 정부의 구조조정도 실천치 못하고 원칙도 실천치 못하면서 안이한 생각으로 자신(정부)에게 관대하고 타인(대학)에게 엄격한 것은 부당함에도 대학 등이 구조 조정할 것을 권하는 국무총리가 대통령의 아바타용으로 존재하는 것인지 궁금하며, 국무총리가 '모르고 실천하지 않는 것과 알면서 실천하지 않는 것 중 나쁜 것은 알면서도 실천치 않는 것이다.'라는 말을 아는지 궁금합니다.

국무총리는 각 기관이 원칙을 실천치 않는 사항을 확인하여 조치하지 않고 업무에 참고할 것이라며 안이하게 답합니다. 업무에 참고한 결과를 차후 확인하여 총리의 상투적 답이 아닌지 판단해 볼 필요가 있습니다.

국가인권위원회

진 정 서

국가인권위원회 귀중

진정인 : 서 맹 종

제 블로그(http://blog.daum.net/seojoung) 내용을 보시면,

저는 장애인으로 1년 가까이 민원을 제기하였지만, 초기부터 정부가 미온적으로 대처하고 있고 또 현 정부체제로는 민원을 처리하지 못하는 구조입니다.

저는 제안을 통해서도 정부가 잘못된 점을 시정토록 요구하니, 이런저런 이유로 문제점을 해소할 대책도 없고 제안대로 하지도 않습니다. 즉 무대책으로 문제만 계속되게 하고 있습니다.

제 경우만 보아도 엉터리이며 「엉터리 보훈처」라는 언론 보도(2010.2.5)가 있었음에도, 국가보훈처는 국민을 위한 대책없이 잘못을 흘러가게 하고 있습니다.

마찬가지로 1년 가까이 지속된 민원하나 처리하지 못하고, 가짜환자를 만들어 혈세를 지급하는 등(2010.3.18 건강보험공단 자체 보도자료), 엉터리 결정을 계속하고 있는 국민건강보험공단을 2011년부터 4대 사회보험료 통합징수기관이 되게 한다는 것은 부당함에도, 아무도 제재하지 않습니다.

또 저는 보훈처가 허위로 책임을 회피하는 것은 국가로서의 정당한 자세가 아니라고 생각하는데 대통령의 생각은 어떠한지, 공상공무원으로 국가를 신뢰하고 공무원을 퇴직하였는데 국가를 신뢰하고 퇴직한 것이 잘못인지, 성실하게 일하던 공무원을 뇌출혈로 토사구팽하는 대통령이 아니기를 바라면서, 대통령께 대통령의 신념을 문의하였습니다만, 대통령은 회신도 없습니다.

정부는 민원이나 제안에 대한 해결대책없이 동문서답 등으로 밀어붙이며 민원만 야기하고 복지부동하면서 국민에게 책임지지 않고 있습니다.

선진일류국가로 도약하기 위해서는 말만하여서 안되며 행동이 중요합니다. 책임지는 행정으로 선진국이 될 기반을 마련케 하여 주시기 바라며, 책임감 없는 공무원이나 조직은 선진일류국가로 도약하는데 걸림돌입니다.

저는 공무원이었고 세무사도 개업할 수 있지만 동 민원 미처리로 개업하지 못하고 있지만, 정부에 대한 서운한 것은 전혀 없습니다. 제가 정부에 바라는 것은 국민을 위해서는 현 상태로 정부가 운영되어서는 안된다는 것입니다.

정부에 대한 서운함이 있다면, 바로 현 정권의 사고에 있습니다.

첫째, 대통령께 제가 공무상 뇌출혈로 30년간의 공무원을 퇴직할 수 밖에 없었는데 이에 대해 국가의 책임이 없는 것인지 문의하니, 답없이 부작위 하고 있습니다.

둘째, 보훈처에는 보훈처가 허위 사유로 결정하였으니 시정토록 요구하니, 공상으로 처리되지 않아 국가유공자로 등록되지 않은데 대한 서운함으로 민원을 제출하는 것으로 추정하여 답하고 있습니다. 결국 민원에 대해 동문서답하니 민원이 처리되지도 않습니다. 민원 내용대로.답하지 않고 동문서답하니 안타까운 일입니다.

셋째, 국민건강보험공단도 제 민원은 정당한 설명인데 등급변경을 요구하는 것으로 추정하여 답하니, 결국 동문서답이 될 수 밖에 없으며 따라서 민원이 처리되지도 않습니다. 민원 내용대로 답하지 않고 의혹만 증폭되게 하니 안타까운 일입니다.

제가, 보훈처에 국가유공자가 될 것을 요구한 적도 없고, 국민건강보험공단에 등급변경을 요구한 적도 없는데, 어째 국가유공자 요구나 등급변경을 요구한 것으로 추정하여 답하는지 기막힌 일입니다. 이는 민원인이 알아서 하라는 것으로, 제가 정부 등에 민원을 계속 제출하게 하고 호소하게 하고 있습니다.

넷째, 제가 공무원이나 위 민원을 직접하면서 경험한 것을 바탕으로 정부가 잘못하고 있는 10여건을 국민신문고를 통해 제안하니, 위 민원처리와 마찬가지로 문제를 개선하지 않고 그대로 방치하고 있습니다. 국민으로서 정말 분개하지 않을 수 없습니다. 문제점이 있어 제안하는데 여러 이유로, 문제를 그대로 방치한다는 게 이해되지 않습니다. 국가가 문제점을 찾아 시정하여야 될 것을 국민이 제안해도 시큰둥한 반응이니, 이는 어처구니없는 태도입니다. 군이 이해한다면, 본인 근무중에는 말썽없이 조용히 지내고 싶다는 관련자의 바람일 것으로 보입니다. 공무원이 이런 사고로 일한다면, 무엇을 개선할 수 있을지 한심하지 않을 수 없습니다. 공무원이 일하는 것으로 만족하면 안됩니다. 공무원은 국민(국익)을 위해 일한다는 것을 알고 일해야 하며, 대통령도 마찬가지입니다.

천안함 사건의 의혹증폭 문제나 검찰 접대 문제는 정부의 안이한 대처(초기 대처 부실)로 인해 발생되는 문제이며, 제 경우도 초기에 정부가 동문서답않고 민원을 원칙(바르게 국민이 알게 함)대로 처리했다면 1년 가까이 민원이 제기되지도 않았을 것입니다.

제가 국회에도 동 민원(국민의 알권리 보호)을 호소하였으나 아무런 대처도 없던 국회가, 국민의 알권리를 주장하며 전교조 명단공개를 합리화하는 것은 모순입니다. 국회는 편의에 따라 국민의 알권리를 주장하고, 어떤 때는 국민의 알권리를 보호하지도 않습니다. 알권리가 보호되고 헌법이 침해되지 않도록 해 주시기 바랍니다.

제게 제 민원서나 정부의 답변서가 있으나 양이 많아 보내드리지 못함을 이해해 주시기 바라며, 필요하다면 즉시 보내도록 하겠습니다. 감사합니다. (5. 6)

진 정 서

국가인권위원회 귀중

진정인 : 서 맹 종

5.18 국가인권위원회에서, 아래 내용을 안내하고 답하여 다시 진정합니다.

우리 위원회는 국가인권위원회법 제30조 제1항에 의하여, 인권을 침해당하거나 차별행위를 당한 경우를 조사대상으로 규정하고 있음.

또한 국가인권위원회법 제32조 제1항은 진정원인이 된 사실이 발생한 날부터 1년 이상 경과하여 진정한 경우, 진정이 제기될 당시 진정의 원인이 된 사실에 관하여 법원 또는 헌법재판소의 재판, 수사기관의 수사 또는 그 밖의 법률에 따른 권리구제절차가 진행 중이거나 종결된 경우, 진정의 취지가 당해 진정의 원인이 된 사실에 관한 법원의 확정판결이나 헌법재판소의 결정에 반하는 경우, 위원회가 기각한 사건과 동일한 사실에 대하여 다시 진정한 경우, 피해자가 조사를 원하지 않는 경우, 진정인이 익명 또는 가명인 경우 등을 각하 사유로 규정하고 있음.

귀하가 올린 글만으로는 인권침해에 대한 구체적 내용을 파악하기 어려워 진정으로 접수하지 못했음. 이와 관련 우리 위원회에 진정접수를 원하시면 아래 방법을 참고하여 진정서를 보내주기 바람. 진정서를 작성할 때에는 진정인, 피진정인, 피해자를 구체적으로 명시하고, 진정내용에는 인권침해 또는 차별행위를 당한 내용에 대하여 가능한 한 상세하게 기재하여 주기 바람.

제 민원은 행정부처(국가보훈처,국민건강보험공단)에서 결정내용을 국민에게 바르게 알리지 않고 있다는 것으로, 결정내용을 국민에게 바르게 알게 해 주라는 것입니다. 국민의 인권(바르게 알 권리)을 보호해 주시기 바랍니다.

참고로, 저는 뇌출혈로 현재 입원치료 중이며, 본 진정서 등도 제가 직접하고 있으나, 뇌출혈로 수술전에는 워드가 능숙하였지만 지금은 능숙하지 못하고 한 손가락으로 몇일 동안 워드를 쳐야 문서가 가능합니다. 따라서 인권위에서 안내한대로 진정서를 작성하였으나, 혹시 미흡한 부분이 있으면, 보완하여 처리하여 주시기 바랍니다.

먼저, "진정원인이 된 사실이 발생한 날부터 1년 이상 경과하여 진정한 경우"라고 안내하여, 이에 대해 말씀드리면, 제 블로그(http://blog.daum.net/seojoung) 등 증빙을 보시면 알겠지만, 당초 진정원인이 된 사실이 발생한 날은, 국가보훈처는 결정한 날(2009.2.19)이며, 국민건강보험공단도 결정한 날(2009.6.1)입니다만, 제 블로그에 있듯이 국가보훈처와 국민건강보험공단은 진정할 때마다 동문서답하며 시간만 흐르게 하였고 또 지금도 진정이 계속되고 있어 1년이상 경과 여부와는 무관할 것으로 사료됩니다. 만약 당초 진정하게 된 원인이 1년 경과되었다면, 계속 진정에 따라 1년이 경과되지 않은 진정(최근 진정 년 월 : 2010. 5월) 등도 있으니, 진정에 대한 답의 정당성을 따져, 정당성이 없을 시(거짓 등) 관련자는 책임져야 될 것입니다.

다음에, "진정이 제기될 당시 진정의 원인이 된 사실에 관하여 법원 또는 헌법재판소의 재판, 수사기관의 수사 또는 그 밖의 법률에 따른 권리구제절차가 진행 중이거나 종결된 경우" 등을 안내하여, 이에 대해 말씀드리면, 저는 동 건과 관련하여 법원 또는 헌법재판소의 재판, 수사기관의 수사 또는 다른 권리구제절차가 진행 중이거나 종결된 경우가 없습니다.

인권침해에 대한 구체적 내용을 파악하기 어려워 진정으로 접수하지 못했다고 안내하여, 인권침해에 대한 구체적 내용을 첨부하였습니다.

"진정서를 작성할 때에는 진정인, 피진정인, 피해자를 구체적으로 명시"하라고 안내하여, 진정인과 피해자의 연락처, 주소, 주민등록번호 등 인적사항과 피진정인에 관한 사항, 피해사실 및 일시, 진정의 취지를 자세히 기재하였습니다.

2010. 5. 22.

서 맹 종 올림

진정의 취지 : 사실에 맞는 결정근거를 민원인에게 알려 주기 바랍니다.

국가보훈처가 제 인권을 침해한 구체적 내용을 일자별로 열거하면,

저는 국가유공자 등록신청을 2008.12.1 수원보훈지청에 직접 하였으며, 이에 대해 국가보훈처는 2009.2.19 "발병 20일전부터 증상 발현 및 퇴근 후 발병한 기록 이외에 공무수행과 관련하여 동 질병이 발병되었음을 확인할 수 있는 자연경과적인 진행속도 이상의 과로나 스트레스 등 구체적인 입증자료가 없어"라는 사유로 국가유공자 요건 비해당 결정 통보하였습니다.

우선 보훈처가 통보한 사유 전체는 허위이지만, 제가 진정한 것은 전체사유가 아닌 "퇴근 후 발병한 기록"을 사실과 같게 정정하여, 사실에 맞는 결정근거를 민원인에게 알려 주기 바라는 것입니다.

보훈처가 통보한 사유 전체가 허위인 것을 보면,

먼저 "발병 20일전부터 증상 발현"하였다고 기재한 것은, 발병 20일전부터 감기일지도 모르고 확인되지도 않은 것을 뇌출혈 증상으로 단정하였다는 것은 한심한 일입니다. 다음에 "구체적인 입증자료가 없어"라고 기재하였는데, 당초 신청시 등록신청서상에 첨부토록 명시한 서류는 제출하였는데 입증자료가 없다는 사유를 결정문에 기재하고 있습니다. 즉 민원인은 의무를 전부 이행하였는데, 보훈처에서 확인할 사항(의무)까지 민원인에게 책임을 전가하는 것은 부당합니다.

마지막으로 제가 진정한 부분인 "퇴근 후 발병한 기록"인데, 퇴근 후 발병한 기록이 있는지 당초 입원(수술)한 병원에 가서 확인하니, 퇴근 후 발병한 기록은 없고 오히려 퇴근 전 발병한 기록이 있어 증빙으로 기 제출하였습니다.

진정인은 보훈처가 안내한 "공무원으로 재직중 발생한 뇌출혈의 공상인정을 희망"하는 것이 아닌 "사실에 맞는 결정근거"임에도, 동문서답한 것을 기답(뇌출혈의 공상인정 희망)하

였다고 밀어붙이니, 기찬 일입니다.

　국가보훈처는 결정문에 허위를 기재하여 알리고도 증빙대로 정정하지 않고 있으니, 증빙과 사실에 따라 결정문을 정정토록 해 주시기 바랍니다.

　또 본 건이 "진정원인이 된 사실이 발생한 날부터 1년 이상 경과하여 기각처분대상"이라면, 제 블로그에도 미회신으로 표시되어 있지만 진정이 계속되고 있고, 진정원인이 된 사실이 발생한 날부터 1년 이내이면서 진정에 대하여는 동문서답하며 미회신한 관련자는 처벌토록 해 주시기 바랍니다.

　국민건강보험공단이 제 인권을 침해한 구체적 내용을 일자별로 열거하면,

　저는 장기요양을 신청하여 2009년 6월 1일 3등급으로 분류되었음을 국민건강보험공단(용인지사)으로부터 통지 받았습니다. 그래서 용인지사를 방문하여 3등급으로 분류하게 된 근거서류(결정근거) 사본을 요구하였으나 무슨 이유인지 사본제출을 거부하였습니다. 본인이 본인과 관련된 서류(결정근거) 사본 제출을 요구하는데도 거부하는 이유가 무엇인지 궁금합니다.

　사실을 은폐하려고 하지 말고, 사실에 맞는 결정근거를 민원인에게 알려 투명한 결정이 되도록 하여 주기 바랍니다.

　진정인은 국민건강보험공단이 안내한 "등급변경을 희망"하는 것이 아닌 "사실에 맞는 결정근거 설명"임에도, 동문서답하면서 밀어붙이니, 기찬 일입니다.

　제가 진정하는 것은 "결정근거 설명"이지 "결정통보 등 결정근거와 관련없는 다른 것에 대한 설명"이 아닙니다. 즉 결정하였으면, 결정근거가 있기 마련이며, 민원인이 알고 싶은 것은, 결정근거이지 다른 것이 아님을 알면서도, 동문서답하며 사실을 밝히지 않으니 기찬 일입니다.

　국민건강보험공단이 사실에 따른 결정근거를 민원인에게 설명토록 해 주시기 바랍니다.

진 정 서

국가인권위원회 귀중

진정인 : 서 맹 종

국가인권위원회는 국가인권위원회법 제30조 제1항에 의하여, 인권을 침해당하거나 차별행위를 당한 경우를 조사대상으로 규정하고 있다하여, 제가 인권을 침해당하고 있어, 국가인권위원회에 진정합니다.

제 진정 대상처는 국가보훈처와 국민건강보험공단 두 기관이며, 진정 취지는 두 기관 전부 사실에 맞는 결정근거를 민원인에게 알려 주지 않으니 인권(바르게 알 권리)을 보호해 주시기 바라는 것입니다.

제 블로그(http://blog.daum.net/seojoung) 내용을 보시면 알 수 있듯이, 저는 장애인으로 1년 가까이 민원을 정부(대통령 및 국민권익위원회 등)에 제기하였지만, 미온적으로 대처하면서 잘못을 정정하지도 않고, 부작위하며 바르게 알리지도 않습니다.

제 블로그를 통해 정부가 바르게 알리지 않는 예를 든다면,

제가 2009년 5월 8일 대통령께 "뇌출혈로 공무원연금관리공단으로부터 공상공무원으로 인정받아 공무원 생활도 명예퇴직하였는데 퇴직후 공상과 관련하여 아무런 보상도 없는데, 국가를 신뢰하고 퇴직한 것이 잘못인지? 공무원연금관리공단에서는 공상공무원으로 인정하여 퇴직하였는데 보훈처에서는 공상이 아니라는 이유로 국가유공자요건비해당 결정하였는데, 동일한 사건에 대해 국가기관에서 상반된 결정을 함에 따라 국민을 혼란(저 같은 경우는 공무원을 퇴직)케 하였는데 이러한 처분이 적정 하다고 생각하는지?" 그에 대한 해명을 요구하니, 국가보훈처에서는 "공무원으로 재직중 발생한 뇌출혈의 공상인정을 희망"하는 내용으로 그에 대해 안내하고서는 진정에 기답하였다며 계속 밀어붙이고 있는 기찬 현실이

며, 국가보훈처는 결정문에 허위를 기재(퇴근 후 발병한 기록)하여 이를 민원인에게 알리고 있습니다.

마찬가지로 국민건강보험공단도 결정근거를 알리지 않습니다.

정부가 사실을 은폐하지 말고, 사실에 맞는 결정근거를 민원인에게 알려 투명한 결정이 되도록 하여 주기 바랍니다.

다음에 제 진정에 대해 국가인권위원회로부터 수차례회신을 받았습니다만, 그 결정이 무엇인지 애매합니다. 저는 "각하"결정인 것으로 이해하여, 다시 보완하여 진정하오니 이해 바랍니다. 그런데 각하사유가 무엇인지, 제가 국가인권위의 공문을 보고 추정키로는 각하사유에 해당되어 각하한 것으로, 그 이유는 해당업무가 아니라는 것과 원인 발생일로부터 1년이 경과하였다는 사유인 것으로 보입니다. 그래서 저번 진정에도 언급하였지만 본건은 각하 사유가 아니라는 것을 말씀드립니다.

먼저, 귀 위원회 업무 해당여부에 대하여는 위에도 말했지만, 국가인권위원회는 국가인권위원회법 제30조 제1항에 의하여 인권을 침해당하거나 차별행위를 당한 경우를 대상으로 규정하고 있으니, 정부가 사실대로 알리지 않고 허위를 민원인에게 알리는 것은 인권을 침해하는 일이니, 국가인권위원회 소관업무입니다.

다음에, 원인 발생일로부터 1년이 경과여부인데, 제가 진정한 대상처는 국가보훈처와 국민건강보험공단 두 기관으로, 두 기관에 대해 원인 발생일로부터 1년이 경과여부를 검토해 보겠습니다.

국민건강보험공단 건은 결정일이 2009년 6월 1일로 2010년 5월 이전까지는 1년 미초과로 각하사유가 아닙니다.

국가보훈처 건은 결정일이 2009년 2월 19일로 결정일로부터 1년이 경과하여 각하사유이지만, 2009년 5월 28일 국가보훈처 답(공문)을 원인으로 2009년 6월 12일 발생된 진정은 1년 미경과로 각하사유가 아닙니다.

그리고 정부는 결정을 통보하였지만 결정근거를 투명하게 설명하지 않아, 결정근거 없이 결정한 정부의 결정은 하자있는 결정으로, 민원인이 결정을 알게 된 날이 정부의 일방적 결정일이 맞는지 의문입니다.

　본 건과 관련한 증빙서류를 보내드리니 참고하시기 바라며, 부족한 점이 있으면 당초 진정서나 제 블로그(http://blog.daum.net/seojoung) 등을 참고 하시고, 연락 주시면 보완토록 하겠습니다.

　그리고 본 건 결정시에는 "각하" "기각" "인용" 등으로 구체적으로 알려 주시기 바라며, 그 사유도 분명하게 적어 알려 주시기 바랍니다.

　감사합니다.

2010. 5.

서 맹 종 올림

첨부 : 국가보훈처가 당초 교부한 서류(국가유공자요건 비해당 결정 통보 1부)
　　　분당서울대학교병원의 초기 간호 정보 1부
　　　공무원연금관리공단의 공무상요양승인결정서 1부
　　　국민건강보험공단이 당초 교부한 서류(장기요양인정서 사본 1부, 표준장기요양이용계획서 1부)
　　　일자별 진정(답변)내용 요약 및 의견(국가보훈처 1부, 국민건강보험공단 1부)

국가인권위원회 ㅇㅇㅇ 조사관님 귀하

제 진정에 대한 결정을 통보받지 못해 추가로 말씀드립니다.

제 진정을 보면 알겠지만 제 진정은 "정부의 결정을 바르게 알게 하여 주기를 희망하는 것"이지, "정부가 제게 유리한 결정을 희망하는 것"이 아닙니다. 즉 결정근거(이유)를 바르게 알리지 않아 정부 결정(보훈처의 국가유공자 비해당 결정, 국민건강보험공단의 3등급 결정)이 제게 유리한 결정인지 여부는 검토할 수 없고, 따라서 불복할 수도 없습니다. 결정이유를 바르게 알려, 동 결정에 대해 불복여부를 검토하게 하여 주시기 바랍니다. 정부가 사실과 다른 결정을 하고 민원인이 정부의 결정을 수정(불복청구 등)하도록 하는 것은 잘못이며, 당초부터 정부가 바른 결정을 하여 결정내용을 당사자에게 알리고 이에 대해 당사자가 불복이 있을시 불복하게 하는 것이 민주적 행정이라고 봅니다.

또 제 블로그의 "진정내용의 진행사항"란에 "미회신(민원에 대해 동문서답)"이라는 제 표현에 대해 말씀드리고자합니다.

제가 2009.5.8 대통령께 "뇌출혈로 공무원연금관리공단으로부터 공상공무원으로 인정받아 공무원 생활도 명예퇴직하였는데 퇴직후 공상과 관련하여 아무런 보상도 없는데, 국가를 신뢰하고 퇴직한 것이 잘못인지? 공무원연금관리공단에서는 공상공무원으로 인정하여 퇴직하였는데 보훈처에서는 공상이 아니라는 이유로 국가유공자요건비해당 결정하였는데, 동일한 사건에 대해 국가기관에서 상반된 결정을 함에 따라 국민을 혼란(저 같은 경우는 공무원을 퇴직)케 하였는데 이러한 처분이 적정 하다고 생각하는지? 그에 대한 해명"을 진정하니, 국가보훈처는 "공무원으로 재직중 발생한 뇌출혈의 공상인정을 희망"하는 내용으로 알고 그에 대해 안내하였습니다. 즉 대통령은 진정에 대해 답하지 않고, 국가보훈처가 진정내용과 전혀 다른 내용으로 안내하였습니다. 진정은 "공무원으로 재직중 발생한 뇌출혈의 공상인정을 희망"하는 것이 아닌데도, 보훈처가 "공무원으로 재직중 발생한 뇌출혈의 공상인정을 희망"하는 것으로 답하는지 의심됩니다. 마찬가지로 보훈처는 위와 같은 동문서답을 하고서는 2010. 6.23 "동일 민원에 대하여 답한 바 있어, 별도의 회신 없이 종결처리"하고 있습니다. 즉 제 주장이 틀렸다는 사실을 입증할 증빙을 요구하여도 증빙도 보내지 않고, 복지부동하고 있습니다.

다음에 국민건강보험공단도 보훈처와 마찬가지로 2009.7.8 "조사관련 서류사본제출을 요구하는데도 거부하는 이유와, 공단으로부터 받은 [표준장기요양이용계획서]상의 내용에 대한 잘못(뇌출혈로 소뇌를 다쳐서 평행감각이 없어 서거나 걸을 수 없음을 조사하여 놓고, 같은 문장에서 양쪽 다리는 들어 올릴 수 있음 등을 기재하는 등 상반된 조사)을 지적하며 이를 정정할 것"을 진정하니, 국민건강보험공단은 "[표준장기요양이용계획서]상의 사실과 다른 부분은 해당운영센터(용인지사)에 정정요구하기 바라며, 장기요양인정점수가 사실과 다를 것으로 보여 지면 공단에 이의신청할 수 있음"을 안내하였습니다. 즉 해당운영센터(용인지사)가 공단과 관련없는 기관인 것처럼 답하며, 진정내용과 전혀 다른 내용으로 안내하였습니다. 잘못을 직권으로 정정하지 않고 어떻게 민원인에게 서면으로 "장기요양인정점수가 사실과 다를 것으로 보여 지면 공단에 이의신청할 수 있음"을 안내하는지 의심됩니다. 마찬가지로 2010.6.12 진정한데 대해 2010.6.18 공단이 답한 것을 보면, 진정은 결정(3등급 결정일 : 2009.6.1)근거 설명을 요구하는데, 결정근거와 관련없는 답(결정근거 제출없이, 결정일 이후에 작성된 서류로 설명하였다는 등, 결정근거가 무엇인지도 모르는 답)으로 시간과 노력만 허비하고 있습니다.

조사결과 통지는 받지 못했지만, 국가인권위원회 홈페이지에 제32조 제1항(각하) (1년이상 경과)로 2010.7.12 조사종결로 표시된 것은 이해할 수 없습니다. 왜냐하면 국민건강보험공단의 경우 제가 진정한 것은 2010년 5월 31일로 국민건강보험공단의 결정일인 2009년 6월 1일을 1년 경과하지 않은 않았는데도 1년이상 경과하였다고 기각한 것은 틀린 것이며, 국가보훈처의 경우에도 위 내용과 같이 허위를 알린 것을 알았다고 판단하는 것은 잘못입니다. 정확한 결정근거를 인권위로부터 통지받지 못해 말하지 못하지만, 결정근거를 구체적으로 서면으로 통보해 주시기 바랍니다. 왜냐하면 결정근거가 있어야 제가 올바른 처신을 할 수 있기 때문입니다.

참고로 기한이 진행됨에 따라 제 블로그 내용도 업데이트 되어, 과거(당초 진정서 제출시)와 다른 내용이 있으니 새로 업데이트된 내용을 참고하시기 바랍니다.

감사합니다. (7.24)

안녕하세요. 서맹종님‥

저는 지난 번에 서선생님이 계신 병원에 실지조사를 갔었던 ○○○ 조사관입니다.

선생님의 사건은 지난 7. 26. 진정사건 처리결과를 보내드렸습니다.

위 통지서를 받아 보시고 궁금하신 점이 있으시면 연락하여 주시기 바랍니다.

서선생님의 건강과 행복이 항상 함께 하길 기원합니다.

국가인권위원회 ○○○조사관님 귀하

자꾸 편지를 드려 죄송합니다만, 더 말씀하고 싶은 게 있어 다시 편지드리니 이해하여 주시기 바랍니다.

저번에도 말씀드렸지만, 제민원은 제 이익을 위한 것이 아닌데, 정부는 제 이익을 위한 민원인 것으로 판단하여 답하니, 동문서답이 될 수밖에 없습니다.

제 블로그의 제안을 보면, 그 중 실가과세가 있습니다. 실가과세 규정을 보면, 주가 실가과세이고 부가 실가를 확인할 수 없을 경우에는 다른 방법으로 과세토록 하고 있습니다. 규정은 맞는데, 운영에 문제가 있습니다. 즉 주된 실가를 확인하기 어려우니 부인 방법으로 쉽게 과세하다보니, 담당자나 상황에 따라 전혀 다른 결과가 나오게 됩니다. 즉 주(실가)객(실가 아님)이 전도된 과세를 하고 있으며, 이를 법에서 용인하고 있습니다.

다시 말씀드리면, A의 어려운 방법이 있고, A가 어려우니 B의 방법이 있습니다. 굳이 어려운 방법(A)보다는 쉬운 방법(B)을 선호하게 되는 것이 정당하나, 제 같은 경우에는 원칙적인 방법(A)을 선호하다보니 쉬운 방법 선호자 보다 업무량이 증가할 수밖에 없습니다. 똑같은 업무량이 될 수 있게 개선되어야할 사항입니다.

마찬가지로 저번 말한 건강보험공단의 보험료 산정 방식에 문제가 있습니다. 제가 보건복지부에도 제안하였지만, 사실 법에 문제있는 것이 아니며, 운영에 문제가 있습니다. 즉 실지내용(A)에 따라 보험료를 산정하는 것이 당연하나, 실지 내용파악이 힘드니 환산가액(B)으로 보험료를 결정케 하고 있습니다. 그러다보니 어려운 실지가액보다는 쉬운 환산가액으로 결정하게 되어 부조리 발생 가능성을 법상 개방하고 있으며, 주(원칙)과 객(원칙 아님)이 전도 되고 있습니다.

더 많은 규정이 있을 것이나 제가 경험한 것은 이것이므로, 제가 경험한 이것과 제가 잘 모르는 더 많은 것은, 운영방법이 개선되도록 하여 주시기 바랍니다.

추가하여 말씀드리면, 정부가 결정을 바르게 알리고 난 후에 당사자가 그 결정에 대해 불복이 있을 경우 이의신청 등을 하게 하는 것이 정당하지 아예 알리지 않고(허위를 알림) 절차상 하자가 있는데, 국가인권위원회 조차도 절차상 하자를 정당한 결정으로 인정하는 것은 부당합니다. 지금 정부가 결정을 변경하는 것을 보면, 당사자의 불복청구를 통해 변경되는 경우와 정부가 직권으로 변경하는 경우로 구분되나, 어떤 경우가 불복청구대상인지 직권변경대상인지 구분이 모호하여, 어떤 부처는 전부 불복청구대상으로 하여 당사자가 불복청구를 하게 하고 있습니다. 국가인권위원회에서는 국민입장에서 이 기준을 명확히 하여 혼란을 예방해야 합니다. 즉 정부가 잘못 결정을 분명히 알게 된 것은 직권변경대상으로, 당사자가 정부 결정에 대해 불복하는 경우는 불복청구대상으로 구분하여, 정부가 기본적으로 파악하여 결정하여야 할 것을 정부의 잘못까지 몽땅 불복청구하게 하는 현 시스템은 개선되어야 합니다. 왜 정부가 잘못하고서 민원인에게 책임을 전가 하게 하는지 이해 할 수 없습니다. 정부의 결정은 정부가 책임지게 하여야 합니다. 감사합니다. (7. 30)

국가인권위원회 ○○○조사관님 귀하

편지를 보낸 뒤 다시 보냅니다.

정부가 결정을 바르게 알리지 못하는 이유는 결정을 투명하게 하지 않아 알리지 못합니다.

아시겠지만, 제가 세무서 근무시에 바르게 알리지 않았다고 지적 받은 적도 없지만, 바르게 알리는 것은 정부의 기본적 의무인데, 제가 1년 넘게 바르게 알릴 것을 주장해도 투명한 결정이 되지 않아 결정을 바르게 알리지 못하고 허위를 알리고 있습니다.

결정을 바르게 알리도록 하여, 투명한 결정이 되도록 개선되어야 할 사항입니다.

이제 제블로그에 글을 올려 조사관님께서 못보았겠지만, 제 블로그에 국민건강보험공단의 뒷부분(최근 부분)을 보시면, 국민건강보험공단은 매월 보험료를 징수하는데 보험료 산정시

사실과 다른 금액(환산된 금액)으로 보험료를 산정하고 징수하고 있어 보건복지부에도 "제안"하였지만, 민주국가에서 사실아닌 금액을 기준으로 보험료를 산정하여 국민의 재산을 부당하게 제한하는 것은 부당합니다. 아직도 저는 제 월보험료가 어떻게 산정된 것인지 통지받지 못했습니다. 개선되어야 할 사항입니다.

이 모든 것이 정부가 결정을 당사자에게 바르게 알리지 않아 발생되는 것이며, 정부가 결정을 임의대로 조작할 수 있다는 것입니다. 개선하여 주시기 바랍니다. (7.31)

국가인권위원회 ○○○조사관님 귀하

자꾸 편지를 드려 죄송합니다만, 더 말씀하고 싶은 게 있어 다시 편지드리니 이해하여 주시기 바랍니다.

저번에도 말씀드렸지만, 제민원은 제 이익을 위한 것이 아닌데, 정부는 제 이익을 위한 민원인 것으로 판단하여 답하니, 동문서답이 될 수밖에 없습니다.

제 블로그의 제안을 보면, 그 중 실가과세가 있습니다. 실가과세 규정을 보면, 주가 실가과세이고 부가 실가를 확인할 수 없을 경우에는 다른 방법으로 과세토록 하고 있습니다. 규정은 맞는데, 운영에 문제가 있습니다. 즉 주된 실가를 확인하기 어려우니 부인 방법으로 쉽게 과세하다보니, 담당자나 상황에 따라 전혀 다른 결과가 나오게 됩니다. 즉 주(실가)객(실가 아님)이 전도된 과세를 하고 있으며, 이를 법에서 용인하고 있습니다.

다시 말씀드리면, A의 어려운 방법이 있고, A가 어려우니 B의 방법이 있습니다. 굳이 어려운 방법(A)보다는 쉬운 방법(B)을 선호하게 되는 것이 정당하나, 제 같은 경우에는 원칙적인 방법(A)을 선호하다보니 쉬운 방법 선호자 보다 업무량이 증가할 수밖에 없습니다. 똑같은 업무량이 될 수 있게 개선되어야할 사항입니다.

마찬가지로 저번 말한 건강보험공단의 보험료 산정 방식에 문제가 있습니다. 제가 보건복지부에도 제안하였지만, 사실 법에 문제있는 것이 아니며, 운영에 문제가 있습니다. 즉 실지내용(A)에 따라 보험료를 산정하는 것이 당연하나, 실지 내용파악이 힘드니 환산가액(B)으로 보험료를 결정케 하고 있습니다. 그러다보니 어려운 실지가액보다는 쉬운 환산가액으로 결정하게 되어 부조리 발생 가능성을 법상 개방하고 있으며, 주(원칙)과 객(원칙 아님)이 전도 되고 있습니다.

　더 많은 규정이 있을 것이나 제가 경험한 것은 이것이므로, 제가 경험한 이것과 제가 잘 모르는 더 많은 것은, 운영방법이 개선되도록 하여 주시기 바랍니다.

　추가하여 말씀드리면, 정부가 결정을 바르게 알리고 난 후에 당사자가 그 결정에 대해 불복이 있을 경우 이의신청 등을 하게 하는 것이 정당하지 아예 알리지 않고(허위를 알림) 절차상 하자가 있는데, 국가인권위원회 조차도 절차상 하자를 정당한 결정으로 인정하는 것은 부당합니다. 지금 정부가 결정을 변경하는 것을 보면, 당사자의 불복청구를 통해 변경되는 경우와 정부가 직권으로 변경하는 경우로 구분되나, 어떤 경우가 불복청구대상인지 직권변경대상인지 구분이 모호하여, 어떤 부처는 전부 불복청구대상으로 하여 당사자가 불복청구를 하게 하고 있습니다. 국가인권위원회에서는 국민입장에서 이 기준을 명확히 하여 혼란을 예방해야 합니다. 즉 정부가 잘못 결정을 분명히 알게 된 것은 직권변경대상으로, 당사자가 정부 결정에 대해 불복하는 경우는 불복청구대상으로 구분하여, 정부가 기본적으로 파악하여 결정하여야 할 것을 정부의 잘못까지 몽땅 불복청구하게 하는 현 시스템은 개선되어야 합니다. 왜 정부가 잘못하고서 민원인에게 책임을 전가 하게 하는지 이해 할 수 없습니다. 정부의 결정은 정부가 책임지게 하여야 합니다. 감사합니다. (8. 1)

국가인권위원회 ○○○ 조사관님 귀하

안녕하신지요.

보내주신 글은 잘 읽어 보았습니다.

그런데 의문이 있어 다시 민원을 접수하였으며, 또 다른 의문이 있어 메일을 보냅니다.

국민건강보험공단은 사회보장을 증진시키기 위해 설립된 특수 공법인이므로, 국가인권위원회법 제30조 제1항에 규정한 우리 위원회의 조사대상에 해당하지 아니하는 경우라고 판단하여 각하결정을 하였다고 하여, 국가인권위원회법 제30조 제1항을 보니, 각 호의 어느 하나(구금·보호시설, 다수인보호시설 등)에 해당하는 경우에 인권침해나 차별행위를 당한 사람(이하 "피해자"라 한다) 또는 그 사실을 알고 있는 사람이나 단체는 위원회에 그 내용을 진정할 수 있다.고 규정하고 있어, 위원회 조사대상 여부가 확인되지 않습니다. 정확한 법 조문(법,조항,호)를 알려 주기 바랍니다. 안녕히 계십시오. (8.10)

국가인권위원회 귀중

제 민원을 각하결정하였는데, 각하사유에 불복(이의)하여 다시 민원을 제출합니다.

몇 번 말했지만 저는 제게 유리한 결정을 희망하는 것이 아니고, 원칙에 맞는 결정을 원합니다. 이를 표로 설명하면 다음과 같습니다.

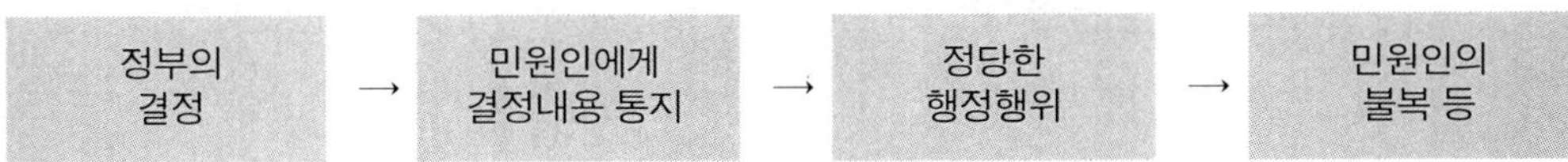

즉, 제가 민원을 제기하는 것은 결정내용이 바르게 통지되지 않아 정당한 행정이 이루어지지 못하였는데, 정당한 행정행위가 성립(결정일)된 것으로 간주하여 각하(결정일로부터 1년경과)하는 것은 부당하다는 것입니다.

먼저 정당한 행정이 성립된 것인지 판단한 후 날짜 경과여부를 따져 각하 결정 등을 함이 당연합니다.

제 민원은 정당한 행정이 이루어졌는지가 쟁점이므로, 정당한 행정여부를 먼저 판단한 후 정당한 행정일 경우에 날짜 등을 따져 각하결정을 하기 바랍니다.

저는 결정사유를 허위로 알리는 것(국가보훈처)과 결정근거를 아예 알리지 않는 것(국민건강보험공단)은 정당한 행정이 이루어 진 것이 아니라고 봅니다.

따라서 쟁점은 정당한 행정 여부이며, 국가인권위원회에서 정부가 결정근거를 허위로 알리는 것과 결정근거를 아예 알리지 않는 것이 정당한 행정인지를 판단하여, 그 결과를 알려 주시기 바랍니다. (8.10)

안녕하십니까?

저의 위원회에 관심을 주신데 대하여 감사드립니다.

민원인께서 신청하신 내용에 대하여 답변드리면,

우선 진정사건(10-진정0307300)에 대하여 결정통지, 홈페이지 담당조사관에 질의, 이메일 등으로 알려드린 바와 같이 진정 원인된 사실인 국가보훈처의 국가유공자 비해당 결정처분일이 1년 이상 이전에 발생한 것이기 때문에 해당 처분의 정당성 여부를 떠나서 국가인권위원회법 제32조제1항 제4호에 따라 우리 위원회 조사대상이 되지 않음을 다시 알려 드립니다.

선생님께서 궁금한 사항에 대하여 민원을 제기하여 주심에 다시 한번 감사드리며, 늘 건강과 행운이 함께 하시기 바랍니다.

국가인권위원회 귀중

결정내용이 바르게 통지되지 않아 정당한 행정이 이루어지지 못하였는데, 정당한 행정행위가 성립된 것으로 간주하여 판단하는 것은 부당합니다.

인권위원회는 제 같은 경우에 정당한 행정행위가 성립된 것으로 보고, 행정이 성립된 때로부터 1년경과하였음으로 각하결정한 것인데, 맞는 결정인지 의심됩니다.

결정을 알았을 때가 언제인지 판단하여, 기한 경과여부를 따져 각하결정 등을 하는 것이 맞다고 봅니다.

제 민원은 정당한 행정이 이루어졌는지가 쟁점이므로, 행정행위의 정당성 여부를 먼저 판단하기 바랍니다. (내용의 정당성이 아님)

결정사유를 허위로 알리는 것과 결정근거를 아예 알리지 않는 것은 정당한 행정이 이루어 진 것이 아니며, 따라서 아직 결정을 바르게 알리지 않아 정당한 행정이 성립되지도 않았는데, 인권위원회가 행정이 성립된 것으로 간주하여 성립(결정일)된 때로부터 1년 경과된 것으로 각하 결정함은 부당합니다.

또 국가인권위원회법 제32조제1항제4호에 따라 우리 위원회 조사대상이 되지 않음을 알려 말씀드리는데, 그러면 당초 1년경과 사유로 "각하"결정은 잘못된 결정인지 의심됩니다.

의심되는 두가지에 대한 명쾌한 답을 바랍니다. 감사합니다. (8.14)

1. 안녕하십니까? 국가인권위원회 인권상담센터입니다.

2. 귀하께서 보내 주신 내용은 우리 위원회가 진정사건을 각하한 데 대한 이의 제기로 보여지나, 진정사건번호 또는 진정인 성명 등 관련된 정보를 확인할 수 없어 상세한 답변을 드릴 수 없음을 양해하여 주시기 바라며, 귀하께서 이에 대한 답변을 듣고자 하실 경우 관련정보(사건번호 또는 진정인 성명 등)를 명시하여 보내 주시면 진정사건 담당 조사관으로 하여금 상세한 답변을 드리도록 할 것이니 양지하시기 바랍니다. 감사합니다. 끝.

국가인권위원회 귀중

제 진정이 아직 해결되지 않았는데, 답하지 않고 처리된 것으로 인권위 홈페이지에 표시하여 다시 진정합니다.

저번에 말한 바와 같이, 저번 진정을 요약하여 말하면, 인권위원회는 제 같은 경우(결정사유를 허위로 알리는 것과 결정근거를 아예 알리지 않는 것)에 정당한 행정이 성립된 것으로 보고 "각하"결정한 것인지?

국가인권위원회법 제32조제1항 제4호에 따라 위원회 조사대상이 되지 않음을 알려 말하는데, 그러면 당초 1년경과 사유의 "각하"결정은 잘못된 결정인지? 문의합니다.
감사합니다. (8.21)

국가인권위원회 ○○○조사관님 귀하

국가인권위원회에 오늘 "각하"결정에 대해 이의신청을 하였습니다.

기 말했지만, 그 중 신중하게 결정하여야 될 부분이 있어 말하고자 합니다.

다름이 아니라, 정당한 결정이 성립된 것인지에 대한 다툼입니다.

제가 변호사 등을 통해 파악한 바로는, "결정사유를 허위로 알리는 것과 결정근거를 아예 알리지 않는 것"은 취소 또는 무효사유로, 우선 효력은 있으나 결국 구체적인 법원의 판결에 따라 처리해야 한다는 의견입니다.

그러나 제가 말했듯이, "결정사유를 허위로 알리는 것과 결정근거를 아예 알리지 않는 것"을 우선 효력이 있다하여 정부가 남용하면, 제가 말한 여러 가지 문제가 발생됩니다.

따라서 국가인권위원회의 유권해석이 필요한 부분입니다.

그리고 또 국가인권위원회법이나 다른 모든 법도 마찬가지이지만, 헌법에 기초하고 있습니다. 특히 국가인권위원회는 헌법 위반여부를 조사하는 기관으로 타 법에 구속되지 않는다고 봅니다. 그런데 저번 답에 국민건강보험공단은 특수 공법인이므로 국가인권위원회법 제30조 제1항(국민건강보험공단을 위원회 조사대상에서 제외하는 규정 아님)에서 규정한 우리 위원회의 조사대상에 해당하지 아니하는 경우라고 판단하여 각하결정 하였다고 답했는데, 이는 국가인권위원회가 헌법위반 여부를 조사할 수 없다는 것으로 축소 해석한 것입니다. 업무에 참고되기 바랍니다.

감사합니다. (8.21)

국가인권위원회 위원장 귀하

2010. 7.12. 제32조 제1항에 의해 '각하'결정하여, 이에 대해 각하(1년이상 경과)사유가 아니라며 이의한 바, 2010. 8.25. 인권위원회에서 본 이의를 접수·조사하여 또 다시 2011. 1.31. 제32조 제1항에 의한 사유로 '각하'결정하여 다시 아래 내용을 진정합니다.

국가인권위원회에 대한 진정내용

1. 2010. 8.25.부터 2011. 1.31.까지 5개월 이상 조사한 것이 무엇인지 궁금합니다.
2. 동일 건에 대한 민원을 동일 사유로 각하결정하면서 이에 대한 구체적 설명없이 '각하' 결정하는 것은 부당합니다. '진정의 내용이 위원회의 조사대상에 해당하지 아니하는 경우'라고 간단히 말할 것이 아니라, 제 이의가 부당하여 각하결정하였음을 문서로 설명해 주기 바랍니다.
3. 여러번 당초 결정에 대해 민원을 제출한 결과 2010. 8.25. 위원회에서 재심을 결정하였는데, 재심결정이 부당한 것인지 의심되니 알려 주기 바랍니다.
4. 국가인권위원회는 제 같은 경우("결정사유를 허위로 알리는 것과 결정근거를 아예 알리지 않는 것")에도 결정의 효력이 있는 것으로 판단하는지 알려 주기 바랍니다. 예를 들어 사유(내용)없이 정부가 결정만 하면 되는지, 그렇다면 행정절차법 등 정부가 민원인에게 결정사유를 알리게 하는 것이 개선되어야 하는지 궁금합니다. (2. 8)

1. 국가인권위원회 침해조사과입니다.

2. 귀하께서 문의하신 사항에 대하여 다음과 같이 회신합니다.

　　가. 우선 우리 위원회에 접수된 귀하의 진정사건(10진정539800)을 빠른 시일 내에 처리하지 못한 점에 대해서는 대단히 죄송스럽다는 말씀을 전합니다.

　　나. 2010. 8. 25. 우리 위원회에 접수된 귀하의 진정사건(10진정539800)에 대해, 그 진정요지를 〔국가인권위원회에 제기한 진정사건(10진정307300)의 "각하" 사유에 대한 설명 요구〕로 파악하였으며, 위 진정요지는 「국가인권위원회법」 제30조에서 규정한 우리 위원회의 조사대상에 해당하지 아니하므로, 「국가인권위원회법」 제32조 제1항 제1호에 따라 각하 결정이 된 것입니다. 즉, 이미 우리 위원회에서 각하 결정된 진정사건(10진정307300)에 대해 재심의할 사항이 아닙니다.

　　다. 참고로. 진정사건이 우리 위원회에서 각하되었을 때, 진정인이 이 각하 결정을 다툴 수 있는 것인가에 관하여 현재 「국가인권위원회법」 등에서는 별도의 규정을 두고 있지는 않습니다.

3. 귀하께서 동 회신과 관련하여 궁금한 사항이 있으실 경우, 담당 조사관에게 문의하여 주시기 바랍니다.

국가인권위원회 위원장 귀하

민원을 민원사무처리에관한법률 제20조 및 제21조에 의한 '민원사무처리기준표'에 따라 민원을 처리하지 않는 것은 민원사무처리에관한법률을 위반하는 것입니다. 규칙도 법을 위반할 수 없습니다. 규칙대로 민원을 처리하지 않는 것은 규칙을 위반하는 것입니다. 동일 내용의 답이라면 14일 이내에 처리 가능 함에도 처리치 않았고, 조사구제 규칙 제4조에 "진정은 이를 접수한 날로부터 3개월 이내에 처리하는 것을 원칙으로 한다. 다만 부득이한 사정으로 그 기한을 연장할 경우에는 문서로 진정인에게 그 사유를 설명하여야 한다."고 규정되어 있음에도, 기한연장 사유를 문서 등으로 설명하지 않고 민원을 5개월 이상 방치한 것은 조사구제 규칙 제4조를 위반한 것입니다. 이에 따라 부득이 별첨 내용으로 소송(안)을 제기코자 하오니, 잘못된 부분이나 문제점이 있으면 서면으로 알려 주기 바랍니다. (2.16)

소 장

원 고	서맹종 경기 평택시 세교동		
피 고	국가인권위원회	소 가	원
		첨부할 인지액	원 (소가×0.005)
법 률	위반 확인	송달료	원 (3,020원×10회×당사자수)

청 구 취 지

1. 피고가 2010. 8.25. 접수한 민원을 2011. 1.31.에 처리함은 위법이다.
2. 소송비용은 피고의 부담으로 한다. 라는 판결을 구합니다.

청 구 원 인

피고가 2010. 8.25. 접수한 민원을 2011. 1.31.에 처리함은 민원사무처리에관한법률 제20조 및 제21조 (민원을 처리하는 소관 법령에 따라 달라질 수 있지만, 민원처리기간은 접수일로부터 보통 7일 또는 14일임)를 위반한 것이므로, 소를 제기합니다.

민원사무처리에관한법률에서 규정한 '민원사무처리기준표'에 따라 처리하지 않고, 민원을 처리하는 소관 법령(국가인권위원회법 등)에 민원처리 기간이 규정되지 않음에도 민원 접수일로부터 5개월간 민원을 방치하다가 5개월 후 민원을 처리하는 것은 위법입니다.

피고가 법률을 준수함에 따라 획득하게 되는 이익(기간내 알 권리)을, 피고가 법률을 위반함에 따라 실현치 못하였습니다.

입 증 방 법

흔글로 변환한 국가인권위원회 홈페이지 화면

첨 부 서 류

갑1호증 : 흔글로 변환한 변환한 국가인권위원회 홈페이지 화면
갑2호증 : 장애인 증명서 사본
갑3호증 : 세무사자격증 사본
갑4호증 : 세목별 과세 증명서
갑5호증 : 송달료 납부서

2011.   .   .

위 원고 서 맹 종

○○법원 귀중

1. 안녕하십니까? 국가인권위원회 인권상담센터입니다.

2. 귀하께서 보내주신 내용에 대한 회신입니다.

3. 우리 위원회는 국가인권위원회법제30조제1항에 의하여 "국가기관, 지방자치단체, 구금·보호 시설의 업무수행(국회의 입법 및 법원·헌법재판소의 재판을 제외한다)과 관련하여 「헌법」 제10조 내지 제22조에 보장된 인권을 침해당하거나 차별행위를 당한 경우" 및 "성희롱 행위" 를 조사 대상으로 규정하고, 이에 대한 진정을 접수받아 인권침해 여부를 판단하여 적절한 조치를 권고하는 기관입니다.

4. 따라서 귀하께서 국가기관 등의 업무와 관련하여 헌법 제10조 내지 제22조에 보장된 기본권을 침해당했다면 우리 위원회에 진정을 제기하여 인권침해 여부에 대한 판단을 받아 보실 수 있 으나, 귀하께서 보내 주신 내용은 우리 위원회의 진정사건 처리와 관련하여 "민원사무 처리 에 관한 법률" 을 위반하였다는 이유로 법원에 소를 제기하기 위한 소장(안)에 대한 검토를 요 구하시었으나, 소장(안)에 제기 여부는 소를 제기하는 당사자가 결정할 문제이므로, 우리 위원 회가 소장(안)의 잘못된 부분 등에 대한 답변을 드리는 것은 적절하지 아니하므로 답변을 드리 기 어려움을 양해하여 주시기 바라며, 소장(안)에 대한 검토는 변호사 등에 문의하여 처리하시 기 바랍니다.

5. 또한 "인권침해 및 차별행위 조사구제규칙" 은 지난 번 안내해 드린 바와 같이 "민원사무 처 리에 관한 법률" 에 대한 시행규칙이 아니고, "국가인권위원회법" 에 대한 시행규칙임을 다시 한 번 안내해 드리니 참고하시기 바랍니다. 감사합니다. 끝.

국가인권위원회 위원장 귀하

답변 잘 보았습니다.

본 건을 진정으로 처리하여 각하 결정한 것이라면, 진정도 각하하는지 궁금하며 더구나 진정을 5개월이상 방치해도 되는지 궁금합니다.

다음에 법률위반에 대한 소(예정)와는 직접 관련된 사항은 아니지만, 2011. 2. 8. 민원을 요약하면, 당시 ○○○ 조사관에게 '기각'의 부당성을 말해 국가인권위원회에서 수용한 것인데 이유없이 다시 같은 결정을 하며 시간을 허비했느냐 입니다. 저번 2.20. 민원에서도 말한 것이지만, 이해할 수 있는 충분한 설명을 바랍니다.

참고로, 저는 제게 만족스러운(유리한) 답을 바라는 것이 아니고 법을 준수하는 국가인권위원회이기를 바랍니다. (2.24)

1. 국가인권위원회 침해조사과입니다.

2. 진정의 접수와 관련하여, 우리 위원회 「인권침해 및 차별행위 조사구제규칙」 제6조의2에서는 "인권상담센터장은 접수처리하려는 진정이 국가인권위원회법 제32조 제1항 제1호, 3호, 제6호, 제8호, 제9호 중 어느 하나에 해당함이 명백하다고 판단되는 경우에는 진정접수 전 상담종결을 할 수 있으나, 그럼에도 불구하고 진정인이 진정사건으로 접수하여 줄 것을 요청하는 경우에는 그러하지 아니하다. "고 명시하고 있습니다.

3. 귀하께서 2010. 8. 21. 우리 위원회 홈페이지를 통해 제기하신 민원(민원번호 10-7774)은, 인권상담센터에서 2010. 8. 25. 진정사건(10진정539800)으로 접수되었습니다. 그러나 진정(10진정539800)의 내용이, 우리 위원회에서 이미 결정하고 처리결과 통지를 한 진정사건(10진정307300)의 각하사유에 대한 설명 등을 요구하는 사안이었기 때문에, 「국가인권위원회법」 제32조 제1항 제1호(진정의 내용이 위원회의 조사대상에 해당하지 아니하는 경우)의 규정에 따라 각하 결정이 된 것입니다.

4. 상기의 내용이 귀하의 질의에 대한 설명이 될 수 있기를 바라며, 아울러 어떤 이유에서건 간에, 귀하의 진정을 5개월 이상 경과하여 처리한 점에 대해서는 대단히 죄송스럽다는 말씀을 전합니다.

국가인권위원회 위원장 귀하

민원사무처리에관한법률 제20조 및 제21조에서 민원을 '민원사무처리기준표'에 따라 처리하도록 직접 규정하고 있는데, 민원사무처리기한을 직접 정하지 않았다고 5.11. 답하여 다시 민원을 제출합니다.

국가인권위원회의 진정처리는 관련되는 사실, 자료의 조사 및 위원회의 심의, 의결을 거쳐야 하는 복합적 사무라 일반적인 민원사무와는 구별되는 특성을 지니고 따라서 현실적으로 처리에 소요되는 기간이 부득이하게 길어지는 경우가 있다고 답하는데, 국가인권위원회의 업무 특성상 진정서 처리에 장기간이 소요될 수 있다는 답에 대해 동의합니다.
그러면 단기간 소요되는 진정은 처리기한이 며칠 소요되는지, 또 단기간 소요되는 진정이면 처리기한이 며칠 소요되는지, 장기 단기 판단은 국민이 하는지 등이 없으며, 현재 국가인권위원회가 국가인권위원회법에서 진정서 처리기한을 규정하지 않았다는 이유로 임의로 정한 규정이나 규칙 등에 따라 진정을 처리하고 있습니다.

민원사무처리에관한법률에서 규정한 '민원사무처리기준표'에 따르면, 진정은 7일 이내에 처리해야 하지만, 다른 법률에 특별한 규정이 있는 경우에는 그에 따르도록 하고 있지만, 국가인권위원회법에는 진정서 처리기한이 명시되어 있지 않으므로 국가인권위원회는 진정서를 원칙적으로 7일 이내에 처리해야 합니다. (5.11)

1. 귀하의 질의에 대해 추가적으로 답변드립니다.

2. 「국가인권위원회법」 제18조는 "이 법에 규정된 사항외에 위원회의 조직에 관하여 필요한 사항은 대통령령으로 정하고, 위원회의 운영에 관하여 필요한 사항은 위원회의 규칙으로 정" 하도록 규정하고 있습니다. 이에 진정처리 등에 관한 사항은 국가인권위원회법의 위임에 따라 위원회의 규칙으로 정할 수 있는바, 이 때에는 비록 위원회의 규칙이 법률의 형식을 취하고 있지는 않더라도 법규적 효력을 갖는다고 할 수 있습니다.

3. 이에 따라 위원회의 규칙인 「인권침해 및 차별행위 조사구제규칙」 제4조는 "진정은 이를 접수한 날로부터 3개월 이내에 처리하는 것을 원칙으로 한다. 다만 부득이한 사정으로 그 기한을 연장할 경우에는 문서로 진정인에게 그 사유를 설명하여야 한다" 고 규정하고 있습니다.

4. 위와 같은 점 이해하여 주시기 바라며, 귀하의 진정 처리에 장시간이 소요된 점에 대해서는 거듭 죄송하다는 뜻을 전합니다. 감사합니다. 끝.

국가인권위원회 위원장 귀하

국가인권위원회법에는 진정서 처리기한이 명시되어 있지 않으므로 민원사무처리에관한법률에서 규정한 '민원사무처리기준표'에 따라 진정서는 7일 이내에 처리해야 합니다.

귀 위원회의 조직에 관한 사항은 대통령령으로 정한다고 답하는데, 본 건은 위원회의 조직에 관한 사항이 아니며 위원회의 진정서 처리기한에 관한 사항입니다.

그리고 귀 위원회 규칙에 "진정은 이를 접수한 날로부터 3개월 이내에 처리하는 것을 원칙으로 한다. 다만 부득이한 사정으로 그 기한을 연장할 경우에는 문서로 진정인에게 그 사유를 설명하여야 한다."고 규정하고 있다고 답하는데, 제게 기한연장 사유를 문서 등으로 귀 위원회에서 설명하지 않았습니다. 제게 기한연장 사유를 위원회에서 문서로 설명한 사실이 있는지 확인해 보기 바랍니다.

다음에 이해하기 바란다고 답하는데, 법에 따라 원칙대로 처리한 것이라면 이해를 바랄 이유가 없으므로 이해하기 바란다고 답하지 말기 바랍니다. (5.23)

답변없이 국가인권위원회 홈페이지 '진행상태확인'에서 삭제.

 나의 민원

국민신문고에서 신청하신 모든 민원에 대한 처리과정 및 결과를 확인하실 수 있습니다.
보안형 민원은 조회하기 위해 민원신청번호가 필요합니다.

▌처리현황

▌민원인 입력사항

[목록] [인쇄]

· 신청번호	1AA-1107-036199		
· 신청인구분	개인		
· 신청인 이름	서맹종	· 주민(외국인)번호	520313 - *******
· 연락처		· 휴대전화	
· 주소	450-740 경기 평택시 세교동 부영1차아파트		
· 민원발생지역	시도: 경기도 시군구: 평택시		
· 나의민원 확인방식	간편형 [보안형으로전환]	(간편형) 로그인 만으로 확인 (보안형) 로그인(1단계) ⇒ 신청번호(2단계) 입력 후 확인	
· 이메일	seojoung0914@hanmail.net	· 진행상황 통보방식	서신 + 이메일 + SMS(문자)
· 신청일	2011.07.12. 10:19:01	· 직업	기타

▌민원신청내용

· 민원제목   문의

· 민원내용 보기

'분명한 각하사유요구'에 대해 '위원회의 조사대상에 해당하지 아니하는 경우라고 판단하여 각하결정하였음'을 알리고, 어느 법 몇 조에 의해 조사대상에 해당하지 않는지 분명한 각하사유를 알리지 않았습니다. 분명한 각하사유를 법조항으로 알려주기 바랍니다.
즉, 행정절차법(제23조 및 제21조 제22조 등)에 따라 정당한 행정이 이루어지지 못하였는데, 귀 위원회가 정당한 행정행위가 성립(결정일)된 것으로 간주하여 각하(결정일로부터 1년경과)하는 것은 부당합니다. 행정절차법에 따른 행정이 이루어지지 못한 것을 귀 위원회가 행정행위가 성립된 것으로 간주하여 처리할 수 있는 법률 근거 요구입니다.

결정을 알았을 때가 언제인지 또 정당한 행정(처분)이 성립된 것인지 판단한 후 날짜 경과여부를 따져 각하결정 등을 하여야 합니다. 중복된 답을 방지하기 위해 기 제출한 민원 및 이에 대한 답을 참고로 보냅니다.

첨부 : 기 제출한 민원

- **민원공유여부**　　　공유　비공유로전환

※ 공유에 동의하시면 민원내용과 답변내용이 민원업무 처리나 정부정책에 반영하기 위해 다른 행정기관에
　제공 될 수 있으며, 필요 시 행정기관 등의 홈페이지를 통해 일반국민들에게 민원사례로 제공 될 수 있습니다.

■ 처리기관 정보

처리기관	국가인권위원회 사무처 조사국 인권상담센터		
담당자 (연락처)		**민원인 신청번호**	1AA-1107-036199
접수일	2011.07.13. 11:19:01	**처리기관 접수번호**	2AA-1107-090394
처리 예정일	2011.07.20. 23:59:59		

※ 민원처리기간은 최종 민원 처리 기관의 접수일로부터 보통 7일 또는 14일임
　(해당 민원을 처리하는 소관 법령에 따라 달라질 수 있음)

처리결과(답변내용)

- **답변일**　　　2011.07.14. 16:42:44

- **처리결과(답변내용)**

1. 귀하의 무궁한 발전을 기원합니다.
　　2. 저의 위원회에 관심을 주신데 대하여 진심으로 감사를 드립니다.
　　3. 민원회신 내용
　　　가. 민원인께서 제기하신 민원내용은 `허위공문서 작성 등`의 진정사건(10-진정-0307300)에 대한 결정 통보를 받은 이후 동일?유사한 내용의 민원을 여러차례 제기하여 이에 대한 민원회신, 전화 및 메일로 수차례 답변한 내용으로 파악됩니다.
　　　나. 민원인께서 신청하신 내용에 대하여 다시 답변을 드리면,
　　　　- 국민건강보험공단이 위원회의 조사대상에 해당하지 아니하는지에 대한 구체적 법적근거를 제시하여 달라는 주장에 대하여,
　우리 위원회법 제30조 제1항 제1호 소정의 조사대상인 국가기관에는 국가의 권력작용을 담당하는 입법부, 사법부 및 행정부 소속의 기관을 지칭하는 것이 위원회법 문면상 명백하므로 행정부 소속의 기관에는 대통령이나 국무총리 소속의 행정기관과 중앙행정각부(지방조직 포함) 등 강학상 직접행정기관만이 해당합니다. 즉, 국가기관에는 원칙적으로 정부조직법 등 개별법에 의거 조직되고 구성원이 공무원인 행정, 입법, 사법기관만이 이에 해당합니다. 다만 강학상 간접행정기간으로 분류되는 여부에 대하여 공공기관에 대하여 일정한 권한을 부여받아 그 권한행사가 국가기관의 공권력행사와 유사한 효과를 가져 오는 경우에는 예외적으로 국가기관성을 인정하여 우리위원회의 조사대상으로 할 수 있으나 국민건강보험공단은 우리 위원회에서 국가기관성을 인정하지 않고 있습니다.
　　　　- 행정처분이 정당하게 이루어진 것인지 여부를 판단하지 아니하고 1년 이상 경과하였다는 이유로 각하한 법적 근거에 대하여,
　국가인·권위원회법 제32조 제1항 제4호는 진정원인이 된 사실이 발생한 날부터 1년 이상 경과하여 진정한 경우를 각하하도록 하고 있습니다. 여기서 1년은 진정권 행사기간으로서 이 기간의 종료로 진정권이 소멸됩니다. 또한 민법상 소멸시효에서 볼 수 있는 `중단`이나 `정지`는 인정되지 않으며, 행정처분에 대한 정당성 유무를 판단하지 않습니다.

이상과 같이 민원인께서 제기하신 내용에 대하여 답변을 드리며, 앞으로 건강과 행운이 늘 함께 하기를 기원 드립니다. 끝.

- **첨부파일**　　　　첨부파일 없음

민원 만족도조사 등록일 : 2011.07.16.

민원 만족도조사에 응하시면 추첨을 통해 분기별로 문화상품권을 제공합니다.

Q 민원처리과정에 대해 만족하십니까? (불만)

Q 민원처리과정에 대해 불만이 있으신 경우, 사유를 선택해 주시기 바랍니다. (불합리한 제도)

Q 만족 또는 불만족하신 사유 등 의견이 있으시면 작성해 주시기 바랍니다.

성립되지도 않은 행정을 성립된 행정으로 간주하여 처리하는 것은 부당하므로, 다시 민원을 제출합니다.

Q 귀하가 신청하신 민원은 해결되었습니까? (부분해결)

目록　　인쇄

  국가인권위원회가 진정을 5개월 이상 경과하여 처리한 후 죄송하다는 말로 법률
위반을 회피합니다.

  [국가인권위원회법] 제1조(목적) 이 법은 국가인권위원회를 설립하여 모든 개인이
가지는 불가침의 기본적 인권을 보호하고 그 수준을 향상시킴으로써 인간으로서의
존엄과 가치를 구현하고 민주적 기본질서의 확립에 이바지함을 목적으로 한다.
  [부패방지 및 국민권익위원회의 설치와 운영에 관한 법률] 제1조(목적) 이 법은
국민권익위원회를 설치하여 고충민원의 처리와 이에 관련된 불합리한 행정제도를
개선하고, 부패의 발생을 예방하며 부패행위를 효율적으로 규제함으로써 국민의 기
본적 권익을 보호하고 행정의 적정성을 확보하며 청렴한 공직 및 사회풍토의 확립
에 이바지함을 그 목적으로 한다.

  국민권익위원회와 국가인권위원회 설치 근거로 [부패방지 및 국민권익위원회의
설치와 운영에 관한 법률]과 [국가인권위원회법] 이며, 동 법률의 목적은 국민의 기
본적 권익을 보호하여 민주적 기본질서 확립에 이바지 한다는 취지입니다.

  국가인권위원회는 행정이 성립되지 않았음에도 행정이 성립된 것으로 간주하면
서 국민권익을 보호하지 않고, 국민권익위원회도 국민권익을 보호하려는 의지없이
사실에 따른 결정을 하지 않습니다.
  동일한 목적의 두기관이 상존하면서 국민의 기본적 권익을 더 보장되게 하지 않
고 예산만 소비되게 하는 것은 문제입니다.

국회, 한나라당

한나라당 대표님 귀하

제가 공무원이었다가 장애인이 되어 발생된 민원을 정부에 제출하면서 겪은 일을 책으로 출간하였습니다.

책의 주된 내용은, 정부가 잘못을 국민에게 떠넘기며 책임지지 않으면서 말만 '공정'하다는 것은 잘못이니 정부가 공정을 실천하기 바라는 내용입니다. 책 이름은 「○○○○○○」이며, 저자는 서맹종입니다.

제가 겪은 사례를 많은 국민이 바르게 알고 올바르게 대처하여, 다시는 제 같은 경우가 발생되지 않게 되기 바랍니다.

본 건에 관해 당에서 처리한 일이 있으면 메일이나 우편 등으로 처리 결과를 알려 주시기 바랍니다.

물론 본 건과 관련하여 당에서 처리한 일이 없으면 알릴 것이 없으니 알리지 않아도 됩니다. 즉 행정부에 본 건을 인계하는 등 행정부가 처리케 한 것은 당에서는 처리한 결과가 없는 것이므로 알리지 않아도 됩니다.

다시 말씀드리면, 본 건(첨부한 내용)에 대한 처리 결과가 있으면 알려 주고, 본 건(첨부한 내용)에 대한 처리결과가 아닌 처리과정 등은 필요없으니 알리지 않아도 됩니다.

본인에게 엄격한 당이기 바라고, 본인 탓은 않고 상대방만 탓하는 당이 되지 않기 바라며, 문제를 개선할 능력을 갖춘 정당이 되기 바랍니다.

감사합니다. (2. 9)

첨부 : 2011. 2. 7 대통령께 발송한 건의서
　　　2011. 2. 5 국무총리께 제출한 민원서
　　　책자

한나라당 귀중

한나라당은 국민을 위하지 않으면서 국민을 위한다며 정략적으로 개헌을 주장하고 있습니다. 현 실정을 알고 이에 맞게 일하기 바랍니다.

제가 한나라당이 등록한 2011. 2.25. 「이명박 정부 출범 3년차를 맞이하여」와 2.28 「임시국회 민생법안 처리에 끝까지 최선을 다할 것이다.」 에 '네티즌 의견'으로 회신하여 줄 것을 요청하여도 회신도 없고 실천치 않아 다시 제출하니 회신바랍니다. 국민을 위해 실천하지 못하면서 계속 국민을 기만하며 권위적이지 말기 바랍니다.

감사합니다. (3. 3)

한나라당 귀중

"민주당은 국가현안에 적극 협조해야 한다."고 한나라당 홈페이지에 올리며 민주당을 근거없이 비판하지 말고, 한나라당부터 실천하기 바랍니다. 한나라당이 실천하지 않는 근거가 한나라당 홈페이지 '정책제안' 등에 제가 2011. 3. 4. 및 3. 3.에 등록하였으나 회신치 않습니다. 실천하기 바랍니다. (3. 8)

국회 사법개혁특위 귀중

사법개혁특위 활동결과에 대한 언론보도를 보고, 헌법재판소와 관련된 글을 올립니다. 당초 헌법재판소를 현재와 같이 독립성을 인정할지 아니면 대법원 소속기관으로 재편할지에 대해 논의한 것으로 알고 있습니다.

헌법재판소의 결정 사례를 보면, 법원과 헌법재판소는 명칭만 다를 뿐 같은 형태입니다. 즉 헌법재판소가 존재함으로써 국민의 기본권이 더 보장된다고 하지 못합니다. 국민이 행정부에 의해 기본권이 침해되고 있는 실정임에도, 헌법재판소는 국민의 기본권을 보호해야 겠다는 의지가 없습니다.

헌법재판소는 법원과 같이 '기판결'한 것을 재심리하는 것은 일사부재리 원칙에 위배되므로 재심리하지 않으며, 위헌여부보다는 '기판결'하다는 이유로 재심리하지 않으면서 오히려 단심제로 운영됩니다.

헌법재판소의 위헌에 관한 심리도 법원과 동일한 심급을 운영케 하여 최대한 헌법이 보장될 수 있게 해야 하며, 헌법재판소를 별도의 기관(개헌?)으로 존재하지 않게 함으로써 헌법재판소와 관련된 예산이 낭비되지 않게 해야 합니다. (3.12)

국회 귀중 (청원법 제8조의 위헌 여부)

헌법 전문에서 보듯이, 헌법은 국민 권익 등 국민의 기본권 보호가 목적이며, 헌법 제26조에 의한 청원법 제1조에서도 청원권행사의 절차와 청원의 처리에 관한 사항을 규정하여 국민의 기본권 보호가 목적임을 명시하고 있습니다.

마찬가지로 청원법 제8조도 국민의 기본권 보호를 위해 적용됨이 마땅함에도 기본권이 보호되지 않을 수도 있음을 규정하고 있습니다. 즉 청원법 제8조에서 국민의 기본권 보호와 관계없이 처리기관이 '반복청원' 또는 '이중청원'이라고 판단하기만 하면 청원서를 반려할 수 있게 규정함은 부당합니다.

제 경우를 보면 국회에 민원을 제출하여도 처리치 않아 말씀드리지만, 본 건에 대해서도 국회의 처리 의견 등이 없으면, 국회에서도 '청원법 제8조'가 위헌임을 판단하는 것으로 알겠습니다. 감사합니다.

첨부 : 헌법 등 청원법 관련조문 (3.23)

[헌법 전문]

유구한 역사와 전통에 빛나는 우리 대한국민은 3·1운동으로 건립된 대한민국임시정부의 법통과 불의에 항거한 4·19민주이념을 계승하고, 조국의 민주개혁과 평화적 통일의 사명에 입각하여 정의·인도와 동포애로써 민족의 단결을 공고히 하고, 모든 사회적 폐습과 불의를 타파하며, 자율과 조화를 바탕으로 자유민주적 기본질서를 더욱 확고히 하여 정치·경제·사회·문화의 모든 영역에 있어서 각인의 기회를 균등히 하고, 능력을 최고도로 발휘하게 하며, 자유와 권리에 따르는 책임과 의무를 완수하게 하여, 안으로는 국민생활의 균등한 향상을 기하고 밖으로는 항구적인 세계평화와 인류공영에 이바지함으로써 우리들과 우리들의 자손의 안전과 자유와 행복을 영원히 확보할 것을 다짐하면서 1948년 7월 12일에 제정되고 8차에 걸쳐 개정된 헌법을 이제 국회의 의결을 거쳐 국민투표에 의하여 개정한다.

[헌법 제26조]

① 모든 국민은 법률이 정하는 바에 의하여 국가기관에 문서로 청원할 권리를 가진다.

② 국가는 청원에 대하여 심사할 의무를 진다.

[청원법 제1조(목적)]

이 법은 헌법 제26조의 규정에 의한 청원권행사의 절차와 청원의 처리에 관한 사항을 규정함을 목적으로 한다.

[청원법 제8조(반복청원 및 이중청원의 처리)]

동일인이 동일한 내용의 청원서를 동일한 기관에 2건 이상 제출하거나 2 이상의 기관에 제출한 때에는 나중에 접수된 청원서는 이를 반려할 수 있다.

답변내용 (국회 4.20)

청원법 제8조에 관한 귀하의 소중한 의견 감사드립니다.

헌법 제26조에서는 모든 국민은 "법률이 정하는 바에 의하여" 국가기관에 문서로 청원할 권리를 가진다고 규정하고 있고, 이에 따라 청원법에서 청원권행사의 절차와 청원의 처리에 관한 사항을 규정하고 있습니다. 즉, 헌법 제26조에서 보장하는 청원권은 청원법에 의하여 구체화된다고 할 수 있고, 또한 기본권이라 할지라도 헌법제37조제2항에 따라 제한될 수 있다는 점 등을 종합적으로 고려할 때 청원법 제8조가 헌법에서 보장하는 청원권을 침해한다고 보기는 어려울 것으로 사료됩니다.

앞으로도 국회에 대하여 많은 관심과 애정어린 격려를 부탁드리며, 아무쪼록 귀하의 무궁한 발전을 기원합니다.

국회 귀중

헌법 정신과 배치되는 시행령으로 행정하는 사례를, 제가 지은 책(「민원처리 사례로 보는 정부의 자세(상)」)과 제 블로그(http://blog.daum.net/seojoung) 로 호소해도 정부는 개선치 않습니다. 어찌해야 합니까? (3.23)

답변내용 (국회 3.29)

안녕하십니까?

서맹종님께서 저술하신 동 저서를 저희 민원업무에 참고할 수 있도록 국회민원실에서 구입하였습니다.

귀하의 지속적인 민원처리에 대한 깊은 관심에 힘입어 차제에는 각 기관들이 민원인들에 대한 보다 나은 민원서비스를 구현해 나갈 수 있게 되기를 바랍니다.

참고로, 귀하께서 앞전 게재하신 민원인 '청원법 제8조의 위헌여부' 에 관한 의견은 소관위인 행정안전위원회로 송부하였으며, 동 위원회에서 답변하여 드리게 됨을 아울러 알려드립니다.

국회 귀중

저서를 구입하고, '청원법 제8조의 위헌여부'에 관해서는 행정안전위원회로 송부하였다니 고맙습니다. 그런데 제 민원은 '이럴 경우 어찌해야 합니까?'인데, 여기에 대해 말이 없어 다시 민원을 제출합니다.

국회(입법부)에서도 국민을 위해 어찌할 방안이 없는지 궁금합니다. 제가 바라는 것은, 제게 유리한 결정 등을 희망하는 것이 아니고 원칙에 맞는 처리를 원합니다. 감사합니다. (3.29)

안녕하십니까?

우선, 서맹종님의 사안이 잘 해결되지 않은 점에 대하여 안타깝게 생각합니다.

그러나 귀 사안에 대하여 각 기관들의 민원 처리 등에 대하여 입법기관인 국회가 일일이 간여하는 것은 적정치 않음을 널리 양해하여 주시기 바랍니다.

귀하의 당초 사안이었던 국가유공자 등록 여부 등과 관련하여 행정구제 또는 법적구제 등을 고려할 시에는 국가권익위원회 또는 법무사/변호사 사무소 등에 문의하실 수 있음을 알려드립니다.

모쪼록 귀하의 가정에 건강과 행복이 있기를 바랍니다.

감사합니다.

한나라당 귀중

국민을 위해 실천하지 못하면서 국민(서민)을 위한 정당이라며, 국민을 기만하지 말기 바랍니다.

국민을 위하는 척하며 국민을 기만하면서, 이번 재보선 후보자를 공천하지 않기 바랍니다. (3.27)

국회(문화체육관광방송통신위원회) 귀중

KBS와 방송통신위원회에 보낸 호소문을 첨부하였으니 참고하여 주시기 바랍니다.

저는 KBS가 국익을 위한 보도 등 공영방송의 역할을 충실하게 실천해 줄 것을 바랍니다. 그런데 타 방송과 KBS 방송(보도 등)이 같은데 유독 왜 KBS만 수신료를 징수케 하는지 그 이유가 궁금합니다. 공정성과 공익성 등 공영방송의 역할도 제대로 못하는 KBS가 수신료 인상을 검토하지 말게 하여 주시기 바라며, 이를 여론으로 조성되게 하지 말기 바랍니다.

그리고 KBS의 존재 목적은 공영방송실천에 있는 것이지, 일부 해당인(개인)의 욕구 충족을 위해 또 재정의 건전성확보를 위해 KBS가 존재하는 것이 아닙니다. 일부인의 만족을 위해 또 KBS 재정확보를 위해 수신료를 징수하고 인상한다는 것은 부당합니다. (4.19)

첨부 : 2011. 4.16. KBS에 발송한 호소문 및 2011. 4.17. 방송통신위원회에 발송한 호소문

국회 귀중

청원법 제8조의 위헌여부에 대한 국회의 4.29. 답을 보고 다시 문의합니다.

본 민원은 2011.3.23. 처음 발송하였는데, 아직 국회가 명백한 답을 하지 않아 민원이 계속되고 있습니다. 국회의 명백한 입장을 밝혀 민원이 계속되지 않게 하여 주기 바랍니다. 민원에 대한 답을 보고 국회의 답에 대한 이의는 기 말한 것이라 생략합니다.

청원법 제8조의 반복청원 및 이중청원 여부를 접수 기관이 판단케 함은 부당하니, 청원인(국민)의 권익보호를 위해 접수기관과 청원인(국민) 쌍방 간의 협의 등의 방법을 통해 판단케 해야 한다는, 제 의견에 대해 국회의 의견을 밝혀 주기 바랍니다.

그리고 동 내용을 참고하여 입법은 별도로 진행하되 계속된 피해자가 발생되지 않도록 대책을 마련하기 바랍니다.

본 민원은 접수기관에서 일방적으로 '반복청원 및 이중청원' 여부를 판단케 함에 따라 헌법상 기본권이 법에 의해 제한되는데 대한 부당성이므로, 이에 대한 국회의 입장만 밝혀 주기 바라며, 헌법이나 법 등에 대한 설명요구나 입법에 참고하기 바라는 민원이 아니므로 헌법이나 법 등 원칙적인 내용을 설명하지 말기 바라며 또 만약 법이 정당하다면 입법에 참고할 필요도 없으므로 입법에 참고할 것이라고 답하며 일시적 어려움을 회피하지 말기 바랍니다. (4.30)

안녕하십니까.

귀하의 반복청원에 대한 취지에 대하여 이해는 하고자 하나, 국회에서 귀하의 문의에 이미 답변드린 바와 같이 반복청원 및 이중청원과 관련하여 진정접수 시 동일 또는 반복민원 여부를 접수기관에서 판별하여 처리함을 재차 알려드립니다. 다만, 동일민원으로 판단될 시에는 접수기관에서 불수리취지를 진정인에게 통지하고 있습니다.

국회는 입법기관으로서 법률안 제정 또는 개정과 관련하여 입법취지 등에 대하여는 안내하여 드릴 수는 있으나, 법령 집행상 법률의 특정 조항을 유권해석하거나 법률의 위헌여부를 가릴 수 있는 법적 권한이 있지 않습니다.

법령 해석 등과 관련하여서는 청원법의 경우에는 행정안전부 또는 법제처에, 법률의 위헌여부 등은 헌법재판소에 문의하시는 것이 적정할 것으로 보입니다.

감사합니다.

국회 귀중

　국민건강보험공단은 가짜 환자를 만들어 예산을 지급하고, 보험료 산정이 잘못되어 보험료를 수정하여 다시 고지할 것을 요구하며 보험료 납부를 거부해도, 예산에 충당하지 못하는 실정임에도, 예산고갈을 이유로 국민건강보험공단이 보험료를 인상케 함은 부당합니다. 진심으로 국민을 생각하는 국회이기 바라며, 메일로 처리결과를 알려 주기 바랍니다. (5. 2)

국회 귀중

　'청원법'과 '민원사무처리에관한법률'간의 관계과 모호합니다.
　즉, 어느법이 우선되는지 모호하며, 제가 보기로는 두 법 성질이 같으므로 한 개의 법으로 통합되어야 될 것으로 봅니다. 국회의 친절한 의견을 바랍니다. (5. 3)

　첨부 : 청원법 및 민원사무처리에관한법률 조문 일부

[청원법]

　제1조(목적) 이 법은 헌법 제26조의 규정에 의한 청원권행사의 절차와 청원의 처리에 관한 사항을 규정함을 목적으로 한다.
　제2조(다른 법률과의 관계) 청원에 관하여는 다른 법률에 특별한 규정이 있는 경우를 제외하고는 이 법에 의한다.
　제3조(청원대상기관) 이 법에 의하여 청원을 제출할 수 있는 기관은 다음 각 호와 같다.
　1. 국가기관
　2. 지방자치단체와 그 소속기관
　3. 법령에 의하여 행정권한을 가지고 있거나 행정권한을 위임 또는 위탁받은 법인·단체 또는 그 기관이나 개인

제4조(청원사항) 청원은 다음 각 호의 1에 해당하는 경우에 한하여 할 수 있다.

1. 피해의 구제

2. 공무원의 위법·부당한 행위에 대한 시정이나 징계의 요구

3. 법률·명령·조례·규칙 등의 제정·개정 또는 폐지

4. 공공의 제도 또는 시설의 운영

5. 그 밖에 국가기관 등의 권한에 속하는 사항

[민원사무처리에관한법률]

제1조(목적) 이 법은 민원사무처리에 관한 기본적인 사항을 규정하여 민원사무의 공정한 처리와 민원행정제도의 합리적 개선을 도모함으로써 국민의 권익을 보호함을 목적으로 한다.

제2조(정의) 이 법에서 사용하는 용어의 정의는 다음과 같다.

1. "민원인"이라 함은 행정기관에 대하여 처분 등 특정한 행위를 요구하는 개인·법인 또는 단체를 말한다.

2. "민원사무"라 함은 민원인이 행정기관에 대하여 처분 등 특정한 행위를 요구하는 사항(이하 "민원사항"이라 한다)에 관한 사무를 말한다.

제3조(적용범위) ①민원사무에 관하여 다른 법률에 특별한 규정이 있는 경우를 제외하고는 이 법이 정하는 바에 따른다.

한나라당 귀중

"민심이 제대로 반영되지 않고 결국은 정부의 독주로 끝나고 한나라당은 다음 선거에서 또 힘들어 집니다."고 안상수 한나라당 전 대표가 말하고 박 전 대표는 "신임 원내대표가 국민의 뜻을 잘 알아서 할 것"이라고 남의 일 구경하듯이 하고, 진심으로 국민을 위해 일하는 한나라당이 되어야 합니다.

민심을 제대로 반영하는 당이 되기 위해서는, 알고 있는 잘못을 바르게 고쳐야 합니다. 신임 원내대표나 박 전대표와 안 전대표가 잘못을 몰라서 바르게 고치지 못하는 것이 아닙니다.

잘못을 바르게 고칠 수 있는 환경개선이 시급하며, 남의 일이 아니고 내 일이라는 마음으로 말아닌 실천으로, 다 같이 환경개선에 노력하기 바랍니다.

진심으로 듣고 뛰겠다는 한나라당 구호가 맞는지 생각해 보기 바랍니다. 위에 말한 것과 같이 현실상을 모른다면 의견을 듣겠다는 말이 맞지만 알면서 더 듣는다는 것은 틀린 말이며 아는 것을 실천해야 합니다. 그리고 언제 생긴 당인데 아직도 뛰겠다며 실천치 못하고 있는지 이를 구호라고 생각하는지 한심합니다. 그리고 실천이란, 국민 대다수에 적용되는 기본을 실천하라는 것이지 국민 일부에게 적용될 수 있는 거창한 사항(감세 등)을 실천하라는 것이 아닙니다.

정부가 헌법이나 법을 위반해도, 한나라당이 뭐 했는지 의심되는 내용을, 제가 제가 지은 서적(민원처리 사례로 보는 정부의 자세(상))과 제 블로그(http://blog.daum.net/seojoung)를 통해 호소하고 있으니, 참조하시기 바랍니다. (5. 9)

국회 귀중

「민원사무처리에 관한 법률」은 정부조직법에 의한 중앙행정기관, 지방자치단체, 공공기관입니다. 그리고 법원 등은 내규 등만 있을 뿐 민원처리기한이 명시된 법이 제정되어 있지 않습니다. 그러면 법원은 지금 현재 민원처리기한이 언제까지 인지 궁금하며 또 앞으로 법원 등도 민원처리기한이 명시된 법을 제정할 예정인지 알고 싶습니다.

알겠지만 법원은 민원처리기한이 명시된 법이 제정되어 있지 않아 내규 등으로 운영되고 있는 실정이며, 또 소 종국이 형편에 따라 1년이상 소요되어 소를 제기하는 국민의 입장에서는 법률관계가 안정되지 않아 생업에 불편합니다. (5.26)

국회(문화체육관광방송통신위원회) 귀중

4.19. KBS 보도와 관련하여 국회에 호소하였으나, 처리결과를 몰라 다시 호소합니다.

저는 KBS가 국익을 위한 보도 등 공영방송의 역할을 충실하게 실천해 줄 것을 바라는데, 타 방송과 KBS 방송이 차별없이 같은 내용인데 왜 유독 KBS만 수신료를 징수케 하는지 그 이유가 궁금합니다. 공영방송의 역할도 제대로 수행치 않는 KBS가 수신료를 인상케 되지 않기 바랍니다.

최근 민원에 KBS가 개선없이 계속 노력하겠다고 답하는 KBS의 답변사례를 첨부하였습니다. 붙임 건은 사례일 뿐 해결 목적이 아닙니다. 제 요구는 KBS가 수신료를 인상치 않게 되기 바라는 것입니다. (5.26)

첨부 : 민원 및 답변

안녕하십니까.

서맹종님께서 앞서 올려 주신 KBS의 TV 수신료 인상 반대 의견을 4. 20일경에 소관위인 문화체육관광방송통신위원회에 송부하였으므로 동 위원회에서는 향후 입법활동에 귀하의 의견을 참고할 수 있음을 알려드립니다.

법원 소송 또는 사무 등에 대한 민원처리기한을 법률로 명시할 필요가 있다라고 별도로 제기하신 의견과 관련하여서는, 귀하의 사안과 관련하여 사법부에 대한 법제도 개선 등을 위한 국회차원의 입법활동에 또한 참고될 수 있도록 법제사법위원회에 송부하였음을 아울러 알려드립니다.

법원의 민원처리기한 등 관련법 입법 예정과 관련하여서 궁금하신 점은 사법부 또는 법무부에 문의하실 수 있습니다. 주신 의견에 감사드리며, 늘 건강을 기원합니다.

국회 귀중

2009. 7. 1. 제출된 민원이 처리되지 않아, 2010. 8. 9. 1년 넘게 민원을 방치하며 책임지지 않는다 하니, 정무위원회에 계류되어 있음을 알렸습니다. 그리고 2011. 6. 3. 에도 각 소관 상임위원회에 민원처리결과를 알아보아야 한다는 의정종합지원센터의 답을 보고 다시 민원을 제출합니다. 국회 홈페이지에 있는 '국회민원'은 국회민원을 총괄하는 것이 아니고 각 소관 상임위원회별로 민원을 처리하므로 민원인은 민원처리결과를 소관 상임위원회에 알아보아야 한다는 답이 이해되지 않습니다.

민원을 국회(상임위)에서 장기간 방치하는 것이 어떤 법적근거에 위한 것인지 이해할 수 없지만, 저는 소관 상임위원회별로 민원을 처리한 후 처리결과는 '국회민원'에서 알리는 것이 타당한 것으로 알고 있는데, 의정종합지원센터에서 상임위에 회부한 내역이나 상임위에 계류된 내역 등을 알리고 '처리완료'로 처리하는 것은 이해되지 않습니다.

이럴 경우에는 국회에서 민원이 처리완료된 것이 아니므로 의정종합지원센터에서 '처리완료'로 처리하지 말고 상임위에서 민원을 처리완료하였을 때 '처리완료'로 처리하여야 합니다. 그리고 대부분의 민원은 상임위 소관임으로 의정종합지원센터는 상임위에 민원을 인계한 후, 상임위의 민원처리결과를 '국회민원'에 '처리완료'로 처리하기 위해서 상임위의 민원처리를 관리하여야 합니다.

답한 대로라면, 국회는 소관 상임위원회별로 민원을 제출하는 화면을 신설하여 민원인이 직접 소관 상임위원회에서 민원처리결과를 알게 하도록 하여야 하며, 현재같이 민원 제출은 '국회민원'에 민원처리결과는 상임위원회에서 알아보게 하는 일이 없게 '국회민원(민원신청)'을 삭제하여야 합니다.

본 민원은 의정종합지원센터에 관한 것으로. 상임위의 민원처리를 국회(의정종합지원센터)에서 관리하였는지에 대한 것입니다. 즉 상임위가 민원을 장기간 방치하는 것은 부당하다는 것이며, 상임위의 장기간 민원 방치에 대한 책임입니다.

홈페이지 '국회민원'에 과정이 아닌 민원처리결과를 게시하여, 민원인(국민)이 민원처리결과를 소관 상임위에서 알게 하는 불편이 없게 하여 주기 바랍니다. (6. 7)

안녕하십니까.

귀하께서 후에 올리신 글(신청번호 E-1807950)에 대한 답변을 참고하시기 바랍니다. 감사합니다.

국회 귀중

국민건강보험공단은 2009~2011년도의 장기요양등급결정건수 총 850,384건은 정보공개청구법에 의한다며 행정절차법에 따라 결정내역을 알려야 함에도 결정내역을 미고지 하였고, 건강보험료 결정건수(지역)는 잘못 산정되어 연도별 결정건수를 공개하지 못합니다.

또 공단은 법에 따라 고지서 및 독촉장을 송달치 않고, 편법으로 작성된 독촉장을 2009.12월 1,573,737건. 2010.12월 1,542,353건. 2011.4월 1,502,845건을 발송하여 체납처분을 집행합니다.

헌법과 법에 따라 국민의 재산권이 보호될 수 있게 조치해 주시기 바랍니다. (6.15)

국회 귀중

제가 민원을 통해 사례를 수집한 바, '정부가 원칙과 공정을 실천치 않는 사례'만 수집되어 국회에 호소합니다. 호소내용을 원칙에 따라 바르게 처리해 주시기 바랍니다. (6.26)

첨부 : 호소문

답 변 내 용 (국회 7. 7)

안녕하십니까. 귀하의 의견 취지는, 국가적인 이슈나 현안에 대하여 깊은 관심 가운데, 각 기관들의 여러 사례를 보여 줌으로써 우리나라의 민생 경제 등을 위한 행정적 노력을 올바로 펼쳐나가야 된다는 당위성을 주장하시는 것으로 보입니다. 이와 같이 귀하께서 주신 의견과 격려에 대하여 감사드리며, 입법부인 국회는 법률을 제정 또는 개정하고, 예산을 심의, 확정하는 기관으로서 그 역할을 충실히 수행할 것이며, 이러한 입법활동을 통해 민생 경제를 돌보는데 더욱 진력해 나가도록 하겠습니다. 모쪼록 건강하시길 바랍니다. 감사합니다.

한나라당(원희룡,권영세,홍준표,남경필,박진,유승민,나경원) 귀중

제가 민원을 통해 사례를 수집한 바, '정부가 원칙과 공정을 실천치 않는 사례'만 수집되어 호소합니다. 원칙에 따라 바르게 처리되도록 하기 바랍니다.

국민을 위해 한 일이 없으면서 '힘있는 여당'이라고 홍보하며 힘으로 밀어붙이지 말고, 4.19.부터 문화체육관광방송통신위원회 계류 중인 KBS의 TV수신료 인상반대 의견을 참고하여, 민생경제를 생각하며 국민과 서민을 위해 들러리나 줄서기 거수기가 아닌 소신있는 정치를 위해 TV수신료 인상(안)에 대한 한나라당의 의견을 재심의하여 찬반여부를 결정하기 바랍니다.

원칙을 실천할 것을 수차례 말했지만, 대책없이 말만 앞서는 당이 아닌 촛불을 지키는 마음으로 대책을 제시하며, 원칙을 실천하는 당이기 바랍니다. (6.26)

첨부 : 호소문

국회 귀중

국세청이 6조원이상의 국세채권을 일실하여 일실된 채권액을 공개치 못합니다.
국세통계연보가 잘못 작성되어 일실된 채권액이 얼마인지 모르니, 이를 밝혀 국민권익이 올바로 보호되도록 조치해 주기 바랍니다. (7. 2)

첨부 : 국민신문고 화면

답 변 내 용(국회 10.13)

먼저 국세행정에 대한 많은 관심과 좋은 의견 주신 것에 대하여 감사의 말씀을 드립니다.

향후 국세청 국정감사 또는 관련 법안 심사시 민원인께서 제기한신 것처럼 국세채권이 보다 철저하게 관리될 수 있도록 많은 논의를 하겠습니다.

서맹종님과 가정에 항상 축복과 행운이 깃들기를 소원합니다.

국회 귀중

경찰청은 민원을 경찰서에 떠넘기고, 경찰서는 무고한 운전자를 허위진술을 근거로 피의자로 처리하면서 위반 건수도 공개치 못하는 실정입니다. 제 민원과 관련하여 경기지방경찰청이 직접 처리한 일도 없고 따라서 지방경찰청이 존재하면서 왜 국고를 낭비하는지도 알리지 못합니다. 지방경찰청이 존재함으로 인해 경찰업무가 더 번잡한 실정이니 개선을 바랍니다. (7. 2)

답 변 내 용 (국회 7. 7)

안녕하십니까.

국회는 법률을 제정 또는 개정하고 예산을 심의, 확정하는 기관으로서 그 주된 민원은 입법과 관련된 청원과 진정, 기타 다양한 의견입니다.

귀하의 의견은 지방경찰청조직 개선을 언급하신 것으로 보이나 내용이 자세하지 않아 소관위원회에 회부하기 곤란함을 알려드립니다. 소관위에 회부하여 입법활동에 참고될 수 있도록 하기 위해서는 가급적 육하원칙에 따라 보다 구체적으로 작성하실 수 있습니다.

참고로, 귀하께서 앞서 올리신 바 있는 민원(신청번호 E-1808090)은 기획재정위원회에 송부하였습니다. 동 위원회에서는 향후 입법활동에 귀하의 의견을 참고할 수 있음을 알려드립니다. 감사합니다.

국회(예결위) 귀중

일부인의 만족을 위해 KBS가 수신료를 인상케 하고, 국가보훈처는 축구나 샤워를 하다가 다치면 국가유공자로 인정하여 예산을 지급하고, 감사원은 이러한 예산 낭비를 바르게 시정하지 못하고, 국민건강보험공단은 가짜 환자를 만들어 예산을 지급하고 또 보험료 산출 내역도 바르게 알리지 못하고, 대통령은 대책없이 예산낭비만 지속되게 합니다.

법(민원사무처리에관한법률 제15조)을 위반하며 예산을 낭비하는 감사원이 왜 존재하는지, 예산을 낭비하며 존재함으로 인해 더 업무를 번잡하게 처리하는 지방자치단체(경기도 등)가 왜 존재하는지 궁금합니다.

그리고 신호위반도 판단하지 못하는 카메라를 왜 예산을 낭비하며 신호위반 감시 카메라를 거리에 설치하는지 궁금하며, 경찰서는 무고한 운전자를 피의자로 처리하여 신호위반 건수도 공개치 못하는 실정입니다. 지방경찰청이 존재함으로 인해 경찰업무가 더 번잡한 실정임에도, 지방경찰청이 존재케 하여 왜 국고를 낭비케 하는지도 궁금합니다.

국세청은 매년 6조원이상의 국세채권을 일실하고, 국민건강보험공단은 2009~2011년도의 장기요양등급결정건수 총 850,384건의 결정내역을 미고지 하면서 예산을 지급하고, 건강보험료 결정건수(지역)가 잘못 산정되어 연도별 결정건수도 공개치 못하면서 국민건강보험공단이 보험료를 인상케 함은 부당합니다.

감사원 국무총리실 국민권익위원회 국가인권위원회 고충처리위원회 기타 중앙 및 지방에 헌법과 공정도 실천치 못하는 기관이 무수히 많은데, 동일한 업무를 여러 기관에서 예산만 낭비케 함은 부당합니다. 정부 각 기관은 '헌법 수호'를 위해 존재 함에도, 존재함으로 인해 예산만 낭비될 뿐 국민인권 보호에는 소홀합니다. 예산이 낭비되지 않는 조치가 필요합니다. (7. 9)

안녕하십니까.

귀하의 민원은 앞전에 올리셨던 민원들과 유사하거나 동일한 내용입니다.

따라서, 국회 진정처리에 관한 규정에 따라 동일인이 동일한 내용의 진정을 2회 이상 제출하였을 때 후에 제출한 것에 해당되어 불수리하니 양해 있으시기 바랍니다. 감사합니다.

한나라당 귀중

계속 답없이 힘으로 밀어 붙이지고 있지만, 다시 민원을 제출합니다. 열린 마음으로 국민을 위하며 국민을 생각하는 한나라당이 되기 바랍니다.

일부인의 만족을 위해 KBS가 수신료를 인상케 하고, 국가보훈처는 축구나 샤워를 하다가 다치면 국가유공자로 인정하여 예산을 지급하고, 감사원은 이러한 예산 낭비를 바르게 시정하지 못하고, 국민건강보험공단은 가짜 환자를 만들어 예산을 지급하고 또 보험료 산출 내역도 바르게 알리지 못하고, 대통령은 대책없이 예산낭비만 지속되게 합니다.

법(민원사무처리에관한법률 제15조)을 위반하며 예산을 낭비하는 감사원이 왜 존재하는지, 예산을 낭비하며 존재함으로 인해 더 업무를 번잡하게 처리하는 지방자치단체(경기도 등)가 왜 존재하는지 궁금합니다.

그리고 신호위반도 판단하지 못하는 카메라를 왜 예산을 낭비하며 신호위반 감시 카메라를 거리에 설치하는지 궁금하며, 경찰서는 무고한 운전자를 피의자로 처리하여 신호위반 건수도 공개치 못하는 실정입니다. 지방경찰청이 존재함으로 인해 경찰업무가 더 번잡한 실정임에도, 지방경찰청이 존재케 하여 왜 국고를 낭비케 하는지도 궁금합니다.

국세청은 매년 6조원이상의 국세채권을 일실하고, 국민건강보험공단은 2009~2011년도의 장기요양등급결정건수 총 850,384건의 결정내역을 미고지 하면서 예산을 지급하고, 건강보험료 결정건수(지역)가 잘못 산정되어 연도별 결정건수도 공개치 못하면서 국민건강보험공단이 보험료를 인상케 함은 부당합니다.

감사원 국무총리실 국민권익위원회 국가인권위원회 고충처리위원회 기타 중앙 및 지방에 헌법과 공정도 실천치 못하는 기관이 무수히 많은데, 동일한 업무를 여러 기관에서 예산만 낭비케 함은 부당합니다.

정부 각 기관은 '헌법 수호'를 위해 존재 함에도, 존재함으로 인해 예산만 낭비될 뿐 국민 인권 보호에는 소홀합니다. 예산이 낭비되지 않는 조치가 필요합니다. (7. 9)

국회 귀중

국민권익 보호 요청에 대해, 국가보훈처 업무에 국회가 개입하는 것은 적정치 않으며 입법부인 국회는 입법활동을 통해 민생 경제를 돌보는데 더욱 진력해 나가도록 하겠다는 답을 보고 다시 민원을 제출합니다.

제 민원은 행정부의 원칙을 무시한 처리에 대한 입법부의 역할입니다. 즉 입법부가 행정부의 잘못을 원칙에 따라 바르게 시정케 할 수 있느냐에 대한 민원으로, 국가보훈처 업무 등에 국회의 개입을 요청하는 것도 아니며, 앞으로 입법에 참고할 것을 바라는 제안도 아닙니다.

현재까지 입법부(국회)는, 행정부의 원칙을 무시한 처리를 바르게 시정치 못하고 있습니다. 원칙에 따라 업무를 처리하고 통제하는 입법부가 되기 바랍니다. (7.10)

답변내용 (국회 7. 11)

안녕하십니까.

국회는 법률을 제정 또는 개정하고 예산을 심의, 확정하는 기관으로서 그 주된 민원은 입법과 관련된 청원과 진정, 기타 다양한 의견입니다.

귀하의 민원은 동일인이 동일한 내용의 진정을 2회 이상 제출하였을 때 후에 제출한 것에 해당되어 불수리하니 양지바랍니다

귀하께서 종전 올리신 의견에 대한 답변을 참고하시기 바랍니다.

국회 귀중

진정처리에 관한 규정에 따라 동일한 내용의 진정을 2회 이상 제출하였을 때 후에 제출한 민원은 불수리 처리하고, 개별민원요청에 따른 관할청의 답변내용에 대하여 국회가 일일이 간여하는 것은 적정치 않다는 답을 보고, 다시 민원을 제출합니다.

동일 내용의 진정을 2회 이상 제출하였을 때 불수리 처리하는 근거가 국회의 진정처리에 관한 규정밖에 없는지 헌법취지와 배치되는 규정을 국회가 시행하고 있어 문의합니다. 법률규정을 알려 주기 바랍니다.

저번에도 말했지만, 국회가 관할청의 업무에 일일이 간여하는 것은 적절치 않습니다. 따라서 당초 제 민원에 국회가 일일이 간여하기 바라지 않으며, 제 민원은 국회가 국민과 소통하며 원칙과 공정을 실천할 능력이 있는지에 대한 것입니다. (7.16)

답변내용 (국회 7. 18)

안녕하십니까.

국회는 법률을 제정 또는 개정하고 예산을 심의, 확정하는 기관으로서 그 주된 민원은 입법과 관련된 청원과 진정, 기타 다양한 의견입니다.

서맹종님은 입법기관인 국회에 동일하거나 유사한 사안의 의견을 다수에 걸쳐 제출하여 오셨습니다. 이중, 국회 차원의 법제도 개선 등이 필요할 경우 입법활동에 참고자료로 활용될 수 있도록 귀 의견을 위원회에 송부했거나 국회민원실에서도 수회 자체 회신하여 드렸습니다. 최근 반복성 민원의 계속적인 게재에 대하여는 2회 이상의 동일내용에 대한 불수리 취지도 알려드린 바 있습니다.

그럼에도 불구하고 귀하께서는 동일하거나 유사한 사안에 대해 반복하여 이의제기성 의견을 올리신 바, 본 민원을 수리하지 아니하며, 향후 반복민원을 제출할 시 국회 진정처리에 관한 규정에 따라 민원종결할 수 있음을 알려드리니 이점 양지하여 주시기 바랍니다.

아무쪼록 귀하의 건강을 기원합니다. 감사합니다.

국회 귀중

　제가 3.23. 3.29. 행정부의 법 위반과 관련하여 호소하였으나 '각 기관들이 보다 나은 민원서비스를 구현할 것' '민원이 해결되지 않은 점에 대하여 안타깝게 생각하며, 이에 국회가 일일이 간여하는 것은 적정치 않음'이라고 답한 후 행정부의 법 위반을 어떻게 처리한 것인지 그 처리결과를 모릅니다. 그리고 6.26. 국가보훈처의 국가유공자 처리기한 초과에 대하여도 '국회가 개입하는 것은 적정치 않다'고 답한 후 국가보훈처의 법 위반을 어떻게 처리한 것인지 그 처리결과를 모릅니다. 마찬가지로 6.26. 행정부의 원칙과 공정을 실천치 않는 사례를 열거하며 제시한 민원에 대해서도 어떻게 처리한 것인지 그 처리결과를 모르며, 7. 9. 예산만 낭비하는 지방경찰청조직이 왜 필요한지에 대해서도 그 처리결과를 몰라 민원을 제출합니다.

　다시 말하지만, 저는 당초 제 민원 해결목적이 아니므로 당초 제 민원 해결을 위해 국회가 정부 행정에 일일이 간여하기 바라지 않으며, 원칙을 실천하기 바라는 것입니다. 따라서 위 민원에 대한 국회의 답은 제 민원에 대한 답이 아닙니다. 민원취지에 맞는 원칙적인 답을 바랍니다. (7.17)

답 변 내 용 (국회 7. 18)

안녕하십니까.
귀하의 민원 신청번호인 E-1808186에 대한 답변을 참고하시기 바랍니다.

국회 귀중

저는 국회가 정부 행정에 일일이 간여하기 바라지 않으며, 다만 정부가 원칙(법)에 맞는 행정을 하는지 감시 감독하여 제정한 법의 존엄성을 확립토록 하기 바랍니다.

국가보훈처가 2009. 2.19. 허위공문서를 교부한 것은 원칙이 아니며 보훈처가 엉터리로 결정으로 예산을 지급하는 것도 원칙이 아니고, 국민건강보험공단이 2009. 6. 1. 결정서류를 교부하면서 결정내역(이유)를 교부치 않은 것도 원칙이 아니며, 경찰청이 허위진술을 근거로 선량한 국민을 피의자로 처리하는 것도 원칙이 아닙니다.

행정부가 원칙(법)을 지키도록 입법부의 능력을 발휘해 주기 바랍니다. 물론 원칙에 맞게 업무가 처리되지 않으면, 입법부의 능력이 부족한 것으로 이해하겠습니다.

본 민원은 행정부의 원칙에 맞는 업무처리이며, 이에 대한 입법부의 능력입니다. (7.18)

답변내용 (국회 7. 18)

안녕하십니까. 귀하의 신청번호인 E-1808186을 참고하시기 바랍니다.

향후 귀하의 반복민원은, 국회 진정처리에 관한 규정 제6조(불수리사항) 제3항에 따라 민원종결할 것임을 알려드리오니 양해하시기 바랍니다.

아무쪼록 귀하의 가정에 행복을 기원합니다. 감사합니다.

한나라당 대표님 귀하

행정부와 입법부(국회)가 원칙에 따르지 않고 밀실결정 등의 방법으로 투명한 정책을 시행치 않아 대표님께 호소합니다. 행정부와 입법부가 원칙(법)에 따른 행정을 하도록 하여 국민이 신뢰케 하여 주시기 바랍니다. 더구나 입법부인 국회에 민원을 처리하는 '법'이 없어 국회'규정'에 의해 민원인에게 불리하게 민원을 처리하는지 궁금한 일입니다.

행정부가 원칙(법)을 위반하는 사례는 제 블로그(http://blog.daum.net/seojoung)에 열거되어 있습니다. 최근 행정부에 제출한 민원과 이에 대한 회신 등을 첨부하오니 참고하시기 바랍니다.

국회의원들이 정부의 잘못을 방치하며 직무를 유기하지 말고, 정부가 원칙을 실천케 해 주시기 바랍니다. (7.20)

첨부 : 민원

한나라당, 민주당 대표님 귀하

저는 뇌출혈로 병원에 입원해 있지만, 안타까운 현실을 외면한다는 게 더 힘들 것 같아 호소합니다.

저는 현 실상을 서적(민원처리 사례로 보는 정부의 자세(상))과 제 블로그(http://blog.daum.net/seojoung)로 호소해도 이를 바르게 시정치 못하는 현실이 이해되지 않습니다.

'등록금 반값' 주장과 '등록금 부담을 반으로 줄여 주겠다'는 대통령과 여당의 약속이 어떻게 다른지 이해되지 않으며, 그럼 현재 등록금이 반으로 줄었는지 이해되지 않습니다.

대통령과 여당은 '등록금 반값'을 약속한 적 없다며 말장난으로 국민을 기만하지 않기 바랍니다.

행동없이 말만 앞서는 정치권이 반값등록금 논쟁을 부추기고 있습니다. 정치권은 이중적인 행태로 국민이 분노케 하지 말고, 언행일치로 책임있는 정치를 하기 바랍니다.

제 서적에도 있는 말이지만, 제가 과거에 국회의원이 주례하는 결혼식에 참석하여 주례사를 듣고 깊이 감동한 적이 있었습니다. 그런데 감동받게 주례하던 그 국회의원이 '언행 불일치'하다는 사실을 알고 오히려 배심감을 느끼게 되었습니다.

각 정당 홈페이지나 사무실에는 아주 이상적인 말들의 구호로 가뜩 메어져 있는데, 구호를 실천하는 대책있는 정치인이 되기 바랍니다.

모르고 실천하지 않는 것과 알면서 실천하지 않는 것 중 나쁜 것은 알면서도 실천하지 않는 것입니다. 구호나 말로 앞서지 말고 말없이 실천하는 정치이기 바랍니다.

'등록금 반값' 주장에 '조급히 서둘지 말아야 된다.' '등록금을 30% 인하한다.'는 등 정치권은 현실을 안이하게 판단하며 국민을 기만하고 있습니다. 대통령 취임을 언제 하였는데 대책없이 있다가 이제 와서 서둘지 말라는 것이 무슨 말인지 이해되지 않습니다. 그리고 30% 인하(안)도 대책없이 말만 앞서고 있으며 결국 '등록금 반값' 주장을 차기 정권이 해결하기 바라는 것인지 이해되지 않습니다.

지금 국민이 주장하는 것은 대통령과 여당의 '민생경제' 약속 이행 촉구이며, 이에 대한 분노입니다. 왜 지키지도 못할 약속을 남발하고 이제는 국익을 위한다는 명분 등으로 약속을 지키지 않는데 대한 분노이며, 약속할 때는 국익을 생각지 않다가 대통령과 여당이 되니 이제서야 국익이 생각난 것인지 우스운 일입니다.

대통령과 여당은 국민(서민)의 어려운 현실을 말장난으로 회피할 게 아니라 민생경제를 보살피고 서민을 조금이라도 살핀다면 '등록금 반값'부담을 실천해야 합니다.

즉 말이 아닌 행동으로 실천해야 합니다.

'등록금 반값'부담을 실천하는 방법에 대한 제 의견은, 정부와 대학의 구조조정입니다. 즉 대학교육을 공교육 입장에서 다루어 정부는 대학의 자율성을 최대한 보장하면서 예산지원이나 교육개혁을 실천하고, 기성세대(정치권)는 대학 등록금 문제에 자유로울 수 없으므로 국민을 위해 존재하지 않으면서 국민을 위한다는 명분으로 예산만 낭비하고 있는 정부 각 부처의 존재이유를 원천적으로 재검토하여 예산이 '등록금 반값'문제 해결 등에 적정히 집행되게 해야 합니다.

기성세대는 '대학 등록금' 문제를 대학생에게 떠넘기지 말고 책임져야 합니다. 기성세대의 책임을 대학생이 책임지게 하는 현실은 시정되어야 합니다. 정작 연행되어 조사받아야 될 사람은 기성세대인데 왜 대학생들이 연행되어 조사받는지 본말이 전도된 참 이상한 일입니다.

국가보훈처는 국가유공자여부처리를 법상 일수를 초과 처리하여 초과 처리한 건수 를 뜻뜻이 공개치 못하고 또 허위로 국가유공자를 만들어 예산을 지급하고, 국민건강보험공단은 법에 따라 산정된 건강보험료를 징수치 않고 엉터리로 환자를 평가하여 가짜 환자에게 예산을 지급하면서 일부를 공단 직원이 챙기게 하여 2010년 예산중 환자평가와 관련하여 소비된 예산이 얼마인지 알리지도 못하고 또 법에 따르지 않고 편법으로 작성된 독촉장을 2010.12월 1,542천건을 발송하여 불법으로 체납처분을 집행하고, 국세청은 징수권이 소멸되게 하여 매년 6조원 정도의 국세채권이 일실되게 하고, 여당과 정부는 임자없는 돈 물쓰듯 하며 국민을 위하지도 못하는 일부 기관이 존재케 하여 수조원의 예산이 낭비되게 하고 있습니다.

마치 도로를 파서 금방 메우는 것처럼 편성된 예산을 소비하기 위해 정부가 노력하고 있음에도, 정치권은 말만 '민생경제 우선'일 뿐 얼마의 예산이 낭비되고 있는지 개선방안에 대해서는 관심도 없습니다.

그리고 자신에게 엄격해야 할 감사원이 자신에게 엄격하지 못하면서 타 부처를 감사하여 지적하고, 민원 하나 해결 못하고 원칙(법)을 위반하는 총리가 과학벨트지를 원칙에 맞게 선정했다고 국민담화를 발표하고, 대통령은 북한과 성과없는 비공식 접촉이나 하고, 여당은 국민을 위한 민원(원칙실천) 하나도 해결치 못하면서 '힘있는 여당'이라고 홍보하며 힘으로 민원을 밀어붙이고, 정치권은 구호나 말로써 국민을 기만하는 현 실정이 안타깝습니다.

감사원 국무총리실 국민권익위원회 국가인권위원회 고충처리위원회 기타 중앙 및 지방에 헌법과 공정도 실천치 못하는 기관이 무수히 많은데, 동일한 업무를 여러 기관에서 예산만 낭비하고 있습니다.

경찰청은 지방경찰청이 존재함으로 인해 경찰업무를 더 번잡하게 하면서 인건비 등으로 국고를 낭비하고 또 신호위반확인용 감시카메라 설치 및 유지에도 국고를 낭비하여 소비된 예산을 정당하게 알리지 못하고, 국무총리가 감사원과 헌법재판소에 지급되는 예산을 몰라 헌법재판소에서 2010년 소요한 예산은 약 259억원임을 알리고, 경기도가 존재함으로 인해 도정업무를 더 번잡하게 하면서 국고 13조원을 낭비하고 있는 실정임에도, 대책없는 현 실정이 안타깝습니다.

공무원의 직무도 올바로 감찰하지 못하며 법을 위반하는 감사원이 예산만 낭비하며 존재해도, 국민을 보호하지 못하는 헌법재판소가 법원과 분리되어 헌법재판소 유지에 2010년 259억원을 소비하며 존재해도, 국민을 위하지 못하고 원칙을 실천치 못하는 국무총리는 이에 대해서 무대책이니 한심한 일입니다.

정부 각 기관은 '헌법 수호'를 위해 존재 함에도, 존재함으로 인해 예산만 낭비될 뿐 국민 보호에 소홀합니다.

정부가 국민을 행복하게 하는 것이 아니고, 국민이 세금을 부담하며 정부(공무원 등)를 살리고 행복하게 하는 것 같다는, 제 생각이 의심됩니다.

정치권은 현실성없는 말로 국민을 기만하지 말고 정부 곳곳에서 낭비되는 국고(예산)으로 반값 등록금 문제를 해결하는 등, 원칙에 따라 공정을 실천해야 합니다.

그동안 수차례 제 민원은 '원칙실천'이므로, 원칙대로 업무를 처리할지 말지 여부를 당에서 수개월간 검토할 필요가 없는 민원이라 생각합니다. 따라서 원칙에 따른 업무처리가 되지 않으면, 당이 원칙에 반대하여 원칙을 실천치 못하는 것으로 알겠습니다.

그리고 정부가 헌법을 위반한 사례는 다음과 같습니다. 감사합니다. (7.21)

청와대

2011. 1.21. 대통령에게 민원을 제출하니 2011. 2. 8. 국민권익위원회에서 민원에 회신하였으나, 민원에 대하여는 말도 없고 민원도 아닌 것에 대해 말했음. 정부가 정부의 잘못을 시정치 않고 국민에게 시정토록 밀어 붙이는 것이 공정인지 의심되며, 이런 실정이니 국민이 대통령의 어떠한 말도 신뢰할 수 없게 됨.

국가보훈처는 근무시간 중 뇌출혈이 확인됨에도 국가유공자로 인정하지 않으면서 축구나 샤워를 하다가 다치면 국가유공자로 인정하여 예산을 지급하고, 감사원은 이러한 예산 낭비를 바르게 시정하지 않고, 국민건강보험공단은 가짜 환자를 만들어 예산을 지급하고 제가 보험료 산출 내역을 바르게 알리지 않아 납부를 거부해도 보험료를 징수하지 않으면서 보험료가 모자란다며 보험료 인상을 검토한다는 민원에 대해 대통령은 대책없이 예산낭비만 지속되게 함.

대통령은 민원이 2년이상 계속되고 있음에도 민원이 계속되지 않게 하지 않고, 정책에 참고할 것이라며 실천없는 말로써 민원을 처리 함.

자신의 민원도 몰라서 처리치 못하는 권익위에게 청와대가 처리할 것을 기대하는 것은 넌센스(nonsense)임에도, 행정부의 수장인 대통령은 관련기관이 아닌 것 같이 하며 국민권익을 보호하려는 진심어린 행정을 하지 못함.

국무총리실

국무총리는 정부 부처가 위법한 행정을 하고 있음에도 바르게 정정하지 못하고, 해당부처는 공정하게 결정하지 않고 밀실결정을 하여 정당하게 알리지도 못함.

총리실은 불법적인 행태를 묵인하며, 보훈처가 심사위원회를 기만하여 결정한 허위공문서를 수정토록 하지 못하고, 국민건강보험공단에게도 결정내역을 바르게 알리게 하지 못함.

보훈처가 사실은 숨기고 허위로 결정하는 의도가 무엇인지 또 처리기한을 초과하여 결정하면서 이를 책임지지 않는 의도가 무엇인지 의심됨.

정부는 '공정'아이디어를 공모하는 등 말만 "공정"을 강조하며 언행을 일치시키지 않으면서, 정부가 국민과 서민을 위하는 공정한 행정을 한다니 이해되지 않음.

국민이 해 주기를 바라며 행정부 스스로 잘못을 해결하게 하지 못하고, 현 정부를 빗대 표현한 '민귀군경'에 대해서도 말없이, 현 문제를 방치하고 행정부도 통제 못하고 헌법과 민원사무처리에관한법률 제15조를 위반하는 등 불친절하며 민원을 처리할 능력도 없는 총리실은 무능함. 국무총리는 문제를 근본적으로 해결할 '대안' 없이 반대를 위해 반대하면서 총리직에 연연함.

대통령과 같이 보훈처 직원이 약속을 불이행하고 건강보험공단은 법에 위반되는 답을 하여도 이를 책임지게 하지 못하니 유감이라는 민원에 대해서는 답없이 민원과 다른 내용으로 민원을 처리하여도, 총리실은 국민에게 책임지게 하지 않는 등 국민 권익을 보호하지 못함.

진심으로 국민을 위하여 열린 자세로 행정을 실천치 않고, 근거없이 밀어붙이며 민원을 방치하니, 선거에 패배하는 것은 당연함.

감사원

진정내용(실지내용에 따른 조사)에 대한 회신은 하지 않고 진정과 다른 내용(정보제공 협조와 등급판정에 대한 불복절차 안내)으로 또 2009. 6.26. 발송한 진정서에 대해 2009. 7. 2. 회신한 것처럼 거짓으로 2009. 8.11. 회신하고, 2009. 8.31.이후 수차례 민원에 법률근거 없이 처리완료 한 것으로 회신하고, 민원인의 주장에 異見없음에도 이를 실천치 않고 예산만 낭비하고, 국민에게 책임지지 않고 거짓 답이나 하며 본연의 업무에 충실하지 못하니 안타까운 일임.

또 감사원이 보훈처의 허위결정을 지적하였음에도, 허위결정으로 지출된 혈세가 환수되게 하여야 함에도 이를 방치하고, 이를 묵인한 관련자도 국민에게 책임지게 하지 않고, 모범이 되고 공정한 행정을 실천해야 할 감사원이 어떻게 타 기관을 감사하는지 의심됨.

법률근거 없이 유사한 민원으로 분류하며 민원사무처리에관한법률 제15조를 위반하여 민원을 처리치 않고, 예산 환수를 통해 국민의 행복과 권익을 보호하지 않고, 거짓 답이나 하며 법을 위반하는 감사원의 존재이유가 뭔지 알 수 없음. 국민을 위해서는 감사원의 헌법상 근거를 없애야 할 것임.

경기도

경기도에 8.2일 진정에 대한 처리 결과가 없어 문의하니, 2010. 8.17. 화성시에서 기 처리하여 통보하였다고 답함.

경기도와 화성시로부터 답장은 받았으나 제 민원에 대한 것이 아니라 다시 민원을 제출하니, 2010.12. 1. 화성시에서 검토하여 처리하는 것이 타당하다고 판단되어 화성시에서 처리한 후 그 결과를 통보토록 하였음을 알림.

경기도가 민원을 경기도 관내 화성시로 전달하는 데 인력을 투입하여 예산이 낭비되는 실정이라며, 예산낭비를 막기 위해 열린 도지사실을 없애 민원인이 직접 화성시로 민원을 제출케 하고 경기도 부서는 폐지하는 게 어떨까 하는 제안에 대해, 관계법령에 따라 화성시로 이송한 것으로 정당한 처리라고 2011. 1.12. 답함.

화성시에서 민원을 처리하면 될 일을 왜 경기도가 존재하여 예산을 낭비하며 업무를 번잡하게 처리하는지에 대해서는 말 없음.

경기도에 접수된 민원을 경기도가 직접 민원처리결과를 민원인에게 회신(답)치 않고 화성시에서 처리토록 하였음을 알리는 것이 민원사무처리에관한법률 제15조에 의한 정당한 민원처리인지 의심되며, 민원사무처리에관한법률 시행령 제21조가 아닌 민원사무처리에관한법률 제15조 규정에 의해 민원을 처리한 것이라며 답하는 것이 정당한 처리인지 의심됨.

경찰청

화성서부경찰서에 제 교통사고 당시 현장사진 제출을 요구하니 신호위반을 확인할 수 있는 현장사진은 보관하지 않고 있다며 현장사진을 제출하지 않아 경기지방경찰청에 민원을 제출하니, 화성서부경찰서가 2011. 4. 5. 신호위반 사고의 처리과정에 대해 다시 설명. 그래서 2011. 4. 5. 경기지방경찰청에 제가 신호를 위반하였음을 현장사진으로 확인케 해 주기 바란다니, 2011. 4.12. 민원도 아닌 내용으로 답하며 민원인 현장사진은 제출치 않음.

경기지방경찰청이 관내 경찰서를 적법하게 통제하지 못하고 한 일없이 적극적으로 업무를 처리하지도 못하면서, 관내 경찰서 담당자의 현장에 카메라가 없었다는 거짓 의견을 민원인에게 전달함.

교통사고 현장 카메라가 국민 협박용 거짓 카메라 인지 현장에 카메라가 없다고 답한 것이 거짓인지 밝혀, 거짓에 대해 국민에게 책임지게 할 것을 2011. 4.23. 요구하니, 화성서부 경찰서가 2011. 5. 2. 현장에 신호위반을 판단할 수 있는 카메라가 존재하지 않았다고 답함. 신호위반을 판단하지 못하는 카메라를 왜 경찰은 예산을 낭비하며 신호위반 감시 카메라를 설치하는지 궁금함.

경찰이 신호위반도 아닌 정상적인 운전자를 허위 진술케 하여 허위인지 사실인지도 구분하지 않고 교통사고범으로 처리하여 놓고, 사실대로 처리하였다고 밀어붙이며 보험료도 할증되게 하고, 벌금도 부과되게 하여 정식재판을 청구케 함. 경찰의 잘못이 사실에 따라 시정되어 신뢰받는 경찰이 되어야 할 것임.

신호위반을 판단치 못하는 카메라이면 목적을 이행치 못하는 가짜카메라임에도 화성서부경찰서는 가짜카메라가 아니라고 주장하고, 가짜카메라로 협박하여 허위 진술케 하는 것은 부당함에도 정당하다고 주장함.

거리에 정상적으로 작동되지 않는 가짜 카메라를 설치하여 증빙없이 허위진술을 근거로 정상적인 운전자를 교통운전사고범으로 처리하고, 가짜 카메라 설치에 소비된 예산낭비에 대해서도 책임지지 않는 현 상황이 애석함.

경찰이 공포분위기를 조성하여 허위진술케 하여 이를 근거로 업무를 처리하는 것은 부당함. 사실대로 업무를 처리치 않고 협박으로 업무를 처리하는 경찰자세는 시정되어야 함.

답 변 내 용 (민주당 7.21)

말씀 감사합니다. 앞서 글에도 간단히 사과문을 달았으니 참고해 주시기 바랍니다. 또한 본 글에서 의견주신 반값등록금 관련하여도 실천을 제1로 하여 정책을 만들어 나갈 수 있도록 하겠습니다. 또한 구체적인 민원지원은 여러가지 정황에 대한 확인 등이 필요하여 온라인보다는 직접적인 신청과 처리를 통해 받으심이 좋을 것 같습니다. 다시한번 민원에 대해 적극적인 처리가 되지 못한 점 사과드립니다.

한나라당 대표, 민주당 대표 귀하

다음 달 치러지는 '무상급식 주민투표'에 대한 의견입니다.

저는 '무상급식'은 부당하다는 의견입니다. 따라서 부당한 의견에 대해 왜 주민투표를 하며 국고를 낭비하는지 이해되지 않습니다. 부당한 이유는, '반값 등록금 문제' 해결에 대한 한나라당 의견에 반대하는 이유와 같지만, 수익자가 일부 국민에게 한정된 것이기 때문입니다.

등록금 문제에 대한 대책은 한나라당 홈페이지의 정책제안(반값 등록금 문제 해결을 위한 대책 (7.21))을 참고하시기 바랍니다.

투표는 개인 의사가 자유롭게 표출되어 취합되게 하는 장점도 있지만, 잘못하면 합리적이 아닌 포풀리즘적 사고를 취합하는 결과가 될 단점도 있습니다. 만약 제가 무상급식으로 혜택받게 될 것이 예상된다면, 무상급식에 반대하여도 찬성에 투표할 것은 당연한 일입니다. 이렇게 되면 투표로 정책을 결정한다는 것은 부당합니다.

수익자를 무상급식 등의 일부 국민에게 한정되게 하지 말고, 전 주민이 수익자가 될 수 있는 방안에 대해 '주민투표'를 실시하여 결과를 도출케 해야 합니다. 비수익자가 부담하는 세금으로 수익자가 발생되게 하는 것은 부당합니다.

국민 중 일부를 수익자로 하는 예산이 편성되는 경우가 있지만, 이는 국민이 정책에 동감하는 것으로 무상급식 경우처럼 찬반투표로 결정하는 것이 아닙니다.

한나라당의 일부 의견이지만 대학 등록금 문제를 국민 일부 계층을 수익자로 하는 안을 검토하는 줄 압니다. 그리고 서울시장은 무상급식에 반대하는 의견이고, 서울시교육감은 무상급식에 찬성하는 의견입니다.

한나라당은 일부 국민을 수익자로 하는 국고지원에 대한 한나라당의 무원칙이 원칙(표득실을 계산하여 때에 따라 판단)인지 밝혀야 되겠지만, '등록금 문제'와 '무상급식 문제'에 대한 합리적 의견을 밝혀야 합니다. (7.22)

답 변 내 용 (민주당 7.22)

말씀 감사합니다. 무상급식에 대해 민주당은 '의무급식'의 뜻으로 정책적인 의지를 가지고 있습니다. 국민의 기본적인 복지를 위한 첫걸음으로 생각하고 있습니다. 말씀 주신 의견 '주민투표'의 경우 오세훈 서울시장의 단독적인 '정치적'인 행태를 띠고 있습니다. 이점 고려해 주시기 바랍니다.

한나라당 대표님 귀하

7.21.과 7.22.에 정책제안 내용에 답도 없고, 한나라당이 원칙을 실천하는 것처럼 언론에 보도하여, 한나라당이 원칙(헌법정신과 법)을 지키는지 다시 문의 합니다.

저번에도 말했지만, 정부가 원칙(법)을 지키지 않는 사례는 제 블로그(http://blog.daum.net/seojoung)에 열거되어 있습니다.

한나라당이 원칙을 지키면 말아닌 증거를 보내 주기 바라며, 원칙을 지키지 못하면 증거도 없으니 증거를 보낼 필요도 없으며 앞으로 원칙을 실천하는 당처럼 표현하지 말기 바랍니다. (8.11)

국회 귀중

국세청이 국세통계연보에 결손금액을 차감하여 미정리체납액을 과소 표시하면서 결손금액을 체납처분치 않음에 따라 매년 6조원이상의 국세채권을 일실하여도 입법부가 행정부 업무에 간여하는 것은 바람직하지 않다며 원칙에 맞는 업무를 처리토록 하지 못하니 답답합니다.

그리고 국회가 국민과 소통하며 원칙과 공정을 실천하지 않고 법도 아닌 국회진정처리에 관한 규정에 의한다며 종결되지 않은 민원을 종결하니 답답합니다.

입법부인 국회가 민원을 처리하는 '법'은 제정치 않고 왜 국회'규정'에 위해 민원을 처리하는 것인지 궁금한 일입니다.

그리고 국회에 민원을 제출하니 국회 의정종합지원센터에서 소관 상위에 인계하였다는 등의 민원서류 이송경로만 알려 주고 민원을 종결합니다. 국회와 상위를 각각 별개의 기관으로 판단하는지 궁금한 일입니다.

민원인이 요구하는 것은 민원처리결과 임에도 국회내에서 민원서류 이송경로 등만 알리고 민원을 종결하는 것은 부당합니다.

국회가 원칙에 맞게 업무를 처리하기 바라며, 상임위가 적극적으로 업무를 처리하기 바랍니다. (8.13)

첨부 : 국민신문고 화면

예산결산특별위원회 귀중

제가 국회방송을 보며 일부 의문점에 대해 질의치 않아 문의합니다.

저는 감사원이 국가보훈처의 업무처리 잘못을 지적한 후 업무를 잘못 처리한 담당직원 등은 책임지게 하였으나, 잘못 처리로 인해 지급된 국고는 환수케 조치하지 않아 지금도 국가보훈처를 피고로 국고환수와 관련된 소를 진행 중입니다.

감사원이 정부기관 감사시 업무처리 잘못을 지적한 후 지급된 국고를 환수케 조치하지 않아, 피감사기관에서 국고를 환수치 않은 금액이 얼마인지 파악하여 감사원이 국민에게 책임지게 하여 주시기 바랍니다. (8.25)

국회(한나라당, 민주당) 귀중

국가보훈처와 국민건강보험공단이 잘못을 바르게 실천하라는 민원에 대해, 두 기관이 실천치 않고 총리실도 기 검토했다며 잘못을 바르게 실천치 않고 국회도 바름을 실천치 않아 다시 민원을 제출합니다.

천 번의 말보다는 한 번의 실천으로 다함께 '공생'하는 국회가 되기 바랍니다. (8.30)

민원종결

말씀 감사합니다.

백번의 약속보다 한번 결과로 보여드리는 것이 최선일 것입니다.

결과를 만들어 낼 수 있도록 더 노력하겠습니다.

한나라당 민주당 대표 귀하

수차례 우편이나 홈페이지 등으로 민원을 제출하며 호소했으나, 처리결과가 없어 다시 민원을 제출합니다.

저는 2011. 9.14. 국정감사 참고자료로 23개 항목(1~23)을 제출하였습니다. 구체적 사실관계는 국감에서 밝히겠지만, 국민을 위하는 당으로 유익한 정책을 수립하는 국감이 되기 바랍니다.

제출된 참고자료를 활용하여 당(소속 국회의원)이 국감에서 처리한 일이 있으면 알려 주기 바라며, 처리한 일이 없으면 알릴 수 없으니 알리지 말기 바랍니다.

참고로 당은 기본적으로 모든 것을 정책에 참고해야 하는 것이므로 유독 본건(국감 참고자료)만 정책에 참고할 것이라는 식의 상투적 답으로 본 민원을 처리치 않기 바라며, 국민을 위하는 당이기 바랍니다. (9.21)

(국정감사 참고자료) 9.14.

제가 겪은 사례를 기준으로 각 기관 국정감사시 참고할 사항을 제출합니다. 본 건은 사례이지 제 민원해결 목적이 아니며, 본 사례를 참고로 국익에 도움되는 국정감사가 되기 바랍니다.

국익에 도움되는 국정감사가 되기 위해서는, 먼저 과거에 대한 책임정치 실천이며 다음에 잘못된 행정을 국익을 위해 개선하는 것입니다.

저는 30년간 세무공무원이었으나 뇌출혈로 서기관을 사직한지 3년 정도이며 미개업한 세무사로, 정부가 발생시키지 않아도 될 일을 발생시켜 2년이상 원칙을 실천치 못하는 실정입니다.

제 블로그(http://blog.daum.net/seojoung)를 통해 알 수 있지만, 실질소득 변화가 없음에도 소득세법 시행령 제162조 제7항에 의해 양도소득세 부담이 가중되게 하고, 국민권익을 보호해야 할 국민권익위원회조차도 국민권익을 보호하지 못하면서 '국민권익위원회'명칭을 사용하고, 국민건강보험법에 "대통령이 정한다."고 규정한 규정 중 "건강보험료" 산정 기준을 동법 시행령에 위임한 것은 헌법 제1조 및 헌법 제23조에 위배되어도 사실이 아닌 가액으로 보험료를 결정·징수하여 재산권을 제한하고, 국민건강보험공단이 가짜 환자를 만들어 예산을 지급하고 있는 실정임에도 환자 평가와 관련된 근본적 문제를 해결하지 않고, 보훈처는 본인이 신청하지도 않은 민원을 본인이 신청한 것처럼 심사까지 하여 그 결정서를 통지하고, 이러한 것은 국민을 위한 것이 아니며 원칙이 아닙니다.

1. 규정상 국가유공자 등록신청서 처리기간이 20일 인데, 국가보훈처가 제 신청서 처리에 82일이 소요되어 진정한바, 잘못에 대해서 책임지지 않고 지연처리를 이해하기 바랐습니다. 국가보훈처는 국가유공자등록신청서 처리기간이 20일인 것처럼 국민에게 알리는 것을 중지하고 지연처리하지 않게 해야 합니다. 초과 처리한 건수를 밝혀, 보훈처는 국민에게 책임지게 하고 국민을 위한 방안으로 업무가 개선되도록 하기 바랍니다.

2. 국가보훈처가 감사원 지적과 같이 허위로 국가유공자를 만들어 허위 국가유공자에게 예산을 소비하고 있습니다. 허위 국가유공자에게 지급된 예산이 얼마인지 밝혀, 국민에게 책임지게 하고 국고환수 등을 통해 개선토록 하기 바랍니다.

3. 국민건강보험공단은 가짜환자를 만들어 예산을 지급하고 국민으로부터 신고받아 처리하고 있습니다. 가짜환자를 공단이 인정한 후 국민으로부터 신고받아 처리하는 것은 부당하며, 신고하지 않은 가짜환자에게 지급된 예산을 정당한 예산지급으로 인정함은 부당합니다. 공단은 국민에게 책임지게 하고 국고환수 등을 통해 개선토록 하기 바랍니다.

4. 국민건강보험공단은 건강보험료를 법에 따라 산정치 않고 엉터리(사실이 아닌 금액을 환산)로 산정하여 이를 징수하기 위해 체납처분을 실시하고, 공단의 〈주요통계〉에서 확인된다며 건강보험료의 연도별 결정건수도 공개치 못합니다. 공단은 국민에게 책임지게 하고 건강보험료를 법에 따라 산정하여 알리도록 하기 바랍니다.

5. 국민건강보험공단은 장기요양등급을 결정하여 통지하면서 노인장기요양보험법 제17조에 의한다며 행정절차법 제23조에 의해 결정이유를 제시치 않습니다. 이는 행정절차법 제23조를 위반하는 것이므로 공단은 국민에게 책임지게 하고 결정시(통지시) 행정절차법 제23조에 의해 결정이유를 제시토록 하기 바랍니다.

6. 국세청은 국세채권을 결손처분하여 징수권이 소멸로 인해 매년 6조원정도(결손액)의 일실하고 있습니다. 결손후 사후관리 중 체납처분과는 관련없으며, 또 결손후 사후관리(체납처분)는 당연한 일입니다. 국세청 통계연보에 미정리 체납액을 과소 표시하여 알린 것과 결손하였다는 이유로 결손액 전체를 체납처분치 않아 국세채권이 자동적으로 시효소멸로 일실케 한 것은 부당합니다. 국세청이 이를 국민에게 책임지게 하고 업무도 개선되기 바랍니다.

7. 경찰청은 지방경찰청이 존재함으로 인해 경찰업무를 더 번잡하게 하면서 인건비 등으로 국고를 소비하고 있습니다. 지방경찰청이 국고를 사용하며 존재해야 하는 이유를 검토하여 업무가 개선되도록 하기 바랍니다.

8. 광역지방자치단체(경기도 등)는 존재함으로 인해 도정업무를 더 번잡하게 하면서 국고를 소비하고 있습니다. 광역지방자치단체가 국고를 사용하며 존재해야 하는 이유를 검토하여 업무가 개선되도록 하기 바랍니다.

9. 국무총리는 감사원과 헌법재판소에 지급되는 예산을 몰라 헌법재판소에서 2010년 소요된 예산은 약 259억원임을 알리는 실정입니다. 국무총리가 국정을 바로 파악하여 국정을 제대로 수행토록 하기 바랍니다.

10. 공무원의 직무도 올바로 감찰하지 못하며 법(민원사무처리에관한법률 제15조 등)을 위반하는 감사원이 예산을 사용하며 존재하고 있습니다. 감사원이 국고를 사용하며 존재해야 하는 이유를 검토하여 업무가 개선되도록 하기 바랍니다.

11. 국민을 보호하지 못하는 헌법재판소가 법원과 분리되어 헌법재판소 유지에 259억원의 예산을 사용하며 존재하고 있습니다. 헌법재판소가 법원과 분리되어 국고를 사용하며 존재해야 하는 이유를 검토하여 업무가 개선되도록 하기 바랍니다.

12. 민원사무처리에 관한 법률 시행령 제21조는 민원사무처리에 관한 법률 제15조(처리결과의 통지)에서 위임하지도 않았는데, 법률 제15조와 상반되게 국민의 알권리를 시행령으로 제한하며 행정 편의를 위해 시행되고 있으니, 동 규정을 폐지하여, 행정부 입장이 아닌 국민 입장에서, 국민의 불편이 해소될 수 있도록 할 것을 바라니, 행안부는 문제를 개선치 않고 효율성 제고를 위해 필요하다면서, 민원을 바르게 알리라는 민원사무처리에관한법률 제15조와 다르게 민원사무처리에관한법률 시행령 제21조에 의해 제대로 알리지 않고 민원을 종결처리합니다. 헌법정신(법률)과 상반된 내용의 시행령으로 국민권익을 제한하는 것은 부당하니, 검토하여 업무가 개선되도록 하기 바랍니다.

13. 우리나라 공무원은 9등급(1급-9급)으로 구분되어 있는데 4.5급이라는 편법적인 직급이 운영되고 있으며, 이에 따라 제반 문제가 발생되고 있습니다. 행안부는 현재의 문제를 개선하기 위한 근본적인 방안을 마련하지 않고 있으니, 검토하여 업무가 개선되도록 하기 바랍니다.

14. 객관적 평가가 되도록 행안부에 다면평가제 개선을 바라니 해당 부처 실정에 따라 다면
    평가제를 시행코 있다며 개선치 않습니다. 다면평가 업무가 해당 부처 업무라는 행안부
    의 소극적인 답은 이해되지 않으며, 본 업무의 제반 문제를 개선하여 주기 바랍니다.

15. 사업자가 소비자로부터 원천징수한 부가가치세와 법상 세금계산방법에 따라 산출된
    부가가치세와의 차액을 사업자가 횡령할 수밖에 없게 되는데, 이것이 바로 부가가치세
    법의 모순(간접세가 직접세화)입니다.
    부가가치세법의 모순을 없애기 위해 간이과세제를 폐지하자는 제안에 대해 재경부는
    대안없이 문제만 지속되게 하고 있습니다. 대안없이 반대하지 말고 근본적인 대책을
    마련하여, 사업자가 소비자의 세금을 횡령하지 않게 하여야 합니다.

16. 양도세 업무 중 실가과세가 과세 담당자 등에 따라 과세여부에 논란이 생기지 않도
    록 해야 함에도, 재경부는 문제점 해결을 위한 근본적인 대책을 마련치 않고 문제만
    지속되게 하고 있습니다. 실가과세와 관련한 근본적인 대책을 마련하여야 합니다.

17. 국민신문고를 소관 부처와의 문답형 방식으로 개선하여 소관 부처에서 민원을 적극적
    으로 해결토록 하는 등 국민신문고 운영방법 개선을 제안하니, 권익위는 문제점 해결
    을 위한 근본적인 대책을 마련치 않고 문제만 지속되게 하고 있습니다. 문제를 개선하
    여 주기 바랍니다.

18. 권익위가 법(민원사무처리에 관한 법률 제15조)상 규정된 국민권익을 보호치 못해 권
    익위 명칭변경을 요구하니, 국민권익을 보호치 못할 것을 전제로 권익위 명칭변경은
    어렵다는 답입니다. 권익위의 역할제고방안을 검토하여 권익위가 법상 규정된 국민권
    익을 보호되게 하기 바랍니다.

19. 국민건강보험법, 개정국민건강보험공단의 운영방법, 국민건강보험공단의 환자 평가방
    법, 국민건강보험공단의 보험료결정 방법, 국민건강보험공단의 보험료 고지양식, 국민
    건강보험법 및 동 법 시행령 및 시행규칙 등의 개선을 제안하니, 개선치 않습니다. 검
    토하여 국민을 위한 방안으로 업무가 개선되도록 하기 바랍니다.

20. 국가보훈처는 민원서류 접수시 본인여부를 확인할 수 있음에도, 본인이 신청하지도 않은 민원을 본인이 신청한 것처럼 가장하여 심사까지 하여 그 결정서를 통지하고 있습니다. 국가보훈처는 신분도 모르고 본인 위임도 없는 민원서류를 접수하는 현 문제를 계속하지 말고, 문제를 개선하여 공정한 행정이 실천되도록 해야 합니다. 문제를 검토하여, 보훈처는 국민에게 책임지게 하고, 국민을 위한 방안으로 업무가 개선되도록 하기 바랍니다.

21. 감사원으로부터 지적받은 사항지만, 국가보훈처가 사실에 맞는 증빙에 따라 결정하지 않고 왜곡된 사실을 결정함에 따라 감사원 감사에 지적되고 있습니다. 국가보훈처는 문제를 방지할 대책 없이 문제가 계속되게 하지 말고, 현 문제를 근본적으로 개선하여 공정한 행정을 실천할 방안을 마련해야 해야 합니다. 문제를 검토하여, 보훈처는 국민에게 책임지게 하고, 국민을 위한 방안으로 업무가 개선되도록 하기 바랍니다.

22. 청원법 제8조는 국민 누구에게나 어떤 상황에서도 일관되게 해석·적용·판단되게 해야 함에도, 접수 기관에서 관련법규를 임의로 판단하여 청원인이 쟁송케 함은 부당합니다. 문제를 검토하여, 행정기관(접수기관)의 일방적 판단이 아닌 국민(청원인)의 의사가 반영되어 반복청원 및 이중청원 여부를 판단케 하는 방안 등으로 국민(청원인)을 위한 업무가 되도록 개선하기 바랍니다.

23. 국가인권위원회는 행정청이 법(행정절차법)에 따른 적법한 행정여부를 검토하여야 함에도 이를 검토치 않고 적법한 행정이 성립된 것으로 간주하여 국민에게 불리한 결정을 합니다. 문제를 검토하여, 국민을 위한 업무가 되도록 하기 바랍니다.

국회 귀중

국회사무총장 명의로 발송된 우편물을 받아 보고 다시 제출합니다.

그동안 국회에 제출된 인터넷민원이 처리되지 않고 있어 9.14. 다시 민원을 제출한 것입니다. 기 말했지만, 국회(입법부)에서 민원처리결과가 없으면 처리결과를 알릴 수 없으므로 그 처리결과를 알리지 말기 바랍니다.

참고로 저는 입법부인 국회에 민원을 제출한 것이지 사무처나 각 상임위에 참고할 민원을 제출한 것이 아님을 양지하기 바라며, 제출되지 않은 여론일지라도 국회는 기본적으로 모든 여론을 입법에 참고해야 함에도, 제출된 민원만 국회에서 참고하는 것 같이 답하는 것을 보니 유감입니다. 상임위가 입법에 참고하는 것은 민원을 처리한 결과가 없는 것이므로 그 처리결과를 알릴 필요가 없음을 양지하기 바랍니다. 그리고 제 민원은 '실천'이므로 실천 없는 답은 민원에 대한 답이 아니며, 실천없는 답으로 민원을 종결키 위해서는 법상 실천치 못하는 사유를 알려야 됨을 양지하기 바랍니다. 국회는 실천 후 그 결과(내용)을 답하기 바랍니다. 그리고 국회내에서 국회내로 '송부'하는 것도 처리결과가 없는 것이므로 알릴 필요 없음을 양지하기 바랍니다. (9.29)

한나라당 귀중

제출자 : 서맹종

한나라당이 지원하는 나경원 서울시장후보의 '시민과 간담회'에서 발언한 내용이 한나라당 의견인지 궁금하여 문의합니다. 한나라당의 뜻과 상반되면 나경원 후보를 한나라당이 지원하지 말고 한나라당원에서 제명하기 바라며, 한나라당의 뜻이면 그동안 한나라당의 잘못을 국민에게 반성하며 책임지는 당이 되기 바랍니다.

나경원 후보가 말한 내용을 대략 요약하면, 전임 서울시장이 추진한 사업의 필요성 여부를 재검토하여 사업을 시행하고 예산을 절약하고 새로운 사업을 억제하고 서울시청사 등이 완공되면 예산이 집행되지 않게 되므로 서울시 부채를 반정도로 줄이겠다는 공약입니다. 이는 당연한 이야기로 실천되어야 할 사항이나, 공약을 아래와 같이 구체적으로 보면 한나라당의 뜻과 다른 말로써 시민을 기만합니다.

1. 한나라당은 여당으로 제반 국정뿐 아니라 서울시 행정에도 책임이 있는 당입니다. 따라서 서울시장이 누구든(설사 야당소속 일지라도) 책임이 있습니다. 그런데 한나라당이 지원한 전임 서울시장의 사업을 재검토한다는 것은 한나라당의 기존 사업의 잘못을 나경원 후보가 인정한 것입니다. 한나라당은 여당으로써 잘못을 반성하고, 말로 국민을 기만하려 하지 말고 나경원 후보의 당연한 공약이 실천되도록 해야 하며, 이를 언론에 공식적으로 공포해야 합니다.

2. 전임 시장이 예산을 절약치 않아 나경원 후보가 예산을 절약하겠다고 말하는 것은 전임 시장이 예산을 절약치 않아 서울시 부채가 증가한 것이라는 주장입니다. 마찬가지로 이는 서울시정에 한나라당이 책임지라는 나경원 후보의 주장이며, 만약 한나라당도 전임 시장이 예산을 절약치 않아 서울시 부채가 증가한 것으로 판단한다면, 잘못한 한나라당은 반성하고 이를 책임지는 책임있는 당이기 바랍니다.

3. 서울시청사 등이 완공되면 예산이 집행되지 않게 되므로 서울시 부채를 반 정도 줄이 겠다는 공약입니다. 이것이 한나라당 소속인 나경원 후보의 '공약'인지 의심됩니다. 즉 자동적으로 예산이 소비되지 않게 되는 것을 나경원 후보의 노력으로 예산이 소비되 지 않는 것처럼 말하는 것은 부당합니다. 노력하지 않고 자동적으로 절약되는 예산이 므로 꼭 나경원 후보 지원을 호소하는 것이 아니라 타 후보라도 잠만 편하게 잘 수 있 는 후보 지원을 호소하는 것인데, 왜 한나라당이 나경원 후보를 추천했는지 궁금합니 다.

위 1. 2. 3.에 대한 한나라당의 답을 바라며, 수차례 말했지만 언론과 서면 등으로 답이 없으면 말만하며 말로 국민을 기만하는 한나라당으로 판단하겠습니다. (10.10)

헌법이 준수되지 않고 대통령령 등으로 행정하는 현 사례는 제가 지은 서적 및 제 블로그에서도 확인됨에도, 한나라당이 선거패배와 관련한 연찬회를 왜 개최하는지 아리송합니다.

선거패배원인에 대해, 남을 탓하기 위한 자리를 만든 것인지 미사여구(美辭麗句)로 국민을 기만하기 위한 자리인지 선거패배원인과 대책을 몰라 상의하기 위한 자리인지, 아리송합니다.

한나라당이 재보선 선거에 패배한 원인은, 진심으로 국민을 위해 실천치 않고 美辭麗句로 국민을 기만하였기 때문이며, 대책은 진심으로 국민을 위해 실천하여 국민이 신뢰케 하는 것입니다. 한나라당은 연찬회에서 토론이나 하며 시간을 낭비하지 말고 바름을 실천해야 합니다.

무정부주의는 개인을 지배하는 국가권력 및 모든 사회적 권력을 부정하고 절대적 자유가 행하여지는 사회를 실현하려고 하는 주의를, 야경국가는 국가의 임무를 대외적인 국방과 대내적인 치안유지의 확보 및 최소한도의 공공사업에 국한하고 경제활동 등 나머지는 개인의 자유에 맡기는 것이 바람직하다는 근대의 자유주의적 국가관을 말하지만, 저는 무정부주의나 야경국가 개념에 찬성하지 않습니다.

그러나 법도 준수되지 않는 현 상황에서 제가 굳이 야경국가 개념 등을 찬성하지 않을 이유도 없습니다. 제가 2년 동안 민원을 제출해도 권익도 보호하지 못하고 동문서답한 것을 밀어붙이는 현 상황을 보며, 정부가 왜 존재하는지에 대해 의구심이 생기며, 해마다 왜 세금이 증가되며 부담만 가중하게 되는지에 대한 의구심만 늘어갑니다. 그리고 정부가 국민을 행복하게 하는 것이 아니고, 국민이 세금을 부담하며 정부(공무원 등)를 먹여 살리고 있는 것 같다는 제 생각이 의심되기도 합니다.

입법부가 행정부 업무에 간여하는 것은 바람직하지 않으나, 입법부는 행정부가 원칙에 맞게 업무를 처리토록 독려하지 못합니다.

국회(입법부)에 원칙을 실천하라니, 원칙을 실천치 못하는 법상 근거나 실천없이 동문서답하는 것이 원칙실천으로 아는지 의심됩니다. 국회는 실천 후 그 결과 (내용)를 민원인에게 알려야 합니다.

　잘못된 입법을 말하며 이에 대한 국회로서의 대책을 요구하는 민원에 대해 국회는 대책도 없고 타 기관에 문의하라고 답합니다. 입법을 타 기관에 문의하라는 국회가 입법기관인지 의심되며, 입법 잘못에 대해 책임지지 않고 입법도 하지 않는 타 기관에 책임을 전가함은 부당합니다.

　국회에 국민과 소통하며 원칙과 공정을 실천할 법이 없어, '국회진정처리에 관한 규정' 에 의한다며 민원을 처리치 않고 종결합니다. 입법부인 국회가 민원을 처리하는   '법' 을 제정치 않고 왜 '국회규정' 에 위해 민원을 처리하는 것인지 이것도 타 기관 책임인지 궁금한 일입니다.

　국회에 민원을 제출하니 국회 의정종합지원센터에서 소관 상위에 인계(이송, 통보)하였다는 등의 민원서류 이송경로만 알려 주고 민원을 종결합니다. 민원인이 요구하는 것은 민원처리결과를 알고 싶다는 것임에도 국회내에서 민원서류 이송경로만 알리고 민원을 종결합니다.

　민주당은 문제를 해결치 못하고 한나라당과 논쟁하면서 문제 해결을 위한 의지도 없고 소신도 없이 항상 '노력하겠다.' 는 답만 합니다. 민주당의 노력이란 한나라당과 논쟁을 의미하는 것으로 해석됩니다. 민주당은 대책을 제시하며 이를 실천케 해야 함에도 대책없이 반대를 위한 반대식으로 한나라당과 논쟁만 합니다. 예를 들면, 무상급식 주민투표가 현실에 맞는 단계적 복지실현정책임에도 '나쁜 투표' 라며 투표거부운동을 하는가 하면 복지재원을 마련할 대책없이 '보편적 복지' 를 주장하는 것 등입니다. '보편적 복지' 를 재원을 마련할 방안 없이 주장하는 민주당원 등은 '보편적 복지' 를 솔선수범 실천하여, 국가재정의 건전성부터 확보되게 해야 합니다.

법 원

사건번호 : 2010고정2824 교통사고처리특례법위반
피 고 인 : 서 맹 종

　오늘(9.30) 공판에 출석하여 국선변호사님과 판사님의 말씀을 듣고 추가하여 말하고자 합니다.

　알고 계시지만 우선 제가 뇌출혈이 아직 완쾌되지 않아 말소리만 클 뿐 의사소통이 불가하여 이렇게 글로 표현하게 됨을 이해하여 주시기 바랍니다.

　제가 국선변호사나 법원에 출석하게 된 원인은 가납벌과금납부명령서를 수원지방검찰청으로부터 수령하고 발생된 일입니다. 그래서 저는 이에 불복하고 본 소송을 진행중에 있으며, 벌과금을 결정하게 된 원인은 경찰관이 작성하여 제출한 서류였음을 알고 담당 경찰관을 증인으로 신청하였으나 9.30. 공판에 출석하지 않아 경찰에 대한 제반 의혹을 해소치 못했습니다.

　의혹이 있다하여도 판사님의 의혹 해소로 올바른 결정만 할 수 있다면 판사님의 결정에 승복할 것입니다. 그러나 신호위반 카메라 등을 통해 누가 신호위반을 하였는지 확인하여야 정확한 사실을 알고 올바른 결정이 가능할 것이라는 게 제 생각이며, 사실확인이 안된 현 상황에서는 사실에 따른 올바른 결정이 어려울 것이라는 게 제 생각입니다.

　현장 사진에도 있듯이 현장에 설치된 카메라는 신호위반여부를 알려주는 카메라로, 판사님이 알고 있는 주정차 단속용 카메라가 아닙니다. 즉 현장에 신호위반여부를 알리는 카메라가 아닌 주정차 단속용 카메라를 설치한 것이라면 국가가 예산을 낭비한 꼴이 되므로 현장에 신호위반여부를 알리는 카메라를 설치한 것입니다. 따라서 제가 신호위반한 것이라면 현장 카메라를 통해 신호위반을 확인할 수 있습니다.

　제 소송은 벌과금 부과가 원인이 된 만큼 벌과금을 부과하게 한 경찰관이 당사자 이며, 이에 대한 소송입니다. 국선 변호인으로부터 받아 보아 알고 계시겠지만, 저는 경찰관을 신뢰하지 못하며, 따라서 신뢰없는 경찰관이 작성한 모든 서류를 신뢰하지 못합니다.

　가해자와 피해자간의 제반 문제가 보험사를 통해 해결된 상황에서, 다시 경찰의 잘못으로 가해자(?)가 피해를 당하는 일이 재발되지 않도록 하는 조치가 필요합니다.

2010. 9. 30

붙임 : 1. 담당 경찰관에 대한 증인 심문사항(예상)
　　　　2. 증인 미출석에 대한 유감(9.30)

진 정 서

수원지방법원장 귀하

진정자 : 서 맹 종

제가 2010고정2824의 "판결서"를 2010.10.13 보고, 판결 내용이 사실과 달라 진정합니다.

공판때 구두로는 의사소통이 어려워 서면으로 판사께 알린 것이지만, 제가 "피고"라는 것을 부인합니다. 왜냐하면 당초 제 진술 등에도 기록된 것이지만 교차로를 파란색 신호에 진입한 것을 신뢰할 수 없는 경찰관이 작성한 조서를 토대로 판결한 것은 부당하기 때문입니다.

판결서에 기재된 증거의 요지를 보면, ○○○에 대한 경찰진술조서 실황조사서 교통사고발생상황진술서 견적서 진단서라고 하여, 이를 증거로 판결하였습니다.

판결한 증거에 서맹종에 대한 경찰진술조서가 누락된 것은 유감이며, 피의자(?)도 신뢰하지 못하는 실황조사서(경찰관이 작성) 등을 근거로 판결한 것은 유감입니다.

판사에게도 알린 것이지만, 왜냐하면 별첨 내용(이유)과 같이 경찰관이 작성한 모든 것은 신뢰할 수 없기 때문이며 또 일관성(신뢰성)없는 ○○○의 진술을 근거로 판결하였기 때문입니다.

당시 현장상황을 확인할 수 있는 카메라(신호위반 확인용)에 담긴 사진이나 비디오로 신호위반 여부를 확인하여 판결하여야 할 것이며, 또 이연화의 신호위반 여부도 확인하여 판결하여야 할 것인데, 당시 현장상황을 확인하지 않고 추측으로 판결하는 것은 부당합니다.

신뢰성 없는 증거(경찰관이나 ○○○의 진술)보다는 피의자(?)의 진술과 당시 현장 카메라 내용도 증거로 활용하여, 판결의 신뢰성과 객관성을 확보해야 됩니다.

경찰관이나 판사의 심정에 의한 추측이 아닌, 사실과 부합되는 증빙에 따른 판결이 되도록 하여 주십시오. (10.14)

첨부 : 화성서부경찰서 경비교통과 교통조사계 ○○○ 경사에 대한 유감

화성서부경찰서 경비교통과 교통조사계 ○○○ 경사에 대한 유감

경찰관 ○○○이 가해자로 지목하여 수원지방검찰청으로부터 벌금이 부과되어, 벌금부과의 적정여부를 확인하기 위해 담당 경찰관을 증인으로 신청하였으나, 담당 결찰관(○○○) 미 출석으로 벌금부과의 적정여부가 확인되지 못했습니다.(벌금만 부과되지 않았으면, 당초 합의한 내용대로 서맹종이 가해자임을 인정하고 본 충돌 사건은 무마될 것이었지만, 벌금부과로 인해 새롭게 발생됨)

본 건은 벌금부과가 원인이 된 것이나, 경찰관의 법정 진술이 없으므로, 증빙에 따라 경찰 신뢰성 여부를 확인함이 타당합니다.

저는 경찰관을 신뢰할 수 없으며, 따라서 경찰관이 작성한 모든 내용을 신뢰하지 못합니다.

경찰관을 신뢰하지 못하는 근거(이유)는,
가해자가 청색신호에서 진입하여 황색신호에 진행한 것이라는 진술을 부정하는 증빙도 없으면서 피해자(○○○) 진술이 맞다 하여 제게 벌금을 부과케 하였습니다.

또 가해자 차량이 신호위반일 것으로 추측하여 가해자(?)에게 벌금을 부과케 한 것은 부당합니다. 또 가해자는 무슨 신호(청색 신호, 주황색 신호, 빨강색(좌회전)신호)를 위반 했다는 것인지도 경찰이 밝히지 않아 모릅니다. 사고 당시 가해자 차량을 보지도 못한 피해자 진술대로라면 가해자 차량이 빨강색신호를 위반했고, 사고 당시 피해자 차량을 본 가해자 진술대로라면 청색신호에 진입하였다고 진술합니다. 즉 사고 당시 상황을 보지도 못한 피해자 진술을 근거로 가해자 차량이 빨강색 신호를 위반했을 것으로 추측하여 벌금이 부과된 것은 부당합니다.

또 직진신호 다음에 정지신호이고 다음이 좌회전신호임에도 피해자(○○○)는 직진신호 다음에 좌회전신호라고 진술하는데도, 경찰관이 사실과 다른 진술을 신뢰하여 벌금을 부과하는 것은 부당합니다.

또 미합의한 것을 어떻게 확인하였는지 모르지만, 저는 각각 가입한 보험사에서 합의하면 모든 것이 처리된다고 보험사 직원도 말하였고 또 진술 당시 경찰관(○○○)도 말하여 보험사끼리 합의한 것으로 모든 물질적 정신적 피해가 완결된 것으로 알고 경찰관 등을 신뢰한 것이 잘못입니다.

피해자가 사고 후 병원에 입원하여 합의(잘못을 인정)한 것을 이유로 가해자 보험사로부터 피해자가 금전적 이익을 받았는데, 만약 보험사 직원이나 경찰관 말대로 합의할 이유(합의여부 불문)가 없는 것을 제가 잘못 판단하여 합의한 것이며, 또 당시 상황(충돌로 피해자 발생 및 사망자 발생 가능)상 합의(잘못을 인정)한 것입니다. 경찰관을 신뢰할 수 있어야 하는데, 이와 같이 처리한다면 경찰관을 신뢰할 수 없습니다.

또 약도(약도 그림 2장과 사진 1장)의 본 사고에 대한 신빙성 여부에 대해 검토한 바, 그림 1은 직진차선 신호가 "파랑"인데 차가 충돌하고 있고, 그림2는 직진차선 신호가 "빨강"이고 우측 신호도 "빨강"인데 차가 충돌하고 있습니다. 그림2와 같이 양쪽 다 같은 색 신호는 불가한 것입니다. 따라서 충돌 장면은 맞으나 신호위반(본건) 여부와는 관련이 없어, 신호위반과 관련하여 신뢰할 가치가 없는 그림입니다. 또 사진도 누가 운전하는 차를 촬영한 것인지 모르지만 제 사고 당시를 기록하지 못하므로 본 사고와 무관합니다. 본 사고와 무관한 것을 왜 검찰(법원)에 제출한 것인지 그 저의가 의심됩니다.

신호가 정상적으로 가동되는 현장에 신호위반없이 충돌이 불가합니다. 따라서 누가 신호위반한 것인지 밝혀져야 할 것이나, 경찰이 현재까지 법원에 제출한 증빙으로는 누가 신호위반인지 밝히지 못하니, 당시 현장상황을 확인할 수 있는 카메라에 담긴 사진이나 비디오로 신호위반 여부를 확인하여야 할 것입니다.

그리고 피해자(○○○)도 좌회전 신호를 보고 좌회전한 것이라고 진술하였는데, 이에 대해 교통조사계 경사가 의심하지 않는 것이 교통조사계에 근무할 자질이 있는지 의심됩니다. 왜냐하면 신호를 보면 자동적으로 마주 오는 차가 보이기 마련인데 신호는 보고 마주 오는 차는 보지 못하여 충돌사고가 발생하게 된 것은 이해할 수 없는 말인데, 교통사고 처리 담당 경찰관이 기본적인 사항도 파악하지 못하고 오히려 가해자(?)에게 책임을 전가하는 것은 이상한 일입니다.

　○○○는 좌회전 신호를 보지 못하고 좌회전하여 사고 발생된 것임을 알 수 있는데 교통사고 조사 경찰관이 이러한 기본적 사항을 간과할리 없습니다. 좌회전 신호를 보았다면, 마주 오는 차와 충돌할 것이 당연하고 차간 충돌을 방지하기 위해, 좌회전 신호일지라도 차를 정지할 수 밖에 없게 되며 따라서 충돌사고가 발생될 소지가 없습니다.

　마지막으로 본건은 벌금과 관련하여 발생된 것이며, 따라서 벌금이 부과되게 한 경찰관이 당사자 임에도, 미출석으로 경찰관의 진위가 확인되지 않으나, 제출된 증빙을 보면 경찰관이 증빙없는 추측으로 본 건을 처리한 것은 신뢰할 수 없습니다.

대법원 귀중

　제가 문의한 것은 진정서의 처리과정을 알려 주기 바라는 것인데, 그와 다른 답을 수원지방법원에서 하여 다시 문의 합니다.
　제 진정서의 처리과정을 전화아닌 서면(나의글보기 답변)으로 알게 하여 주시기 바랍니다. (11.26)

안녕하십니까?

귀하께서 우리 법원 홈페이지 "법원에 바란다" 게시판에 올려주신 글을 잘 살펴보았습니다.

귀하의 민원내용은 재판과 관련된 것으로서 현행 우리나라 헌법 제103조는 "법관은 헌법과 법률에 의하여 그 양심에 따라 독립하여 심판한다" 로 되어 있고, 청원법 제5조는 "재판에 간섭하는 것" 을 불수리 사항으로 각 규정하고 있으므로 재판에 관하여는 누구도 간섭할 수 없으며, 귀하의 재판결과에 대하여도 법이 정하는 방법에 의하여만 불복할 수 있음을 알려드립니다.

기타 구체적인 법률관계에 대하여는 변호사, 법무사, 대한법률구조공단(www.klac.or.kr 전화 : 국번없이 132) 등 유/무료 법률상담 등을 통하여 법적 도움을 받으시기 바랍니다.

앞으로도 우리 법원에 지속적인 관심과 애정을 부탁드리며, 귀하와 귀하의 가정에 행운이 함께 하시기를 바랍니다. 감사합니다.

대법원 귀중

12.3 수원지방법원의 답을 잘 보았습니다. 답 내용대로라면 "법관은 헌법과 법률에 의하여 그 양심에 따라 독립하여 심판한다"하므로 재판결과에 대하여도 법이 정하는 방법에 의하여만 불복할 수 있다는 것인데, '법관이 판단 오류로 양심에 따라 심판되지 않았다'고 피고가 차후 주장할 경우에도 법원에서는 피고를 구제할 방법이 없는지 문의 드립니다.

제 경우 판결문을 보면, 저는 무죄라는 취지로 '정식재판'을 청구하였는데, 재판은 무죄에 대하여는 논하지 않고, 증빙없는 경찰관 등의 진술을 피고가 인정하지 못하는 사유를 밝혔는데도 이에 대하여는 말없이, 증빙없는 경찰관 등의 진술을 유죄 증거로 채택하여 "선고유예"결정을 하였습니다. 정식재판을 "무죄"라고 청구하였는데, 청구한 취지에 대하여는 논하지 않고 유죄라고 결정함은 억울합니다.

이를 경우 등, 피고가 부당한 결정이라고 주장할 경우에 재 판결 등 재 심리를 통해 피고의 억울함을 '구제(?)할 방법'이 없는지 문의 드립니다. 감사합니다. (12.9)

답 변 내 용 (대법원 1.13)

안녕하십니까?

법원행정에 관심을 가지고 대법원 홈페이지 "법원행정처장과의 대화" 를 방문해 주셔서 대단히 감사합니다.

귀하의 민원요지가 불명확(법원명, 사건번호 등)하여 구체적인 내용을 파악할 수 없으나, 귀하가 무죄를 주장하며 정식재판청구를 하였는데 경찰관의 진술을 믿고 선고유예 판결을 한 것은 억울하다며 그 부당함을 호소한다는 내용으로 보입니다.

헌법 제103조는 "법관은 헌법과 법률에 의하여 그 양심에 따라 독립하여 심판한다." 고 규정하고 있습니다. 그 취지는 구체적인 사건의 재판은 오로지 그 사건을 담당한 법관만이 헌법과 법률에 의하여 양심에 따라 진행하고 판단할 수 있고 당해 법관 외에 누구도 재판에 관여할 수 없다는 것으로, 재판의 진행이나 결과에 대하여 이의가 있는 경우 상소, 항고, 재심 등 법률이 정한 절차에 따라 불복할 수 있을 뿐임을 의미하는 것이기도 합니다.

그 밖에 구체적인 법률관계에 대하여는 변호사, 법무사, 대한법률구조공단(www.klac.or.kr 전화 국번없이 132) 등 유/무료 법률상담을 통하여 도움을 받으실 수 있음을 알려드립니다. 감사합니다.

대법원 귀중

1.13. '민원요지가 불명확하다.'는 답을 보고 다시 부연하여 민원을 제출합니다.

2009.12. 9. 민원은 피고가 결정(판결) 후 부당한 결정이라고 주장할 경우에 재 판결 등 재 심리를 통해 피고의 억울함을 '구제(?)할 방법'이 없는지에 대한 문의임으로 법원명이나 사건번호 등은 필요 없으며, 또 법원에서 구제할 방법 여부이므로 대한법률구조공단 등을 통한 도움을 안내할 필요도 없습니다. 법원의 판결 후에 법원이 피고를 구제할 방법 여부에 대해 답하면 됩니다.

2009.12.29. 제출 민원은 12.9 제출 민원을 처리하지 않고 '처리완료'로 기입한 것은 부당하니 거짓 표기한 관련자는 국민에게 책임지라는 것입니다.

민원요지를 분명하게 파악하였을 줄 알며, 그래도 민원요지를 모르겠으면 제게 문의하기 바랍니다. (1.15)

안녕하십니까?

법원행정에 관심을 가지고 대법원 홈페이지 "법원행정처장과의 대화"를 방문해 주셔서 대단히 감사합니다.

귀하의 민원요지는 귀하가 무죄를 주장하며 정식재판청구를 하였는데 법관이 경찰관의 진술을 믿고 선고유예 판결을 한 것은 억울하므로 재 심리를 통해 이 억울함을 구제할 방법이 없는지 문의한다는 내용으로 보입니다.

이미 회신하여 드린 바와 같이, 헌법 제103조는 "법관은 헌법과 법률에 의하여 그 양심에 따라 독립하여 심판한다." 고 규정하고 있습니다. 그 취지는 재판의 진행이나 결과에 대하여 이의가 있는 경우 상소, 항고, 재심 등 법률이 정한 절차에 따라 불복할 수 있을 뿐임을 의미하는 것입니다.

재심청구는 형사소송법 제420조 각 호의 재심사유가 있는 경우에 한하여 동법 제424조부터 제440조까지의 규정에 따라 처리되며, 부당하다고 생각되는 판결에 법률이 정한 재심사유가 있는지, 그 증거방법이 있는지 여부 등에 대하여는 변호사, 법무사, 대한법률구조공단(www.klac.or.kr 전화 국번 없이 132) 등 유/무료의 법률상담을 통하여 도움을 받으실 수 있음을 알려드립니다.

또한, 동일한 내용의 민원서를 정당한 이유없이 3회 이상 반복하여 제출한 경우에는 2회 이상 그 처리결과를 통지한 후에 접수되는 서류에 대하여는 종결처리할 수 있도록 규정(법원민원사무처리내규 제22조)하고 있으므로, 앞으로 귀하가 이와 동일한 내용의 민원을 제출한다 하더라도 이에 대하여는 회신하지 아니함을 양지하여 주시기 바랍니다. 감사합니다.

제목	민원회신 철저		
작성자	서맹종	작성일	2011.01.21
전자우편	seo*******	조회	0
첨부파일	첨부파일 없음		

질문 1.15. 민원은 1.13 '민원요지가 불명확하다.'는 법원의 답을 보고 다시 부연하여 민원을 제출한 것입니다. 1.13. 민원요지를 파악하였으면, 1.13. 민원에 대한 답을 바랍니다. 그리고 2009.12. 9 민원은, 피고가 결정(판결) 후 부당한 결정이라고 주장할 경우에 재 판결 등 재 심리를 통해 피고의 억울함을 '구제(?)할 방법'이 없는지에 대한 문의임으로 법원명이나 사건번호 등은 필요 없으며, 또 법원에서 구제할 방법 여부이므로 재심청구 또는 대한법률구조공단 등을 통한 도움을 안내할 필요도 없습니다. 법원이 판결(선고)하고 이에 대해 재심청구기한 경과 후 법원이 피고를 구제할 방법 여부에 대한 문의이기 때문입니다. 그리고 2009.12.29. 제출 민원은 12.9. 제출 민원을 처리하지 않고 '처리완료'로 기입한 것은 부당하니 거짓 표기한 관련자는 국민에게 책임지라는 것이니, 이에 대한 처리를 바랍니다. 귀 법원에서 답한 바와 같이, 저는 법원행정에 관심을 가지고 있으며, 이에 대해 감사하다고 답하니 고맙습니다. 그런데 동일한 내용의 민원을 제출하면 법원민원사무처리내규 제22조에 의해 회신하지 않는다고 답하니 이해되지 않습니다. 법원에 관심을 가지려면 우선 민원에 대한 처리도 중요한데, 회신 않는다면 민원을 제출할 필요가 없어 관심가질 수 없게 됩니다. 앞뒤가 다른 말은 하지 말기 바랍니다. 그리고 앞에 나열한 것과 같이 저는 민원에 대한 답도 못 들었는데, 동일 민원이라는 것은 부당합니다. 민원요지가 불명확하다.고 답하여 부연 설명한 것을 동일 민원으로 판단하는가하면, 제 민원에 대해 아직 답하지 않아 민원을 제출하면 동일 민원으로 판단하고 있습니다. 법원행정에 관심갖게 하여 주기 바라며, 민원에 대한 답을 바랍니다. 그리고 법원은 민원사무처리에관한법률 제15조를 법원민원사무처리내규 제22조가 제한한다는 답을 하고 있습니다. 국민의 알권리를 '법률'도 아닌 '내규'로 제한하는 것은 부당합니다. 민원사무처리에관한법률 제15조에 따라 민원인이 신청한 민원을 처리 후 그 결과를 통지해 주기 바랍니다.

담당부서	<없음>		
답변	<없음>	답변일	2011.01.28

※ 대법원은 민원에 대한 처리결과를 통보치 않음.

Home > 참여광장 > 법원행정처장과의대화 > 나의글보기

번호	제목	작성자	작성일	진행
7	민원회신 철저	서맹종	2011.01.21	처리완료
6	민원회신 철저	서맹종	2011.01.15	처리완료
5	509-601	서맹종	2010.12.29	처리완료
4	구제방법 문의	서맹종	2010.12.09	처리완료
3	민원처리 과정에 대한 답	서맹종	2010.11.25	이송
2	진정서의 처리과정 알림	서맹종	2010.11.18	처리완료
1	진정서 처리결과(진행과정) 알림	서맹종	2010.11.03	이송

대법원 귀중

제 사례를 보면 대법원이 민원을 민원민원사무처리에관한법률에서 규정한 '민원사무처리 기준표'에 따라 처리하지 않고, 민원 접수일로부터 늦게 처리하며 또 처리하지 않고 처리완료된 것으로 표시하여 문의합니다.

이런 처리가 가능한 법률근거를 알려 주기 바랍니다. (2.25)

안녕하십니까?

법원행정에 관심을 가지고 대법원 홈페이지 "법원행정처장과의 대화" 를 방문해 주셔서 대단히 감사합니다.

귀하의 민원요지는 민원을 민원사무처리에 관한 법률에서 규정한 "민원사무처리기준표" 에 따라 처리하지 않고 민원 접수일로부터 늦게 처리하거나 회신하지 않는 것은 부당하다는 내용으로 보입니다.

귀하가 2010. 12. 29.자로 접수한 1차 민원(접수번호 35371)에 대하여 2011. 1. 13.자로 회신하였고, 2011. 1. 15.자 2차 민원(접수번호 38833)에 대하여 2011. 1. 20.자로 회신하였습니다.

위 2차 회신에서 동일한 내용의 민원서를 정당한 이유없이 3회 이상 반복하여 제출한 경우에는 2회 이상 그 처리결과를 통지한 후에 접수되는 서류에 대하여는 종결처리 할 수 있도록 규정(법원민원사무처리내규 제22조)하고 있음을 알려드린 바 있습니다.

그 후 2011. 1. 21.자로 접수한 3차 민원(접수번호 39230)에 대하여는 위 내규 제22조에 의하여 회신 없이 종결처리하였습니다.

한편, 청원법에서는 피해의 구제에 관한 청원은 청원을 접수한 때로부터 특별한 사유가 없는 한 90일 이내에 그 처리결과를 청원인에게 통지하여야 하며(청원법 제9조 제2항), 부득이한 사유로 제2항의 처리기간 내에 청원을 처리하기 곤란하다고 인정하는 경우에는 60일의 범위 내에서 1회에 한하여 그 처리기간을 연장할 수 있다(동조 제3항)고 규정되어 있음을 알려드립니다. 감사합니다.

대법원 귀중

제 문의는 '법률근거'이지, 동일한 내용의 민원서를 정당한 이유없이 3회 이상 반복하여 제출한 경우에는 2회 이상 그 처리결과를 통지한 후에 접수되는 서류에 대하여는 종결처리 할 수 있도록 규정한 법원민원사무처리'내규'가 아닙니다. 법률근거를 알려 주기 바랍니다. (3.11)

안녕하십니까?

법원행정에 관심을 가지고 대법원 홈페이지 "법원행정처장과의 대화" 를 방문해 주셔서 대단히 감사합니다.

귀하의 민원요지는 동일한 내용의 민원서를 정당한 이유없이 3회 이상 반복하여 제출한 경우에는 2회 이상 그 처리결과를 통지한 후에 접수되는 서류에 대하여는 종결처리 할 수 있는 법률근거를 문의하는 내용으로 보입니다.

청원법 제8조에서는 "동일인이 동일한 내용의 청원서를 동일한 기관에 2건 이상 제출하거나 2 이상의 기관에 제출한 때에는 나중에 접수된 청원서는 이를 반려할 수 있다." 라고 규정하고 있습니다.

또한, 법원민원사무처리내규 제22조는 동일한 내용의 민원서를 정당한 이유없이 3회 이상 반복하여 제출한 경우에는 2회 이상 그 처리결과를 통지한 후에 접수되는 서류에 대하여는 종결처리 할 수 있도록 규정(민원사무처리에 관한 법률의 위임에 따른 민원사무처리에 관한 법률 시행령 제21조 제1항의 규정도 같은 취지임)하고 있으므로, 앞으로 귀하가 이와 동일한 내용의 민원을 제출한다 하더라도 이에 대하여는 회신하지 아니함을 양지하여 주시기 바랍니다. 감사합니다.

대법원 귀중 (청원법 제8조의 위헌 여부)

헌법 전문에서 보듯이, 헌법은 국민 권익 등 국민의 기본권 보호가 목적입니다. 그리고 헌법 제26조에 의한 청원법 제1조에서도 청원권행사의 절차와 청원의 처리에 관한 사항을 규정하여 국민의 기본권 보호가 목적임을 명시하고 있습니다.

마찬가지로 청원법 제8조도 국민의 기본권 보호를 위해 적용됨이 마땅함에도 기본권이 보호되지 않을 수도 있음을 규정하고 있습니다. 즉 청원법 제8조에서 국민의 기본권 보호와 관계없이 처리기관이 '반복청원' 또는 '이중청원'이라고 판단하기만 하면 청원서를 반려할 수 있게 규정함은 부당합니다. (3.22)

답없이 처리완료

대법원 귀중

2011. 1.21. 민원을 처리하지 않은 것은 청원법 제9조(청원의 심사)를 위반한 것입니다. 이에 따라 부득이 별첨 내용으로 소를 제기코자 하오니, 잘못된 부분이나 문제점이 있으면 알려 주기 바랍니다. (8.17)

소 장

원 고	서맹종		
	경기 용인시		
		소 가	원
피 고	법원행정처장	첩부할 인지액	원
			(소가×0.005)
법률 위반	확인	송달료	원 (3,020원×10회×당사자수)

청 구 취 지

1. 원고가 피고에 대하여 2011. 1.21. 제기한 청원에 대해 피고는 청원을 처리치 않고 2011. 1.28. '처리완료'로 처리함은 위법이다.
2. 소송비용은 피고의 부담으로 한다. 라는 판결을 구합니다.

청 구 원 인

피고가 청원법 제9조를 위반하며 청원을 처리치 않은 것은 행정소송법 제1조 및 제2조에 해당되어 소를 제기합니다.

피고에게 2011. 1.21. 청원하였으나 성실하고 공정하게 청원을 심사하여 처리하지 않고 처리한 것처럼 2011. 1.28. 처리완료로 처리함은, 청원인이 신청한 청원을 성실하고 공정하게 심사·처리하여 최장 150이내에 통지토록 한 청원법 제9조를 위반한 것입니다.

피고가 법을 준수함에 따라 획득하게 되는 이익(알 권리)을, 피고가 법을 위반함에 따라 실현치 못하였습니다.

입 증 방 법

훈글로 변환한 대법원의 청원처리 화면 (대법원은 2011. 1.21. 청원을 처리치 않고, '나의글 보기' 화면에 처리완료로 기재함.)

첨 부 서 류

갑1호증 : 훈글로 변환한 '법원행정처장과의대화' 화면 (2011. 1.21. 청원)
갑2호증 : 장애인 증명서 사본
갑3호증 : 세무사자격증 사본
갑4호증 : 송달료 납부서

2011. 8.

위 원고 서 맹 종

서울행정법원 귀중

청원법 제9조(청원의 심사)

①청원을 수리한 기관은 성실하고 공정하게 청원을 심사·처리하여야 한다.

②청원을 관장하는 기관이 청원을 접수한 때에는 특별한 사유가 없는 한 90일 이내에 그 처리결과를 청원인에게 통지하여야 한다.

③청원을 관장하는 기관은 부득이한 사유로 제2항의 처리기간 내에 청원을 처리하기 곤란하다고 인정하는 경우에는 60일의 범위 내에서 1회에 한하여 그 처리기간을 연장할 수 있다. 이 경우 그 사유와 처리예정기한을 지체 없이 청원인에게 통지하여야 한다.

답변내용 (서울행정법원 8.26)

1. 국민신문고를 통하여 우리 법원에 접수된 귀하의 민원서에 대한 회신입니다. 귀하는 법원행정처장의 청원서 처리와 관련한 소를 제기할 예정이므로 소제기 전에 미리 소장의 잘못된 부분이나 문제점이 있으면 알려 달라고 문의한 것으로 보입니다.

2. 소송은 '법원'에 소장을 제출(민사소송법 제248조)하거나 소액사건인 경우 법원사무관등의 면전에서 구술로 제기하는 방법(소액사건심판법 제4조)으로 할 수 있으며 법원이 아닌 다른 기관에 소장을 제출하여 소송을 할 수 없습니다.

3. 또한 소장은 [소송서류 기타 사건관계서류의 접수사무에 관한 처리지침](재판예규 제1256호)에서 정하는 절차, 즉 직접 방문하여 접수하거나 우편에 의한 제출 또는 택배서비스에 의한 제출 방식에 의하여야 합니다. 이와 같은 절차에 따라 법원에 소가 제기된 후에 법원은 비로소 재판절차를 통하여 법령을 해석, 적용하여 공정한 판단을 내리게 되며 소제기 전에 재판 외 절차에서 구체적 법률관계(소장작성 등)에 대하여 검토 및 해석 또는 의견을 표명하는 것은 법원의 업무성격상 허용되지 아니함을 양해하여 주시기 바랍니다. 감사합니다. 끝.

준비서면

피고의 답변서를 수령하고 다음과 같이 보정합니다.

우선 소의 청구취지는 '법률위반확인'으로, 원고가 피고에 대하여 2011. 1.21. 제기한 청원에 대해 피고는 청원을 처리치 않고 2011. 1.28. '처리완료'로 처리함은 위법이라는 주장으로 이에 대한 확인을 구하는 소이지, 2011. 1.21. 이전에 제기한 청원(민원)에 대해 소를 청구한 것이 아닙니다.

피고의 답변서 1. 가. 나. 다. 라. 는 소 취지도 원고의 주장도 아닌 참고사항이므로 내용의 적부에 대해 논할 필요없어 논하지 않습니다.

답변서 2. 나. 에서 부작위위법확인소송이라 말하여 말하나 이는 '법률위반확인'의 소로 정정되어야 하며, 따라서 '부작위'에 대해 논한 것은 청구취지가 아니라 논하지 않습니다.

참고로 민원이라 함은 민원인이 행정기관에 대하여 처분 등 특정한 행위(본 민원은 구제방법 질의에 대한 답변)를 요구하는 사항을 말하므로 행정소송법 제1조 및 제2조에 해당되며, 피고가 제출한 증거에서 보듯이 피고는 '구제방법 질의'를 민원으로 판단하여 답하여 온 사실로도 이는 행정소송법 제1조 및 제2조에 해당되는 민원임을 알 수 있습니다. 또 '질의'라 할지라도 청원법 제9조에 따라 '질의라 처리치 못함' 등의 답이라도 피고는 처리결과를 법적 기한(90일)내에 청원(민원)인에게 회신해야 하며, 피고가 민원처리결과를 원고에게 회신치 않은 것은 위법입니다.

피고는 행정소송법 제1조 및 제2조에 해당되는 민원이 아니라고 주장하면서 그동안 민원으로 처리하여 답한 것은 무엇인지, 피고는 모순된 답을 하지 말아야 합니다.

답변서 3. 4. 에서 '반복민원' '적법' '법원민원사무처리내규 제22조'를 말해 논합니다.
'반복민원'이라 판단한 근거는 '법원민원사무처리내규 제22조'에 의한 것으로 추측되므로 '법원민원사무처리내규 제22조'에 대해 논하면, 법원민원사무처리내규 제22조는 법이 아니고 법원이 행정편의를 위해 자체적으로 제정한 규정입니다. 그리고 법에 맞는 처리를 하는 것이 '적법(適法)'이지, 내규에 맞는 처리를 하는 것은 '적법'이 아닙니다. '적법(適法)'을 바르게 이해해야 합니다. (10.14)

● 나의 민원

국민신문고에서 신청하신 모든 민원에 대한 처리과정 및 결과를 확인하실 수 있습니다.
보안형 민원은 조회하기 위해 민원신청번호가 필요합니다.

▌처리현황

▌민원인 입력사항

[目 목록]　[🖨 인쇄]

• 신청번호	1AA-1110-041331		
• 신청인구분	개인		
• 신청인 이름	서맹종	• 주민(외국인)번호	520313 - *******
• 연락처		• 휴대전화	
• 주소	450-740 경기 평택시 세교동 부영1차아파트		
• 민원발생지역	시도: 경기도 시군구: 평택시		
• 나의민원 확인방식	간편형　[보안형으로전환]　(간편형) 로그인 만으로 확인 (보안형) 로그인(1단계) ⇒ 신청번호(2단계) 입력 후 확인		
• 이메일	seojoung0914@hanmail.net	• 진행상황 통보방식	서신 + 이메일 + SMS(문자)
• 신청일	2011.10.14. 17:28:47	• 직업	기타

민원신청내용

· 민원제목   청구취지를 판결해야 함에도 청구취지를 판결치 않은데 대한 법원의 책임

· 민원내용 보기

서울행정법원이 원고의 주장을 판결치 않아 제가 서울고등법원에 항소한 바, 서울고등법원도 원고의 주장을 판결치 않아, 오늘 소송비용을 구두로 청구하면서 원고의 주장을 판결치 않은 사유 등을 문의하였으나, 문의내용에 답하지 않고 답을 회피하면서 책임지지 않고 동문서답만하여 서면으로 민원을 제출합니다.
원심판결서에 기재한 원고의 주장은 소의 원인일 뿐 소의 본질은 법률(민원사무처리에관한법률 제15조)위반이라고 서울고등법원(재판부)에 계속 주장하였음에도 원고의 주장을 판결치 않아, 원고의 주장을 판결치 않은 사유와 원고가 주장한 내용에 대해 판결치 않고 재판부의 주장을 판결하였으므로 재판부가 부담해야 할 소송비용을 원고가 부담하는 것은 부당하므로 소송비용을 서울고등법원에 청구하였습니다. 만약 청구취지를 판결하였으면 법원의 판결을 존중할 것이나, 청구취지를 판결치 않은 동 판결을 존중할 수 없습니다. 원고의 주장을 판결치 않았으니 원고가 부담한 소송비용 등을 2011누12834 사건 항소기일 이전까지 지급해 주기 바랍니다.
참고로 소의 취지(원고의 주장)를 판결치 않고 원고가 소송비용만 부담하는 꼴의 판결이라면 원고가 비용을 부담하면서 항소할 이유가 없으므로 2011누12834 사건에 대하여는 항소 등 3심을 위한 제반 절차를 진행치 않을 예정이며, 이에 대한 책임은 원고의 주장을 판결치 않아 발생된 것임으로, 잘못을 범한 서울고등법원과, 2011누21210 2011누20866 2011누24004 2011누29078 2011누26697 2011가단46483 2011가단46476 2011가소21926와 2011구합28882 2011구합28639의 판결서를 보면 원고의 주장 판결여부를 알게 되겠지만 이것도 소의 취지(원고의 주장)를 판결치 않음이 확인되면 이를 감독치 않고 방조.묵인한 대법원에도 책임이 있음을 알립니다.
그리고 '제 식구 감싸기' 식의 판결이 아닌 청구취지(원고의 주장)에 대한 판결이 되게 하기 바랍니다.

첨부 : 준비서면(9. 1) 및 변론(8.31)

· 첨부파일   안(2).hwp

민원공유여부

· 민원공유여부   공유 비공유로전환

※ 공유에 동의하시면 민원내용과 답변내용이 민원업무 처리나 정부정책에 반영하기 위해 다른 행정기관에 제공 될 수 있으며, 필요 시 행정기관 등의 홈페이지를 통해 일반국민들에게 민원사례로 제공 될 수 있습니다.

처리기관 정보

· 처리기관	법원행정처(대법원) 윤리감사제1담당실		
· 담당자 (연락처)		**· 민원인 신청번호**	1AA-1110-041331
· 접수일	2011.10.14. 17:28:47	**· 처리기관 접수번호**	2AA-1110-092784
· 처리 예정일	2011.11.05. 23:59:59		

※ 민원처리기간은 최종 민원 처리 기관의 접수일로부터 보통 7일 또는 14일임
　(해당 민원을 처리하는 소관 법령에 따라 달라질 수 있음)

- 답변일   2011.10.20. 15:50:12

- 처리결과(답변내용)

1. 서울행정법원 2010구합41338호, 서울고등법원 2011누12834호 사건 등과 관련하여 국민신문고를 통하여 2011. 10. 14. 우리 처에 이첩된 귀하의 청원에 대한 회신입니다.

     2. 귀하의 청원은 구체적인 사건의 재판에 관한 사항입니다. 법관은 헌법과 법률에 의하여 양심에 따라 독립하여 심판하고, 그 재판내용이나 진행에 대하여 이의가 있는 경우 상소, 항고 등 법률이 정한 절차에 따라 불복하는 외에 다른 구제방법은 존재하지 아니함을 알려드리니 양지하시기 바랍니다. 그리고 진행 중인 재판과 관련하여 호소하거나 주장하실 내용이 있으면 관련자료 등을 직접 담당 재판부에 제출하여야 그 사정이 참작될 수 있습니다. 끝.
위 회신서는 2011. 10. 20. 우편발송하였습니다.

- **첨부파일**   첨부파일 없음

민원처리과정 만족도조사

민원 만족도조사 등록일 : 2011.10.20.

민원 만족도조사에 응하시면 추첨을 통해 분기별로 문화상품권을 제공합니다.

Q 민원처리과정에 대해 만족하십니까? (매우불만)

Q 민원처리과정에 대해 불만이 있으신 경우, 사유를 선택해 주시기 바랍니다. (공정성 결여)

Q 만족 또는 불만족하신 사유 등 의견이 있으시면 작성해 주시기 바랍니다.
청구취지를 판결치 않은데 대해 구제방법이 없다며 법원의 잘못을 원고에게 떠넘김.

Q 귀하가 신청하신 민원은 해결되었습니까? (미해결)

     목록   인쇄

대법원장 귀하

저는 2011누12834 사건의 원고 서맹종이며, 저번에도 민원을 제출(저번 민원에 추가)하였으나 아직 책임지지 않아 오늘 또 서울고등법원을 방문하여 책임질 것을 요구하니 항소(항소여부는 법원이 판단할 사항이 아니고 원고가 판단할 사항임)하라는 등으로 말하며 책임지지 않아 다시 민원을 제출합니다.

서울고등법원이 책임져야 할 이유는 청구취지를 판결치 않고 청구취지도 아닌 재판부의 주장 등을 판결하였기 때문입니다. 즉 법원이 청구취지를 판결치 않아 발생된 일을 원고가 책임지게 하는 것은 부당한 것이므로, 법원이 책임질 것을 요구하여 민원을 제기하는 것입니다.

원심 재판부(서울행정법원)에서 청구취지를 판결치 않아 고법에 항소하여 항소이유(청구취지 미판결)를 준비서면 등으로 밝혔음에도, 원고의 주장을 중립적으로 논해 판결치 않고 피고가 재판부와 담합(談合)한 것처럼 원고가 오해하게 '원심과 동일'하다는 취지의 판결을 하였습니다. 재판부는 원고의 주장 → 피고의 답변 → 재판부의 판단 순의 중립적 판단으로, 원고가 재판부와 피고가 서로 담합한 것처럼 오해하지 않게 해야 합니다.

청구취지를 판결치 않고 피고와 담합(談合)한 것처럼 오해케 한 판결서를 보면,
1. '2. 원고의 주장'에서 원고의 주장은 '법률위반'이 주 주장임에도 '위법'이라는 단어 2개를 사용하며, 원고의 주요 주장을 언급치 않고 판결하였습니다.
2. '3. 이 사건 소의 적법여부'에서 위와 같이 원고의 주장도 아닌 것을 '이 사건'으로 파악하여 판결하였으며, 또 이 사건은 '법률(민원사무처리에관한법률 제15조)위반'이라는 원고의 주장임에도 원고주장의 적부도 논하지 않고 심지어 판결서에 '2. 원고의 주장'에서 적시한 '위법(?)'에 대해서도 적부를 논하지 않았습니다.
3. '3. 이 사건 소의 적법여부'에 대한 판결내용은 행정부처가 민원에 답(법률상 답할 의무가 없다는 등(?))할 사항으로 사법부가 행정부처의 민원에 대신하는 답하는 것은 부당합니다. 사법부는 청구취지(법률위반)에 대한 판결을 해야지 행정부처의 답을 판결로 대신하면

안됩니다. 그렇게 되면 사법부가 행정부의 시녀로 전락되게 되며, 사법부(법원)의 중립성을 의심받게 되어 사법부의 판결을 신뢰치 못하게 됩니다.

사법부는 사법부가 할 일(청구취지에 대한 판결)을 하기 바라며, 판결형식으로 행정부(피고)가 답할 사항을 사법부가 대신 답하여 원고가 사법부(법원)를 오해하지 않게 해야 합니다. (10.19)

답 변 내 용 (대법원 10.24)

1. 서울행정법원 2010구합41338호, 서울고등법원 2011누12834호 사건 등과 관련하여 국민신문고를 통하여 2011. 10. 19. 우리 처에 이첩된 귀하의 청원에 대한 회신입니다.
2. 귀하의 이 건 청원에 대하여는 이미 우편으로 보내드린 청원회신문 및 국민신문고 게시판 2011. 10. 20.자 답변을 참조하시기 바랍니다. 차후 유사한 취지의 청원에 대하여는 청원법 제8조의 반복 및 중복청원으로 보아 반려할 수 있음을 알려드리니 양지하시기 바랍니다. 끝.

나의 글 진행현황 보기

🖨 인쇄하기

제목	**책임**		
작성자	서맹종	작성일	2011.10.20
전자우편	seo*******	조회	0
첨부파일	첨부파일 없음		
질문	고맙습니다. 그러나 저는 판결문에 대한 불복이 아니므로 문의할 사항없으며, 본 건은 고법이 청구취지도 판결치 않고 원고가 책임지게 하는데 대한 이의입니다. 편파적으로 판결키 위해 청구취지(원고의 주장)도 판결치 않는 법원을 저는 신뢰할 수 없으므로, 본 사건 상고는 의미없는 일이라는 판단입니다. 국민이 신뢰하는 법원이 되어야 합니다.		
담당부서	서울고등법원_특별과	답변일	2011.10.24
답변	답변없이 완료된 질문입니다.		

» 목록

대법원장 서울고등법원장 귀하

청구취지 미판결 책임요구에 대해 대법원은 유사한 취지의 청원에 대하여는 청원법 제8조의 반복 및 중복청원으로 보아 반려할 수 있음을 알리고 서울고등법원은 답변이 완료된 질문이라고 답하여 다시 민원을 제출합니다.

대법원이 민원에는 답하지 않고, 또 반복 및 중복청원으로 안내하는데 반복 및 중복청원으로 판단하는 이유를 알려 주기 바랍니다.

제가 본바, 이는 대법원의 일방적(임의적) 판단으로 인권을 보호해야 하는 헌법정신에 위배되는 판단입니다. 그리고 청원법 제8조(반복청원 및 이중청원의 처리)는 헌법정신에 위배되지 않는 범위내에서 처리방법을 규정한 것이지 헌법정신에 위배되는 청원처리 방법을 규정한 것이 아님을 양지하기 바랍니다.

참고사항이지만 '기 판결'은 참고사항일 뿐 판결사유가 되지 못함에도 기판결하였다는 사유가 기재된 판결서를 법원이 교부하고 있습니다. '기 판결'은 헌법정신(인권보호)에 위배되지 않아야 합니다. 법률이 헌법에 우선하는 것은 헌법위반이기 때문입니다. 헌법위반여부에 대한 판단은 관련 당사자(쌍방)의 판단에 의한 것이지 어느 일방의 임의적 판단에 의한 것이 아닙니다.

대법원은 법을 확대 해석하지 말고 헌법에 위배되지 않는 범위내에서 청원법 제8조나 '기 판결' 등을 제한되게 해석해야 합니다. 헌법정신을 존중하여 법률을 해석하여 적용하는 법원이기 바랍니다.

'반복 및 중복청원으로 판단한 근거'에 대해 반론할 수 없어 회신치 못하고 동문서답 식으로 회신할 것으로 예상되어 말하지만, 제 민원에 대해 구체적 증빙 등으로 설명치 않고 동문서답이나 회신치 않는다면 대법원이 '근거없이 반복 및 중복청원'으로 판단한 것으로 알겠습니다.

다음에 서울고등법원에 대한 민원입니다.

서울고등법원은 '완료된 질문'이라 답하는데, 저는 질문한 것이 아니고 책임을 요구한 것인데, 어떤 법률 근거로 완료된 것으로 판단했는지 알려 주기 바랍니다. 대법원과 같은 사례도 아니지만 대법원과 같은 법률 근거라면 알아보고 답해야 합니다. 대법원과 마찬가지로 10.20. 제 민원에 10.24. 완료로 처리한 법률근거를 구체적 증빙으로 설명치 않고 동문서답이나 회신치 않는다면 서울고등법원이 '근거없이 완료처리'한 것으로 알겠습니다. (10.26)

소　장

원 고	서맹종		
	경기 평택시		
		소 가	원
피 고	감사원장	첩부할 인지액	원
			(소가×0.005)
부작위	확인	송달료	원 (3,020원×10회×당사자수)

청 구 취 지

1. 원고가 피고에 대하여 2010.10. 6.에 제기한 민원에 대한 피고의 부작위가 위법함을 확인한다.
2. 소송비용은 피고의 부담으로 한다. 라는 판결을 구합니다.

청 구 원 인

피고가 민원에 부작위(민원사무처리에관한법률 제15조 위반 및 동 법 제18조 제3항, 행정절차법 제23조 및 제21조 제22조를 위반)하는 것은 행정소송법 제1조 및 제2조에 해당되어 소를 제기합니다.

감사원에 2010. 9. 18 별첨 민원을 보냈으나, 민원에 대한 답은 않고 거짓으로 다른 말("undefined")을 하는 등, 별첨 내용과 같이 민원에 대해 진실된 답은 않고 계속 다른 말로 답하는 것은 부당합니다.

별첨한 국민건강보험공단 관련 일자별 진정(답변)내용요약 및 의견(감사원)에서 알 수 있지만, 감사원은 민원에는 미회신하고 민원도 아닌 사항을 답(동문서답)하고는 민원을 처리한 것으로 간주하며, 이는 국민을 위한 공정한 행정이 아닙니다.

감사원이 타부처의 모범이 되어 국민을 위한 공정한 행정을 실천하게 하여 주시기 바랍니다.

더 구체적인 사항은 제 블로그(http://blog.daum.net/seojoung)를 참고하시기 바랍니다.

입 증 방 법

2010. 9. 18 민원서.

첨 부 서 류

1. 2010. 9. 18 민원서 사본 1부.
1. 2010. 9. 18 국민신문고 화면(아래 한글로 변환) 1부.
1. 국민건강보험공단 관련 일자별 진정(답변)내용요약 및 의견 1부.
1. 장애인 증명서 사본 1부.
1. 송달료 납부서 1부.

2010.11.

위 원고 서 맹 종

서울행정법원 귀중

준비서면

저는 제게 유리한 결정을 희망하는 것이 아니고, 원칙에 맞는 결정을 원합니다. 이를 표로 설명하면 다음과 같습니다.

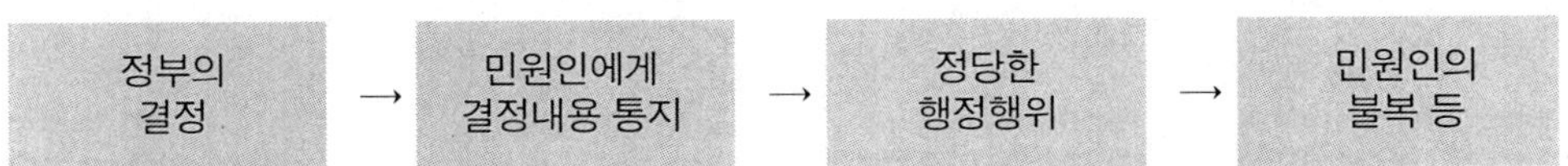

즉, 저는 결정내용이 바르게 통지되지 않아 정당한 행정이 이루어지지 못하였는데, 정당한 행정행위가 성립된 것으로 간주하여 정보공개청구 등을 하게 하는 것은 부당하다는 것입니다.

따라서 정당한 행정 여부(내용의 정당성이 아님)이며, 정부가 결정근거를 허위로 알리는 것과 결정근거를 아예 알리지 않는 것이 정당한 행정인지를 먼저 판단하여야 합니다. 저는 결정사유를 허위로 알리는 것과 결정근거를 아예 알리지 않는 것은 정당한 행정이 이루어진 것이 아니라고 판단하고 소를 제기한 것입니다.

제가 변호사 등을 통해 확인한 바로는, "결정사유를 허위로 알리는 것과 결정근거를 아예 알리지 않는 것"은 취소 또는 무효사유로, 우선 결정의 효력은 있다할 것이나 결국 구체적 사유에 대한 법원의 판결에 따라 처리해야 한다는 의견입니다.

그러나 "결정사유를 허위로 알리는 것과 결정근거를 아예 알리지 않는 것"이 우선 효력이 있다하여 남용하면, 여러 문제가 발생될 수 있음은 자명한 일입니다.

준비서면

사건 : 2010구합43969 부작위 확인

원고 : 서맹종

소를 제기하게 된 주 원인은 감사원의 계속된 부작위이므로, 부작위에 대한 제 소견을 말씀드리니, 참고해 주시기 바랍니다.

감사원은 민원에 대한 답은 않고 다른 내용으로 답합니다.

예를 들면, "A는 뭐하는가?"(민원)라면, "B는 잔다."(답변)식으로 답하여, 당초 알고 싶었던 A는 뭐하는지를 모르게 되어 저는 민원에 미회신(동문서답)한 것으로 판단하여 소를 제기한 것입니다.

더 쉽게 표현하면, 법원에서 원고에게 보정명령으로 "A의 상황을 설명하라."고 하였는데 A와 전혀 관련없는 "B는 없다."고 답만 한다면, 이것을 법원에서 보정된 것으로 인정하여 처리할 수 있는지 알고 싶습니다.

만약 이것을 보정된 것으로 인정한다면, 제 잘못 판단으로 본 소를 제기하게 된 것이므로 이에 사과드립니다.

민원사무처리에관한법률 제15조(처리결과의 통지) 1항은 "행정기관의 장은 민원인이 신청한 민원사항에 대한 처리결과를 민원인에게 문서로 통지하여야 한다."고 기재하고 있고, 제 생각도 '민원인이 신청한 민원사항에 대한 처리결과를 민원인에게 통지'하는 것이 동 법에 적법한 것이지, 민원사항이 아닌 것을 통지하는 것은 『민원사무처리에관한법률』을 위반한 것으로 판단하여 본 소를 제기하게 된 것입니다.

원고가 2010. 9.18. 제출한 민원(국가보훈처가 엉터리 결정으로 국가유공자 등록하였음을 감사원이 지적하였는데 보훈처는 지적일 이후 분부터로 취소하였으며, 7.26 8.23 두차례 민원을 제기하였으나 이에 대한 회신이 없으니 회신 못하는 사유나 회신을 지연하는 사유를 알려 주기 바람)에 대하여 동문서답("undefined")으로 동 민원에 부작위한 것이 민원사무처리에관한법률 제15조에 규정한 적법한 '처리결과 통지'인지 법관님의 판단을 기다립니다.

법원 | 267

준비서면

제가 뇌출혈 후유증으로 언어소통이 불가하여 이렇게 글로 표현하오니, 이해하여 주시기 바랍니다.

소(부작위 확인)와 관련하여 "민원사무처리에 관한 법률 시행령 제21조(반복 및 중복 민원의 처리)"에 대한 참고 말씀을 드리고자 합니다. 왜냐하면, 붙임 "진정(답변)내용요약 및 의견"에도 기재되어 있듯이 소의 대상이 된 각 기관은 답변에서 동 규정을 이유로 부작위하는 것 같이 답하여 동 규정에 대해 말씀드릴 필요가 있기 때문입니다.

동 시행령을 보면, 제1항(반복 및 중복 민원의 처리)에 "민원실등의 장은 민원인이 동일한 내용의 민원(제2조 제2항 제4호 내지 제7호의 어느 하나에 해당하는 민원에 한한다)에 관한 서류를 정당한 사유 없이 3회 이상 반복하여 제출한 경우에는 2회 이상 그 처리결과를 통지한 후에 접수되는 서류에 대하여는 그 행정기관의 장의 결재를 받아 종결처리할 수 있다."라고 규정되어 있습니다.

그러므로 민원사무처리에 관한 법률 시행령 제21조 제1항의 규정에서 말하는 동일한 내용의 반복민원이라 함은 민원인이 민원서를 행정기관장에게 제출하였는바, 행정기관장이 위의 민원서를 처리한 후에, 처리한 내용과 같은 처리를 하여 달라는 민원서를 민원인이 행정기관장에게 제출하였을 때에는, 그 행정기관의 장의 결재를 받아 종결처리할 수 있다는 규정입니다.

그러나 행정기관장이 위의 민원서를 처리한 후에, 민원인이 민원서를 행정기관장에게 제출하였는바, 동일 반복 민원이 아님에도 동 시행령에 따라 처리함은 불법무효입니다. 그러므로 위의 불법무효인 처리내용을 기재한 공문서는 허위공문서입니다.

그러므로 행정기관장은 허위공문서를 파기하고 유효한 민원서에 대해 합법으로 처리할 직무상 의무가 있습니다.

이상은 동 시행령에 대한 제 의견이면서도 전문가의 해석입니다.

참고되시기 바라며, 제 민원은 거의 해당 부처의 답을 본 후, 답에 따라 작성된 것으로 동 시행령에서 말하는 동일 반복 민원이 될 수 없습니다.

준비서면

사건 : 2010구합43969

원고 : 서 맹 종

피고 : 감사원

1. 원고가 피고에 대하여 2010. 9.18.에 제기한 민원에 대한 피고의 2010.10. 6. 주관적 답은 민원에는 부작위한 것임으로, 이는 위법함을 확인한다.
2. 소송비용은 피고의 부담으로 한다.

   의 청구취지로 원고가 소를 제기한 것에 대한 피고의 "답변서"를 보고 보정합니다.

전체적으로 피고는 본 소에 대한 답을 하지 않고 다른 말로 동문서답하고 있습니다. 위 취지의 소는 9.18. 민원에 대한 피고의 10. 6. 답이 민원사무처리에관한법률을 위반했다는 원고의 주장임으로 피고는 민원사무처리에관한법률 제15조를 위반하지 않았음 주장하여야 하나, 소에 대하여는 답없이 사건 발생 경위를 설명하고 있습니다.

제 청구 취지는 '피고가 2010.10. 6. 원고의 민원에 주관적으로 답한 것은 민원에 부작위한 것임으로 피고의 부작위가 위법함을 확인한다.'등 이므로, 본 소에 직접적인 것은 아니지만 피고의 답변서를 보고 답변의 적정여부를 아래에서 답변의 일부에 대해서만 논합니다.

「피고의 청구원인에 대한 답변」 1. 가에서 '2009. 6.29.부터 2010.12.27.까지 피고에게 「장기요양등급판정시정요망」 취지의 동일한 민원을 반복적으로 제기'입니다.

2009. 6.26. 민원(조사관련 서류사본제출을 요구하는데도 국민건강보험공단에서 조사서 사본제출을 거부하는 이유 등)과 2010. 9.23. 민원(잘못을 고치지 않아 민원을 제출하니, 블로그에 기재된 잘못을 자진하여 바로 고쳐 공정한 행정을 실천하게 하기 바람) 등을 「장기요양등급판정시정요망」 취지의 '동일한 민원'으로 판단하여 종결한 근거를 밝혀야 합니다.

「피고의 청구원인에 대한 답변」 1. 나에서 '이의신청을 할 수 있다는 취지로 회신 하였고 4회 민원부터는 반복민원으로 분류하여 민원사무처리에관한법률 시행령 제21조에 따라 종결처리'입니다.

회신일자가 없어 언제 회신한 것인지 알 수 없지만, 이의신청을 할 수 있다는 말은 안내로 민원에 대한 답이 아니며, 이 소는 민원사무처리에관한법률 제15조 위반에 대한 소이지 동법 시행령 제21조 위반에 대한 소가 아닙니다.

피고는 동법 시행령 제21조도 위반하고 있습니다. 그 근거로 시행령 제21조에 3회이상 반복민원일 경우에는 종결할 수 있음에도, 피고의 답변대로라면 피고는 3회까지 종결하지 않고 4회 민원부터 임의로 종결처리 하였습니다.

「피고의 청구원인에 대한 답변」 3. 가에서 '부작위'라 함은 처분을 하여야할 법률상 의무가 있음에도 불구하고 이를 하지 아니하는 것으로 적시한 후 피고는 이에 대한 언급이 없습니다.

원고가 부연하여 이 소에 대한 피고의 부작위에 대해 논합니다. 원고의 2010. 9.18. 민원에 피고는 민원사무처리에관한법률 제15조(처리 결과의 통지)에 따라 객관으로 답할 법률적 의무가 발생되었음에도 피고는 주관적인 답만 하고 객관성 있는 답은 하지 않았습니다. 이는 민원인이 신청한 민원을 서면으로 답하게 규정한 민원사무처리에관한법률 제15조를 위반한 것입니다.

「피고의 청구원인에 대한 답변」 3. 나에서 '민원사무처리에관한법률 제9조 재2항 및 같은 법 시행령 제21조 제1항'입니다.

시행령은 법률에 우선할 수 없으므로 법률에 대하여만 논하면, 민원사무처리에관한법률 제9조는 일반적 사항으로 처리결과를 통지하는 규정이 없으며 처리결과 통지는 동 법 제15조(처리결과의 통지)에서 규정하고 있으므로 민원사무처리에관한법률 제9조는 동 민원과 별개의 사항입니다. 즉 민원은 민원사무처리에관한법률 제15조에 따라 처리되어야 합니다.

「피고의 청구원인에 대한 답변」 3. 라에서 '---정보공개청구---즉시시정---'입니다.

행정절차법 등에 따라 행정절차가 정상적으로 이행되지 않은 상태에서 정보공개청구는 불가하며, 민원 등을 통해서도 민원이 처리되지 않았음을 알렸고 지금도 처리되지 않은 민

원을 피고는 즉시 시정한 것처럼 거짓으로 '답변서'를 제출하고 있습니다. 국민건강보험공단
에 민원이 즉시 시정된 것인지 사실을 확인하여 답하기 바랍니다.

「피고의 청구원인에 대한 답변」 3. 바에서 '---장기요양등급판정 결과에 대한 시정요
망---안내---'입니다.

몇 번이고 민원 등으로 말했지만 제 민원은 정당한 행정절차 요구이지 요양등급판정 결
과에 대한 시정요구가 아닙니다. 따라서 요양등급판정 결과에 대한 시정요구로 알고 답한
것은 민원이 아니며, 동문서답입니다.

「피고의 청구원인에 대한 답변」 3. 차에서 '---구두로 자세하게 설명---회신을 하지 아니
한 것으로 볼 수도 없습니다.'입니다.

구두로 무엇을 설명하였는지 모르지만 민원을 처리하지 않고 구두로 설명하는 것은 의미
없으며, 또 민원사무처리에관한법률 제15조는 민원처리 후 그 결과를 문서로 통지 하도록
규정하고 있는데 문서도 없이 구두로 설명하였다는 것은 민원사무처리에관한법률 제15조를
위반한 것입니다.

「피고의 청구원인에 대한 답변」 3. 타에서 '---부작위에 해당하지 아니하고---소의 이익
도 존재하지 아니하므로---'입니다.

앞에서 논한 바와 같이, 원고의 민원에 대한 피고의 부작위로 인해 원고는 피고의 민원처
리 결과를 알 수 없고 또 피고는 계속하여 법률을 위반하고 있습니다.

「피고의 청구원인에 대한 답변」 4에 '민원사무처리에관한법률에 따라 적법하고 정당하
게 이루어진 것'입니다.

민원사무처리에관한법률 몇조에 따라 적법하고 정당한 처리였다고 답하는지 의심되지만
피고는 민원사무처리에관한법률 제15조를 위반하였습니다.

「피고의 청구원인에 대한 답변」 5에 앞에서 언급된 내용이 답변서에 기재되어 다시 말
합니다.

민원사무처리에관한법률 제15조에도 규정되어 있듯이 민원에 답할 의무가 있음에도 주관

적으로 답하고 객관적인 답을 하지 않는 것은 부작위이며, 이에 따라 민원처리 결과를 알 수 없고, 민원사무처리에관한법률 제15조에 규정되어 있지도 않은 동법 시행령 제21조 규정을 인용하여 민원을 부당하게 처리함은 위법입니다.

그리고 「문서 등의 반환·폐기 등에 관한 예규(재민2006-1)」도 중복 또는 소와 무관한 서증 등이 제출된 경우에 법원이 처리할 수 있는 방법 등을 적시한 것입니다. 객관성 없는 주관적 서증 등을 제출할 경우에 법원이 처리할 수 있게 규정한 것이므로 정당한 규정입니다. 만약 법원이 주관적인 것을 정상이라고 인정한다면 제출된 서증 등을 주관적이라 하여 폐기함은 불가함으로, 동 규정이 폐기될 수 밖에 없습니다. (1. 6)

민원사무처리에관한법률 제15조(처리결과의 통지)

① 행정기관의 장은 민원인이 신청한 민원사항에 대한 처리결과를 민원인에게 문서로 통지하여야 한다. 다만, 대통령령이 정하는 경우에는 구술 또는 정보통신망으로 통지할 수 있으며, 이 경우 민원인의 요청이 있는 때에는 지체 없이 처리결과에 관한 문서를 교부하여야 한다.

② 행정기관의 장은 제1항의 규정에 의하여 처리결과를 통지함에 있어서 민원인의 신청을 거부하는 때에는 그 이유와 구제절차를 함께 통지하여야 한다.

변 론(2011. 1.27.)

본 소의 취지는 '원고의 민원에 피고가 2010.10. 6. 답한 것은 객관성없는 주관적 답이므로, 원고의 민원에 피고가 주관적 답으로 부작위한 것은 위법이라'는 것입니다.

피고가 계속 민원은 처리하지 않고 민원과 다른 내용으로 주관적인 답("undefined")을 하는 것은 '공정한 행정'이 아니며, 이렇게 답변이 민원과 다르다고 수 차례 표시하며 진정하였음에도 계속 위와 같이 주관적으로 답하는 것은 '공정한 행정'이 아닙니다.

기 증빙으로 제출한 '훈글로 변환한 국민신문고 화면(10. 6. 민원과 답변 내용)'을 참고하시기 바랍니다.

그리고 본 건은 피고가 2010.10. 6. 민원에 답한 것에 대한 것으로, 피고가 객관성없이 주관적으로 답한 것은 민원인이 신청한 민원사항에 대한 처리결과를 민원인에게 통지하게 규정하고 있는 민원사무처리에관한법률 제15조를 위반한 것이라는 소입니다.

2010.10. 6. 답(본 소)과 직접적인 것은 아니지만, 피고는 당초(2009. 6.27.) 민원이 처리된 것인지 밝혀야 하며, 2009. 6.27. 민원은 처리하지 않고서 2009. 7. 2. 및 같은 해 7.24. 처리한 것처럼 2009. 8.11. 답한 이유를 밝혀야 하고, '동일·유사한 민원은 회신없이 종결한다.'는 시행령이 아닌 법률 근거를 밝혀야 하며, 이전 제출한 민원과 '동일·유사한 민원'으로 판단하여 회신없이 종결한 판단근거를 밝혀야 한다고 국민신문고를 통해 민원을 제출하니, 피고는 또 '종결처리'라고 답합니다. 당초(2009. 6.27.) 민원은 처리치 않고 2009. 8.11. 거짓으로 답한 것을 피고는 민원이 종결된 것으로 판단하는지 궁금합니다. 즉 법률근거나 동일 민원으로 판단한 근거없이 주관적으로 동일 민원으로 분류하면서 민원(각 해당 부처의 불법적인 행정 시정)은 처리치 않고 답만 하니, 계속하여 민원사무처리에관한법률 제15조를 위반하는 주관적 답만 하게 됩니다. 민원은 처리결과를 통지하는 것이지 처리없이 답하여 민원이 종결되는 것이 아닙니다.

판사님의 객관적인 판결을 기다립니다.

증1 : 2010.10. 6. 국민신문고 화면(아래 한글로 변환)
증2 : 훈글로 변환한 국민신문고 화면(2011. 1.12.민원과 1.14.답변 내용)

준비서면

사건 : 2010구합43969

원고 : 서 맹 종

피고 : 감사원

　'피고가 2010.10. 6. 원고의 민원에 주관적으로 답한 것은 민원에 부작위한 것임으로 피고의 부작위가 위법함을 확인한다.'의 청구취지로 소를 제기한 것에 대해 원고의 소견을 더 구체적으로 밝힙니다.

　법을 위반하는 것은 '공정한 행정 미실현'이며 이것은 민원에 대한 소견으로 소를 제기한 원인을 제공한 것이라는 게 원고의 주장입니다. 따라서 본 소는 청구취지 등과 같이 민원사무처리에관한법률 제15조에 '위법'한 것은 결국 민원에 '부작위'한 것이라는 소입니다.

　감사합니다. (3.10)

항소장

항소인(원고) 서맹종

　　　　경기도 용인시 기흥구 상하동 ○○○○

피항소인(피고) 감사원장

위 당사자 사이의 서울행정법원 2010구합43969사건에 관하여 원고는 서울행정법원이 2011. 6. 2. 선고한 판결을 2011. 6.15. 송달받고 이에 불복하므로 항소를 제기합니다.

원판결의 표시

1. 이 사건 소를 각하한다.
2. 소송비용은 원고가 부담한다.

항소취지

1. 원판결을 취소한다.
2. 원고가 피고에 대하여 2010. 9.18. 제기한 민원에 대한 피고의 2010.10. 6. 주관적 답은 「민원사무처리에관한법률 제15조」를 위반한 것이므로, 이는 위법이다.
3. 소송비용은 1심, 2심 모두 피고의 부담으로 한다.　라는 판결을 구합니다.

항소이유

별지와 같음.

첨부서류

1. 납부서 2. 항소장 부본

2011. 6.20.

항소인(원고) 서맹종

서울고등법원 귀중

항소이유서

재판부가 동 소에 대해 '각하'판결함은 부당하므로 아래 이유로 항소합니다.

판결서 이유와 같이 본소에 대해 심리하였음에도, 심리가 불가하여 본소를 심리하지 않은 것처럼, '각하'판결을 하였습니다. 통상 '각하'라는 것은 각종 소송에 있어서 소송요건(관할권, 당사자능력, 당사자적격, 소송능력, 소의 이익, 제소기간의 준수 등 당해 소송에 대하여 본안을 판결하기에 적합한 요건)이 갖추어져 있지 않음을 이유로 법원에서 내리는 판결을 말하는데, 본소는 심리에 흠결이 없어 공판 등을 통해 심리한 것으로 소의 심리가 불가한 경우에 해당되지 않아 심리한 후 결정하는 '기각'결정 등이 가능할지도 모르나, 법에서 규정하는 각하 사유에 해당되지 않으므로 각하결정은 부당합니다. 그리고 본소는 2010. 9.18. 민원에 한정된 것으로 재판부가 판결서에 언급한 기초사실은 원고가 본소에서 주장하는 것이 아님에도, 이를 바탕으로 '각하'판결한 것은 부당합니다.

판결문을 보면, 주문은 '각하'이고 사유는 '본소 심리 내용'입니다. 사유에 '본소 심리 내용'이 보다는 '각하' 사유를 기재하여야 합니다. 각하사유를 누락하고 본소 심리 내용으로 기각이 아닌 각하를 결정함은 부당합니다. 각하이면 각하사유를 적시하여야 하나, 판결서 내용과 같이 본소는 심리한 것이므로, 심리한 내용에 따라 판결사유(법 조문)가 적시된 판결을 하여야 합니다.

피고는 이 사건 민원처리는 행정소송법상 부작위위법확인소송의 대상이 되는 부작위가 아니라는 이유로 각하를 주장하였으며, 원고는 행정소송법 제1조 및 제2조의 부작위에 해당된다며 소를 제기한 것입니다.

이에 대해 재판부는 피고의 주장(부작위가 아니라는 주장)만 논하며, 민원사무처리에관한법률 제15조에 의해 피고는 민원처리결과를 원고에게 회신할 법적 의무가 있음에도 피고는 신청하지도 않은 민원에 수차례 답하면서 신청한 민원에는 답하지 않은 것은, 피고가 원고의 민원에 부작위한 것이라는 원고의 주장이 부당하다는 말없이 '각하'하였으며, 이는 원고의 주장도 함께 논하는 재판부의 중립성이 결여된 판결입니다.

피고는 행정소송법상 부작위위법확인소송의 대상이 아니라는 이유로 각하를 주장하고 원고는 행정소송법(제1조 및 제2조)상 부작위위법확인소송의 대상이 된다는 주장에 대해, 재판부가 피고의 잘못된 판단을 인용하여 판결한 것은 부당합니다. 원고의 주장(신청한 민원에 대한 답변 요구)과 민원에 답할 법적으로 작위할 의무가 있는 피고의 주장(부작위가 아니라는 주장)은 다르며, 따라서 이 건은 본 소가 아니므로 재판부가 이를 판결할 이유도 없습니다.

본 소는 '2010. 9.18. 민원'에 대해 피고가 답한 것이 동문서답이라 결국 원고가 신청한 민원에 답하게 규정한 민원사무처리에관한법률 제15조를 위반하였다는 원고의 주장이므로, 재판부는 원고의 주장이 부당한 이유를 적시해야 합니다.

원고는 국민신문고 화면을 증거로 제출하며 피고에게 2010. 9.18. 민원을 보냈으나, 피고가 민원에 대한 답은 않고 2010.10. 6. 다른 말("undefined")을 하였다는 주장에 대해서도, 재판부는 피고의 주장을 인용하면서 원고의 주장은 논하지 않고 판결하였습니다. 재판부의 중립적인 판결이 요구되며, 본소는 원고의 2010. 9.18. 민원에 피고가 2010.10. 6. 답한 것이 민원사무처리에관한법률 제15조를 위반하였다는 원고의 주장으로 인해 소가 진행된 것입니다.

또 2010. 9.18.에 제기한 민원에 대한 피고의 부작위가 위법하다는 위법확인을 구하는 취지의 소에 대해, 재판부는 주로 작위할 법률상 의무가 없다는 등 사실과 틀린 내용으로 소의 부당성에 대해 논하고 본소의 쟁점(원고의 주장)인 '피고의 위법'에 대하여는 논하지 않고 있습니다. 본소는 원고가 제기한 것으로 원고의 주장이 쟁점(위법)이므로 이에 대해 논해 중립적인 판결을 해야 합니다. 즉 원고의 주장 --- 에 대하여 피고는 ---- 라고 주장하며, 두 주장을 검토(심리)한 바 원고 또는 피고의 주장은 ----- 사유로 부당하다는 등의 재판부 의견을 적시하여, 재판부는 원고와 피고의 주장을 중립적으로 판단해야 합니다.

그리고 판결사유를 보면, 기초사실 등이 잘못 적시되고 있습니다.

〈기초사실〉에서 '원고가 장기요양등급 판정을 시정하여 달라는 취지의 민원에 대해 피고가 ----- 회신하였다'고 적시한 것은 사실이 아닙니다. 원고가 제기한 민원은 여러 건이지만 그 중 원고가 청구한 것은, '장기요양등급 판정 시정요구'가 아니고 '장기요양등급을 판정하게 된 근거서류인 조사서 요구'입니다. 기초사실은 2010. 9.18. 민원에 대한 것이 적시되어야 하나, 2010. 9.18. 이전에 민원상황 등을 적시하여 소의 본질이 왜곡되어 있습니다.

본 소 내용은 아니지만 원고 블로그(http://blog.daum.net/seojoung) 에 나열된 사례를 보면 민원은 원칙(법) 실천인데 피고가 원칙을 실천치 못하니 민원도 아닌 것으로 동문서답하며 민원을 처리하고 있습니다.

피고의 주장만 기초사실로 적시하지 말고 원고의 주장도 적시하여 판단하는 재판부의 중립적 판단이 요구됩니다.

재판부가 '장기요양등급 판정을 시정하여 달라는 취지의 민원'으로 알고 심리하여 판결한 것은, 2010. 9.18. 원고의 민원에 피고는 답하지 않고 다른 말("undefined") 하여 민원사무처리에관한법률 제15조를 위반하였다는 원고의 주장을 심리하지 않은 것이므로, 원판결을 인정할 수 없으며 취소되어야 합니다.

〈이 사건 소의 적법 여부〉에서 '종전에 제기된 민원과 동일한 내용의 민원' '일정한 처분을 하여야 할 법률상 의무' '회신' 등을 언급하여 이의 부당성을 주장합니다.

위에 언급된 바와 같이 피고가 민원을 '장기요양등급 판정 시정요구'로 파악하여 민원과 다르게 처리한 것을, 또 동 소 증거로 제출된 사례를 보아도 알 수 있듯이 종전에 제기된 민원도 아니고 따라서 민원에 대한 답변이 아님에도, '종전에 제기된 민원과 동일한 내용의 민원' 이라고 판단한 것은 이해되지 않습니다. 다음에 처리결과를 회신케 규정한 '민원사무처리에관한법률 제15조'에 의해 피고는 원고에게 '일정한 처분을 하여야 할 법률상 의무'가 있음에도 법률상 의무가 없다는 것은 이해되지 않습니다. 마찬가지로 민원인이 신청한 민원을 처리하게 규정한 '민원사무처리에관한법률 제15조'에 의해 민원을 처리치 않고 원고가 신청하지 않은 민원에 대해 수차례 회신 것을, 원고가 신청한 민원에 회신한 것으로 판단하는 것도 이해되지 않습니다.

본소는 피고의 민원처리(2010.10. 6.)를 원인으로 발생된 소로 2010.10. 6.로 한정되어 있으므로 기 처리한 민원(이전 민원 처리)과는 직접 관련되지 않습니다. 원고가 신청하지 않은 민원에 대해 피고가 수차례 회신하였다며, 재판부가 중립성을 상실한 판단으로 피고에게는 유리하고 원고에게는 불리하게 판결한 것은 유감입니다.

피고는 민원사무처리에관한법률 제15조에 따라 2010.10. 6. 원고가 신청한 민원(신청한 민원이 기처리한 민원일지라도)에 답하여야 함에도 피고가 신청한 민원에 답하지 않은 것(동문서답)은 법률위반이라는 원고의 주장에 대해, 재판부가 소 내용을 심리하고도 원고 주장의 당부를 가리지 않고 중립성을 상실한 판단으로 각하 결정한 것은 부당합니다.

재판부는 소의 원인을 제대로 알고 이에 맞는 판결을 중립적으로 하여야 합니다.

준비서면

사건 : 2011누20866
원고 : 서 맹 종
피고 : 감사원

7.13. 석명준비명령을 수령하여 다음과 같이 보정합니다.

항소이유는 기 제출한 내용과 같이, 서울행정법원의 판결내용이 부당합니다. 즉 피고는 민원을 처리할 법률상 의무가 있어 처리(답)하고 있고, 이에 대해 피고는 이견없음에도, 재판부가 법률상 의무가 없다는 이유로 '각하'판결한 것은 부당합니다. 피고는 민원사무처리에관한법률 제15조에 따라 민원을 처리하고 그 결과를 회신할 법률상 의무가 있어 회신한 것입니다.

그리고 피고의 답("undefined")은 원고가 신청 민원에 대한 답이 아니고 동문서답이라는 원고의 주장에 대해, 피고의 답이 원고가 신청 민원에 대한 답인지 여부를 판단하여 판결하여야 함에도, 재판부가 이를 판단치 않고 판결한 것은 부당합니다.

원고의 주장은 2010. 9.18. 원고가 신청한 민원에 대해 2010.10. 6. 피고의 답은 결국 원고가 신청한 민원에 피고가 미회신한 것이므로, 신청한 민원에 답하게 규정한 민원사무처리에관한법률 제15조를 위반하였다는 것이며, 피고는 이에 대해 이견 없음에도, 재판부가 법률상 의무가 없다는 이유로 법리를 잘못 적용하여 '각하'판결한 것은 부당합니다.

그동안 본 소 진행을 위해 지연되었던 질병(뇌출혈)을 치료키 위해 원고는 병원에 입원하여 치료중임을 알려 드립니다. (7.14)

첨부 : 입원 확인서

준비서면

사건 : 2011누20866

원고 : 서 맹 종

피고 : 감사원

답변서를 수령하여 다음과 같이 피고의 주장(답변서)에 대한 문제점을 열거합니다.

답변서 1.에서 부작위위법확인소송대상이 아니라는 이유로 '부작위'라 함은 행정청이 당사자의 신청에 대하여 상당한 기간내에 일정한 처분을 하여야할 법률상 의무가 있음에도 불구하고 이를 하지 아니한 것을 말합니다.고 "가"에서 말한 후, 민원사무처리에관한법률 제9조 제2항 및 같은 법 시행령 제21조 제1항에 따르면 동일한 내용의 민원에 관한 서류를 정당한 사유없이 3회이상 반복하여 제출한 경우 2회이상 그 처리결과를 통지한 후에 접수되는 서류에 대하여는 그 행정기관의 장의 결재를 받아 종결처리할 수 있도록 규정하고 있다.고 "나"에서 말하고, 원고는 표현에 약간의 차이가 있을 뿐 「장기요양등급판정 시정요망」이라는 동일한 취지로 제기된 민원이라고 주장합니다.

원고의 주장(민원사무처리에관한법률 제15조에 따라 원고가 신청한 민원에 피고가 답할 법률상 의무가 있음에도, 2010.10. 6. 피고의 답은 원고가 신청한 민원에 대한 답이 아니므로 결국 법을 위반)에 대해 피고가 답변서에 기재한 것이 적정한지 살펴봅니다.

피고는 원고의 민원에 '민원사무처리에관한법률 제15조'에 따라 회신할 의무가 있으며 피고도 법률상 의무가 있음에 대하여는 피고도 이견 없으나, 원고의 주장은 2010.10. 6. 피고의 답이 원고가 신청한 민원에 대한 답이 아니라는 것입니다.

즉 피고는 상당한 기간내에 민원에 답할 법률상 의무가 있음에도 원고가 신청한 민원에 답하지 않았으므로, 답변서 1.에서의 피고의 주장은 부당합니다.

그리고 민원사무처리에관한법률 제9조 제2항은 '민원접수' 와 관련하여 필요한 것은 대통령령으로 정하게 규정한 법으로 '처리결과 통지'를 정한 규정도 아니며, 따라서 본 소인 '처리결과 미통지'와는 관련없는 사항임으로, 소의 본질을 왜곡케 하여 재판부의 오류를 유도하고 있습니다. 참고로 피고는 민원사무처리에관한법률 시행령 제21조도 위반하였습니다. 동 시행령에 따르면, 3회이상 반복 제출한 경우 2회이상 그 처리결과를 통지해야 함에도 2009. 6.26. 2009. 8.31. 2009. 9.21. 민원에는 아예 통지치 않았으며 2011. 5.15. 2011. 5.17. 2011. 6. 9. 민원에도 통지치 않았습니다.

그리고 원고의 민원을 피고 임의로 「장기요양등급판정 시정요망」이라는 동일한 취지의 민원으로 판단한 것은 이해되지 않으며, 동일한 취지의 민원으로 판단한다면 제 민원 취지는 해당 각 부처(피고 포함)의 '원칙(법) 실천'입니다.

답변서 "라"에서 2009. 6.26. 원고의 민원에 피고가 2009. 7. 2. 전화로 회신하였다 주장하나, 전화 회신 여부는 불투명하고 민원은 법에 따라 문서로 통지(민원사무처리에관한법률 제15조)하여야 함에도, 문서가 아닌 전화로 통지함은 민원사무처리에관한법률 제15조를 위반하는 것입니다.

다시 말하지만 원고는 등급판정 시정을 요망하지 않으며, 원칙(법)에 따른 처리를 요망합니다. 피고도 법에 따라 업무를 투명하게 처리해야 하며, 음성적(내용이나 사실이 확인되지 않는 전화 등)으로 업무를 처리했다고 주장하지 말아야 합니다.
그리고 등급판정 시정을 요망하는 것이 아니며 피고의 민원 회신에 대한 소로 피고는 민원사무처리에관한법률 제15조에 따라 원고가 신청한 민원에 문서로 회신할 법률상 의무가 있음에도, 신청한 민원에 문서로 회신치 않았습니다.

2010. 9.18. 원고가 신청한 민원에 소의 이익 부존재라는 피고가 주장에 대해, 이익이 있어 법으로 제정됨에도 법을 위반하였을 지라도 소의 이익이 부존재한다는 주장은 법 존재를 부인하는 것으로 용인될 수 없는 주장입니다. 법은 지켜야 합니다.

원고의 주장인 '원칙(법)에 따른 처리'는 심리치 않고 피고의 주장만 심리하여 '각하'한 원판결은 취소되어야 하며, 원고의 주장을 심리치 않는 소를 왜 원심에서 진행한 것인지 의심됩니다.

소의 원인이 된 민원은 여러 가지이지만, 소에서 주장하는 2010. 9.18. 원고가 신청한 민원에 대해 2010.10. 6. 피고의 답은, 결국 신청한 민원에 답하게 규정한 민원사무처리에관한 법률 제15조를 위반하였다는 것이며, 원고가 신청하지 않은 민원에 피고가 답했다는 것입니다.

즉 장기요양등급판정 시정을 요망하는 것으로 심리한 원 판결은 원고의 주장을 심리한 것이 아니므로, 판결할 이유도 없는 것을 판결한 원 판결은 취소되어야 합니다.

결론적으로 이 사건은 민원접수 등에 대한 것이 아니고 민원처리결과 회신에 대한 것이므로 민원처리결과를 회신한 피고를 대상으로 소(항소)를 제기한 것은 적법한 대상이며, 민원처리결과 회신에 대한 적법여부를 원칙대로 심리해야 합니다. (8.11)

첨부 : 원고의 민원 및 이에 대한 피고의 답변

준비서면

사건 : 2011누20866

원고 : 서 맹 종

피고 : 감사원

10.10. 준비서면을 수령하여 다음과 같이 피고의 주장에 대한 문제점을 열거합니다.

소의 청구취지는 피고에 대하여 2010. 9.18. 제기한 민원에 대한 피고의 2010.10. 6. 주관적 답은 「민원사무처리에관한법률 제15조」를 위반한 것이므로 이는 위법이라는 것입니다.

그리고 민원사무처리에관한법률 제1조에서 '이 법은 민원사무처리에 관한 기본적인 사항을 규정하여 민원사무의 공정한 처리와 민원행정제도의 합리적 개선을 도모함으로써 국민의 권익을 보호함을 목적으로 한다.'고 규정하고 있고, 동 법 제2조 2항에서 ' "민원사무"라 함은 민원인이 행정기관에 대하여 처분 등 특정한 행위(민원에 대한 답)를 요구하는 사항에 관한 사무를 말한다.'고 규정하고 있습니다.

피고는 특수한 업무를 처리하는 기관으로 민원사무처리에관한법률이 적용되지 않는다고 주장하나, 피고(감사원)가 행정기관이 아니라면 동 법이 적용되지 않으나 행정기관인 이상 「민원사무처리에관한법률」이 적용됩니다.

그리고 피고가 '행정권한'이 없는 기관이라 주장하여 말하지만, 피고가 답한 회계에 대한 감사나 직무감찰 또 그 결과의 시정 및 처분요구는 '행정권한'이 아니고 무엇인지 또 그동안 직접 국민을 상대로 심사청구나 민원 등을 접수하여 처리한 것은 '직접 국민을 상대로 한 행정'이 아니고 무엇인지, 또 여러 민원을 피고가 처리치 못하게 규정한 법 조항 등을 피고는 밝혀야 합니다. 말장난하지 않는 진정으로 국민을 위한 피고(감사원)가 되어야 하며, 피고는 상반된 주장을 하지 말아야 하고, 피고는 행정권한이 있는 행정기관입니다.

다음에 민원사무처리에관한법률 제1조에 명시되어 있듯이 동 법은 국민권익보호가 목적이며, 동 법을 위반하는 것은 결국 권익을 보호치 않고 국민에게 피해를 가했다는 것이니 실익없다는 등의 주장은 동 법의 존재를 부인하는 것으로 법치국가를 부정하는 위험한 발상입니다. 어느 법이나 법을 제정하는 이유는 국민권익 보호(실익보호)를 위함이므로 법에 실익없다는 등의 말로 법을 부인하지 않기 바랍니다.

피고의 답변서에 대해 위에 논한 것 외에 다음과 같이 추가로 논합니다.

원고는 「민원사무처리에관한법률 제15조」에 대해 소를 제기한 것이지 「감사원법 제20조」에 대해 소를 제기한 것이 아니며, 피고의 「감사원법 제20조」에 대한 여러 답은 소에 대한 것이 아니므로 취소(정정)해야 합니다.

그리고 민원서류가 다른 행정기관 소관인 경우에는 지체없이 소관 기관에 이송하여 처리케 해야 함에도 피고는 소관 기관이 피고임을 알고 피고를 처리 관서로 접수하여 이를 처리한 것입니다. 따라서 피고는 처분청입니다.

피고의 준비서면 1. 에서 피고는 국민을 상대로 처분 등의 행위를 직접 못하게 규정하고 있다면서 규정된 근거(법) 제시없이 말장난으로 소를 지연시키고 있습니다.

피고의 준비서면 2.에서 원고의 2011. 8.16. 준비서면에 대해 피고가 논하면서 원고가 지적한 아래 문제점에 대해 아래와 같이 답하였습니다.

가. 피고는 민원에 답할 법률상 의무가 있음에도 원고가 신청한 민원에 답하지 않고 민원사무처리에관한법률 제9조 제2항을 들며 재판부의 오류를 유도한다고 원고가 주장하니, 피고는 특수한 지위로 「민원사무처리에관한법률」이 적용되지 않는다는 답입니다.

나. 민원을 3회이상 반복 제출한 경우 2회이상 그 처리결과를 통지해야 함에도 2009. 6.26. 2009. 8.31. 2009. 9.21. 민원에는 아예 통지치 않았으며 2011. 5.15. 2011. 5.17. 2011. 6. 9. 민원에도 통지치 않은 피고가 민원사무처리에관한법률 시행령 제21조를 위반한 것이라는 원고의 주장에 대해, 피고는 답하지 않습니다.

다. 원고의 민원을 피고 임의로 「장기요양등급판정 시정요망」이라는 동일한 취지의 민원으로 판단한 법률근거를 요구하니, 피고는 이에 대해서도 답하지 않습니다.

위 가. 나. 다. 의 원고의 주장에 대해 피고가 처리한 것을 보면,

가.는 앞에서 원고가 주장한 바와 같이, 행정기관인 피고에게도 「민원사무처리에관한법률」이 적용되며 피고는 특수한 지위이므로 「민원사무처리에관한법률」이 피고에게 적용되지 않아 민원에 답할 법률상 의무가 없다는 피고의 주장은 틀린 주장입니다. 피고는 우월적 지위를 강조하며 행정기관 전부에 적용되는 「민원사무처리에관한법률」을 피고(감사원)에게 특별히 적용되지 않는다는 주장이며, 이는 법은 누구에게나 평등해야 한다는 이론에 배치되는 이해할 수 없는 주장입니다.

나.와 다.는 원고의 주장에 대해 피고가 답하지 않은 것으로, 피고는 민원사무처리에관한법률 시행령 제21조를 위반하였고 법률근거없이 피고 임의로 '동일한 취지의 민원'으로 판단한 사실에 이견없으며, 시행령을 위반하고 또 민원내용을 임의로 판단하여 국민에게 피해를 끼치는 것은 법의 이념(정의, 합목적성, 법적 안정성)과 상반되는 것으로 이해되지 않습니다.

피고의 준비서면 3. 에서 피고는 근거없이 원고의 민원을 「장기요양등급판정 시정을 요망」하는 것으로 임의로 판단하면서 피고도 위반하는 민원사무처리에관한법률 시행령을 적용하여 원고의 민원은 반복민원에 해당된다며 민원사무처리에관한법률 시행령 제21조에 따라 처리하였습니다. 피고부터 시행령을 준수한 후 원고에게 시행령을 적용하는 자신에게 엄격한 피고가 되지 못하고 타인(국민)에게 엄격한 피고라 안타까우며, 2010. 9.18. 제기한 원고의 민원은 반복민원이 아닙니다.

원고의 민원은 각기 상황에 따라 다른 내용으로 피고 임의로 피고의 업무도 아닌 「장기요양등급판정 시정을 요망」하는 내용의 민원으로 판단하여 국민건강보험공단에 등급판정 경위 등을 확인하고, 또 국민건강보험공단 업무를 피고(감사원)가 안내할 필요없음에도 안내하였습니다. 피고가 해야 할 「민원회신」은 하지 않고 왜 피고(감사원)가 국민건강보험공단 업무를 처리한 것인지, 그 이유가 궁금합니다.

피고는 거짓이나 모순된 답을 하지 않아야 합니다.

원고의 피고에 대한 민원은 「장애등급판정 시정」을 목적으로 한 것이 아님에도 피고 임의로 「장애등급판정 시정」을 목적으로 한 민원으로 판단하여 '반복민원'이라며 처리결과를 회신치 않았습니다. 피고 업무가 아님에도 소관기관인 국민건강보험공단이 처리케 하지 않고 피고가 접수하여 처리한 것을 보면, 피고는 원고의 민원이 「장애등급판정 시정」 목적이 아님을 알았을 것으로 추측되나, 준비서면에서 「장애등급판정 시정」 목적이었다고 주장하는 이유는 민원사무처리에관한법률 시행령 제21조에 규정한 '반복민원'에 해당되어 본 민원을 처리한 것으로 답하기 위해서 일 것으로 추측됩니다. 참고로 동 법 시행령 제21조는 법 근거도 없고 법에서 위임되지 않은 시행령이며, 피고는 동 시행령으로 국민의 권익을 규제하고 있습니다.

피고의 준비서면 4. 에서 '반복민원' '적법' '원심판결 정당' '기각' 등을 주장하여 다시 말하지만, 원고의 민원은 반복민원이 아니며 따라서 피고는 적법(適法)한 처리를 하지 않았고 또 청구취지(원고의 주장)를 판결치 않은 원심판결은 부당하며 따라서 재 판결(재심리)하여야 합니다. (10.14)

변 론(10.19)

　원고는 피고(행정부)가 원칙(법)을 지키지 않아 서울행정법원의 여러 판결서를 받아본 바, 사법부(서울행정법원)도 행정부와 같이 원칙을 지키지 않아 개탄스럽습니다.

　원칙을 지키지 않는 행정부 사례는 제 블로그(http://blog.daum.net/seojoung)를 참고하시기 바라며, 사법부 사례는 아래와 같습니다.

　소송비용을 부담하는 것은 원고임에도 재판부가 원고의 주장에 대해 보정요구나 변론 등으로 소의 문제점 보완을 요구치 않아 원고가 방심케 한 후 뒤통수치는 격으로 판결하는 것은 부당하며, 원고나 피고가 주장하지 않은 것을 재판부가 주장하며 판결서에 적시하는 것은 주객이 전도된 판결로 부당합니다.

　그러면 재판부가 소송비용을 부담해야 됨에도, 왜 원고가 소송비용을 부담케 하며 소를 제기케 하는지 알 수 없습니다.

　서울행정법원에서 원고의 주장(2010. 9.18. 원고의 민원에 2010.10. 6. 피고가 답한 것은 「민원사무처리에관한법률 제15조」를 위반한 답으로 결국 2010. 9.18. 원고의 민원에는 답하지 않음)을 심리하여 판결치 않았으므로, 서울행정법원에서 원고의 주장인 '민원에 대한 답'에 대해 다시 판결하는 것이 원칙일 것 같다는 게, 제 생각입니다.

　원고의 주장(적법한 민원처리)과 피고의 답변에 대해 재판부가 중립 입장에서 각 주장의 당부를 가려 판결해야 함에도 '민원처리 위법'을 주장하는 원고 주장의 구체적 당부도 가리지 않고 원고 주장도 아닌 이해되지 않는 판결을 하여, 원고의 주장이 아닌 것을 판결한 서울행정법원장에게 소송비용 청구나 판결사유가 무엇인지 구체적으로 문의치 않고 원칙(법)에 따라 항소하였지만, 원고가 법원장에게 판결사유가 무엇인지 구체적(왜?)으로 문의치 않도록 원고 주장의 당부를 '판결서'에서 구체적(왜?)으로 밝혀 주기 바랍니다.

　참고로 판례 등은 참고사항일 뿐 결정이 아니며, '행정소송법 제2조에 해당되지 않는다는 사유 등' 왜?가 누락된 사유는 소 기각에 대한 구체적 사유가 아님을 양지하여 판결하기 바라며, 판결서가 구체적(법 조항 등 누락)·합리적·중립적이지 못해 법원장에게 문의치 않는 판결서이기를 바랍니다.

서울행정법원 재판부는, 원고는 피고가 민원에 회신케 규정한 법조항(민원사무처리에관한법률 제15조)을 들며 확인을 구할 법률상 이익(사실을 알지 못해 행복을 추구치 못함)이 있어 소를 제기하는데, 소 내용을 잘못 판단하고 민원사무처리에관한법률 제15조는 민원에 답할 법률상 의무가 없는 조항이라는 식의 이유로 '각하' 판결하였습니다. 소를 잘못 판단하여 법조항도 잘못 적용하는 판사의 자질이 의심되며, 판사의 역할을 양심에 따라 원칙(법)대로 수행할 수 있는지 의심됩니다.

서울행정법원에서 판시한 '장기요양등급 판정 시정요구'는 소의 원인일 뿐 본소의 취지가 아닙니다. 본소에서 원고가 주장하는 취지는 '민원회신'에 대한 것으로 2010. 9.18. 원고의 민원에 피고가 「민원사무처리에관한법률 제15조」에 따른 답을 하지 않아 법률을 위반하였다는 것입니다.
소의 취지가 위와 같으므로 2010.10. 6. 피고의 답이 청구한 민원에 대한 적법한 답인지 가려야 하며, 원인에 대해 판단하여도 상관없지만 이는 원고의 주장(소 취지 : 적법한 민원회신)에 대한 것이 아니며 쟁점도 아니므로 의미없는 판단입니다.

원고가 소송비용을 부담함에도 원고 주장의 당부도 가리지 않고 원고 주장과 관련없는 법을 적용하며 원고에게 책임을 떠넘기는 것은 원칙이 아닙니다. 원칙을 지키는 법원이기 바랍니다.

원심은 법근거(법조항) 없이 기각결정하고 원고의 주장 → 피고의 답변 → 재판부의 판단 순으로 독립되고 중립적이며 양심적인 판단을 해야 할 재판부가 피고가 주장하지 않은 것을 피고처럼 피고의 주장을 대변하여 원고 주장의 당부도 가리지 않고 판결하는 것은 원칙이 아니며, 원칙없는 판결을 법원장이 지시하지도 않았을 것으로 봅니다.

법원이 원칙을 지키지 않는 것(소 취지 미판결)이 원칙이라고 판단한다면, 원고도 법원에서 원칙을 지키지 않는 것이 당연하므로, 원고가 원칙(법)을 지킬 것을 기대하지 말아야 합니다.

　원고는 1개월간 무의식 상태에서 소생하여 지금도 치료 중이지만 원칙을 지키지 않고 판사로서의 자질이 의심되는 다수의 기판결서를 보고 미리 말씀드립니다.
　그리고 판결서가 당사자간의 법률관계를 조기에 확정치 않고 법이 아닌 법원내규 등에 따른다며(?) 원고 사망 뒤에 송달되는 일이 없도록 하여 주기 바라며, 소의 문제점은 변론 등으로 규명하여 뒤통수치는 식의 판결을 하지 않기 바랍니다.

　무원칙이 원칙인 법원이 아니기 바라며, 원고의 주장이 아닌 것을 심리하여 뇌출혈로 치료중인 원고가 법원장에게 소송관련 비용을 청구케 되지 않는 구체적이고 합리적이며 중립적인 판결을 바랍니다.

소 장

<table>
<tr><td rowspan="2">원 고</td><td>서맹종</td><td colspan="2"></td></tr>
<tr><td>경기 용인시</td><td>소 가</td><td>원</td></tr>
<tr><td rowspan="2">피 고</td><td rowspan="2">감사원장</td><td>첩부할
인지액</td><td>원</td></tr>
<tr><td></td><td>(소가×0.005)</td></tr>
<tr><td>위 법</td><td>확인</td><td>송달료</td><td>원
(3,020원×10회×당사자수)</td></tr>
</table>

청 구 취 지

1. 원고가 피고에 대하여 2011. 7.17.에 제기한 민원에 대한 피고의 2011. 9. 1. 답은 위법임을 확인한다.
2. 소송비용은 피고의 부담으로 한다.
   라는 판결을 구합니다.

청 구 원 인

피고가 민원사무처리에관한법률 제15조에 따라 민원에 작위할 법률상 의무가 있음에도 민원에 부작위한 것은, 행정소송법 제1조 및 제2조에 해당되는 것이므로 이에 소를 제기합니다.

감사원에 2011. 7.17. 별첨 민원을 보냈으나, 민원에 대한 답은 않고 거짓으로 다른 말("종결처리")을 하는 등, 별첨 내용과 같이 민원에 대해 답하지 않고 다른 말로 답한 것은 '민원사무처리에관한법률 제15조'를 위반한 것입니다. 감사원은 민원에는 미회신하고 민원도 아닌 사항을 답(동문서답)하고는 민원을 처리한 것으로 간주하며, 이는 국민을 위한 '공정' '공생'하는 행정이 아닙니다.

더 구체적인 사항은 제 블로그(http://blog.daum.net/seojoung)를 참고하시기 바랍니다.

입 증 방 법

2011. 9. 1. 국민신문고 화면

첨 부 서 류

1. 2011. 9. 1. 국민신문고 화면(아래 한글로 변환) 1부.
1. 송달료 납부서 1부.

2011.　9.　2.

위 원고 서 맹 종

서울행정법원 귀중

준비서면

사건 : 2011구합28882

원고 : 서 맹 종

피고 : 감사원장

9.16. 보정명령을 수령하여 다음과 같이 보정합니다.

1. 청구취지는 종결처리의 취소를 구하는 것이 아니고, 소장에 표시된 내용과 같이'위법확인'을 구하는 소입니다. 즉 피고가 2011. 7.17. 민원에 답하지 않은 것은 '민원사무처리에관한법률 제15조'를 위반한 것이라는 주장이며 이에 대한 확인을 구하는 소입니다.

2. 처분서상 처분은 기 제출한 2011. 9. 1. 국민신문고 화면에서 보듯이 처분청은 피고(감사원)입니다. 국민권익위원회는 국민신문고를 운영하는 기관일 뿐 처분청이 아니므로 피고를 경정하지 않습니다. (9.16)

준비서면

사건 : 2011구합28882

원고 : 서 맹 종

피고 : 감사원장

피고의 답변서를 수령하고 다음과 같이 보정합니다.

우선 소의 청구취지는 '위법확인'으로, 피고가 2011. 7.17. 민원에 답하지 않은 것은 '민원사무처리에관한법률 제15조'를 위반한 것이라는 주장으로 이에 대한 확인을 구하는 소이지, 국민신문고를 운영하는 기관인 국민권익위원회를 피고로 지정한 소가 아니며 또 피고의 사이트 운영에 대한 소도 아닙니다. 사이트 운영 등은 소의 원인이 되었을 뿐 청구취지가 아니므로, '청구취지'가 아닌 답에 대하여는 준비서면으로 답변의 적정여부를 논하지 않습니다.

국민권익위원회의 처리여부와 관련없이 피고는 접수된 민원을 처리하여 회신할 법률(민원사무처리에관한법률 제15조)적 의무가 있는 기관임에도 국민권익위원회에 책임을 떠넘기는 식의 답은 이해되지 않습니다.

참고로 피고는 민원사무처리에관한법률 제2조 제2호에서 규정하는 '민원사무'에 해당되지 않는다고 주장하나, 동조 제2호 2.의 "민원사무"라 함은 민원인이 행정기관에 대하여 처분 등 특정한 행위를 요구하는 사항을 말하는 것이므로 피고가 운영하는 인터넷사이트를 정상적으로 운영할 것을 요구한 원고의 민원은 민원사무처리에관한법률 제2조 제2호의 "민원사무"에 해당됩니다. 또 '건의' '형식'이나 '단순한 사실행위'라 할지라도 피고는 민원사무처리에관한법률 제15조에 따라 '단순한 사실행위라 처리치 못함 등'으로 민원처리결과를 법적 기한내에 회신해야 하며, 민원처리결과를 회신치 않는 것은 위법이며, 민원이 아니라고 주장하면서 2011. 9. 1. '종결처리'라며 원고의 민원에 피고가 답한 법적근거는 무엇인지 피고는 모순된 답을 하지 않아야 합니다.

그리고 답변서 1. 나. '반복민원'은 2011. 7.17. 민원에 한정된 '청구취지'에 대한 답이 아니므로 논의를 생략합니다. 또 국민신문고 운영에 대한 권한 등이 없다는 피고의 주장이 사실이라면 권한이나 조치도 못할 피고가 조치를 바라는 민원의 처리기관이 된 것도 이해할 수 없고, 조치를 요구한 것이라면서 민원사무가 아니라고 주장하는 것도 이해할 수 없습니다. 피고가 권한없는 기관이고 민원사무가 아닌 것으로 판단하였으면 '권한이 없어 조치하지 못함. 민원이 아니므로 처리치 않음' 등의 답을 하여야 합니다. 피고는 거짓이나 모순된 답을 하지 않아야 합니다.

답변서 1. 다. 의 행정력 낭비에 대해서도, 위와 같이 피고의 민원사무처리에관한법률 제15조 위반으로 민원이 계속 발생되며 행정력이 낭비되고 있음에도 피고는 원고가 행정력을 낭비케 하고 있다는 主客顚倒의 주장이 한심합니다.

답변서 3. 가. 에서 답한 '부작위'도 청구취지에 대한 것이 아니며, 청구취지는 '위법확인'입니다. 그리고 '민원사무처리에관한법률 제15조'에 행정청은 청구한 민원에 문서로 회신할 의무가 있음에도 의무가 없다고 주장하는 것도 이해되지 않습니다.

그리고 본소는 민원사무 해당여부에 대한 소가 아니며, 민원회신에 대한 소로 답변서 3. 가. 의 주 답변내용은 청구취지도 아니고 원고의 주장도 아닙니다. 따라서 본 답은 소에서 답할 사항이 아니고 민원에서 답할 사항입니다. 본소는 '민원회신'에 대한 것이지 피고의 인터넷 사이트에 대한 것이 아닙니다.

답변서 4. 도 마찬가지이지만, 이는 소에서 답할 사항이 아니며 민원에서 답할 사항입니다. 그리고 소에서 피고가 감사원 인터넷 사이트의 운영을 방치하였다고 주장한 바 없음에도, 소 답변에서 원고가 주장한 것처럼 거짓 답을 하지 않아야 합니다. 참고로 '2011. 9. 1. 국민신문고 화면'을 제출한 것은, 피고가 처리 관서임을 확인하는 증거로 또 2011. 7.17. 원고의 민원에 2011. 9. 1. 피고가 답한 것을 증거로 제출한 것입니다.

결론적으로 피고는 소에서 원고가 주장하는 '위법'에 대해서는 답하지 않고 떠넘기는 식의 거짓이나 모순된 답으로 소를 지연시키는 것은 부당합니다. (10.14)

소　장

원 고	서맹종		
	경기 용인시 기흥구		
		소 가	원
피 고	경기도지사	**첩부할 인지액**	원
			(소가×0.005)
법률위반	확인	**송달료**	원 (3,020원×10회×당사자수)

청 구 취 지

1. 원고가 피고에 대하여 2011. 1.23.에 제기한 민원에 대한 피고가 2011. 1.28. 주관적으로 답한 것은 민원에 부작위한 것임으로, 이는 민원사무처리에관한법률 제15조를 위반한 것이다.
2. 소송비용은 피고의 부담으로 한다.
   라는 판결을 구합니다.

청 구 원 인

피고가 민원에 부작위(민원사무처리에관한법률 제15조 및 동 법 제18조 제3항, 행정절차법 제23조 및 제21조 제22조 위반)하는 것은 행정소송법 제1조 및 제2조에 해당되어 소를 제기합니다.

피고에게 2011. 1.23. 민원에 대한 회신을 철저히 하라는 내용(붙임 '경기도에 바란다.' 화면 참조)으로 민원을 보냈으나, 경기도는 민원에 대한 답은 않고 2011. 1.28. 민원사무처리에관한법률 시행령 제21조 규정에 의거 종결처리하였다고 답하였습니다.

민원내용과 다른 답을 하는 등 민원에 대해 진실된 답은 않고 계속 객관성없이 경기도가 주관적으로 답하는 것은, 민원인이 신청한 민원에 대한 처리결과를 서면으로 통지하도록 규정한 「민원사무처리에관한법률」 제15조를 위반하는 것입니다.

　「민원사무처리에관한법률」 제15조는 설사 종결된 민원일 지라도 다시 종결된 내용(처리결과)을 민원인에게 회신케 한 규정이며, 「민원사무처리에관한법률 시행령」 제21조는 「민원사무처리에관한법률」에 규정되지 않은 별개의 규정입니다.

　피고가 법률을 준수함에 따라 획득하게 되는 이익(알 권리)을, 피고가 법률을 위반함에 따라 실현치 못하였습니다.

입 증 방 법

혼글로 변환한 경기도 민원(경기도에 바란다) 화면

첨 부 서 류

갑1호증 : 혼글로 변환한 경기도 민원처리(경기도에 바란다) 화면 (2011. 1.23. 민원 및 2011. 1.28. 경기도의 답변)
갑2호증 : 장애인 증명서 사본
갑3호증 : 세무사자격증 사본
갑4호증 : 세목별(재산세) 과세 증명서
갑5호증 : 송달료 납부서

2011. 4. 12.

위 원고 서 맹 종

수원지방법원 귀중

변 론(2011. 5.31)

　　원고가 피고에 대하여 2011. 1.23.에 제기한 민원(1-13차 민원요약 요약 및 문제점 해결)에 대해 피고가 2011. 1.28. 주관적으로 답(동 민원은 민원사무처리에 관한 법률 시행령 제21조에 의거 종결처리)한 것은 설사 종결처리 하였을지라도 민원처리 결과를 문서로 통보케 한 민원사무처리에관한법률 제15조를 위반한 것입니다. 즉 피고가 민원과 관련없이 답한 것은 「민원사무처리에관한법률 제15조」를 위반한 것임으로 위법입니다.

민원사무처리에관한법률 제15조(처리결과의 통지)

① 행정기관의 장은 민원인이 신청한 민원사항에 대한 처리결과를 민원인에게 문서로 통지하여야 한다. 다만, 대통령령이 정하는 경우에는 구술 또는 정보통신망으로 통지할 수 있으며, 이 경우 민원인의 요청이 있는 때에는 지체 없이 처리결과에 관한 문서를 교부하여야 한다.

② 행정기관의 장은 제1항의 규정에 의하여 처리결과를 통지함에 있어서 민원인의 신청을 거부하는 때에는 그 이유와 구제절차를 함께 통지하여야 한다.

　　민원사무처리에관한법률 제15조에 규정한 '민원인이 신청한 민원사항'이라 함은 민원에 대한 객관적 답을 요구하는 규정입니다. 왜냐하면 주관적으로 답해도 정당한 답이라고 인정한다면 '민원인이 신청한 민원사항'이라고 민원사무처리에관한법률 제15조에서 규정할 이유가 없기 때문입니다. 즉 민원사무처리에관한법률 제15조는 객관적 답을 요구하는 규정이며, 주관적 답은 민원에 답하지 않은 것으로 판단하는 규정입니다.

준비서면

　　답변서를 수령하여 내용을 보니, 위 사건에 대해 답한다면서 위 사건에 대한 답이 아니라 말합니다.

　　위 사건은 연세나은병원 민원 등에 대한 소가 아니고, 소 취지에 있듯이 원고가 2011. 1.23.에 제기한 민원에 대해 피고가 2011. 1.28. 주관적으로 답한 것은 민원사무처리에관한법률 제15조를 위반한 것이라는 소입니다.

　　소 취지에 맞는 답이어야 합니다. 따라서 소 취지와 다른 답변에 대해 더 논할 필요없어 논의를 생략합니다. (5.31)

준비서면

사건 : 2011구합4573

원고 : 서 맹 종

피고 : 경 기 도

원고가 6. 9. 변론시에도, 본소는 민원사무처리에관한법률 제15조 위반에 대한 소이지 민원사무처리에관한법률 시행령 제21조 등 다른 법령 위반에 대한 소가 아니라고 주장하였지만, 피고가 준비서면에서 민원사무처리에관한법률 시행령 제21조의 타당성을 주장하여, 이에 대해 논합니다.

동일한 내용의 민원에 관한 서류를 정당한 사유 없이 3회 이상 반복하여 제출한 경우에는 2회 이상 그 처리결과를 통지한 후에 접수되는 서류에 대하여는 그 행정기관의 장의 결재를 받아 종결처리할 수 있다고 규정한 민원사무처리에관한법률 시행령 제21조가 법 시행과 행정력 낭비를 막기 위해 당연한 규정이라는 생각에는 동의합니다. 그러나 본 소는 아래 사유에 해당되므로 동의하지 않습니다.

첫째 사유로, 헌법 전문에는 국민행복 보호가 목적인데 민원의 반복제출여부에 대한 판단을 민원인의 의사와 관련없이 행정기관의 일방적 기준으로 판단함으로 인해 민원인의 자유로운 행복 추구를 저해하기 때문입니다. 본 건도 원고의 의사와 관련없이 피고가 일방적으로 반복민원이라고 판단한 것입니다.

둘째 사유로, 법 시행과 행정력 낭비를 막기 위해 위임없이 모법의 입법취지를 살려 시행령을 제정하는 것은 당연합니다. 하지만 법 시행과 행정력 낭비를 막는다는 명분으로 헌법이나 동 법 취지에 위반되는 시행령은 부당합니다. 법 시행을 위해 헌법이나 법 취지에 위배되는 시행조항을 시행한다는 것은, 이는 마치 헌법에 위배되는 시행령으로 모든 것을 시행할 수 있다는 사고로, 이는 헌법을 개정할 필요가 없다고 주장하는 것과 같은 사고이기 때문입니다. 원고는 민원사무처리에관한법률 제15조에 반하여 피고가 민원사무처리에관한법률 시행령 제21조를 시행하는 것은 부당한 시행이라고 주장합니다.

그리고 셋째 이유로, 피고의 2회이상 답변여부입니다. 원고의 주장은 원고가 신청한 민원에 대해 피고는 단 1회도 답변하지 않았습니다. 그 증거로 소장 제출시 '경기도 민원화면'을 기 제출하였으며 동 서류를 보면 피고가 원고의 민원에 답한 것인지 판단할 수 있으나, 2010. 7.31. 2010. 8.15. 2010. 8.16. 원고의 민원에 피고의 2010. 8.16. 2010. 8.17. 답변 및 피고는 답하지 않고 소외 화성시가 2010. 8.13. '연세나은요양병원 관련 민원에 대한 회신'이라며 답한 것을 추가합니다.

피고는 민원에 답하지 않고, 연세나은병원이 여러 가지 거짓(원고가 1, 2 등을 나열)으로 사실을 은폐하고 일부는 환자를 치료하고 일부는 환자치료 목적이 아닌 병원에 대한 행정조치 문의에 대한 원고의 민원에 대해, 의사의 판단에 의한 조치는 적법한 의료 행위이며 진료비 부당요구는 없었고 전산시스템을 통한 약 처방은 정당하며 진료기록부 등을 거짓으로 작성하지 않았다고 소외 화성시가 답하였습니다.

2010. 7.31. 민원에 민원도 아닌 엉뚱한 답(연세나은병원의 사실 은폐의혹이나 행정 조치 등에 대해서는 답하지 않고, 적법한 의료 행위나 전산시스템을 통한 약 처방 및 진료기록부 등에 대한 답)을 2010. 8.13. 소외 화성시가 왜 한 것인지 궁금하지만, 피고가 2회이상 원고의 민원에 답변한 것인지 여부를 판단하는데 참고하시기 바랍니다.

또 준비서면에서 민원사무처리에관한법률 제9조 1항 및 2항에서 '접수 등'에 필요한 사항은 대통령령으로 정하게 규정하고 있다는 피고의 주장은, 법을 잘못 적용한 것입니다. 동조는 '접수 등'에 필요한 사항을 시행령에 위임한 규정이며, 민원사무처리에관한법률 제15조는 '처리결과'에 대한 규정입니다. 원고는 민원의 접수 등에 대해 소를 진행하는 것이 아니며 민원의 처리결과에 대한 소를 진행하고 있습니다.

갑6호증 : 2010. 7.31. 2010. 8.15. 2010. 8.16. 원고의 민원과 2010. 8.16. 2010. 8.17. 2010. 8.13. 피고 및 소외 화성시의 답변

준비서면

사건 : 2011구합4573

원고 : 서 맹 종

피고 : 경 기 도

 원고가 서울행정법원에 본소와 같은 내용으로 소를 제기한 바, 제기한 소에 대해 판결하지 않고 제기하지도 않은 것을 심리·판결하여 낭비된 소송비용이 아까워 항소하였지만, 제소에 대한 판결을 바라는 뜻에서 다시 말씀드립니다.

 제 소는 2011. 1.23.에 원고의 민원에 대해 피고가 2011. 1.28. 답한 것은 민원에 대한 답이 아니므로 결국 민원사무처리에관한법률 제15조 위반하였다는 주장입니다.

 원고의 주장은 2011. 1.23. 민원에 한정된 것이며, 따라서 기초사실에서 2011. 1.23. 이전 민원처리 상황을 언급하면서 정작 소의 기초가 되는 2011. 1.23. 민원처리 내용은 언급치 않아, 소의 본질이 왜곡되지 않게 하여 주시기 바랍니다. (6.21)

항소장

항소인(원고) :　서맹종

　　　　　　　경기도 용인시 기흥구 상하동

피항소인(피고) : 경기도

위 당사자 사이의 수원지방법원 2011구합4573사건에 관하여 원고는 수원지방법원이 2011. 7. 8. 선고한 판결을 2011. 7.27. 송달받고 이에 불복하므로 항소를 제기합니다.

원판결의 표시

1. 이 사건 소를 각하한다.
2. 소송비용은 원고가 부담한다.

항소취지

1. 원판결을 취소한다.
2. 원고가 피고에 대하여 2011. 1.23.에 제기한 민원에 피고가 2011. 1.28. 주관적으로 답한 것은 민원사무처리에관한법률 제15조를 위반한 것이므로, 이는 위법이다.
3. 소송비용은 1심, 2심 모두 피고의 부담으로 한다. 라는 판결을 구합니다.

항소이유

별지와 같음.

첨부서류

1. 납부서 2. 항소장 부본

2011. 7.27.

항소인(원고)　서맹종

서울고등법원 귀중

항소이유서

재판부가 동 소에 대해 '각하'판결함은 부당하므로 아래 이유로 항소합니다.

판결서 이유와 같이 본소에 대해 심리하였음에도, 심리가 불가하여 본소를 심리하지 않은 것처럼, '각하'판결을 하였습니다. 통상 '각하'라는 것은 각종 소송에 있어서 소송요건(관할권, 당사자능력, 당사자적격, 소송능력, 소의 이익, 제소기간의 준수 등 당해 소송에 대하여 본안을 판결하기에 적합한 요건)이 갖추어져 있지 않음을 이유로 법원에서 내리는 판결을 말하는데, 본소는 심리에 흠결이 없어 공판 등을 통해 심리한 것으로 소의 심리가 불가한 경우에 해당되지 않아 심리한 후 결정하는 '기각'결정 등이 가능할지도 모르나, 법에서 규정하는 각하 사유에 해당되지 않으므로 각하결정은 부당합니다. 그리고 본소는 2011. 1.23. 민원에 한정된 것으로 재판부가 판결서에 언급한 기초사실에서 적시한 '이 사건 민원'은 원고가 본소에서 주장하는 것이 아님에도, 이를 바탕으로 '각하'판결한 것은 부당합니다.

'이 사건 민원'은 '2011. 1.23. 민원'에 한정되며, 2011. 1.23. 전후의 민원은 이 사건 민원이 아닙니다.

판결에서 '이 사건 민원'을 잘못 알고 판단함으로 인해, 민원의 주된 내용을 '관련 공무원의 책임' 등으로 파악하여 판결함은 부당한 판결입니다.

2011. 1.23. 민원의 주 내용은 '민원회신 철저'이며, '관련 공무원의 책임' 등이 아닙니다. '관련 공무원의 책임' 등은 민원의 주 내용이 아니고 부수적인 내용입니다.

그리고 민원사무처리에관한법률 제15조(처리결과의 통지)에 의해 피고는 민원에 응답할 위무가 구체화(민원 처리결과 통지)됨에도 재판부가 관련 공무원의 책임을 물어달라는 등의 소로 해석하여 판결한 것은 잘못입니다. 재판부가 타기관 공무원의 책임을 직접 묻는다

는 것은 불가함에도 어떻게 원고의 주장을 이런 취지로 해석하여 판결하는지 이해되지 않
습니다.

원고는 '관련 공무원의 책임을 물어달라'고 주장하지 않았으며, 원고의 주장은 민원사무처
리에관한법률 제15조에 따른 원칙적인 민원처리 이행 요구이며, 이에 대한 법의 존엄성 확보
에 있습니다.

그리고 판결서에 '민원사무처리에관한법률 시행령 제21조'를 언급하여 말합니다. 본 소는
민원사무처리에관한법률 제15조와 관련된 소로 민원사무처리에관한법률 시행령 제21조와
는 관련없습니다. 따라서 본 소와 관련없는 시행령이므로 동 시행령은 본 소의 기초사실이
아닙니다.

준비서면

사건 : 2011누26697

원고 : 서 맹 종

피고 : 경기도

8.12. 석명준비명령을 수령하여 다음과 같이 보정합니다.

항소이유는 기 제출한 내용과 같이, 수원지방법원의 판결내용이 부당합니다.

본소는 2011. 1.23. 민원에 한정된 것으로 재판부가 판결서에 언급한 기초사실에서 적시한 '이 사건 민원'은 원고가 본소에서 주장하는 것이 아님에도, 이를 바탕으로 '각하'판결한 것은 부당합니다.

'이 사건 민원'은 '2011. 1.23. 민원'에 한정되며, 2011. 1.23. 전후의 민원은 이 사건 민원이 아닙니다.

2011. 1.23. 민원의 주 내용은 '민원회신 철저'이며 '관련 공무원의 책임' 등은 민원의 부수적인 내용일 뿐, 민원의 실지 내용이 아닙니다.

원고의 주장은 민원사무처리에관한법률 제15조에 따른 민원처리 이행 요구임에도, 어느 법률을 적용한 것인지 알리지 않아 모르지만 민원사무처리에관한법률 제15조를 적용치 않고 다른 법률로 판결한 것은 잘못입니다. (8.16)

준비서면

피고의 준비서면을 9.16. 수령하여 다음과 같이 보정합니다.

8.16. 준비서면을 통해 말했지만, 본소는 2011. 1.23. 민원에 한정된 것입니다. 즉 이 사건을 '관련 공무원의 책임' 등으로 판단한 원 판결은 원고의 주장이 아니므로 원 판결은 취소되어야 하며, 또 피고가 준비서면으로 제출한 성실한 이행은 피고의 주장일 뿐 원고는 피고가 2011. 1.23. 민원에 답한 것은 민원사무처리에관한법률 제15조를 위반한 것이라는 주장입니다. (9.16)

  내 사례를 통해 보듯이 사법부(법원)은 권익을 보호치 않은 문제있는 판결일지라도 기 판결로 존중하고 있습니다. 제가 벌금고지가 부당하여 '정식재판'을 청구하니, 법원은 '선고유예'로 판결하였습니다. 청구한 '벌금고지의 부당성'에 대한 주장은 논하지 않고 청구도 주장하지도 않은 '선고유예'를 판결합니다.

  법관은 소의 주장에 대해 합리적이고 양심적인 판단을 하여야 하는데, 청구인 주장에 대해서는 판단치 않고 청구인 주장도 아닌 것을 법관 양심에 따라 판결하고, 사법부는 이를 '기 판결'로 존중합니다. 법관의 양심에 따른 판결은 존중되어야 하나 법관 개인의사를 법원에서 '기 판결' 한 것으로 해석하여 존중하며 재심리하지 않는 것은 부당합니다. 즉 기 판결이나 항소여부에 불문하고 원판결의 재심리가 필요할 경우 재심리하여 국민인권이 형식이 아닌 실지로 보호되게 해야 합니다.

  벌금고지 부당에 대해 정식재판을 청구하니 벌금고지의 부당성에 대하여는 판단하지 않고 기 판결하여 재심리가 불가하다는 것이 법원의 판단입니다. 즉 청구한 것에 대하여 판단하지 않은 것을 판단한 것으로 인정하고, 국민의 기본권을 보호하는 헌법규정보다는 기 판결을 존중하는 법원의 시각도 문제지만 이러한 판결을 시정케 하는 규정도 없습니다.

  현재 법원은 객관적 판단 등을 위해 3심으로 운영되고 있으나 실질적인 3심이 되지 못하고 형식적인 3심을 하고 있습니다. 형식적인 3심보다는 실질적인 3심이 되도록 해야 합니다. 즉 제 경우와 같이 법원의 하자가 명백할 경우 당당 재판부에 신청인이 고충 등의 방법으로 민원을 통해 담당 재판부가 민원을 해결토록 함으로써 2심이 되고 또 불만일 경우 청구인이 상급심에 호소케 함으로써 실질적인 3심이 됩니다.

항소란, '제1심 판결에 대한 제2심 법원에의 상소와 단독판사의 선고에 대한 합의부에 불복을 항소라고 한다. 항소심은, 구법에서와 같이 복심(覆審)으로서 사건을 다시 심사하는 것이 아니라, 사후심(事後審)으로서 제1심판결의 당부를 심사한다.' 를 말한다.

법원이 잘못 판결한 것을 신청인에게 떠 넘겨 신청인이 항소를 통해 잘못된 판결을 수정토록 하는 것은 부당하며, 법원이 잘못된 판결을 하였음을 알면 '기판결' 여부를 떠나 이를 법원은 이를 시정해야 합니다.

시효에 대해 논하면, 시효란 법의 안정성 확보에 목적이 있음에도 안정성을 확보한다는 명분으로 헌법 수호(기본권 확보 등)를 훼손하고 있습니다.

헌법정신이 훼손된 판결임이 헌법 등으로 입증되면, 법의 안정성 확보보다는 헌법수호가 우선되어야 하므로 시효는 제외되어야 합니다. 즉 헌법수호를 위해서는 시효가 무시되어야 하며, 법의 안정성 확보라는 명분으로 헌법을 무시한 결정을 하고 이를 시효로 산입함은 부당합니다.

각하란, 각종 소송에 있어서 소송요건(관할권, 당사자능력, 당사자적격, 소송능력, 소의 이익, 제소기간의 준수 등 당해 소송에 대하여 본안을 판결하기에 적합한 요건)이 갖추어져 있지 않음을 이유로 법원에서 내리는 판결을 말하는데, 법원은 이러한 각하요건이 아님에도 법적 각하요건을 제시치 않고 '각하' 판결을 남발하고 있습니다. 재판부는 원고의 주장을 심리하여 '기각' 하는 것보다는 원고의 주장을 심리하지 않은 것처럼 '각하' 하는 편리한 방법을 선택하며 재판부의 마음에 흡족치 못하면 법적 이유없이 각하하여 법원의 위상을 높이려하고 있습니다.

법원이 원고로부터 소송비용을 징수하였음에도 재판부가 원고의 주장은 논하지 않고 마치 피고로부터 소송비용을 징수한 것처럼 피고의 주장만 논하여 판결하는 것은 주객이 전도된 판결로 부당합니다. 원고의 주장에 대해 피고의 주장을 논하고 이에 대해 재판부가 객관적이고 중립적인 입장에서 판결토록 해야 합니다.

재판부는 원고의 주장이 기초사실로 적시되어야 함에도 피고의 주장을 기초사실로 적시하여, 소의 본질을 왜곡합니다. 재판부가 중립성을 상실한 판단으로 어느 일방에게 유·불리한 판결을 하는 것은 유감이며, 재판부는 소 취지를 제대로 알고 그에 맞는 판결을 중립적으로 해야 합니다.

대법원은 국민의 기본권을 실질적으로 보호하게 규정한 법이 없어, 민원에 회신치 않고 민원을 완료한 것으로 처리합니다.

입법부도 마찬가지이지만 사법부도 민원을 적기에 처리하여 그 결과를 회신해야 하는 법이 없어 자체적으로 정한 '규정 등'에 따라 민원을 임의로 처리하고 있습니다.

제 예를 보면, 제가 2009. 11.에 1심 재판부에 접수된 소가 아직 종결되지 않고 2심 재판부에 계류 중입니다. 현재같이 사법부 임의 판단으로 민원(소 등)을 처리케 하는 것은 부당하므로, 법률관계를 조기(?)에 안정시켜 관련 국민이 생업에 전념할 수 있게 해야 합니다.

헌법재판소

위헌 소송

원고 : 서 맹 종

피고 : 행정안전부장관

『민원사무처리에 관한 법률』이 『민원사무처리에 관한 법률 시행령』 제21조 등에 "대통령이 정한다."고 위임하여 시행령으로 정한 규정은 헌법 제1조 및 제10조의 「행복추구권」 등을 침해한 것입니다. 『민원사무처리에 관한 법률 시행령』 제21조를 개정(삭제)토록 하여 주십시요.

『민원사무처리에 관한 법률 시행령』 제21조는 행정편의적이고 행정부 자의적 규정이니, 행정부 입장이 아닌 국민 입장에서, 불편이 해소될 수 있도록 하여 주시기 바랍니다.

이에 위헌확인을 구합니다.

정부(행정안전부)는 "다량의 민원사무처리를 원활히 할 수 있도록 한 것일 뿐 행정기관의 부작위 등을 정당화시켜 주는 취지와 무관하며, 민원 불수용 됨에 대한 시정은 해당기관들에 대해 당해 민원사무의 관련법령 재해석 요청을 통해 이루어져야할 사항이지 동 시행령 개정에 의할 것은 아니라고 판단된다"는 의견입니다.

실지 행정기관이 부작위 하면서 그 이유로 동 시행령을 들고 있습니다. 즉 동규정은 행정기관의 부작위를 정당화시키는 역할을 하고 있습니다. 동 시행령 때문에 행정부의 결정내용을 민원인이 바르게 알지 못하는 실정이며 이상적인 말만 하지 말고 현실에 부합되는 정책을 시행하기 바라는 데도, 행정부(행정안전부)는 현실정과 다른 의견으로 밀어붙이고 있습니다.

행정의 효율성 제고를 위해 『민원사무처리에 관한 법률 시행령』 제21조가 필요하다면서, 국민의 알 권리를 제한하고 있습니다.

정부가 국민(서민)을 생각하며 공정한 사회를 만들 의지가 있는지, 아니면 행정의 효율성 제고가 더 중요한지, 의심되는 시행령입니다. (10. 7)

위헌 소송

원고 : 서 맹 종
피고 : 행정안전부장관

2010.11.4 "기각" 결정문(사건번호:2010헌마627)을 보고 다시 소를 제출하오니 선처바랍니다.

판단에서 민원실 등의 장이 실제로 민원을 종결처리 할 때에야 비로소 청구인의 기본권에 영향을 미치게 된다고 할 것이므로 이 사건 조항에 의하여 청구인의 기본권이 직접 침해된다고 볼 수는 없다. 고 하여, 기각하였습니다.

그래서 저는 실제로 행정기관이 동 시행령을 빌미로 민원에 대해 미회신(동문서답)하며 부작위하는 증거로 제 블로그(http://blog.daum.net/seojoung)를 참고하시기 바라지만, 분량이 많아 일일이 사본으로 제출하지 못함을 이해하여 주시기 바랍니다.

행정의 효율성 제고를 위해 『민원사무처리에 관한 법률 시행령』 제21조가 필요하다면서, 국민의 알 권리를 제한하는 것은 부당합니다. (11. 4)

구제방법 문의

2010.11.4 "각하" 결정문(사건번호:2010헌마627)과 2010.11.18 "각하" 결정문(사건번호:2010헌아290)을 보고 민원을 제출하오니 선처바랍니다.

2010헌마627 결정에서 "민원실 등의 장이 실제로 민원을 종결처리 할 때에야 비로소 청구인의 기본권에 영향을 미치게 된다고 할 것이므로 이 사건 조항에 의하여 청구인의 기본권이 직접 침해된다고 볼 수는 없다"고 각하 하여, 당초 결정을 보완(청구인의 기본권이 직접 침해된 사례)하여 2010헌아290으로 처리되었습니다.

그런데 2010헌아290는 "이 사건 조항에 의한 기본권 침해의 직접성이 인정됨에도 재심사 대상결정이 직접성을 인정할 수 없다고 잘못 판단(2010헌마627 결정)한 것이고 이는 민사소송법 제451조 제1항 각 호의 재심사유중 어느 것에도 해당되지 아니하므로 이 사건 심판청구는 적법한 재심사유에 관한 주장이 없는 경우에 해당하여 부적법하다"는 사유로 각하 결정하였습니다.

여기서 제 민원은

1. 2010헌마627의 결정같이 잘못 판단으로 결정된 경우에 구제할 다른 방법이 없는지 문의입니다.
2. 2010헌아290를 보면 '재심 부적법' 사유인데, 제 심사청구는 2010헌마627 결정이 원인이 된 것으로 관련성은 있지만 '재심 청구'가 아닙니다. 즉 2010헌아290는 잘못된 판단으로 결정한 것입니다. 이럴 경우에 제가 어떻게 해야 하는지 알려 주시기 바랍니다. (11.18)

서맹종님께

헌법재판소 홈페이지 질문과 답변 란을 이용해 주셔서 감사합니다.

헌법소원심판청구가 청구요건을 흠결하여 부적법하다는 이유로 각하된 경우에는 각하결정에서 판시한 요건의 흠결을 보완할 수 있는 때에 한하여 그 요건의 흠결을 보완하여 다시 심판청구를 할 수 있습니다.

그러나 귀하의 사건은 2010헌아290 민원사무처리에 관한 법률 시행령 제21조 위헌확인(재심) 사건의 결정문에서 흠결을 보정할 수 없다고 판시하고 있으므로 더 이상의 구제방법은 없습니다.

그리고 헌법재판소법 제39조에 의하면 헌법재판소는 이미 심판을 거친 동일한 사건에 대하여 다시 심판할 수 없으므로 헌법재판소의 결정에 대하여는 원칙적으로 불복신청이 허용되지 아니한다는 것이 헌법재판소의 확립된 판례입니다.(헌재 1994. 12. 29. 92헌아1, 판례집 6-2, 538, 541 등)

귀하의 앞날에 건강과 행복이 함께 하시기를 기원합니다.

구제방법 문의

답변 잘 보았습니다. 감사합니다.

제가 문의한 것은 당초 결정에 오류가 있을 때 차후에 헌법재판소에서 구제할 방법에 대한 문의인데, 타기관에 대한 구제방법을 설명하고 정작 소에서 구제할 방법에 대해서는 말이 없어 다시 문의드리니 양해하여 주시기 바랍니다.

저번에도 말했지만, 2010헌아290는 "이 사건 조항에 의한 기본권 침해의 직접성이 인정됨에도 재심사대상결정이 직접성을 인정할 수 없다고 잘못 판단(2010헌마627 결정)한 것이고 이는 민사소송법 제451조 제1항 각 호의 재심사유중 어느 것에도 해당되지 아니하므로 이 사건 심판청구는 적법한 재심사유에 관한 주장이 없는 경우에 해당하여 부적법하다"는 사유로 각하결정하였습니다. 즉 "재심"이라는 이유로 각하결정하여 구제방법을 문의한 것입니다.

답과 같이 "민원을 제출하였다가 종결처분을 받은 사실이 있는지 여부와 무관하게, 법령 자체가 아니라 이러한 민원종결에 의하여 기본권이 침해되는 이상 이 사건 조항 자체를 다룰 수 없다고 판단하였기 때문입니다."가 아니라 "재심"이유는 부당합니다.

『민원사무처리에 관한 법률 시행령』 제21조에 의해 실지 국민의 인권이 침해되고 있는데, 동 시행령을 방치하는 것은 도리가 아닙니다.

저는 어떻게 해야 하는지 문의드립니다.

헌법재판소에서 동 문제를 해결하기를 기다려야 되는지, 아니면 동일 내용의 헌법소원을 다시 제출하여야 되는지, 알려 주시기 바랍니다. 감사합니다. (11.25)

서맹종님께 헌법재판소 홈페이지 '질문과 답변' 란을 이용해 주셔서 감사합니다.

2010헌마627 사건에서 "이 사건 조항에 의하여 청구인의 기본권이 직접 침해된다고 볼 수 없다"는 취지는 청구인의 기본권이 이 사건 조항 자체가 아니라 구체적인 집행행위를 매개로 하여 침해되는 이상, 일반 쟁송의 방법으로 집행행위를 대상으로 하여 기본권침해에 대한 구제절차를 밟아야 하고, 헌법소원심판청구를 통해 법률 자체를 다툴 수 없다는 것을 의미합니다.

즉 2010헌마627 사건에서, 심판청구를 각하한 것은 청구인이 민원을 제출하였다가 종결처리 된 사실이 없다고 판단하였기 때문이 아니라, 청구인이 민원을 제출하였다가 종결처분을 받은 사실이 있는지 여부와 무관하게, 법령 자체가 아니라 이러한 민원종결에 의하여 기본권이 침해되는 이상 이 사건 조항 자체를 다툴 수 없다고 판단하였기 때문입니다.

귀하의 앞날에 건강과 행복이 함께 하시기를 기원합니다.

구제방법 재문의

귀 답변을 보고 다시 문의드림을 양해하여 주시기 바랍니다.

헌법재판소법 제39조에 의해, 헌법재판소의 결정에 대하여는 원칙적으로 불복신청이 허용되지 아니한다는 것이 헌법재판소의 확립된 판례라는 답변에 대해 문의드립니다. 답대로라면, 헌법재판소의 결정에 대하여는 원칙적으로 불복이 허용되지 않는다는 것인데, 결정시 사실확인 미흡(청구내용 확인 미흡)이라고 청구인이 판단하여 결정에 불복할 경우에도, 헌법재판소가 기결정한 것을 이유로 각하결정하는 것이 당연한 것이라는 답입니다.

그래서 저는 이런 경우에 다른 방법으로라도 헌법재판소에서 구제할 방법이 없는지 문의드리며, 제가 제출하여 2010헌마627로 접수된 건은 재심사 청구가 아닙니다.

『민원사무처리에 관한 법률 시행령』 제21조에 의해 실지 국민의 인권이 침해되고 있는데, 동 시행령을 방치하는 것은 도리가 아닙니다.

헌법재판소에서 해결하기를 기다려야 되는지, 아니면 동일 내용의 헌법소원을 다시 제출하여야 되는지, 알려 주시기 바랍니다.

국민의 권익이 보호되기 바랍니다. 감사합니다. (12. 1)

「구제방법 재문의」에 대한 답변 (12. 1)

서맹종님께

헌법재판소 홈페이지 질문과 답변 란을 이용해 주셔서 감사합니다.

문의하신 민원사무처리에 관한 법률 시행령 제21조에 대해서는 2010헌마627(2010. 11. 2. 각하)과 2010헌아290(2010. 11.16 각하)사건에서 결정이 내려진 바 있으며, 동 결정문에 귀하의 민원 내용과 관련된 사항에 대하여 기술되어 있으므로 결정문 이외에 더 이상의 구체적인 답변을 드리는 것은 적절치 않은 것 같습니다.

귀하의 앞날에 건강과 행복이 함께 하시기를 기원합니다.

구제방법 문의 3

저는 국민의 인권(알 권리 등)이 행정부에서 침해하는 사례를 제 블로그(http://blog.daum.net/seojoung)를 통해 예를 들면서, 헌법재판소에서 구제할 방법이 없는지에 대해 심판청구도 하고 문의하니, 국민 인권보호에 대해서는 답하지 않고 있어 다시 문의 합니다.

헌법재판소가 국민인권보호에 소홀한 사례는 많지만, 2010헌마627도 하나의 사례일 뿐 문의한 것이 아니므로 답할 필요도 없습니다.

제가 질의하는 것은 헌법재판소에서 국민인권을 보호할 수 있는 절차에 대한 재문의이니, 정부의 인권침해 사례에 대하여는 답하지 말기 바랍니다. (12.9)

「구제방법 문의3」에 대한 답변 (12 13)

서맹종님께 헌법재판소 홈페이지 질문과 답변 란을 이용해 주셔서 감사합니다.

헌법재판소는 위헌법률심판, 탄핵심판, 정당해산심판, 권한쟁의심판, 헌법소원심판 등 헌법재판을 전담하기 위해서 설치된 헌법재판기관입니다.

따라서 국민의 인권에 관련된 사항도 구체적인 사건이 청구된 경우 재판을 통해서 결정될 수 밖에 없습니다.

기타 헌법재판절차에 대한 자세한 사항은 홈페이지 알기쉬운 헌법재판 부분을 참고하시거나, 우측 중단의 헌법재판실무제요를 내려받아 해당 부분을 참고하시기 바랍니다.

귀하의 앞날에 건강과 행복이 함께 하시기를 기원합니다.

구제방법 문의4

답변 잘 보았습니다.

제가 문의한 것은 제 경우를 사례로 들면서 법관의 잘못된 판단으로 잘못된 결정을 하였다고 청구인이 주장할 경우 청구인을 구제할 방법에 대한 문의입니다.

법관은 신(神)이 아니기 때문에 판단에는 항상 오류가 있을 수 있습니다. (12.14)

「구제방법 문의4」에 대한 답변 (12 15)

서맹종님께 헌법재판소 홈페이지 질문과 답변 란을 이용해 주셔서 감사합니다.

귀하의 문의사항에 대해서는 이미 여러 차례 답변드린 바 있으므로 더 이상의 구체적인 답변을 드리는 것은 적절치 않은 것 같습니다.

기존 답변내용을 참고하시기 바랍니다.

귀하의 앞날에 건강과 행복이 함께 하시기를 기원합니다.

제가 문의한 것은 제 경우를 사례로 들면서 법관의 잘못된 판단으로 잘못된 결정을 하였다고 청구인이 주장할 경우 청구인을 구제할 방법에 대한 문의였는데, 여기에 대해 여러 차례 답한 것은 법원이 정한 기일을 지키지 않은 것은 청구인이 의무를 불이행(법정기일 초과)한 것이므로 구제할 수 없다는 답입니다.

다시 제 문의와 답을 요약하면, 법정기일을 초과한 차후에 법관의 판단에 오류가 있어도 이를 다시 구제할 방법이 없다는 답을 수차례 하였습니다.

법관은 신(神)이 아니기 때문에 판단에는 오류가 있을 수 있는데도 법관의 오류 판단을 방치하는 것은 부당합니다. 법관이 기 판단하였을지라도 청구인 등을 '구제할 방법'이 모색되어야 합니다. 제 문의는 '구제방법'입니다.

구제할 방법이 없으면, 기 답한 바 있으므로 더 이상 구체적으로 답하는 것은 적절치 않다는 등으로, 문의와 다른 내용으로 답하기 바랍니다. (12.15)

「구제방법 문의5」에 대한 답변 (12 16)

서맹종님께 헌법재판소 홈페이지 '질문과 답변' 란을 이용해 주셔서 감사합니다.

헌법재판소의 심판은 단심이기 때문에 별도로 상소할 수 있는 구제절차가 없습니다. 다만, '재판부의 구성이 위법한 경우 등 절차상 중대하고도 명백한 위법이 있어서 재심을 허용하지 아니하면 현저히 정의에 반하는 경우' (93헌아1, 1995. 1. 20.)와 '헌법재판소의 결정에 영향을 미칠 중대한 사항에 관하여 판단을 유탈한 때' (2001헌아3, 2001. 9. 27.)에는 재심을 청구할 수 있다는 헌법재판소의 판례가 있음을 알려드립니다.

귀하의 앞날에 건강과 행복이 함께 하시기를 기원합니다.

위헌 소송

원고 : 서 맹 종

피고 : 행정안전부장관

『민원사무처리에관한법률 시행령』 제21조가 『민원사무처리에관한법률』 제15조를 제한하며 시행되고 있습니다.

행정편의를 위해 헌법과 법률에 위반된 시행령을 시행하고, 각 부처가 민원사무처리에관한법률 제15조에 위반되는 동 법 시행령을 시행하고 있음에도, 개선치 않고 밀어붙이기만 하고 있으니, 『민원사무처리에관한법률 시행령』 제21조를 폐지하여, 국민의 알권리를 충실하게 보호하는 『민원사무처리에관한법률』 제15조가 정상적으로 시행되게 하여 주시기 바랍니다.

『민원사무처리에관한법률 시행령』 제21조는 행정편의를 위해 헌법과 법률에 위반하여 시행되고, 각 부처가 민원사무처리에관한법률 제15조를 위반하고 있음에도, 정부는 개선치 않고 밀어붙이고 있습니다.

헌법이나 법률에 보장된 국민의 기본권(알 권리)을 시행령으로 제한함은 위법입니다.

첨부한 예에서 국민의 기본권을 동 시행령으로 제한하면서 시행되고 있음을 알 수 있습니다. (2. 2)

첨부 : 민원에 대한 감사원의 답변(처리)

구제방법 문의6

헌법 전문과 각 조항에서 국민의 '자유와 행복'을 규정하고 있습니다. 즉 국민의 자유와 행복에 반하는 것은 헌법위반이라는 것입니다. 그런데 헌법재판소의 판결이나 민원처리 사례를 보면, 다시 심판할 수 없다고 결정하고 있습니다. 헌법과 상반되어 문의합니다. 어떤 헌법이나 법률 규정에 의해 재심이 허용되지 않는지, 판례나 예규가 아닌 헌법이나 법률 규정을 알려 주기 바랍니다. (3. 2)

서맹종님께 헌법재판소 홈페이지 질문과 답변 란을 이용해 주셔서 감사합니다.

귀하께서 질의하신 관련 헌법 및 법률규정은 다음과 같습니다.

헌법 제113조 제2항은 헌법재판소는 법률에 저촉되지 아니하는 범위 안에서 심판에 관한 절차, 내부규율과 사무처리에 관한 규칙을 제정할 수 있다. 고 규정하고 있고, 동조 제3항은 헌법재판소의 조직과 운영 기타 필요한 사항은 법률로 정한다. 고 규정하고 있습니다.

헌법재판소법 제39조는 헌법재판소는 이미 심판을 거친 동일한 사건에 대하여는 다시 심판할 수 없다. 고 규정하는 한편, 헌법재판소법 제40조 제1항은 헌법재판소의 심판에 관하여는 이 법에 특별한 규정이 있는 경우를 제외하고는 헌법재판의 성질에 반하지 아니하는 한도 내에서 민사소송에 관한 법령을 준용한다. 고 규정하고 있고, 민사소송법 제451조는 재심사유 등에 대하여 규정하고 있습니다.

귀하의 앞날에 건강과 행복이 함께 하시기를 기원합니다.

3. 4. 구제방법 문의6에 대한 답변은 잘 보았습니다. 즉 헌법 제113조 제2항과 헌법재판소법 제40조 제1항 및 헌법재판소법 제39조에 따라 '이미 심판을 거친 동일한 사건에 대하여는 다시 심판할 수 없다.'는 규정을 잘 보았습니다.

그러면 헌법에서는 국민의 '자유와 행복'을 규정하고 있는데, 헌법에 의해 제정된 헌법재판소법은 국민의 '자유와 행복'에 반하여도 다시 심판할 수 없도록 규정하고 있습니다. 국민의 '자유와 행복'을 침해하는 어떠한 규정(법)도 위헌입니다. 헌법재판소의 판단은 어떤지, 또 대한민국 국민인 저는 어떻게 해야 되는지 알려 주기 바랍니다. (3.30)

「구제방법 문의7」에 대한 답변 (3.30)

서맹종님께

헌법재판소 홈페이지 질문과 답변 란을 이용해 주셔서 감사합니다.

귀하의 문의사항에 대해서는 이미 여러 차례 답변드린 바 있으므로 더 이상의 구체적인 답변을 드리는 것은 적절치 않은 것 같습니다.

기존 답변내용을 참고하시기 바라며, 귀하의 앞날에 건강과 행복이 함께 하시기를 기원합니다.

위헌 소송

원고 : 서 맹 종

피고 : 행정안전부장관

헌법 전문에서 보듯이, 헌법은 국민 권익 등 국민의 기본권 보호가 목적이며, 헌법 제26조에 의한 청원법 제1조에서도 청원권행사의 절차와 청원의 처리에 관한 사항을 규정하여 국민의 기본권 보호가 목적임을 명시하고 있습니다.

마찬가지로 청원법 제8조도 국민의 기본권 보호를 위해 청원권행사의 절차와 청원의 처리에 관한 사항을 규정하고 있습니다. 그러나 청원법 제8조가 청원 접수기관의 판단에 따라 기본권이 보호되지 않을 수도 있음을 규정하고 있습니다. 즉 청원법 제8조에서 국민의 기본권 보호와 관계없이 처리기관이 '반복청원' 또는 '이중청원'이라고 청원 접수기관이 판단하기만 하면 청원을 반려할 수 있게 규정함은 부당합니다.

〈청원법 제8조(반복청원 및 이중청원의 처리)〉

동일인이 동일한 내용의 청원서를 동일한 기관에 2건 이상 제출하거나 2 이상의 기관에 제출한 때에는 나중에 접수된 청원서는 이를 반려할 수 있다.

헌법정신은 기본권 보호가 목적인데 청원법에 의하여 기본권이라 할지라도 헌법의 효율적 시행을 위해 법률로써 기본권이 제한될 수 있게 한다는 것은 부당합니다. 즉 청원서를 접수한 기관이 '동일한 내용의 청원서'인지 여부를 행정편의에 따라 해석·적용·판단하게 하는 것은 부당하다는 것이며, 청원법 제8조는 국민 누구에게나 어떤 상황에서도 일관되게 해석·적용·판단되게 해야 합니다.

접수 기관에서 관련법규를 임의로 판단하여 청원인이 쟁송케 함은 부당합니다. 행정기관(접수기관)의 일방적 판단이 아닌 국민(청원인)의 의사가 반영되어 반복청원 및 이중청원 여부를 판단케 하여야 하며, 청원 접수기관에서 일방적으로 '반복청원 및 이중청원' 여부를 판단케 함은 헌법상 기본권이 법에 의해 제한될 수 있으므로 부당합니다.

그리고 '청원법'과 '민원사무처리에관한법률'간의 법률 관계가 모호합니다.
즉, 어느 법이 우선되는지 모호하며, 제가 보기로는 두 법 성질이 같으므로 한 개의 법으로 통합되어야 될 것으로 보며, 청원법의 미흡한 부분은 민원사무처리에관한법률에서 보완하여야 될 것으로 봅니다. (5. 5)

보정명령(사건번호 : 2011헌마248)과 관련된 사항

보정명령사항 : 청원이 반려된 사실과 반려된 최초시점 및 소명자료

보정사항

1. 청원법 제8조에 동일인이 동일한 내용의 청원서를 동일한 기관에 2건 이상 제출하거나 2 이상의 기관에 제출한 때에는 나중에 접수된 청원서는 이를 반려할 수 있다고 규정하고 있음에도, 제가 제출한 청원(민원 등)에 대해 반려하지도 않았으며 청원내용과 다른 답(동문서답)으로 청원을 처리하고 있습니다.

2. 여러 청원을 제출한 사실은 제가 지은 서적(민원처리 사례로 보는 정부의 자세(상))에 있는 바와 같으며, 청원을 제출한 최초시점은 대통령에게 제출한 2009. 5. 8.이며 대통령은 동 청원을 반려하지 않았고 이에 대해 국가보훈처가 청원(진정)내용과 전혀 다른 내용으로 안내하였습니다. 즉 국가보훈처가 허위서류를 교부하는 등 국가보훈처의 업무오류에 대한 오류정정요구가 청원임에도, 국가보훈처는 "공무원으로 재직중 발생한 뇌출혈의 공상인정을 희망"하는 내용으로 안내하였습니다. 지금(2011. 5. 6. 국무총리)도 정부가 청원내용과 전혀 다른 내용으로 답하여 청원(민원)이 계속되고 있으나, 청원(민원)은 해결되지 않고 있습니다.

   ※ 청원 접수(처리)부서가 청원내용을 임의로 판단하여 청원을 처리함에 따라, 청원이 종결되지 않고 계속됨

3. 소명자료로, 제가 지은 서적인 「민원처리 사례로 보는 정부의 자세(상)」을 첨부합니다. (5.13)

위헌 소송

원고 : 서 맹 종

피고 : 행정안전부

2011. 5.26. 사건 2011헌마248에 대한 결정을 수령하고 다시 '청원법 제8조'가 위헌임을 제기합니다.

2011헌마248에 결정에서, 사건기록 등을 살펴보아도 청원서를 반려 받은 사실이 없으며 따라서 공권력의 불행사로 말미암아 기본권이 직접 침해받은 경우가 없다는 사유로, 헌법재판소법 제68조 제1항과 헌법재판소법 제72조 제3항에 제4호에 따라 각하 결정하였음을 통지하였습니다.

그러면 헌법이 제정된 중요한 의의는, 국민의 기본권 보호인데 헌법재판소법은 기본권보호가 목적이 아닌 헌법재판소법을 보호하기 위한 법인지 이상합니다.

다음에 제가 보낸 서적으로도 알 수 있지만, 저는 청원서를 반려받은 사실이 없어 기본권이 제한되고 있습니다. 즉 제가 제기하는 것은 청원법 제8조의 청원서 반려여부도 청원제출자의 의사가 반영되지 않고 청원접수자 임의의 판단에 따르게 한다는 것은, 청원자(국민)의 기본권을 보호하지 않게 함으로 위헌이라는 주장입니다.

청원서가 반려되지 않는 사례로도 청원접수자 임의로 판단하고 있음을 알 수 있으며, 따라서 국민의 기본권이 청원법제8조에 의해 제한되고 있음을 알 수 있습니다.

그리고 헌법재판소가 국민의 기본권을 보호하지 못하면서 헌법에서 별도로 조직케 하는 것은 부당하며, 기본권 보호와 관련없이 청원서가 반려된 적이 없다는 사유로 각하함은 부당합니다.

청원제출자의 의사 반영없이 청원접수자 임의로 판단하게 규정한 '청원법 제8조'의 위헌여부를 다시 살펴 국민의 기본권이 보호되게 하여 주기 바랍니다. (5.26)

문의8

헌법 제101조에서, 사법권은 법관으로 구성된 법원에 속한다고 규정하여 놓고, 헌법재판소도 사법권을 행사하는 기관인데 왜 헌법 제111조에서 헌법재판소가 관장하는 사항(헌법소원에 관한 심판 등)을 별도로 규정하는지 궁금하여 문의합니다.

헌법 전문에도 국민의 안전과 자유와 행복을 영원히 확보할 것을 규정하였지만, 제가 기본권이 보호되지 않아 헌법소원을 제출하니 헌법재판소가 기본권이 보호되지 않는 결정을 하여 다시 동일 내용(기본권 보호)으로 헌법소원을 제출하니 헌법재판소는 헌법재판소법 제39조에 의해 이미 심판을 거친 동일한 사건에 대하여는 다시 심판할 수 없다는 결정을 하였습니다.

즉 헌법재판소는 헌법 전문의 국민행복을 위한 기본권 보호보다는 헌법재판소법 제39조를 상위법으로 해석하여 결정하고 있습니다.

헌법재판소가 국민의 행복(기본권)을 보호하지 못하는 결정을 하는 것은 부당하며, 기본권도 보호하지 못하는 결정을 하는 헌법재판소가 대법원과 별도로 존재하는 이유가 무엇인지 알려 주기 바랍니다. (6. 9)

서맹종님께. 헌법재판소 홈페이지 질문과 답변 란을 이용해 주셔서 감사합니다.

헌법재판소는 입법, 행정, 사법부와는 별개의 독립된 헌법상의 국가기관으로서 헌법 제6장에서 헌법재판소의 관장사항과 구성 등에 관하여 규정하고 있습니다. 현행 헌법은 사법작용의 범주에 속하는 민사·형사·행정 등에 관한 일반재판권과 헌법재판권을 각기 분리·독립된 사법기관인 법원과 헌법재판소로 하여금 분장하게 하고 있습니다. 따라서 헌법재판소는 헌법재판을 전담하기 위해서 헌법에 의하여 설치된 독립된 헌법기관입니다.

헌법재판소의 기능에는 위헌법률심판, 탄핵심판, 정당해산심판, 권한쟁의심판, 헌법소원심판의 다섯 가지가 있으며 이를 통칭하여 헌법재판이라고 합니다.

헌법재판제도의 도입과 변천에 관련된 자세한 사항은 홈페이지에서 찾기 쉬운 주요정보 발간문헌 단행본 부분에서 헌법재판소 20년사를 참고하시거나 기타 헌법에 관련된 법률 서적을 참고하시기 바랍니다.

그리고 헌법재판소의 결정내용에 대해서는 이곳 홈페이지 운영자가 구체적인 답변을 드리는 것은 적절치 않으므로 이점 이해해 주시기 바랍니다.

귀하의 앞날에 건강과 행복이 함께 하시기를 기원합니다.

문의9

답변 잘 보았으나, 답 내용은 제가 아는 내용임으로 제가 홈페이지나 문헌 등을 참고할 필요도 없습니다.

제 문의를 간단하게 요약하면,

기본권도 보호하지 못하는 결정을 하는 헌법재판소가 왜 헌법에서 대법원과도 별도로 규정하고 있는지에 대한 의문이며, 이에 대한 헌법재판소의 견해(의견)를 알고 싶어 문의한 것이며,

또 헌법재판소가 국민행복을 위한 기본권 보호보다는 헌법재판소법 제39조를 상위법으로 해석하여 결정하고 있데 대한 의문으로 문의한 것이지, 헌법재판소의 결정내용에 대한 문의(의문)이 아닙니다.

위 두가지 의문이 해소될 수 있는 답을 바랍니다. (6.11)

문의9에 대한 답변 (6. 13)

서맹종님께

헌법재판소 홈페이지 '질문과 답변' 란을 이용해 주셔서 감사합니다.

헌법재판소는 '헌법에 관련된 분쟁' 을 해결하는 것을 주 임무로 하고 있는 재판기관입니다. 따라서 각종 법률 등에 대한 헌법재판소의 공식입장은 결정문으로 판시하고 있습니다.

귀하의 문의내용은 헌법재판소 결정에 불복하여 청구한 헌법소원심판사건은 일사부재리의 원칙에 위배되어 허용되지 않는다(헌법재판소법 제39조)는 헌법재판소 결정에 대한 사항입니다.

따라서 이곳 홈페이지 운영자는 더 이상의 구체적인 답변을 드릴 수 없음을 양해해 주시기 바라며, 향후 동일한 취지의 질문에 대해서는 더 이상 답변을 드리지 않을 수 있음을 알려드립니다.

귀하의 앞날에 건강과 행복이 함께 하시기를 기원합니다.

문의10

귀 원에서 문의내용을 '헌법재판소법 제39조'와 관련된 사항을 답하여, 제 의문이 해소되지 않아 다시 문의합니다.

제 문의는 '헌법재판소법 제39조'와 관련된 사항이 아니고,

1. 기본권도 보호하지 못하는 결정을 하는 헌법재판소가 왜 헌법에서 대법원과 별도로 규정하고 있는지에 대한 의문이며, 이에 대한 헌법재판소의 견해(의견)이지 홈페이지 운영자 개인의 의견이 아닙니다. 즉 헌법 규정에 대한 헌법재판소의 견해입니다.
2. 헌법재판소가 국민행복을 위한 기본권 보호보다는 헌법재판소법 제39조를 상위법으로 해석하여 결정하고 있데 대한 의문으로 문의한 것입니다. 즉 법 적용에 대한 것이기보다는 헌법과 상반된 법률을 결정서에 기재하여 결정하는지에 대한 문의입니다.
3. 향후 동일한 취지의 질문에 대해서는 더 이상 답하지 않을 수 있음을 알려 문의 하는데, '동일한 취지의 질문'이라는 판단을 헌법재판소와 민원인이 쌍방 협의를 통해 결정하는지, 아니면 헌법재판소의 일방적 판단에 의한 결정인지 알고 싶으며, 어떤 법률에 근거한 것인지도 알려 주기 바랍니다.

위 세가지 의문이 해소될 수 있는 답을 바랍니다. (6.15)

서맹종님께

헌법재판소 홈페이지 '질문과 답변' 란을 이용해 주셔서 감사합니다.

현행 헌법은 헌법재판을 전담하게 하기 위하여 헌법재판소를 대법원과 별개로 규정하고 있으며 (헌법 제111조~제113조), 헌법조항에 대한 해석은 구체적인 사건이 헌법재판소에 청구되었을 경우에 재판부에서 판단할 사항입니다.

참고로 우리 재판소는 헌법의 개별규정 자체는 위헌심사의 대상이 될 수 없다는 취지의 결정을 판시한 바 있습니다(1995. 12. 28. 95헌바3, 1996. 6. 13. 94헌바20, 2001. 2. 22. 2000헌바38). 결정내용에 대한 자세한 사항은 홈페이지 '찾기 쉬운 주요정보' 의 '판례검색' 부분에서 결정문을 검색해 보시기 바랍니다.

두 번째 질문과 관련하여, 헌법재판소 결정과 관련된 사항은 결정문 이외에 더 이상의 구체적인 답변을 드릴 수 없습니다.

동일한 취지의 질문에 답변을 하지 않을 수도 있다는 것은 민원사무처리에 관한 법률 시행령 제21조(반복 및 중복 민원의 처리)의 규정에 의한 것입니다. 자세한 사항은 동 조항을 참고하시기 바랍니다.

귀하의 앞날에 건강과 행복이 함께 하시기를 기원합니다.

우리나라는 법치국가로 헌법(국민) 법률(국회) 시행령(대통령령 등)이 있고 시행령이 헌법이나 법률에 우선하지 못합니다.

그런데 시행의 편의를 위해 제정된 시행령이 법에 위임받은 근거없이 국민을 인권을 제한하는 규정을 쉽게 찾을 수 있습니다.

내가 알기만 해도, 민원사무처리에관한법률 제15조(처리결과의 통지)는 민원인이 신청한 민원사항에 대한 처리결과를 민원인에게 통지하게 규정하고 있으나, 시행편의를 위해 근거없이 제정된 동 법 시행령 제21조가 헌법 취지와 상반되게 국민의 알권리를 제한하고 있습니다. 또 국민건강보험법 시행령 제40조의2(보험료부과점수의 산정기준)는 국민건강보험법에 대통령령에 위임한다고 규정하고는 국민에게 부담되게 하는 규정을 대통령령으로 규정하여 시행하고 있습니다. 국민에게 이익되는 것이 아닌 부담을 주는 규정은 최소한 법에 규정하는 것이 옳은데, 시행령으로 규정하여 국민의 부담되게 하는 것이 공정·공평이며 정의인지 의심됩니다.

헌법 제1조에 ①대한민국은 민주공화국이다. ②대한민국의 주권은 국민에게 있고, 모든 권력은 국민으로부터 나온다. 규정되어 있고, 헌법재판소법 제2조에서는 헌법재판소는 헌법소원에 관한 심판 등을 관장함을 규정하고 있음에도, 국민을 위하지 않고 헌법과 법에 상반된 시행령으로 시행하고 있는 여러 규정 시행에 대해 헌법재판소의 책임은 무엇인지 궁금합니다.

내 사례를 통해 보듯이, 헌법재판소에 헌법소원(현 법률 등이 국민의 기본권을 보호하지 못함)하여 헌법재판소에서 심판한 결과 판례나 법률 규정 등에 따라 다시 심판할 수 없다고 결정하고 있습니다. 즉 국민의 기본권을 보호할 방안이 없다는 것입니다.

국민의 기본권(알 권리 등)을 헌법재판소에서도 보호하지 못하면, 어떻게 기본권을 보호해야 할지 막막합니다. 헌법재판소는 '자유와 행복'에 반하는 판결을 하여도 국민의 자유와 행복을 위해서 다시 심판하지 못합니다.

사례를 보면, 법원과 헌법재판소는 명칭만 다를 뿐 같은 형태입니다. 즉 헌법재판소가 존재함으로써 국민의 기본권이 더 보장된다고 하지 못하며 행정부에 의해 기본권이 침해되고 있는 실정임에도, 헌법재판소는 국민의 기본권을 보호해야 한다는 의지도 없습니다.

헌법재판소의 위헌여부에 대한 결정 사례를 보면, 기결정한 것을 재심리하는 것은 일사부재리 원칙에 위배되므로 재심리하지 않습니다. 즉 위헌여부보다는 기판결하였으면 위헌여부를 재심리하지 않는 단심제로 운영되며, 헌법 보장보다는 기판결이 우선됨으로 인해 민원이 제기됩니다.

헌법재판소의 위헌에 관한 심리도 법원과 동일한 심급을 운영케 하여 헌법이 보장될 수 있는 객관성을 확보케 해야 합니다.

사례를 보면, 행정부에서 개선하기를 방치한 것임에도 헌법재판소는 동일한 법 내에서의 모순점은 개선하려고 노력하나, 헌법에 위반되는 사항이 시행령(민원사무처리에 관한 법률 시행령 제21조, 국민건강보험법 시행령 제40조의2 등)으로 규정되어 시행되어도 행정부와 같이 이를 개선치 못하는데, 헌법재판소가 법원과 독립하여 존재하게 하면서 예산을 소비하게 하는 이유가 뭔지 알 수 없습니다.

기본권도 보호하지 못하는 헌법재판소가 왜 헌법에서 법원과 별도로 규정하여 존재하는지에 대해, 현 헌법에서 헌법재판을 전담케 하기 위하여 헌법재판소를 법원과 별개로 규정하고 있다는 답이며, 왜 헌법재판소가 헌법재판을 전담케 하며 예산을 소비케 하는지 등에 대한 견해는 없습니다.

또 헌법재판소가 헌법취지보다는 헌법재판소법 제39조를 상위법으로 해석하여 결정하는데 대하여도 헌법재판소의 견해는 없습니다.

그리고 '동일한 취지의 질문'이라는 판단을 법 근거없이 헌법재판소가 임의로 판단하여, 법률근거를 알리지 못하고 시행령 규정만 알립니다.

뉴스기사에 대한 댓글

세종 (seojoung****) http://yozm.daum.net/seojoung0914 사용중인 SNS 요즘 트위터 페이스북 미투데이

기사 나경원-박원순 정책 공약 비교 댓글/ 두 후보간의 차이점이 없습니다. 왜냐하면 실현 가능성없이 말만하는 것은 공약도 아닌 공약이기 때문입니다. 장미빛 말로 추상적 대책을 제시하지 말고 근본적 대책을 공약해야 하며, '현재 두 후보는 실천성있는 公約이 없어 비교하며 다르다고 보도할 것도 없는데, 차이점이 있는 것 같이 비교하는 것은 부당합니다.' 같은 건 空約입니다. 11.10.22.

◆ ◆ ◆

기사 [서울시장 재보선 D-5] '네거티브' 진흙탕, 심판론이 변수되나 댓글/ 여당이 "내곡동 사저 의혹"에 대해 부동산 거래를 한번쯤 해본 국민들이 쉽게 이해할 것이라는 안이한 판단을 하고 있으니, 한심한 일입니다. 국민을 이끌고 지도해야 할 대통령이 국민들이 그런다고 따라 했으니 쉽게 이해한다? 다른 국민이 대통령하게 하지 왜 대통령했는지 의심되는 말을 여당에서 합니다. 11.10.21.

◆ ◆ ◆

기사 [단독] 37년째 戰死보상금 5000원… 보훈처장 "몰랐다" 댓글/ 대통령이 법위반 의혹을 본의 아니게 라고 해명하고 보훈처장도 대통령 따라 몰랐다고 해명합니다. 보훈처가 엉터리 이유로 국가유공자를 판정하고 이를 기준으로 예산을 지급하고 있어 개선할 것을 2년 이상 요구해도 바르게 고치지 않고 책임만 떠넘기기고 있습니다. 11.10.18.

◆ ◆ ◆

기사 MB사저 백지화…의혹은 그대로 댓글/ 알고도 본의 아니었다는 말이 이해되지 않습니다. 대통령이 이러니 정부가 알고도 묵인합니다. 예를 들면 교통사고가 발생하니, 경찰은 운전자가 입원할 정도의 상해가 아님을 알고도 운전자가 병원비 명목으로 보험금을 수령하

여도 묵인합니다. 보험금 수령을 경찰과 운전자가 서로 담합한 것인지 이해되지 않습니다.대통령부터 본의아니라는 등으로 잘못을 회피하지 말고 국민을 위해야 합니다. 11.10.17.

◆ ◆ ◆

기사 민주당 "내곡동 꼬리자리기 말라" 댓글/ 본의로 국민에게 피해를 끼칠 대통령이 있는가! 국민에게 피해를 본의 아니게 끼치게 되는 것임은 누구도 알텐데... 문제는 그러한 생각을 했다는 것이며, 여론이 비등하니 이제는 본의 아니게 그러한 생각을 했다고 사과(?)하는 것이 정당한지 의심됩니다. 잘못을 밀어붙이지 않는 것만 해도 감사한 일이지만, 형식이 아닌 진정으로 국익을 위하는 대통령이기 바랍니다. 11.10.17.

◆ ◆ ◆

기사 "사저 의혹 참모 잘못서 비롯…문제가 있다면 바로잡겠다" 댓글/ "잘못된 부분이 있다면 바로잡고 문제가 있다면 고치겠다"는 말에는 동감하지만, 말보다는 '실천'이 중요합니다. 그리고 대통령 등 특권층에 대한 잘못만 고치지 말고 서민 등 일반인에게 행한 잘못도 바르게 고쳐야 합니다. 11.10.17.

◆ ◆ ◆

기사 '한국판 월가시위' 현장에선 무슨일이 댓글/ 시민단체건 정부건 문제에 대한 근본적 대책을 마련해야 합니다. 문제점에 대한 대책없이 시민단체는 외치고 정부는 힘으로 억누르니 문제는 해결되지 않고 악순환만 계속됩니다. 시민단체와 정부는 형식적 대책이 아닌 실질적이고 근본적인 대책을 마련해야 하며, 대책없이 정치성 집회를 개최하지도 억누르지도 말아야 합니다. 11.10.16.

◆ ◆ ◆

기사 월가 분노 부른 양극화, 한국도 이미 위험수위 댓글/ 소득불평등, 경제 양극화 같은 병폐가 선진국과 닮아가고 있습니다. 정부의 구조조정으로 재정을 근본적으로 건전하게 운영하고 기업의 구조조정으로 부가 유출되지 않게 해야 합니다. 11.10.13.

기사 시형씨·청와대 공동지분 비율로 왜 대금 안나눴나 의문 댓글보기 댓글/답글 대통령부터 '나랏돈이 가장 눈 먼 돈이라는' 식으로 예산을 낭비하려 하니, 각 정부기관도 예산을 먼저 챙겨 쓰는 기관이 유능한 기관이고 못 쓰는 기관은 무능한 기관으로 평가됩니다. 국가채무를 감소시킬 생각이나 대책없이 오히려 채무를 증가 시키지 않아야 하며, 재정 건전성을 생각하고 진정으로 국민을 위한 정부(대통령)이 되어야 합니다. 11.10.13.

✦ ✦ ✦

기사 금감원·행안부 "새마을금고 현황?… 몰라요" 댓글/ 관련기관들은 책임을 서로 떠넘기고 있는 실정입니다. 그래서 제가 대통령과 국무총리에게 민원으로 문의하니, 대통령과 국무총리도 책임을 떠넘기는 답만 하는 관련기관에 떠넘기면서 아무도 문제를 책임지고 해결할 부처가 없습니다. 해당부처에서 모른다니 대통령이나 국무총리에게 문의해 봐야겠지만 처리절차는 제 경험과 똑같을 것입니다. 정부는 책임행정을 해야 합니다. 11.10.10.

✦ ✦ ✦

기사 [사회]'자유민주주의' 정답인가, 오답인가 댓글/ 자유 민주주의 개념을 분명하게 명시한 헌법 취지를, 불분명한 민주주의 개념으로 해석되게 하지 말아야 합니다. 헌법취지와 구체성있는 자유민주주의 개념을 혼동케 하지 말기 바랍니다. 11.10.05.

✦ ✦ ✦

기사 내년 나라빚 448조원, 적자성 채무 222조원 댓글/ 정부가 비과세·감면 정비, 국유재산 매각, 예산지출 구조조정 등을 지속적으로 추진해 왔음에도 국가채무 총량은 계속 증가하고 있습니다. 국가채무를 매년 관리한다면서 채무를 늘리지 말고 채무를 감소시켜 재정을 건전하게 할 근본적 대책을 마련해야 합니다. 그러기 위해서 쓸데없이 예산만 지출되는 정부기관 등은 구조조정해야 합니다. 11.10.02

✦ ✦ ✦

기사 <나경원 "무상복지 반대..눈칫밥' 동의 어려워"> 댓글/ 무상급식 주민투표 때는 한나라당 누구도 무상급식에 대한 의견을 공개적으로 밝히지 않다가 이제 서울시장선거가 되니 공개적으로 의견을 밝히는 걸 보니 무상급식에 반대하는 부표할 시민이 더 많은 것으로 판단한 것 같습니다. 한나라당은 득실을 계산하여 정책을 마련치 말고 득실보다 진정으로 국민을 위하는 정책을 마련해야 합니다. 그리고 정치인은 탈렌트형 정치를 하지 말아야 합니다. 11.10.01

◆ ◆ ◆

기사 〈2012예산〉 전문가 "'장밋빛' 예산안 우려" 댓글/ 긴축재정을 운영해야 함에도 정부는 낙관하며 장미빛 전망으로 국민을 기만하고 있습니다. 정부의 구조조정 등으로 우리나라는 세계적인 경기 둔화현상으로 발생되는 제반 여파를 예방하고 균형재정을 달성해야 합니다. 11.09.23

◆ ◆ ◆

기사 "이국철, 정권 실세까지 다단계 폭로 계획" 댓글/ 통상 상식에 맞지 않는 일이 자행되고 있습니다. 따라서 상식이 아니라는 등의 사유로 본질이 왜곡되지 않게 해야 합니다. 11.09.27

◆ ◆ ◆

기사 강원대·충북대 등 국립대 5곳 구조개혁 대상 댓글/ 대학을 구조조정하기 위해서는 정부부터 합리적 기준에 따라 구조조정 해야 함에도, 정부는 구조조정하지 않고 대학만 구조조정하기 바라는 것은 부당합니다. 자신(정부)에게 관대하고 타인(대학)에게 엄격한 정부가 아니기 바랍니다. 11.09.24

◆ ◆ ◆

기사 저축은행 정리에 8조 필요… 특별계정 '깡통'될 판 댓글/ 유럽 각국의 디폴트(모라토리움) 현상이 우려되고 우리나라도 저축은행 구조조정 등에 소요될 재원 고갈이 우려되는 상황에서 정부는 대책없이 구경하듯 하고 있으니 한심한 일입니다. 국민을 진심으로 위하는 정부라면, 정부의 구조조정으로 재정이 건전해지도록 해야 합니다. 11.09.23

◆ ◆ ◆

기사 [단독보도] 11개 저축은행 수사 착수 댓글/ 영업정지로 한푼 두푼 저축한 돈이 일시에 거품이 되게 하여서도 안되지만, 세금으로 저축한 돈을 보전케 하여서도 안됩니다. 사전에 이러한 사태를 대비치 않고 사태가 발생할 때까지 기다리는 국무총리나 정부가 문제입니다. 정부에 'A'라는 것을 문의하면 A는 답하지 않고 '1'을 답하여 결국 문의한 A는 모르게 합니다. 정부는 국민에게 유리한 법은 지키지 않고 정부에 유리한 법은 지킵니다. 이것이 준법입니까? 한푼 두푼 저축한 돈을 정부가 사전에 대책을 마련치 않고 사라지게 하는 것이 준법입니까? 11.09.21

◆ ◆ ◆

기사 [2011국감]국민연금 낼 돈 없다더니 외제차 9대나 보유? 댓글/ 엉터리 금액의 보험료가 산정되는 기준을 정부가 정하여 이를 공단이 징수하고 있습니다. 국민연금만 그런 게 아니고 국민건강보험공단도 엉터리 금액이라 국민건강보험료 납부를 거부하였더니 체납자라며 공단은 법에도 없는 이상한 독촉장만 발부하고 있습니다. 세금을 부담하는 국민으로서 생각해 보면 한심한 일입니다. 11.09.19

◆ ◆ ◆

기사 MB "내가 분통 터지는데 실제 당한 사람들은… " 댓글/ 국민들은 준비가 돼 있는데, 정부 준비가 없다. 이제 대통령은, 말만하지 말고 잠을 못자는 한이 있어도 정부 각 부처가 국민을 위하는지 직접 챙겨야 하며, 실천없이 말만하는 고위 공직자를 임명치 않아야 합니다. 11.09.17

◆ ◆ ◆

기사 이용섭 "보편적 복지로 풍성한 한가위 돌려드릴 것" 댓글/ 보편적 복지가 단계적 복지정책인지 일시적 복지로 재정을 어렵게 하는 복지정책인지 복지를 실천할 대안을 밝혀야 합니다. 11.09.11

◆ ◆ ◆

기사 고작 5% 낮추려고… 요란만 떤 '등록금 인하 잔치' 댓글/ 정부의 구조조정을 통해 등록금재원 등을 마련하여 재정을 건전하게 하면서 서민생활(대학 등록금 문제 등)을 근본적으로 해결해야 합니다. 정부는 구조조정하지도 않고 정부 입김만 강화하면서 고작 등록금 5% 인하라는 시늉만 내지 말아야 합니다. 정부는 구조조정으로 등록금 문제 등 제반 예산 문제를 근본적으로 해결하려는 진실된 의지가 있어야 합니다. 11.09.09

◆ ◆ ◆

기사 투표함 열어도 못 열어도 정치권에 '초대형 후폭풍' 댓글/ 현 여건상 전체를 무상으로 못하니 우선 급식이나마 점진적으로 무상을 실시하자는 안과 단계적으로 무상으로 하자는 안이 어떻게 다른지, 또 무상급식에 대해 투표하는 건지 투표율을 알아보기 위해 투표하는 건지, 정치권이 원칙없이 본질을 왜곡하고 있습니다. 11.08.24

◆ ◆ ◆

기사 정부부채·가계부채…두 개의 '시한폭탄' 댓글/ 해마다 세금은 증액되는데 국가재정은 어렵습니다. 재정의 건전성 확보를 위한 조치로 정부의 구조조정을 통해 국민이 공생케 해야 합니다. 감사원 국무총리실 국민권익위원회 국가인권위원회 고충처리위원회 기타 중앙 및 지방에 '국민을 위한다'는 명칭을 사용하는 기관이 무수히 많이 존재 함에도, 존재함으로 인해 예산만 소비될 뿐 헌법을 수호하지 못하는 실정입니다. 11.08.23

◆ ◆ ◆

기사 무상급식 D-5, '아슬아슬' 홍보전 댓글/ 투표하면 수구고 투표안하면 진보고 정치권이 국민을 편가르고 있습니다. 국회내에서 '여야' 등으로 편갈라 다투던 버릇을 고치지 못하고, 이제는 서울시민을 편가르게 합니다. 정치권은 무상급식에 대한 합리적 원칙을 밝혀 국민이 자유롭게 선택하게 하기 바라며, 지금같이 투표여부에 따라 '수구 또는 진보'로 편가르지 않기 바랍니다. 지금 투표는 '무상급식 찬반'에 대한 투표입니다. 11.08.19

◆ ◆ ◆

기사 〈與, 주민투표 목전서 `자중지란' 빠지나〉 댓글/ 무상급식에 대한 한나라당 원칙이 없으니 , `자중지란' 입니다. 원칙을 밝혀 서로 다른 생각으로 다툼이 없게 해야 합니다. 민주당의 원칙은 점진적 무상으로 초등생의 급식부터 우선 무상으로 하자는 것이지, 무상에 대한 기준이 없어 초등생 교육을 위해 발생되는 제 비용이나 대학 학자금을 무상으로 하자는 것이 아닙니다. 결국 민주당도 실정에 따른 단계적 무상이지 일시적 무상이 아닙니다. 11.08.18

◆ ◆ ◆

기사 부자 직장인, 모든 소득 합산한 '보험료' 낸다. 댓글/ 건강보험 재정 악화를 해결키 위해 국민건강보험공단의 적법한 법 집행을 통해 보험료를 징수할 생각은 않고 고소득 직장인 등에게 보험료를 증액하여 징수할 방안을 검토하는 것은 부당합니다. 정부가 원칙(법)부터 지키기 바랍니다. 11.08.17

* * *

기사 [예산낭비 줄이려면] 〈상〉 대학구조조정 예산 댓글/ 대학만 구조조정 할 게 아니고 국민을 위해 일하지 않는 정부기관도 구조조정하여 잉여예선을 무상급식비나 대학등록금 재원으로 사용해야 합니다. 11.08.17

* * *

기사 교과부, 8~9개 지표로 하위 15% 대학 솎아낸다 댓글/ 대학만 구조조정 할 게 아니고 국민을 위해 일하지 않는 정부기관도 구조조정하여 잉여예선을 무상급식비나 대학등록금 재원으로 사용해야 합니다. 11.08.17

* * *

기사 〈건강보험료 부과체계 어떻게 바뀌나〉 댓글/ 건강보험료산출근거 설명이 없어 확인한 바, 보험료를 실지금액을 기준으로 결정하지 않으며 또 파악한 자료의 사실여부도 확인치 않고 환산된 금액으로 결정합니다. 건강보험료 부과체계 개선보다는사실을 확인하여 사실금액을 기준으로 보험료를 부과하는 것이 더 시급함으로 사실을 기준으로 보험료를 부과하는 방안부터 실천해야 합니다. 11.08.17

* * *

기사 자립·자활 VS 키다리아저씨… 대권주자들 '복지혈전' 댓글/ 비효율적인 정부 예산을 정비하여 복지예산을 증세없이 마련해야 하며, 정치권은 복지에 대한 원칙을 바르게 정해 실천해야 합니다. 한나라당은 복지혜택이 혜택 대상자에게 적정하게 시행되어 예산이 낭비되지 일이 없다고 보는지, 민주당은 현 우리나라 실정을 감안하여 '무상'이라 말하는지 현 사항을 검토하여 주장해야 합니다. 11.08.17

* * *

기사 [사설] 검찰 최우선 과제는 국민신뢰 회복이다 댓글/ 정부가 원칙(법)을 지키게 하여, 국민이 검찰을 신뢰케 해야 합니다. 정부가 법을 지키지 않는 사례는 제 블로그(http://blog.daum.net/seojoung)에 열거되어 있습니다. 11.08.15

◆ ◆ ◆

기사 李대통령 "시장경제 새로운 단계로 진화"(종합) 댓글/ 이 대통령의 말은 맞지만, 누구에게 하는 말인지 아리송합니다. 대통령부터 '공생'을 실천하면 공생하지 않는 일이 발생되지 않아 말할 필요가 없게 되는데, 아직 공생을 외치는 걸 보니, 대통령이 베풀지 않으니 발생되는 일입니다. 국민에게 '공생'이나 '공정' 등을 요구치 말고 대통령이 실천하여 잘못된 일이 발생되지 않게 해야 합니다. 정부부터 원칙(법)을 지키기 바랍니다. 11.08.15

◆ ◆ ◆

기사 李대통령 "복지 포퓰리즘 안돼" 댓글/ 복지 등에 예산을 쓰며 빚으로 해결하려는 자세는 시정되어야 합니다. 정부의 구조조정으로 예산낭비를 방지해야 합니다. 국민을 생각하며 원칙(헌법정신과 법)을 지키는 정부이기 바라며, 민원사무처리에관한법률 시행령 제21조와 같은 대통령령으로 헌법정신에 위반하며, 국민권익을 제한하지 않아야 합니다. 정부원칙이 오락가락하니 복지에 대한 개념도 정립되지 못합니다. 정부부터 원칙을 지키기 바랍니다. 11.08.15

◆ ◆ ◆

기사 '박근혜 대세론' 빛과 그림자 댓글/ 경쟁자없는 독주는 곧 정체입니다. 정체 아닌 움직임이 필요합니다. 정부는 원칙(법)을 지키지 않습니다. 정부가 헌법정신과 법을 지키게 해야 합니다. 11.08.10

◆ ◆ ◆

기사 [신동호가 만난 사람]김진숙, 그가 맞이한 가장 뜨거운 여름 댓글/ 정부가 원칙(헌법정신과 법)을 지키지 않고, 노동자의 일방적 희생을 강요해서는 안됩니다. "힘든 이웃을 돌아보고 연대하는 일이 결국은 모두를 행복하게 하는 일이라 생각합니다." 라는 김진숙의원의 말에 동감합니다. 정부부터 원칙(법)을 지켜 국민 모두를 행복하게 해야 합니다. 11.08.10

기사 저축銀 피해자 6000만원 보상案 대통령 거부권 검토 댓글/ 예금보험기금은 세금과 관련없다고 생각하는지, 서민의 세금으로 저축한 부자들의 손해를 보상하지 말고, 세금으로 보상할 것을 주장하는 돈 많은 국회의원들의 개인 돈으로 보상하는 방안을 검토해야 합니다. 11.08.10

◆◆◆

기사 무상급식 투표 "중도보수층에 달렸다" 댓글/ 무상급식에 대해 각 정당의 의견을 문의하니, 한나라당은 의견도 없고 민주당은 의무급식이라면서 왜 의무급식으로 보는지 의견 없습니다. 보수와 진보도 각각 소신에 따른 의견이 있는지 궁금하지만, 한나라당과 민주당도 무상급식에 대한 원칙에 따른 소신을 밝히고 찬반운동을 해야 합니다. 소신없이 줄서지 말기 바라며, 아이들 까지 편가르지 않는 기성세대가 되기 바랍니다. 11.08.02

◆◆◆

기사 다 쓰지도 못할 지역구 예산 챙기려고 이 난리를 쳤나 댓글/ 실효성없는 '아르바이트 고용' 정책을 시행하여 예산을 낭비하고, 국민 인권을 보호하지 못하는 여러 기관이 존재함으로 인해 쓸데없어 다른데 예산을 쓰고 있는 실정임에도, 국회의원들은 지역구 선심용 예산 챙기기에 급급하니 한심한 일입니다. 11.08.02

◆◆◆

기사 '한진重 해고반대' 3차 희망버스 2천명 출발 댓글/ 원칙없이 목소리 크기 대회를 정부가 조장하고 있습니다. 정부가 법을 위반하는 사례는 제 블로그((http://blog.daum.net/seojoung)에 열거되어 있으며, 경찰도 죄없는 국민을 증거없이 피의자로 처리하는 일을 중지해야 합니다. 모두가 원칙을 지키기 바랍니다. 11.07.30

◆◆◆

기사 홍준표 "반값등록금 안돼"…박재완 "고맙다" 댓글/ 한나라당 홈페이지의 정책제안 (반값 등록금 문제 해결을 위한 대책)을 참고하여 등록금 문제에 대한 원천적이고 실현성있는 대책을 마련해야 합니다. 11.07.21

기사 정보 공개 거부 코레일 '위험한 비밀주의' 댓글/ 국무총리 등 정부가 정보를 떳떳이 공개치 못하니 코레일도 정부와 같은 답을 하는 군요. 제 정보 제출을 요구하니 정부는 '자료가 공개될 경우 업무에 지장을 초래할 우려가 있다.'는 사유로 2년이상 제 정보도 제게 공개치 않으니, 한심한 일입니다. 대한민국이 공산주의 국가가 아니고 자유민주주의 국가가 맞는지 의심됩니다. 11.07.20

◆ ◆ ◆

기사 左로 가는 與…이번엔 '선진복지국가' 댓글/ 원칙(법)을 무시하면서 또 말만 하고 있습니다. 원칙을 지킨 후 '선진복지국가'등의 희망을 말하기 바랍니다. 11.07.19

◆ ◆ ◆

기사 한나라 내일 全大..7인주자 막바지 각축 치열 댓글/ 원칙을 실천할 것을 수차례 말했지만, 대책없이 말만 앞서는 당이 아닌 촛불을 지키는 마음으로 대책을 제시하며 원칙을 실천하는 당이기 바랍니다. 11.07.03

◆ ◆ ◆

기사 여기저기 서민들 곡소리.. "MB·관료들 들립니까" 댓글/ 정부부터 원칙(법)을 실천해야 합니다. 정부는 법을 지키지 않으면서 국민에게 법을 지킬 것을 주문하는 것은 부당합니다. 11.06.17

◆ ◆ ◆

기사 [반값 등록금 어떻게…②]재원대책 없이 목소리만… '배가 산으로' 댓글/ 행동없이 말만 앞서는 정치권이 반값등록금 논쟁을 부추기고 있습니다. 정치권은 이중적인 행태로 국민이 분노케 하지 말고, 언행일치로 책임있는 정치를 하기 바랍니다. 11.06.12

◆ ◆ ◆

기사 복지부, 국민편익 뒤로하고 약사편 들다 '자충수' 댓글/ 건강보험료의 엉터리 산정을 수정하고 고지서와 독촉장 송달하자를 치유토록 건강보험공단에 권하였으나, 복지부는 국민편익을 뒤로하고 국민편익을 무시하면서 제 문제를 발생시키고 있습니다. 이에 대한 책임을 누가 어떻게 질지 궁금합니다. 복지부는 국민이 양해하기 바란다는 말로 책임을 회피하

지 않기 바랍니다. 11.06.04

❖❖❖

기사 박지원 "MB도 선거관리 자격없다" 댓글/ 제가 서적이나 블로그로도 정부가 원칙을
지킬 것을 2년이상 호소해도 민원(법과 원칙 실천)에 동문서답하며 원칙을 지키지 않고, 경
찰은 죄없는 국민(서민)을 범인으로 처리해도, 아무도 이를 시정치 못하고 묵묵부답하니 기
찬 일입니다. 대통령과 박의원도 원칙을 실천하는지 궁금한 일입니다. 11.06.03

❖❖❖

기사 김황식, 감사원장 때 '은진수 비리' 묵인 의혹 댓글/ 법도 지키지 않는 감사원장(김황
식)이 국무총리로 임명되게 하는 것은 부당하다고 호소했지만 총리로 임명되게 하고서 이
제와서 '은진수 비리' 묵인 의혹을 제기하는 이유가 궁금합니다. 감사원은 지금도 법을 지키
지 않고 민원에 묵인하고 있지만, 김황식 총리의 비리 의혹을 철저히 밝혀 잘못은 바로 잡
아야 합니다. 11.06.02

❖❖❖

기사 민주당, 저축은행 사태에 MB '정조준' 댓글/ 보훈처는 엉터리 결정으로 예산을 낭비
하고, 국민건강보험공단은 결정한 이유도 알리지 않고 또 가짜 환자를 만들어 예산을 낭비
하면서 건강보험료를 엉터리로 산정하고, 경찰은 허위진술을 근거로 선량한 국민을 피의자
로 처리하고, 감사원은 비리나 저지르고, 국무총리는 이러한 정부의 잘못을 방치하고, 기본
권이 이렇게 억압되는 세상임에도 누구도 이를 시정치 못하니 한심한 일이며, 정부가 원칙
을 실천하기 바란다고 수차례 말했지만 2년이상 고충이라면서 고충도 해결 못하는 정부의
능력이 의심됩니다. 11.05.31

❖❖❖

기사 사상 첫 감사위원 비리… 감사원마저 검은 커넥션에 댓글/ 은 감사위원의 비리에 대
해, 법적 근거도 밝히지 못하는 감사원 직원이, 은위원을 비난하는 것은 부당합니다. 감사
원장이 공직기강해이에 대해 감사를 강화한다는 보도를 보고, 제가 지은 서적 등으로 현
실정을 제보하여도 감사원은 감사하지 않고, 경찰은 가짜 카메라로 선량한 국민이 허위 진

술케 하여 교통사고범으로 처리하는 실정임에도, 감사원은 이를 방치하면서 비리만 저지르고 있습니다. 11.05.27

* * *

기사 박재완 'MB노믹스 구원투수' 자청…왜? 댓글/자신에게 관대하고 타인에게 엄격하지 않기 바랍니다. 지금 박 장관이 그러는 것이 똑 같아 생각 납니다. 자신일은 엉렁뚱땅 넘기고 감세를 왜 그렇게 주장하는지 누구를 위해 주장하는지 궁금한 일입니다. 먼저 자신에게 엄격한 사람이 되어야 하며, 자신에게 엄격하면 장관직도 수행할 수 없고 따라서 감세문제를 거론할 수도 없는데 왜 감세문제를 거론하는 장관이 된 것인지 한심합니다. 장관이 되게한 국회의원들은 양심상 책임져야 할 것입니다. 11.05.26

* * *

기사 "고소영 비리 5남매"… 野, 전원 '리콜' 별러 댓글/ 고위직 공무원할 준비나 생각없이 각종 비리 등으로 도덕성없이 편하게 지내다가, 갑자기 후보자로 임명되니 자리 욕심으로 그동안의 비도덕적인 행태를 숨기기에 급급한 어려운 심정이 이해됩니다. 그런 인사를 장관 후보자로 임명하는 대통령도 우습지만 장관 후보자는 국민의 모범이 될 자격이 있는지 자성하며 후보직을 자진해서 사퇴해야 합니다. 11.05.23

* * *

기사 박근혜 자꾸 건드리는 정몽준…'反朴' 세몰이 전략인 듯 댓글/ "무엇을 위한 원칙이고 무엇을 위한 당헌인지 묻지 않을 수 없다." 고 말한 정 전 대표는 과연 그동안 무엇을 했는지 궁금하며, 정 전 대표가 이런 말을 할 자격이 있는지 궁금합니다. 정 전 대표는 대표 재직시 원칙을 지켰는지 그래서 제 민원을 해결했는지 묻고 싶으며, 2년이 지난 현재도 제 민원은 계속되고 있음을 알고 말해야 합니다. 11.05.21

* * *

기사 'MB가 나를 버렸다' 이재오 사생결단 반격수 댓글/ 이명박 정권의 '성골 불패의 법칙'을 이재오 장관은 인정해야 합니다. 공무원이었던 제가 뇌출혈로 퇴직하자 이명박 정권이 토사구팽한 사례가 제가 지은 서적에도 있지만, 이 대통령은 정치 문외한이 아닙니다. 11.05.19

기사 [집중취재] 지자체, 정치권 이기주의 댓글/ 헌법정신과 상반되게 행정하는 사례를, 제 블로그를 통해 또 가짜 카메라로 선량한 국민이 허위 진술케 하여 교통사고범으로 처리하는 현 실정을 알겠지만, 이러한 상황을 아는 총리가 어떻게 과학벨트지를 원칙에 맞게 선정했다고 장담하는지 궁금합니다. 국민을 기만하지 말고 법을 준수하는 총리가 되고, 잘못을 밀어붙이는 총리가 되지 않기 바랍니다. 11.05.17

◆◆◆

기사 '3색 신호등' 보류 관련 조현오 경찰청장 일문일답 댓글/ 경찰이 거리에 가짜 카메라를 설치하여 국민을 협박하여 허위 진술케 하며 예산을 낭비한데 대한 책임도 지지 않는현 상황에, 또 예산을 소모할 방법을 찾는 것 같아 유감입니다. 11.05.16

◆◆◆

기사 "과학벨트 수용 못해"…영호남 민심 '폭풍전야' 댓글/ 총리가 왜 국민담화를 하려 하나요? 제 경우도 마찬가지이지만, 정부가 잘못을 바르게 고치지는 않고 말로 잘못을 은닉하며 피하려고 기도하니 한심한 일입니다. 11.05.16

◆◆◆

기사 김석동-김중수, 금융사 감독권 놓고 힘겨루기 댓글/ 여러기관에 업무를 분산 시키면보완되어 국민에게 더 유리할 것 같지만, 제가 경험해 보니, 현실적으로 보완되지 못하고 여러 의견으로 양분될 가능성만 높이면서 예산만 낭비하게 됩니다. 예산만 낭비하며 국민을위하지도 못할 바에야, 한 기관으로 통합됨이 국민에게 더 유리합니다. 11.05.14

◆◆◆

기사 민주 새 원내대표에 김진표 의원 댓글/ 원내 대표에 당선된 것을 축하하며, 민주당이 '수도권 지도부'를 선택한데 대해서도 찬사를 보냅니다. 특히 김진표 의원은 재경위에 근무할 때나 수원 지역에서 지구당을 운영할 때 존경하던 분으로, 원내 대표의 역할을 잘 수행할 것으로 기대합니다. 초심을 잃지 말고, 진심으로 국민을 위해 잘못을 바르게 고칠 수있는 원내 대표가 되기 바랍니다. 11.05.13

기사 직장 잃자 10만 → 20만원 건보료, 실직자 울린다 댓글/ 건강보험료가 법에 따라 산출되지 않아 납부하지 않으니 산출내역은 바르게 알리지 않고 체납된 내역만 알리고, 고지서나 독촉장을 법(국세기본법과 국세징수법 등)에 따라 하여야 함에도 법에 따르지 않고는 법에 따라 체납처분할 예정임을 알리고, 가짜 환자를 만들어 명의로 된 가짜 환자에게 예산을 지급하여 공단직원이 횡령케 하고, 이런 사유로 건보 재정이 어려워지게 하고 있음에도 주인없는 돈처럼 바르게 관리하는 자가 없으니 한심한 일입니다. 11.05.11

◈ ◈ ◈

기사 〈이재오 "배신 한번으로 족해"··거취 장고〉 댓글/ 이재오 장관이 '배신' 또 '일부 의원들이 국민을 위해 정치를 할 생각을 하지 않고 자신의 보신이나 안위를 우선한다'는 가사를 보고 글을 씁니다. 저도 그렇지만, 대다수 사람들은 현 정부가 이렇게 잘못할 줄 알고 지지한 것이 아닙니다. 오히려 배신한 것은 현 여권이지 소속 국회의원이 아니라는 걸 일고 이재오 장관은 반성해야 합니다. 그리고 일부 의원들이라면, 선거에 패하지도 않았을 것인데 일부 의원으로 격하하는 것은 부당합니다. 정부와 여당의 합작임을 인정하여야 하며, 아직 현 상황을 제대로 파악치도 못한 이 장관은 국민에게 책임져야 합니다. 11.05.09

◈ ◈ ◈

기사 〈황우여, 靑-친이계와 대립각. 당청관계 새 흐름〉 댓글/ "국민의 뜻과 마음을 정확하게 전달하는 기능이 강화돼야 하며, 그런 임무가 국회에 있다"는 한나라당 황 신임 총무의 말이, 국민 기만을 위해 한 말이 아닌 진정성 있는 말이기 바랍니다. 11.05.09

◈ ◈ ◈

기사 권력축 이동중 댓글/ "민심이 제대로 반영되지 않고 결국은 정부의 독주로 끝나고 한나라당은 다음 선거에서 또 힘들어 집니다."고 안상수 한나라당 전 대표가 말하고 박 전 대표는 "신임 원내대표가 국민의 뜻을 잘 알아서 할 것"이라고 남의 일 구경하듯이 하지 않고, 진심으로 국민을 위해 일해야 합니다. 민심을 제대로 반영하는 당이 되기 위해서는, 알고 있는 잘못을 바르게 고쳐야 합니다. 신임 원내대표나 박전대표와 안전대표가 잘못을 몰라서 바르게 고치지 못한 것이 아닙니다. 내일이라는 마음으로 다 같이 환경개선에 노력해야 합니다. 11.05.09

기사 한 쇄신風. 당 이름만 빼고 전부 바꾸나 댓글/ '중산층의 민심이반을 되돌리자'라든 지 '수동적 당·청 관계 변화'라는 등 좋은 말로 국민을 기만하지 말고, 진심으로 실천하여 국민이 신뢰할 수 있도록 해야 합니다, 쇄신이라는 말로 또 국민을 기만하려고 하지 않기 바랍니다. 11.05.08

◆ ◆ ◆

기사 '작심'한 안상수 "정부에 분노 느낀다" 댓글/ 자리에 있을 때는 자리를 보전키 위해 국 민을 위한 말도 못하고 일도 못하다가, 이제 자리를 떠나니 바른 말을 할 용기가 생겨 바른 말을 하니 안타깝습니다. 그리고 본인도 못한 일을 후임에게 넘기면, 후임은 진심으로 국민 을 위한 일을 할 수 있다고 생각하여 말하는지 후임도 말만하며 국민을 위해 필요한 일을 하지 못할 걸 알면서 선심용으로 말장난하는 건지지 아리송합니다. 11.05.08

◆ ◆ ◆

기사 "정말 분노. 정부는 정신차리고 당의 말 들어라" 댓글/ 맞긴한데 알면서 힘있을 때 는 뭐하다가, 이제 힘없고 책임없으니 말하는 것같아 아쉽습니다. 할 수 있을 때 후회없이 하고 차후에 후회하지 않는 정치를 바랍니다. 11.05.08

◆ ◆ ◆

기사 與, '쇄신 파고' 속 권력지형 변화 예고 댓글/ 혁신이나 쇄신은 기본을 실천하는 것이 지, 기본은 실천치 않고 말로 혁신이나 쇄신을 왜치는 것이 아닙니다. 제가 경험한바 헌법 정신이 외면당해도 아무도 바르게 고치지 못하는 현실입니다. 이런 것이 혁신이며 쇄신인지 한심한 일이며, 실천하는 정치이기 바랍니다. 11.05.08

◆ ◆ ◆

기사 부실저축銀 대주주 은닉재산 환수 '불투명' 댓글/ 국민을 기만하기 위해 한 말이지 은닉재산 환수가 실무상 원래부터 가능한 일이 아닙니다. 되지도 않는 일을 말로 다 할 것 처럼 표현하니 한심한 일입니다. 기만이라는 것을 알고 대처해야 합니다. 11.05.07

기사 이재오계, 예상 밖 패배에 당혹·충격 댓글/ 할 말 없으면 겸허히 수용한다고 표현하고 돌아서면 겸허히 수용하겠다는 말과 정반대의 행동을 하고, '겸허'라는 말뜻도 모르고 '겸허히'라는 말을 선거에 패배하기만 하면 사용하는 말인지, 궁금합니다. 11.05.07

◆ ◆ ◆

기사 깊어지는 MB의 고민… 쓸 사람 많은데 청문회가. 댓글/ 회전문식 개각을 하는 이유가 국면 전환용 개각인지 궁금합니다. 진심으로 국민을 위해서는, 개각으로 사람을 바꾸는 것보다는 사람(공무원)의 마음(태도 및 자세)를 바꾸어야 됩니다. 11.05.06

◆ ◆ ◆

기사 [흔들리는 軍 사법기관] "군검찰, 거짓 진술 강요했다" 댓글/ 군 검찰만 허위자백을 강요면 다행입니다. 경찰도 가짜 카메라를 설치하여 신호위반을 확인치 않고 허위로 신호위반을 자백케 하고 있습니다. 어찌해야 합니까. 11.05.03

◆ ◆ ◆

기사 [재·보선 그후] 몸 던지는 사람 없고 다들 제 살길만… MB의 고민 댓글/ 진심으로 국민(서민)을 위해야 하며, 미사여구로 국민을 기만하지 않는 자세가 필요합니다. 행정 각 기관은 말만 친절한 척하지 말고 진정으로 국민을 위하고 생각하는 부서가 되어야 합니다. 제가 장애인이면서 2년간 민원을 계속하여도 정부는 동문서답만 하며 민원을 해결치 못하고 있는 실정입니다. 이런 현실을 방관하며 만들어 놓고 타인이 몸던져 일할 것을 기대하는 것은 이해되지 않는 일입니다. 본인이 만든 것은 본인이 해결하는 자세가 필요합니다. 11.05.01

◆ ◆ ◆

기사 문재인 "승리 위해서는 통합"…야권 통합논의 '활활' 댓글/ 미사여구가 아닌, 선거에 이기기 위한 야권 단일화 보다는, 국민을 위하는 진정성이 더 중요합니다. 11.05.01

◆ ◆ ◆

기사 "MB 진정성 보이면 박근혜 전면 나설 것" 댓글/ 현 정부 여당은 미사여구가 아닌, 국민을 위하는 진정성을 보여야 합니다. 11.05.01

기사 [중점] 보험료 올라도 왜 환자부담은 줄지않나? 댓글/ 고지내역이 틀려 납부를 거부함에 따라 발생된 체납된 보험료를 징수하지 않고, 공단이 엉터리 환자를 만들어 예산을 지급하다 보니, 예산소비가 많으므로 인해, 인상된 보험료로는 환자 부담금이 줄어 들 수 없습니다. 11.04.30

❖❖❖

기사 〈'박근혜 등판론' 이번에는 다를까〉(종합) 댓글/ 국민을 위한다는 미사려구가 아닌, 진심으로 국민을 위하는 자세가 필요합니다. 11.04.30

❖❖❖

기사 李대통령 "남 탓하는 정치인, 성공 못해" 댓글/ 국민을 진심으로 생각하고 정치하기 바랍니다. 11.04.29

❖❖❖

기사 與소장파 "새 원내대표 '青 아바타' 안돼" 댓글/ 청와대의 아바타가 아닌, 진심으로 국민을 위한 정치를 바랍니다. 11.04.29

❖❖❖

기사 〈한나라, 차기 당대표 선택에 정치권 이목 집중〉 댓글/ 미사여구가 아닌, 진심으로 국민을 위하는 정치를 바랍니다. 11.04.29

❖❖❖

기사 "총사퇴 정도로는 안된다"… 與 주류 교체론 급부상 댓글/ 정부나 여당이 선거결과에 국민의 의견을 수렴하겠다는 취지를 환영합니다. 여당의 선거패배는 예견된 것이었고 당연한 일입니다. 즉 제 블로그나 제가 지은 서적(민원처리 사례로 보는 정부의 자세(상))에서 현 사례를 알 수 있지만, 이러한 일을 개선치 않고 지속되게 하는 것은 부당합니다.

국민의 의견을 수렴하겠다는 자세가, 일시적 자세가 아닌 진정성있는 자세이기 바라며, 실천없이 말 등으로 일시적 어려움을 회피하지 않기 바랍니다. 11.04.29

기사 [운명의 날… 오늘밤 누가 웃을까] 李대통령, 승패 관계없이 여권 재편 등 단속 나설 듯 댓글/ 여당이 국민을 기만하는 사례는, 여당의 홍보 내용과 제가 지은 서적(민원처리 사례로 보는 정부의 자세(상)) 및 제 블로그 내용을 대사해보면 알겠지만, 여당이 국민을 위해 한 일이 없으면서 '힘있는 여당'이라고 홍보하며 힘으로 밀어붙이는 것은 국민을 기만하는 것이며, 이는 열린 자세가 아닙니다. 11.04.27

✦ ✦ ✦

기사 '검찰이 BBK 김경준 회유' 보도 "명예훼손 아냐" 댓글/ 재판부의 공정한 판단을 환영합니다. 11.04.21

✦ ✦ ✦

기사 건강보험 재정 악화 해결방안은? 댓글/ 건강보험료 산정내역을 바르게 알리지 않아 건강보험료를 납부하지 않아도, 그래서 고지서 및 독촉장도 적법하게 송달하지 못하여 적법하게 징수하지도 못하니 건강보험 재정 악화는 당연한 결과 입니다. 이를 해결할 방안은 국민건강보험공단의 적법한 법 집행이 우선되어야 합니다. 11.04.20

✦ ✦ ✦

기사 '비호감' 엄기영-'존재감 없는' 최문순…TV토론회 혹평 난무 댓글/ 그동안 정당이 국민을 위해 한 일이 없으면서, 국민을 위하는 척 구호 등으로 왜치며 국민을 기만하는 거짓말로 선거를 치루게 하여, 다시 국민이 기만 당하게 하는 것은 부당합니다. 차라리 국민을 위하는 척하는 말 등을 하지 말고, 묵묵히 공평하게 선거운동을 한다면 몰라도, 국민을 기만한 사실이 입증됨에도 국민을 기만하기 위해 기만하는 말(실천없는 말) 등을 하지 않게 하여 주시기 바랍니다. 11.04.19

✦ ✦ ✦

기사 [사개특위 법조개혁안] 대법관 증원 7명 찬성(찬성 6·반대 2·유보 4)… 중수부 폐지(수사 기능)는 찬반 팽팽(반대 4·유보 1) 댓글/ 2011. 3.12. 사법개혁특위에 헌법재판소와 관련된 글을 올렸는데도 이에 대한 대책없이 예산만 낭비되는 법관 증원(14명인 정원을 총 20명으로 증원)에 찬성하고 있습니다. 국회는 예산이 낭비되지 않는 방안을 컴토해야 합니다. 11.04.19

기사 최대격전지 분당乙…전략싸움도 '치열' 댓글/ 정당(한나라당, 민주당)에 글을 보내 국민을 기만하지 말 것을 호소하였으나, 정당이 계속 국민을 기만하여 글을 씁니다. 정당이 국민을 기만하는 사례는, 정당홍보용 책자 등과 제가 지은 서적(민원처리 사례로 보는 정부의 자세(상)) 및 제 블로그 내용을 대사해 보면 알 수 있습니다. 그동안 정당이 국민을 위해 한 일이 없으면서, 국민을 위하는 척 구호 등으로 왜치며 국민을 기만하는 거짓말로 선거를 치루게 하여, 다시 국민이 기만 당하게 하는 것은 부당합니다. **11.04.15**

◆ ◆ ◆

기사 재보선 지원 요청 빗발치는데 꿈쩍않는 박근혜 댓글/ 정당(한나라당, 민주당)에 글을 보내 국민을 기만하지 말 것을 호소하였으나, 정당이 계속 국민을 기만하여 글을 씁니다. 정당이 국민을 기만하는 사례는, 정당홍보용 책자 등과 제가 지은 서적(민원처리 사례로 보는 정부의 자세(상)) 및 제 블로그(http://blog.daum.net/seojoung) 내용을 대사해 보면 알 수 있습니다. 그동안 정당이 국민을 위해 한 일이 없으면서, 국민을 위하는 척 구호 등으로 왜치며 국민을 기만하는 거짓말로 선거를 치루게 하여, 다시 국민이 기만 당하게 하는 것은 부당합니다. **11.04.14**

사례로 보는 대책

헌법정신이 우선되게 하여야 합니다.

그러기 위해서 헌법정신에 반하여 전 국민의 권익을 무시하는 당연무효의 법 제정은 불가하며 이는 다툴 수 없게 해야 합니다.

예를 들면 현 정부에서 시행하는 「민원사무처리에관한법률 시행령 제21조」 등은 헌법정신에 반하는 시행령으로 당연 무효이며 이의 정당성 여부를 다투지 못합니다.

그리고 권익을 보호키 위해, 입법부는 국민권익을 보호하는 법(민원처리 등)을 제정해야 하며, 사법부도 민원(소 등) 처리기한을 명시하는 등 헌법정신에 충실해야 합니다.

예산부분에서 보면, 정부는 구조조정을 통해 예산낭비를 방지하고 재정을 건전하게 해야 합니다. 소비할 곳이 있다고 후세에 부담되는 소비보다는 현 여건(세수 등)을 감안한 적정한 소비를 해야 합니다.

예산 소비가 많은 국책사업은 지양되어야 하며, 마찬가지로 수입도 없는데 소비만 늘리는 복지정책 등도 재검토되어야 합니다.

국가의 재정 건전성이 우선되어야 하며, 매년 예산증액은 지양되어야 합니다.